중국의 문화를 한권으로 알 수 있는

중국 고사성어로의 여행

KB057427

어느 시대나 온고지신의
되는중국 고사성어 중에서
함축적이며 풍자적인 것들을 선정 · 수록한

권순우 편역

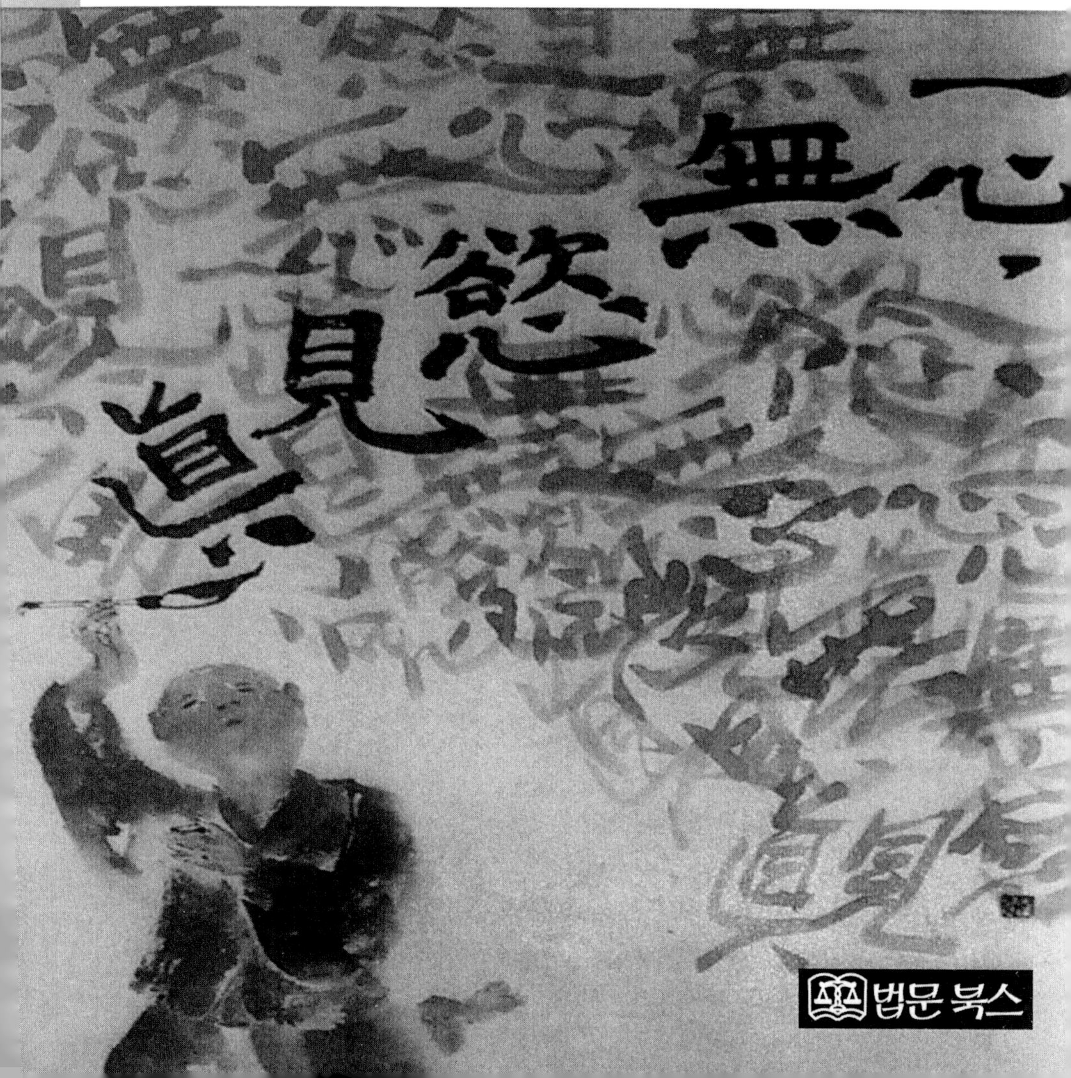

법문 북스

지혜의 재발견

중국의 문화를 한권으로 알 수 있는

중국 고사성어로의 여행

어느 시대나 온고지신의
가르침이 되는중국 고사성어 중에서
함축적이며 풍자적인 것들을 선정 · 수록한

권순우 편역

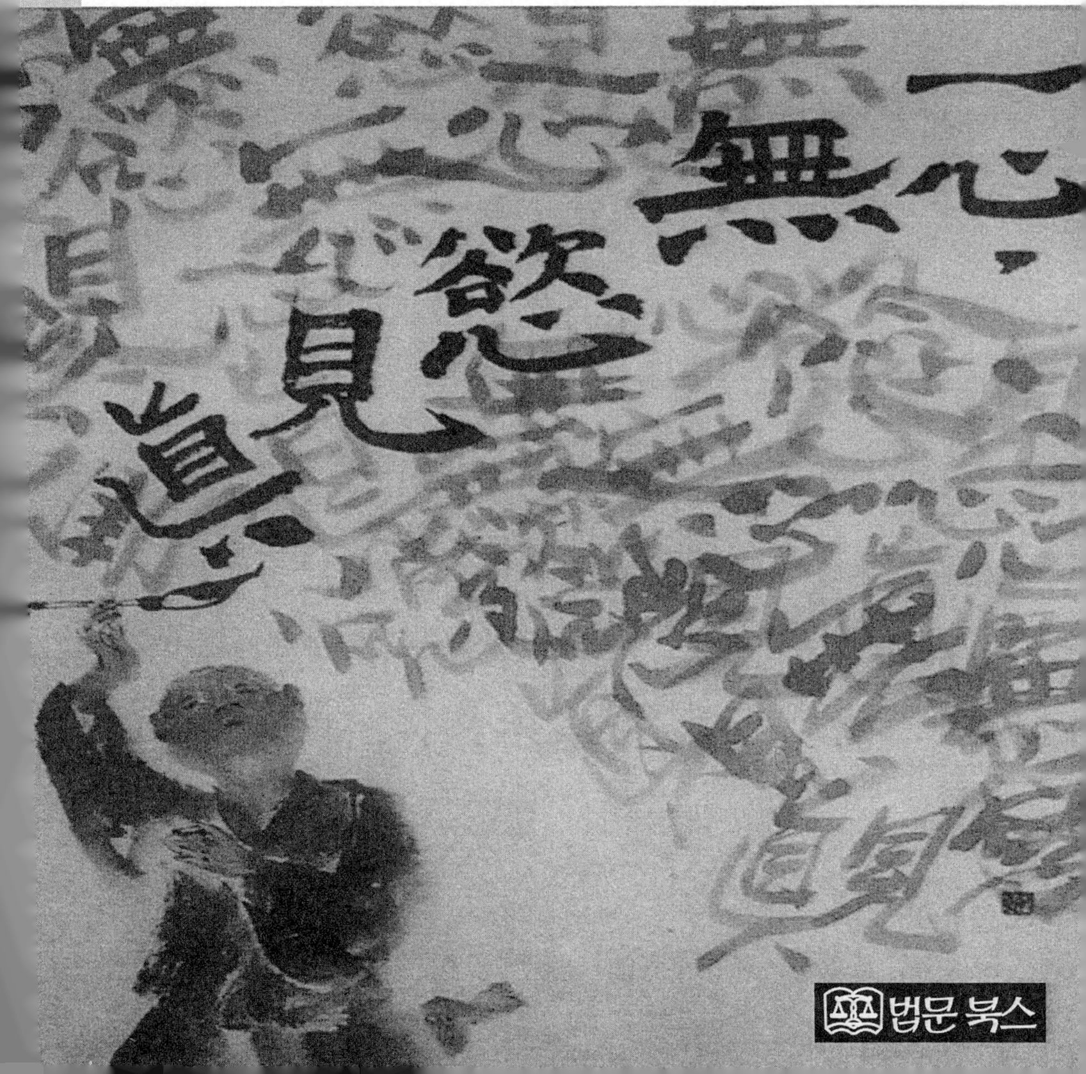

법문 북스

책 머리에

일찍부터 중국과의 문화적 교류는 우리 정신 문화에 커다란 영향을 미쳐 왔으며, 또한 중국의 사고방식은 우리의 인간관계에서부터 일상생활에까지 깊이 뿌리박고 있다. 따라서 중국의 역사를 이해해야 하는 당위성은 새삼 말할 필요조차 없다.

특히 과학문명의 발달로 인간관계에 있어 고립·단절이 가속화되어가는 오늘에 있어서는 인간존중의 사상이 그 바탕이 되는 옛선인들의 지혜와 삶을 통해 온고이지신(溫故而知新)하는 자세가 필요하다.

이 책은 오늘날 우리의 생활과 깊은 관계를 맺으며 지식인들이나 공부하는 학생, 일반인들이 흔히 접하는 중국의 고사나 숙어(熟語), 명언 중에서 가장 함축적이고 풍자적이며, 그 사용빈도가 높은 명구들만을 모아 놓았다.

이 책의 또 하나의 장점은 고사에 관련된 일화를 통해 중국인들의 사상과 철학적 뿌리를 이해할 수 있다는 점이다. 물론 고사에 관련된 일화만으로는 방대한 중국사를 관통하는 데는 무리가 있을 것이다. 그러나 고사는 역사, 인물, 삶의 방식, 사회적 구조를 그 배경으로 깔고 있기 때문에 누구나 재미있게 읽는 동안 중국 역사의 일단(一端)과 중국인, 중국문화에 대한 이해력이 생길 것이라고 생각한다.

끝으로 공부하는 학생들이나 사회생활을 해 나가는 직장인, 교양을 쌓으려는 여러분들에게 이 책이 도움이 되기를 바란다.

차례

차례

차례

차례

차례

차례

가는 사람은 날로 멀다

죽은 사람은 날이 갈수록 잊어지고, 친한 사이라도 한 번 멀리 떨어져 가면 소원해진다.

가는 자는 날로 멀(疏)고,
오는 자는 날로 친하네.
곽문(郭門)을 나와 바라다보면,
오직 보이느니 언덕과 무덤.
고분(古墳)은 갈아 밭이 되고,
송백(松柏)은 부러져 땔감이 되네.
백양(白楊)에는 슬픈 바람 소리,
소소히 남의 마음 아프게 하네.
내 고향 찾아가고 싶으나,
갈 수 없는 이 신세 진정 슬퍼라.

고시(古詩) 19수 중에는 남녀 상사(相思)의 정을 읊은 것으로 보이는 12수를 제외한 나머지 여섯 수는 모두 이와 같은 인생고(人生苦)와 무상(無常)을 노래한 것이다.

-〈문선(文選)〉 '잡시(雜詩)' 중 18수의 제14수 첫머리

가혹한 정치는 범보다 무섭다

서서히 가는 수레 위에 공자(孔子)가 조용히 앉아 있었다. 공자를 중심으로 하여 몇 사람의 제자의 얼굴도 보였다. 사람의 왕래가 드문 길이었다. 태산(泰山)이 한결 높이 솟아 보이고 주위는 조용하다. 일행은 갑자기 여자의 울음소리가 들려 오는 걸 깨닫고 사방을 살펴보았다. 그 소리는 저 앞에 있는 무덤 쪽에서 들리는 듯했다. 공자도 울음소리에 귀를 기울이고 있었다.

무덤 옆에서는 과연 한 여인이 울고 있었다. 무덤은 셋이 나란히 있었다. 여자의 울음소리가 슬프기 그지없어 공자는 그냥 지나갈 수가 없어, 제자 자로(子路)를 시켜 그 연유를 물었다.

"무슨 일로 그렇게 애통해 하시는지요?"

여자가 얼굴을 들고 대답했다.

"이곳은 정말 무서운 곳이랍니다. 예전에 저의 시아버님이 호랑이한테 해를 입고 돌아가셨는데, 제 남편도 호랑이 밥이 되고, 이번에는 제 아들이 또 그 지경이 되었답니다."

"아, 그렇게 무서운 곳이면 왜 다른 곳으로 떠나지 않고 그대로 살고 있는지요?"

"이 곳에 살면 혹독한 세금을 내지 않아도 되니까 떠나기가 어렵습니다."

공자는 이 말을 듣고 크게 느낀 바 있어 제자들에게 말했다.

"잘 기억해 두어라. 가혹한 정치는 범보다 무섭다는 것을……."

당시 노(魯)나라는 대부(大夫) 계손자(季孫子)가 군주보다 더 큰 힘을 가지고 있어 백성들에 대한 수탈이 극심했다. 공자는,

"계손자는 주공(周公)보다도 부유하다."

했고, 또 계손자의 행동을,

"시(是)조차 참을진대, 그 무엇인들 참지 못하랴."

하며 분해했다. 이로써 공자로 하여금 '가혹한 정치는 범보다 무섭다' 고 말하게 한 것이요, 가혹한 정치가 미치는 해악을 범에 비유하여 단적으로 말했다.

또 당송(唐宋) 팔가(八家)의 한 사람인 유종원(柳宗元)의 뱀을 잡는 자의 이야기가 있는데, 공자의 말을 인용한 다음,

"아아, 부렴(賦斂—조세를 매겨 거둠)의 독이 배암보다 심한 바 있음을 알진저."

라고 말했다.

-〈예기(禮記)〉 '단궁편(檀弓篇)'

간담상조(肝膽相照)

간과 쓸개를 서로 내 보이다

이관(李觀), 맹교(孟郊) 같은 좋은 친구를 많이 사귀고 있던 한유(韓愈)는 경박한 교제를 극히 싫어해 사이비 우정의 본질을 규명하고, 그것의 믿을 수 없음을 명문(名文)으로 남기고 있다.

그는 아마도 일생 동안 몇 번이나 경험한 불우한 시절에 참된 우정과 그렇지 못한 우정을 구별할 수 있는 능력을 얻게 된 것 같다. 특히 한유는 유종원에 대해 그의 사람됨과 재능, 정치가로서의 역량, 또 그 우정의 두터움을 칭찬했다.

유종원이 부름을 받아 유주(柳州)의 자사(刺史—지방관리)로 임명되었을 때, 중산(中山) 사람인 유몽득(柳夢得) 역시 파주(播州)의 자사(刺史)가 되어 지방으로 내려가야 할 형편이었다. 이 소식을 들은 유종원은 울며 이렇게 말했다고 한다.

"파주는 이루 말할 수 없이 궁벽한 곳으로, 몽득 같은 사람이 도저히 살 수 없는 곳이다. 부모님도 계신 몸이라, 그런 데로 간다는 말을 사뢰기조차 어려워하는 모습은 딱하기만 하다. 늙으신 어머니를 모시고 그런 곳으로 갈 수는 없을 것이니, 내가 지망을 해서라도 몽득 대신 파주로 가는 것이 좋겠다."

한유는 이야기에 뒤이어,

"아아, 사람은 곤란할 때에야 비로소 참된 절의(節義)가 나타나는 것인가. 평소에 무사히 마을에 살고 있을 때에는 서로 그리워하고 반가워하며 같이 술 마시고, 놀며, 우스운 소리도 하고 서로 사양하며 간담(肝膽)을 내 보이기도 하고, 해를 우러러 눈물로 맹세하며 죽어서도 배반하지 않겠다고 말하지만, 한 번 머리카락 하나 만한 이해 관계가 생기면 서로 눈길을 돌려 모르는 사이처럼 되어 버린다. 함정에 빠져도 손을 내밀어 구해 주려 하지 않을 뿐더러, 오히려 빠진 사람을 더 밀어 넣고 위에서 돌을 던지는 시늉을 하는 자가 세상에는 얼마든지 있는 것이다."

라고 덧붙이며 간담을 서로 내 보이는 진정한 우정은 세상에 극히 드물기 때문에 더욱 높은 가치를 지닌다고 했다.

건곤일척(乾坤一擲)

하늘과 땅을 한 번의 승부에 걸다.

용호(龍虎)가 피곤하여 천원(川原)에 나뉘니,
억만 창생(蒼生)이 성명(性命)을 가지도다.
그 누구 군왕에게 마수(馬首)를 돌리게 하여,
진실로 일척(一擲) 건곤(乾坤)을 도(賭)케 하리오.

이 시는 한유의 '홍구(鴻溝)를 지남'의 한 구절이다. 홍구는 지금의 하남성 가로하(賈魯河)를 일컫는 곳이다. 그 옛날 진(秦)이 멸망하고 천하가 아직 통일되지 않았을 때, 초(楚)나라 항우(項羽)와 한(漢)나라의 유방(劉邦—뒷날의 高祖)이 이곳에 일선(一線)을 긋고 천하를 분유(分有)했다. 이 시는 당시를 추회(追懷)한 것이다.

진왕(秦王)의 실정에 진척(陳涉) 등이 반기를 들자, 이에 호응하여 각지에서 병사를 일으키는 자들이 있었는데, 그 중에서도 풍운을 타고 가장 두각을 나타낸 것은 항우였다. 그리고 3년만에 드디어 진나라를 멸한 항우는 스스로 서초(西楚)의 패왕(霸王)이 되어 팽성에 도읍을 정하고, 유방을 비롯하여 공 있는 자들을 각각 왕후에 봉하여 우선 천하를 호령한 것으로 보인다.

그러나 명목상의 주군(主君)인 초나라의 의제(義帝)를 죽인 일과 행실이 고르지 못한 것이 다시금 천하를 혼란에 빠뜨리게 했다. 즉, 전영(田榮), 진여(陳余), 팽월(彭越) 등이 잇달아 제(齊)와 조(趙)와 양(梁)의 땅에서 반란을 일으키고, 항우가 이들을 치고 있는 틈을 타서 유방이 군사를 일으켜 관중(關中)의 땅을 병합해 버린 것이다.

본래 항우가 가장 두려워 한 사람은 유방이었다. 맨 처음에 관중 땅을 평정한 사람이 곧 '관중의 왕'이 되는 것이라고 한 의제의 공약은 무시되어, 관중에 먼저 들어섰는데도 항우에 의해 파촉(巴蜀) 땅에 봉해진 것은 유방으로서는 항우에 대한 가장 큰 원한이었다. 그러나 이제 관중을 손아귀에 넣은 유방은 항우에 대해서 다른 뜻이 없음을 전하고, 착착 힘을 길러 관외(關外)로 진출할 기회를 엿보고 있었다.

다음 해 봄, 항우는 제나라에 이겼으나, 그래도 완전히 제나라를 굴복시키지 못했다. 좋은 때라고 생각한 유방은 초나라의 의제를 위해 상(喪)을 입게 하는 동시에, 역적 항우를 칠 것을 여러 제후들에게 권하여 56만의 군사를 거느리고 초나라로 쳐들어가 서울 팽성을 손에 넣었다.

항우는 이 소식을 듣고 되돌아와서 팽성 근방에서 한군(漢軍)을 철저하게 쳐부수어, 유방은 간신히 목숨을 건져 영양(滎陽)까지 도망쳐 갔지만, 불행하게도 부친과 부인을 적중에 남겨 놓게 되었고, 영양에서 어느 정도 세력을 되찾기는 했지만 다시 포위되어 그 곳을 간신히 탈출하는 형편이었다.

그 후 유방은 한신(韓信)이 제나라를 제압하게 됨에 따라 어느 정도 세력을 얻었다. 그리하여 다시 관중에서 병력을 보급하여 초군(楚軍)을 격파하고, 팽월도 양(梁)의 땅에서 초군을 괴롭혔으므로, 항우는 각지에서 싸움을 하지 않을 수 없게 되었다. 더구나 팽월에 의해 군량까지 떨어지니, 드디어 유방과 화의하여 천하를 양분하니 홍구에서 서쪽을 한(漢)이라 하고, 동쪽을 초(楚)라 하여, 유방의 부친과 부인도 돌려보내게 되었다.

한나라 4년, 기원전 203년이었다. 항우는 약속이 되었으므로, 군사를 거느리고 귀국해 갔다. 유방도 철수하려고 했다. 이를 본 장양(張良)과 진평(陳平)이 유방에게 진언했다.

"한은 천하의 태반을 가지고 제후도 많이 있으나, 초의 군사는 피로해 있고 군량도 떨어졌습니다. 이야말로 하늘이 초를 망하게 하시려는 것이니, 초의 군사가 굶주려 있을 때 공격하는 것이 좋을 줄 압니다. 지금 치지 않으면 호랑이를 길러 환난을 만드는 것이라 하겠습니다."

이에 유방은 뜻을 정하고 다음 해에 초군을 추격하여 드디어 한신, 팽월

등의 군사와 함께 항우를 해하(垓下)에서 포위했다.

한유는 홍구 땅에서 이 장양과 진평이 한왕(漢王)을 도운 공적을 생각하고, 바야흐로 천하를 건 큰 도박이라고 보았던 모양이다. 일척(一擲)이라 함은 모든 것을 한 번에 내던진다는 뜻이요, 일척천금(一擲千金), 일척백만(一擲百萬)이니 하는 말로 쓰인다. 건곤(乾坤)은 곧 천지이니, '일척건곤(一擲乾坤)을 건다.' 즉 '건곤일척(乾坤一擲)' 은 천하를 얻느냐 잃으냐 하는 대모험을 행하는 데 쓰이는 말이다.

– 한유(韓愈) 의 시 '홍구(鴻溝)를 지남' 중에

격물치지(格物致知)

'사서(四書) 오경(五經)'은 유교의 성전(聖典)이다. 이 '사서', 즉 〈대학(大學)〉, 〈논어(論語)〉, 〈맹자(孟子)〉, 〈중용(中庸)〉의 네 경전 중에서 〈대학〉은 유교의 교의(敎義)를 간결히 체계적으로 술한 명서로 알려져 있는데, 그 내용은 3강령(三綱領) 8조목(八條目)이라는 것으로 요약된다.

'3강령'이라함은 명덕(明德)을 밝히고, 백성을 새로이 하며(백성을 친히 한다고도 함) 지선(至善)에 그친다의 3항이요, '8조목'이란 격물치지(格物致知)의 2항과 뜻을 성(誠)으로 하고, 마음을 바로 하며, 몸을 닦고, 집을 다스리며, 나라를 다스리고, 천하를 평정함의 6항을 합한 8항목이다. 이는 전체적으로 유교사상의 체계를 논리화한 것이라 하겠다.

그런데 8조목 중의 6항목에 대해서는 〈대학〉의 글 속에 자세한 해설이 나와 있지만, 격물(格物), 치지(致知)의 두 항은 한 마디의 설명도 하지 않았다. 격물치지를 모르면 단계적으로 쌓아 올린 8조목의 사상이 출발점에서부터 분명하지 못하게 된다. 그래서 특히 송대(宋代) 이후 유학자들 사이에서 이에 대한 해석으로 이설(異說)들이 쏟아져 나왔고, 유교 철학의 근본 문제로서 논쟁의 근원이 되었다. 그 중에서도 대표적인 학설을 주창한 이는 주자(朱子)와 왕양명(王陽明)이다. 왕양명은 양명학(陽明學)의 조상이 되는 명대(明代)의 대학자이나, 양명은 아직 20대의 젊은 나이에 주자의 학문에 마음을 기울이고 있었다. 그런데 주자는 격물치지에 대해서 말하기를,

"만물은 모두가 일목일초(一木一草)에 이르기까지 제각각 이(理)를 갖추고 있다. 이 이를 하나하나 궁리해 들어가면, 어느 때 확연히 만물의 표리(表裏)와 정추(精醜)를 밝힐 수 있다."

고 했다. 즉, 격물(格物)의 격(格)이란 이른다(至)는 뜻, '격물은 물(物)에 이

른다' 는 것으로 만물이 가지고 있는 이(理)를 찾아 들어가는 궁리(窮理)와 같은 의미의 말이요, 물에 이르러 이(理)를 궁(窮)하는 일에서 지식을 펴 나아가 '지(知)를 이룬다' 는 말로, 이것이 곧 격물치지라고 말하고 있는 것이다.

주자에 심취하고 있던 양명은 이 가르침에 따라 격물치지의 진의를 체득하려고 이(理)가 일목일초에까지 있는 것이라면, 집 옆에 있는 대나무에도 물론 이(理)가 있을 것이라 생각하고, 대나무를 한 그루 한 그루 잘라 우선 대의 이(理)를 찾아 보려 했다. 그러나 대를 들여다보며 며칠을 심사숙고해 보았지만, 아무래도 대나무의 이(理)라는 것을 찾지 못했다. 번민하던 끝에 양명은 병이 났다.

양명은 서서히 주자의 학설에 의심을 하게 되어 결국 주자로부터 떨어져 나와 주자와는 다른 격물치지의 해석을 생각해 내게 되었다. 즉, '격물의 물은 사(事)이다. 사(事)란 어버이를 모시고 혹은 임금을 모시는 것 같이, 모두 마음의 움직임의 뜻을 가진 말이다. 사(事)라고 함에 있어서는 거기에 마음이 있고, 마음 바깥에는 물(物)도 없고, 이(理)도 없다. 그러므로 격물의 격이란 바르게 함을 말하고, 사(事)를 바르게 하고 마음을 바르게 하는 것이 격물이다. 사람은 악을 버리고 마음을 바르게 하여 마음 속에 선천적으로 갖추고 있는 양지(良知)를 밝게 할 수 있다. 이것이 지(知)가 이루는 일이요, 치지(致知)인 것이다.'

지적 분석을 중시한 주자의 해석과는 반대로 양명은 심즉이(心卽理)라든가 지행합일(知行合一)이라든가 하는 실천을 중히 여겨 행적입장(行的立場)을 중요시하므로, 이러한 격물치지의 해석을 생각해 낸 것이다.

격물치지에 대한 양자의 해석은 주자학이나 양명학 모두 자신들의 학설을 합리화하려는 데서 생겨난 것이라고 할 수 있다. 그 후 학자들 사이에서 격물치지에 대한 논의가 계속되고 있지만, 오늘날까지 정확한 해석은 아직 보지 못하고 있다.

-〈대학(大學)〉 '8조목(八條目)'

경국(傾國)

나라가 기울다

한나라 무제(武帝) 때 이연년(李延年)이란 가수(歌手)가 있었다. 음악의 재능이 풍부하여 노래와 춤에 뛰어나고, 곡을 짓는가 하면 편곡도 잘 하여 뭇사람들을 감동시켰다. 어느 날 그는 무제 앞에서 춤추며 노래를 불렀다.

북방에 가인(佳人) 있어 둘도 없는 절세미인.
그의 눈길 한 번에 성(城)도 기울고, 두 번엔 나라도 기울어지리.
어찌터, 경성(傾城) 경국(傾國)을 잊으랴마는,
가인 다시 얻기 어려울세라.

무제는 이 노래를 듣고 나서 한숨을 지었다.

"아, 이 세상에 그렇게 예쁜 여자가 있을까?"

이때 무제의 누이 평양공주가 귀에 대고 속삭였다.

"저 연년에게 누이동생이 있사옵니다."

무제는 곧 연년의 누이동생을 불러들였다. 그 여자는 말할 수 없이 아름답고 또 춤을 잘 추었다. 무제는 곧 그 여자의 미모에 빠지고 말았다. 이 이야기는 〈한서(漢書)〉에 기록되어 있는, 무제의 총애를 한 몸에 입고 젊은 나이에 죽어 무제로 하여금 추모의 정을 금할 길 없게 한 '이부인전(李夫人傳)'의 일부다.

경국, 즉 나라가 기울어진다는 말을 쓴 예는 대단히 많아 이백(李白)의 〈악부청평조(樂府清平調)〉에 '명화(名花)와 경국은 둘 다 사랑할 것이로다' 고 한 구절이 있고, 백낙천(白樂天)의 '장한가(長恨歌)' 의 시작은 '한황(漢皇) 색(色)을 중히 여겨 경국을 생각하다' 하였다.

경국의 본 뜻은 '나라를 위태롭게 한다' 는 것이고, 〈사기(史記)〉 '항우본기(項羽本紀)' 에 나온 다음의 쓰임이 본래의 뜻이다. 유방이 항우에게 부모와 처자를 포로로 빼앗겨 괴로워하고 있을 때, 후공(候公)이 그의 변설(辯舌)로써 이들을 찾아왔다. 이 때 유방이,

"이는 천하의 변사(辯士)로다. 그가 있는 곳이면 나라도 기울게 하리."

한 것이 본래의 뜻이다. 이연년의 노래에서도 '경국' 이라는 단어 자체를 미인이란 뜻으로 쓴 것은 아니었다. 그러나 이백, 백낙천의 시에서는 완전히 미·인의 뜻으로 쓰이고 있다.

경원(敬遠)

공경하여 멀리한다

공자의 양친은 하늘에 제사 지내지 않고 남녀 관계를 맺었고, 조종(祖宗)의 영(靈)에게 고하지 않고 공자를 낳았다. 공자에게 이 점은 늘 열등감으로 작용했다. 이 열등감에서 벗어나기 위해서 그는 정상적인 부부 관계에서 태어난 사람 이상으로 도덕적으로 완전한 인간이 되지 않으면 안 되었다. 즉, 하늘에 인정받지 않으면 안 되었던 것이다. 공자의 지나치게 집요한 자기 수업은 그러한 결의 아래 비롯된 것이었다.

그러나 도덕적으로 완전한 인간이 되고자 하여 부모의 행위를 부정하면 불효하는 죄를 범하게 되고, 불효라는 죄를 피하여 부모의 행위를 용인하면 배덕(背德)이라는 행위를 시인하는 결과가 된다.

당연히 양자택일을 강요하는 이런 궁지에서 공자는 독자적인 태도를 취했다. 도덕은 도덕으로 공경하고, 어버이는 어버이대로 공경하여 어버이와 도덕의 관계에 대해서는 관여하지 않는 길을 택한 것이다. 말하자면, 자기 자신만은어떠한 대상에 대해서도 바르게 있으려는 자기중심주의를 굳게 가졌던 것이다. 그렇게 한 결과, 공자는 당시의 도덕과 인간 정신의 대립이라는 문제를 저버려서 윤리관에 새로운 창조를 가할 계기를 잃고, 천(天)과 조종(祖宗)의 영(靈)과 천(天)에 의해 인간에게 주어진 도덕률 등 인간의 의지를 초월하여 존재하는 일체의 권위에 순종하여 무릎을 꿇게 된 것이었다. 따라서 공자의 가르침이라는 것은 이것들이 어찌하여 '인간의 의지를 초월하고 있으면서도 권위일 수 있는가?' 하는 비밀을 추구하는 것이 아니고, '어떻게 해서 그러한 권위에 복종하는가' 라는 실천론에 시종(始終)하지 않을 수 없게 된 것이다.

자(子)는 괴(怪), 역(力), 난(亂), 신(神)을 말하지 않노라. (不語怪力亂神論)

선생은 괴이(怪異)와 무용(武勇)과 세상의 어지러움과 신(神)에 대해서는 말하지 않았다고 했듯, 괴(怪)와 신이라는 초월자에 대해서는 순종하는 태도 이외에는 취하지 않았다. 더구나 공자는 이러한 태도야말로 지(知)라고 확신하고 있었다.

제자 번지(樊遲)가 지(知)에 대해서 물었다. 공자가 말하기를,

"나 자신이 해야 할 일에 대해서만 노력하고, 귀(鬼)와 신(神)은 공경하며 멀리 할 것이라. 이렇게 하면 지(知)라 할 것이니라.(樊遲問知, 子曰, 務民之義, 敬鬼神而遠之, 可謂知矣)"

'공경하여 이를 멀리한다' 함은 공경하여 버릇없이 지나치게 친하지 않는 일, 요컨대 신에게 의지하는 등의 일을 하지 말 것을 의미한다. 여기서 공자의 초월자에 대한 객관적인 공정성이 엿보인다.

오늘날 '경원(敬遠)'이란 말이 '꺼려해서 피한다'는 뜻으로까지 쓰이는 것을 공자가 알면 탄식해 마지 않을 일일 것이다.

-〈논어(論語)〉, '술이편(述而篇)', '옹야편(雍也篇)'

계륵(鷄肋)

닭의 갈비

후한(後漢)의 헌제(獻帝) 건안(建安) 25년의 일이다. 익주(益州) 땅을 차지한 유비(劉備)는 한중(漢中)을 평정한 다음, 위나라의 조조(曹操)를 맞아 싸워 역사적인 한중 쟁탈전을 시작하고 있었다.

싸움은 몇 달을 두고 계속되었다. 유비의 병참(兵站)은 후방 근거지와 제갈양(諸葛亮)이 확보하고 있는데 비하여, 조조는 병참을 빼앗겨 도망병이 속출하고 전진도 수비도 할 수 없는 딜레마에 빠졌다. 여기서 조조는 '계륵(鷄肋)' 이라는 명령을 내렸다. 그러나 이게 무슨 뜻인지 몰라 부하들은 도깨비에 홀린 듯했다.

그런데 조조의 군대에 은어(隱語)를 잘 풀이하는 양수(楊修)라는 사람이 있었다. 양수는 낭중(郎中) 벼슬을 거쳐 주부(主簿)가 된 학문에 능한 수재였다. 일찍이 강남에 갔을 때 조조와 더불어 은어 풀기 내기를 한 일이 있었다. 그 때 양수는 곧 풀었지만 조조는 3백 리를 걸어오다가 겨우 풀었는데, 조조가 말하기를,

"내 재주는 네 재주를 못 따르기 3백 리다."

고 탄식한 일이 있었다.

양수는 조조의 이 명령을 듣자 혼자 서둘러 수도 장안(長安)으로 돌아갈 준비를 시작했다. 모두들 놀라 그 까닭을 물으니 그는 이렇게 대답했다.

"닭의 갈비는 먹으려 해도 먹을 만한 것이 못 되고, 그렇다고 버리기도 아까운 것이지. 한중을 이에 비춰 보신 왕(조조)께서 귀환하기로 작정하신 거야."

과연 조조는 위의 전군을 한중으로부터 철수했던 것이다. '계륵' 은 몸이 마르고, 약한 것을 비유하는 말로도 쓰인다. 닭의 갈빗대 같은, 골격이 빈약

한 몸이라는 뜻이다.

양수는 관도(官渡)의 싸움에 패하여 하북의 패권을 조조에게 빼앗긴 원소(袁紹)의 아우 원술(袁術)의 조카였으므로, 조조의 둘째 아들 조식(曹植)을 위나라 왕의 후계자로 세우기 위해 여기저기 내왕한 것을 제후들과 내통하고 있는 것으로 오해받아, 위군이 한중을 철수한 해에 조조에게 죽임을 당했다.

'계륵'에 관한 다른 이야기 하나.

술을 좋아하는 '죽림(竹林)의 칠현(七賢)' 가운데서도 술에 있어 윗자리였던 유영(劉伶)이 취하여 어떤 사람과 시비가 붙었다. 상대가 팔을 걷고 주먹으로 치려 덤벼들자, 유영은 천천히 말했다.

"닭의 갈빗대 같은 너무도 빈약한 몸이라, 그대의 주먹은 받지 못하겠구려."

상대는 그만 너털웃음을 웃으며 시비를 그만 두었다고 한다.

-〈후한서(後漢書)〉 '양수전(楊修傳)', 〈진서(晋書)〉 '유영전(劉伶傳)'

계명구도(鷄鳴狗盜)

닭울음 소리와 도둑

전국시대의 일이다. 제나라 왕족의 한 사람으로, 설(薛)의 땅에 봉해진 정곽군(靖郭君) 전영(田嬰)의 아들 중에 맹상군(孟嘗君) 전문(田文)이란 사람이 있었다. 전영에게는 40여 명의 아들이 있었는데, 전문은 신분이 낮은 첩의 소생이었다. 게다가 그 당시 속설로, '5월 5일에 난 아이는 부모에게 원수가 된다'는 5월 5일 출생이어서, 아버지인 전영도 처음에는 좋아하지 않았었다. 그러나 전문은 이만저만한 재동이 아니었다.

뒷날 그는 아버지의 뒤를 이어 설(薛)의 성주(城主)가 되어 뛰어난 정치를 펼쳤다. 특히 그는 재산을 아끼지 않고 천하의 인재를 모아, 한때는 맹상군의 식객으로 있는 사람이 몇천 명에 이르렀다고 한다. 식객 한 사람 한 사람이 모두 내노라하는 자신만만한 천하의 호걸들이었지만, 그 중에는 좀도둑의 명인, 짐승소리 잘 내는 명인들까지 있었다.

맹상군의 명성을 들은 진나라의 소양왕(昭襄王)이 맹상군을 진의 재상으로 초빙코자 했다. 맹상군은 주위 사람들의 반대도 있어서 뜻을 정하지 못하고 있었으나, 진의 재상이 되는 일은 자기 나라를 위해서도 도움이 되는 것이라 생각하고, 드디어 식객 몇 사람을 데리고 진으로 가서 값비싼 호백구(여우의 겨드랑이 흰 털 가죽을 모아 만든 가죽옷)를 선물로 내놓고 소양왕을 만났다.

왕은 약속대로 재상에 임명할 작정이었는데,

"제나라 왕족의 피를 받은 자를 재상으로 삼는 것은 진을 위해 이롭지 못한 일이옵니다."

라는 반대가 많아서 왕의 약속은 지켜지지 못했다.

그러나 맹상군을 그냥 돌려보내면 반드시 분풀이를 할 것 같아 맹상군을 암암리에 죽여 버릴 계획을 세웠다. 이런 형세를 눈치챈 맹상군은 왕의 총희(寵姬—왕이 사랑하는 여자)에게 애원하여 귀국을 할 수 있게 해 달라고 했다. 그러자 총희는,

"도와 줄 수는 있지만, 왕에게 선물로 준 것과 같은 호백구를 사례로 가져오지 않으면……."

이라고 어려운 조건을 붙였다.

맹상군으로서도 그 귀한 호백구를 하나 더 구하기는 쉬운 일이 아니어서 걱정을 하고 있는데, 이 말을 들은 식객 가운데서 불쑥 나선 사람은 훔치는 재주를 자랑으로 하는 사나이였다. 그 사나이는 대궐 안에 들어가서 전날 진왕(秦王)에게 선물로 준 호백구를 감쪽같이 훔쳐 내왔다. 그런 줄을 모르는 총희는 선물을 받고 크게 기뻐하여 소양왕을 졸라 맹상군을 돌려보내게 해 주었다.

맹상군 일행은 어물어물하다가는 모든 일이 틀어질 것이므로, 즉시 함양(咸陽)을 탈출하여 국경에 있는 함곡관(函谷關)으로 달렸다.

한편, 소양왕은 나중에 이 사실을 알고 병사를 놓아 뒤쫓게 하였다. 맹상군 일행이 함곡관에 도착한 것은 아직 날이 새기 전이었다. 그런데 진나라에서는 첫닭이 울기 전에는 관문을 열지 못하게 되어 있었다. 자칫 목숨을 건 탈출이 실패에 돌아갈 형편인데, 이 때 식객 중에서 짐승의 목소리를 잘 흉내 내는 자가 나섰다. 그가 어둠 속으로 숨어 들어가니 이내 닭 우는 소리가 낭랑하게 들려왔다. 아직 첫닭 울 시각이 멀었는데도 이 소리에 근방의 닭들이 모두 따라 울었다. 자다 깬 관문지기 병졸이 이상한 얼굴로 관문을 열었다. 기다리고 있던 맹상군 일행은 이때다 하고 관문을 나서 말에 채찍질하여 드디어 탈출에 성공했다. 소양왕의 병졸들이 함곡관에 도착한 것은 바로 얼마 후였다.

계포(季布)의 일락(一諾)

계포의 한 번 허락

초나라 사람 계포(季布)는 젊었을 때 이미 임협(任俠 — 체면을 소중히 여기고 신의를 지킴)으로 알려져 한 번 허락한 이상 그 약속은 반드시 지켰다. 뒷날 서초의 패왕 항우가 한나라 유방과 더불어 천하를 걸고 싸울 때에는 초나라의 대장으로서 누차 유방을 괴롭혔지만, 항우가 패망하여 유방이 천하를 통일하자 그의 목에 천금의 현상금이 걸려 이리저리로 쫓기는 몸이 되었다. 그러나 그를 아는 사람은 아무도 그를 팔지 않았을 뿐만 아니라, 유방에게 좋게 말해 주기까지 했다. 그리하여 나중에 한의 낭중(郎中)이 되어 혜제(惠帝) 때에는 중장랑(中將郎)이 되었다. 권모술수가 소용돌이 치는 궁중에서도 그는 옳은 것은 옳다 하고, 그른 것은 그르다고 주장하여 점점 더 뭇사람들의 존경을 받았다.

그러한 계포의 에피소드에 이런 이야기가 있다.

흉노의 추장 선우(單于)가 권력을 한 손에 쥐고 있는 여태후(呂太后)를 멸시한 불손한 편지를 조정에 보낸 일이 있었다.

"발칙한 놈, 그 놈을 어찌할 것인고……."

분노한 여태후는 곧 장군들을 불러 어전회의를 열고 여럿에게 물었다. 이때 일어선 것은 상장(上將) 번쾌였다.

"소신이 십만의 군사를 가지고 흉노놈들을 남김 없이 쳐 부숴 놓겠소이다."

무슨 일에나 여씨(呂氏) 일문(一門)이 아니고서는 꿈쩍도 못하던 때이다. 하물며 번쾌는 그 일문의 딸을 아내로 맞아서 여태후가 가까이 알아 주는 장군이라, 여태후의 얼굴 빛만 살피고 있던 얼빠진 무사들은 이구동성으로,

"그것이 좋겠나이다."

하고 말했다.

이때,

"번쾌를 쳐야 하오!"

하고 큰소리로 외친 사람이 있었다. 바로 계포였다.

"고조황제께서조차 40만의 대군을 거느리시고도 평성에서 그자들에게 포위당한 일이 있었습니다. 그런데 지금 번쾌의 말이 십만으로 쳐부수겠다니, 이야말로 대언장담(大言壯談)도 너무 심한 줄로 아뢰옵니다. 남들은 장님으로 생각하는 것입니까. 대체 진이 망한 것도 오랑캐와 싸움을 걸었기 때문에 진성(陳誠) 등이 그 빈틈을 타서 일어선 것이올시다. 그들에게서 받은 상처가 아직도 다 아물지 못했사온데, 번쾌는 위에 아첨하기 위해 천하의 동란을 가져오려 하는 자가 아니겠나이까?"

좌우 사람들의 안색이 일시에 싹 변했다. 그러나 여태후는 노하지 않았다. 폐회(閉會)를 명하고는 두 번 다시 흉노 토벌에 대해서 말하지 않았다.

그 즈음 초나라 사람으로 조구(曹丘)라는 자가 있었다. 대단히 말을 잘 하는 사나이였으나, 권세와 재물에 대한 욕심이 많아 조정의 세력있는 환관(宦官) 조담(趙談)과도 통하고 황제의 외숙인 두장군(竇長君)에게도 친히 출입하고 있었다.

이를 들은 계포는 두장군에게 글을 보내어 '조구는 못된 사나이라고 듣고 있사오니, 가까이 하지 마옵소서' 라고 친절히 일러 주었다. 그때 마침 조구는 여행 중이었는데, 돌아와 두장군에게 가서 계포에게 소개장을 써 달라고 했다.

"계포 장군은 그대를 좋아하지 않는 것 같으니, 가지 않는 것이 좋지 않을까?"

두장군이 이렇게 일러 주었는데도 그는 억지로 소개장을 얻어 계포를 찾아갔다. 벌겋게 화가 나 기다리고 있는 계포를 찾아간 조구는 인사를 마치고 이야기를 시작했다.

"초나라 사람들은 황금 백근을 얻는 일은 계포의 일락(一諾)을 얻은 것만 같지 못하다고 하여 이미 그 말이 속담처럼 되어 있습니다만, 도대체 어찌하여 이렇게도 유명하게 되었습니까? 좀 가르쳐 주십시오. 본래 우리는 동향인이기도 한데, 그런 제가 당신의 자랑을 하며 돌아다닌다면 어떻게 됩니까? 저는 기껏해서 양(梁)과 초나라에만 알려져 있지만, 제가 돌아다니면서 당신 이야기를 한다면 당신께서는 천하에 그 이름을 떨치게 될 것입니다."

자신의 이름이 천하에 떨치게 된다는 말을 들은 계포는 마음에 기쁨을 느꼈다. 그래서 그 사람을 손님으로 몇 달 동안 묵게 하여 섭섭치 않을 만큼 대우하여 보냈다. 이 조구의 변설에 의해 계포의 이름은 더욱 온 천하에 전해진 것이다.

'계포의 일락' 은 '계락(季諾)' 이라고도 생략해서 말하고, 혹은 '금락(金諾)' 이라고도 한다.

-〈사기(史記)〉 '계포전(季布傳)'

고복격양(鼓腹擊壤)

옛날 성천자(聖天子)라는 이름을 얻은 요(堯) 임금 때의 이야기다. 요는 임금의 자리에 앉은 이래, 항상 마음을 기울여 하늘을 공경하고 백성을 사랑하는 정치를 하여 천하 사람들이 다 따른 임금이었다. 태평무사한 나날이 거듭되어 어느덧 50년이 지났다. 너무나 평화로운 세월을 보내다 보니 요는 어쩐지 불안한 생각이 들었다.

"도대체 온 나라가 무사하다 하지만, 정말 내 나라는 태평한 것일까? 백성들은 정말로 나를 천자로 받들기를 좋아하고 있는 것일까?"

요는 그런 사실을 자기 눈으로 보고, 자기 귀로 들어서 확인해야겠다고 생각했다. 그리하여 어느 날 남 모르게 평복을 하고 가만히 거리에 나섰다. 어느 네거리 모퉁이를 지나려니 아이들이 모여 서서 손을 맞잡고 놀며 이런 노래를 부르고 있었다.

천자님, 천자님, 우리들은 이렇게도 잘 산답니다.
이것도 모두 천자님 덕택.
천자님, 천자님, 우리는 이렇게 마음을 놓고
오직 오직 천자님만 믿고 살지요.

아이들의 철없는 노래에 요 임금은 마음이 흐뭇했다.

"으음, 그런가! 아이들까지도 나를 칭송해 주는구나."

이렇게 중얼거리다가 요는 문득 한 가지 의문이 머리에 떠올랐다.

"가만 있자, 이건 어린 아이들의 노래로서는 지나치게 작위적이다. 어쩌면 어느 어른이 만들어 준 노래가 아닐까."

이런 불안을 갖게 된 요는 걸음을 빨리하여 거리를 거닐었다. 동네 변두리에 이르렀을 때, 한 노인이 무언지 맛나게 먹으면서 격양(擊壤-나무로 만든 공을 서로 부딪혀 승부를 다투는 놀이)에 눈이 팔려 있다가 쉰 목소리로 노래를 중얼거렸다.

해가 뜨면 부지런히 밭을 갈고, 해가 지면 집에 들어 편히 쉰다.
목 마르면 우물 파서 물 마시고, 배고프면 논밭에 곡식이 있네.
천자님 같은 건 있으나마나, 우리들 살림살이 무슨 걱정인고.

이 노래를 들은 요 임금은 그제야 마음이 시원하고 가슴이 탁 트이는 것 같았다.

"그래, 그러면 된 거야. 백성들이 아무 걱정 근심이 없어 배를 두드리고 격양을 하며 제 살림을 즐긴다. 이거야말로 내가 바라마지 않던 것이 아닌가."

궁으로 돌아가는 요의 발걸음이 한결 가벼워진 것도 당연한 일이었다.

고희(古稀)

옛부터 드물다.

당나라 서울 장안, 그 동남쪽에 곡강(曲江)이라는 못이 있었다. 오(吳)의 남쪽에는 부용원(芙蓉苑)이라는 궁원(宮苑)도 있어서 경치가 아름답고 봄이면 꽃을 즐기는 장안 사람들로 법석였다.

이 곡강 근처에서 두보(杜甫)는 몇 수의 시를 남겨 놓았다. 두보는 젊어서 각지를 방랑하여 30여 세에 장안에 돌아와 관직을 구했다. 그러나 그의 희망은 이루어지지 않았다. 그리고 안녹산(安祿山)의 난 때 영무(靈武)의 행궁(行宮: 임금이 거동할 때 머무는 궁)에 있는 숙종(肅宗)에게 달려가려 했으나, 반란군에 붙잡혀 9개월 동안이나 유폐되었다가 간신히 탈출하여 그 공에 의하여 좌습유에 임명되었다. 그리하여 숙종을 따라 서울에 돌아왔던 것이다. 그의 나이 마흔 일곱 살 때였다.

그러나 숙종을 에워싸고 소용돌이치는 정치로 인해 두보는 궁에 들어가지 않고 곡강 기슭에서 꽃을 즐기며 지내는 날이 많았다. 곡강가에서 그의 머리에 오고간 생각은 어떤 것이었을까. 그의 시 중에 다음과 같은 것이 있다.

조정에서 나오면 봄옷을 전당 잡히고,
곡강가에서 취해 돌아온다.
술값 빚은 예사로운 것, 가는 곳마다 있으려니와,
인생 70은 예로부터 드물다.
꽃 속을 주름잡는 나비는 그윽해 보이고,
물 위에 꼬리 적시며 잠자리는 유유히 난다.
봄빛이여, 내 말 전하노니,
우리는 같이 유전(流轉)하며 짧은 한 때를 서로 즐기세.

미워할 건 어디 있는고.

이 시에서 쓰인 '인생칠십고래희(人生七十古來稀)' 는 때로 드문 나이에 이르른 사람을 축하하는 뜻으로도 쓰이게 되었다. 70세를 '고희(古稀)' 라고 하는 것도 여기서 생긴 말이다.

두보가 중앙에서 벼슬자리를 지킨 것도 1년 뿐, 지방관으로 좌천이 되었고, 그나마 그 자리도 버리고 전국 각 처를 방랑하였다. 변경지방의 산골 동네를 돌아다니며 때로는 원숭이들이 먹다 남긴 굴밤으로 주린 배를 달래기도 했다.

대력(大曆) 3년(768년) 봄, 그는 멀리 장안을 향해 배를 양자강에 띄우고 마지막 여행길에 올랐다. 그러나 길은 막히고 배는 강상(江上)에서 헤매이기만 했다.

대력 5년 봄에 그는 배 안에서 노래를 읊었다.

늙은 눈에 어리는 꽃은 안개 섞인 듯 흐려 보이네.
아름다운 나비들은 서로 희롱하며 적막한 배의 포장을 스쳐 가고,
여기 저기 갈매기들은 몸도 가벼이 급한 여울을 날아가네.
흰 구름 푸른 산 만리 저편, 그 북쪽에 장안이 있으려니…… 하고,
나는 우수의 눈길을 보낸다.

그 해 겨울 상강(湘江)에 띄운 배 안에서 두보는 59세의 나이로 죽었다. 그러나 긴 유랑의 괴로움 속에서도 그의 시는 아름답게 닦아진 것으로, 이미 이 세상의 유전(流轉)을 초월한 것이라 할 만했다.

곡학아세(曲學阿世)

학문을 굽혀 세상에 아첨하다.

전한(前漢) 제4대의 효경제(孝景帝)는 즉위하자, 곧 천하에 어진 선비들을 구하여 우선 시인으로 이름높은 원고생(轅固生)을 불러 박사(博士)로 삼았다. 원고생은 산동 출신으로, 그 당시 90의 노령이었지만 효경제의 부름에 감격하여, '젊은이들에게 지지 않으리라' 하고 흰머리를 날리며 효경제 앞에 나왔다.

그런데 원고생의 직언에 못 견디는 얼치기 학자들은 어떻게해서든지 이 사람을 떨려 나가게 하려고 온갖 비난을 다했다.

"그 늙은이는 이미 쓸모가 없는 자이옵니다. 시골에 그대로 두어서 증손자들이나 보아 주게 하는 것이 좋은 줄로 아옵니다."

라고 말하는 신하도 있었다.

그러나 효경제는 이런 중상을 곧이 듣지 않았다. 그리고 역시 산동 출신의 공손홍(公孫弘)이란 소장학자를 불러들였다. 공손홍은 '저런, 늙은이가 뭘 하겠다구……' 하는 눈초리로 원고생을 보았으나 원고생은 개의치 않고 말했다.

"지금 학문의 길이 문란하여 속담이 유행하고 있소. 이대로 두면 유서깊은 학문의 전통은 사설 때문에 자취를 감추게 될 것이오. 그대는 다행히 젊은 호학(好學)의 선비라 들었소. 아무쪼록 바른 학문을 연구하여 세상에 널리 퍼뜨려 주시오. 결코 자기가 믿는 학설을 굽혀(曲)서 세상의 속물들에게 아부하지 않도록……."

이것이 '곡학아세(曲學阿世)'의 말이 생긴 시초가 되었다.

'저런 늙은이가……' 하고 있던 공손홍도 절조를 굽히지 않는 원고생의 훌륭한 인격과 풍부한 학식에 감격하여 크게 뉘우치고, 곧 자기의 무례를 사과한 다음 그의 제자가 되었다. 원고생이 나서 자란 산동에서는 시를 배우는 자는 모두 원고생을 모범으로 삼았고, 당시의 이름있는 시인은 거의 모두 그의 제자였다고 한다. 이러한 원고생의 강직함을 말해 주는 이야기가 있다.

효경제의 모친인 두태후(竇太后)는 노자를 몹시 좋아했는데, 한 번은 박사 원고생을 불러 물었다.

"그대는 노자를 어떻게 생각하는고?"

원고생은 평소의 신념을 굽혀 칭찬할 수 없다 생각하고,

"노자 같은 사람은 하인배나 다름없는 사나이올시다. 그가 하는 말은 모두 남을 속이는 말에 지나지 않으며, 적어도 천하 국가를 논하는 선비가 문제시할 가치도 없는 것이옵니다."

라고 두려움 없이 대답했다. 태후는 얼굴빛이 확 변했다.

"이런 오만한 자가 어디 있는가. 내가 존경하는 노자를 가짜로 돌리다니! 이 자를 옥에 가두라."

두태후의 명령에 옥에 갇힌 원고생은 날마다 돼지 잡는 일을 하게 되었다. 태후는 90이 넘은 노인이 돼지잡는 일은 제대로 못하려니 생각하고, 못하는 때에는 또 다른 형벌을 주리라 생각하고 있었다. 그러나 원고생은 예리한 칼로 돼지를 잡는데, 한 칼에 돼지의 심장을 찔러 어렵지 않게 잡았다. 이 소식을 들은 태후는 하는 수 없이 그를 용서하여 다시 박사의 자리에 돌아오게 하였다.

이 두려움 없고, 권력에 눌리지 않고, 직언하는 태도에 감탄한 효경제는 원고생을 삼공(三公)의 하나인 청하왕태부(淸河王太傅)라는 벼슬에 승진시켜 점점 더 그를 신임했다고 한다.

-〈사기〉, '유림전(儒林傳)'

과유불급(過猶不及)

정도를 지나침은 모자람과 같다.

어느 날 제자 자공(子貢)이 공자에게 물었다.

"자장(子張)과 자하(子夏) 어느 쪽이 현(賢)이오니까?"

사실 이 두 사람은 퍽 대조적인 성격의 소유자였던 모양이다. 〈논어〉에도 이런 이야기가 실려 있다.

어느 날 자장이 공자에게 이렇게 물었다.

"사(士)로서 어떠하면 달(達)이라 할 수 있겠습니까?"

공자는 도리어 자장에게 반문했다.

"자네가 말하는 달(達)이란 건 무엇인가?"

"제후를 섬겨도 반드시 그 이름이 높아지고, 경대부(卿大夫)의 신하가 되어도 역시 그 이름이 나는 것을 말합니다."

"그것은 문(聞)이지, 달(達)은 아니야. 그 본성이 곧아 의(義)를 좋아하고, 말과 얼굴빛으로 제후를 섬기거나 경대부의 사사로운 신하가 되어도 그릇된 일을 하지 않는 사람이라야 '달' 이라 할 수 있는 것이다. 그러나 인덕이 있는 듯한 얼굴을 지으면서 어긋난 행동을 하며, 그러고도 거기에 머물러 조금도 의심치 않고 있으면 제후를 섬기거나 경대부의 신하가 되어 군자란 말을 듣게 되는데, 이것이 바로 '문' 이란 거야."

공자는 자장의 허영심을 나무란 것이었다. 그렇듯 꾸중을 들을 만큼 자장은 모든 일에 적극적이었고 자유분방하게 자기를 과시하려 드는 데가 있었던 것 같다.

한편 자하에게는 이렇게 타이른 적이 있었다.

"군자유(君子儒)가 되라. 소인유(小人儒)가 되지 말라!"

군자유라는 것은 자신의 수양을 본의로 하는 구도자를 말함이요, 소인유란 지식을 얻는 일에만 급급한 학자를 가리킨 것이다. 아마 자하는 함부로 금과옥조(金科玉條)를 두어, 그 때문에 자신이 얽매이는 점이 있었던 모양이다.

이 두 사람의 비교를 해 달라는 자공에게 공자는 말했다.

"자장은 지나쳤고, 자하는 미치지 못한다."

"그러면, 자장이 나은 편입니까?"

"지나침은 못 미침과 같으니라.(過猶不及)"

흔히 이 말은 중용(中庸)을 가리킨 말로 해석되고 있다. 중용은 또 조화를 의미하는 것이 아닐까. 결국 공자가 추구한 것은 자기와 외계(外界)와의 완전한 조화였으니 말이다.

—〈논어〉'안연편(顔淵篇)', '옹세편(雍世篇)'

관포(管鮑)의 교제

당대(唐代)의 시성으로 그 이름이 높은 두보의 시에 '빈교행(貧交行)' 이란 것이 있다.

손바닥을 펴면 구름이 일고, 뒤집으면 비로구나.
분분(紛紛)한 경박(輕薄), 어찌 다 헤아리랴.
그대는 보지 못하는가 관포(管鮑)의 가난할 적 교제,
이 길, 지금 사람들은 흙덩이 보듯 버리네.

인정과 의리가 땅에 떨어진 그 시절에는 굳은 우정을 가졌다고 생각한 친구라도 때에 따라서는 마음이 변하기가 예사여서 참으로 경박했다. 옛날 관중(管仲)과 포숙아(鮑叔牙)의 사이 같은, 가난하나 부유하나 변하지 않는 교우의 모습을 배우는 것이 좋지 않은가 하는 시이다.

관중의 이름은 이오(夷吾)요, 춘추시대의 제나라 사람이다. 젊은 때부터 포숙아와 둘도 없는 친구가 되었는데, 포숙아도 관중의 뛰어난 재지에 마음이 끌려 언제나 그의 좋은 동지요, 이해자였다.

나중에 관중은 제나라의 공자(公子) 규(糾)의 측근에 있었고, 포숙아는 규의 동생인 소백(小白)을 모셨다. 얼마 후 두 공자의 아버지 양공(襄公)은 종제인 공손무지(公孫無知)의 반란으로 죽임을 당하여 관중은 공자 규를 모시고 노나라로, 포숙아는 소백을 모시고 거나라로 망명을 했다.

그런데 공손무지의 반란이 진압되자 두 공자는 임금의 자리를 다투게 되었고, 이에 관중과 포숙아도 서로 적의 위치에 놓이게 되었다. 관중은 공자 규를 임금의 자리에 앉히기 위해 한때 소백의 목숨을 노리기까지 했으나 성공하지 못했고, 포숙아는 소백을 도와 임금의 자리에 앉게 했다. 이 사람이 춘추 오패(五覇)의 한 사람으로 이름 높은 제의 환공(桓公)이다.

싸움에서 진 규는 환공의 요구에 따라 망명지인 노나라에서 죽임을 당했고, 관중은 제나라에 끌려오게 되어 조용히 포박을 받았다. 환공으로서는 관중은 일찍이 자기의 생명을 노린 불손한 놈이라 그의 목을 베고 싶었지만, 포숙아는 전날의 우의를 잊지 못하였고, 더구나 관중의 정치적 재능을 높이 생각해 오던 터라 환공에게,

"주군께서 제나라 하나만을 다스리겠다면 저희들로 충분하실 것이오나, 천하를 다스리는 것이 소원이시라면 관중을 신하로 삼지 않으면 안 될 줄 아옵니다."

라고 권했다.

도량과 식견이 큰 환공은 자기가 믿는 포숙아의 충고를 받아들여, 죄인인 관중을 쾌히 용서하고 곧 대부(大夫)의 벼슬을 내려 정치에 참여하게 했다. 과연 관중은 큰 정치가였다.

"예의염치(禮義廉恥)는 나라의 네 가지 큰 강령, 이를 펴지 않으면 나라는 곧 망하리."

"곡식 창고가 차면 곧 예절을 알고, 먹는 것과 입는 것이 족하면 곧 영욕(榮辱)을 안다."

이러한 말에서 엿볼 수 있듯, 관중은 백성들의 경제 안정에 입각하여 덕본주의(德本主義)의 선정을 펼쳤다. 그리고 드디어 환공으로 하여금 춘추시대 제일 가는 패자(覇者)가 되게 하였던 것이다.

이러한 일은 물론 환공의 관용과 관중의 재간에서 비로소 성공한 것이겠으나, 그 첫걸음에는 관중에 대한 포숙아의 변함없는 우정이 아니었더라면 이루어지지 못했을 일이다. 뒷날 관중은 포숙아에 대한 감사의 마음을 다하여 이렇게 말한 바 있었다.

"나는 아직 젊고 가난했을 때 포군과 함께 장사를 한 일이 있었는데, 그 이

익을 나눌 때 언제나 내가 그보다 많이 차지했었다. 내가 가난한 것을 그가 알고 있었기 때문이다. 또 그를 위해서 한 일이 실패를 해서 도리어 그를 궁지에 빠뜨린 때가 있었는데도 그는 나를 어리석은 자라고 하지 않았다. 무슨 일에든 사람은 실수가 있음을 알고 있었기 때문이다. 나는 또 몇 번이나 관리가 되었다가 쫓겨나곤 했지만, 그걸 무능하기 때문이라고는 하지 않았다. 아직 운수가 펴지 않았음을 알아 주었기 때문이다. 전쟁에 나갔다가도 몇 차례나 져서 도망해 온 일이 있었지만, 그걸 비겁한 짓이라고는 하지 않았다. 내게 늙으신 어머니가 있음을 알고 있었기 때문이다. 또 규님이 패하여 동료가 자살을 했을 때 나만이 붙잡히는 치욕을 당했는데도 그걸 수치를 모르는 놈이라고 욕하지 않았다. 내가 작은 일에 구애받지 않고, 천하에 공명을 세우지 못함을 부끄러이 생각하고 있는 것을 알고 있었기 때문이다. 나를 낳아 주신 이는 부모님이지만, 나를 진정 알아 준 사람은 포군이었다."

-〈사기〉 '관중열전(管仲列傳)'

교언영색(巧言令色)에 인자(仁者) 적다

말을 잘 하고 남의 비위를 잘 맞추는 사람 중에 성실한 자 없다.

이 말을 뒤집어서 공자는 또 이렇게 말하기도 했다.

"강직하여 굴하지 않고 꾸밀 줄 모르는 사람은 완성한 덕을 갖춘 자에 가깝다.(剛毅木訥近仁)"

이기적인 타산이 없으면 꾸밀 필요가 없는 것이므로 당연히 목눌(木訥—순직하고 둔해서 말재주가 없음)해질 것이요, 스스로 옳다고 믿는 것 앞에는 그 생명조차도 아까워하지 않으므로 당연히 강직하여 굴하지 않을 것이다.

그러나 이런 인간이라도 인(仁)이라고는 할 수 없다. 공자는 형식과 실질이 잘 조화되어 있는 것을 군자의 조건으로 하였던 것이다(文質彬彬 然後君子). 그러므로 공자는 교언영색(巧言令色)의 무리들을 미워했던 모양이다. 공자는 무엇보다도 입으로만 꾸미고 비위만 맞추면서 속으로는 남을 기만하는 교활한 인간을 증오했다. 그래서 그는 '부끄럼 없이 말하는 자에게는 도저히 실행을 바랄 수 없다' 는 통렬한 말까지 했던 것이다.

–〈논어〉, '헌문편(憲問篇)'

구우(九牛)의 일모(一毛)

아홉 마리 소의 털 가운데 한 오라기 털

사마천(司馬遷)이 이능(李陵)을 변호해 주다가 궁형(남자의 성기를 없애는 형)을 받게 된 데에는 이런 사정이 있었다.

천한(天漢) 2년, 이능은 이광리(李廣利)의 별동대가 되어 흉노 정벌에 나아갔었다. 그는 변경에서 이름을 날린 이광(李廣)의 손자이다.

이능은 겨우 5천의 군사를 거느리고 있었으며, 게다가 기마는 가지지도 못했었다. 그런데도 적의 주력과 맞부딪혀 몇십 배나 되는 적과 십여일에 걸쳐 싸웠다. 이능으로부터 전황 보고를 가지고 가는 사자가 올 때마다 서울에서는 천자를 비롯하여 모든 벼슬아치들이 축배를 들고 기뻐했다. 그러나 그가 싸움에 졌다는 보고를 받자 천자와 대신들은 더할 수 없이 슬퍼했다.

그 이듬해 죽은 줄 알았던 이능이 흉노에게 항복하여 후한 대접을 받고 있다는 사실이 알려졌다. 한나라의 무제는 이 소식을 듣자 불같이 노하여 이능의 일족을 모두 잡아죽이려 했다.

뭇신하들은 자기 몸의 안전과 이익을 위해 무제의 얼굴빛을 살피며 이능을 위해 한 마디 말도 하지 못했다. 조정에는 벌써 어두운 구름이 끼기 시작한 때였던 것이다. 이 때 오직 한 사람, 이능을 위해 변호한 사람이 사마천이었다. 사마천은 일찍이 '이능이란 사나이는 생명을 내던지고서라도 난지(難地)로 뛰어드는 애국의 무인(武人)' 이란 것을 알고 있었다.

그는 역사가로서의 준엄한 눈으로 일의 진상을 뚫어보고 대담 솔직하게 말하지 않고는 견디지 못했던 것이다.

"황공하오나 아뢰옵니다. 이능은 근소한 병력으로 억만의 적과 싸워 오랑캐의 왕을 떨게 하였사옵니다. 그러하오나 원군(援軍)은 이르지 않고, 아군 속에서 반역자가 생기게 되어 부득이한 일이 아닐 수 없었사옵니다. 그래도 이능은 병사들과 함께 사람으로서 할 수 있는 데까지 힘을 발휘한 명장이라 해도 과언이 아닌 줄 아옵니다. 그가 흉노에게 항복한 것도 필시 뒷날 한에 보은할 의도가 있는 까닭이 아니오리까. 이러한 때에 이능의 공을 천하에 드러내 주심이 옳은 줄 아옵니다."

이 말을 들은 무제는 크게 노하여 '사마천은 이광리의 공을 가지고 이능을 두둔하려 든다' 고 오해하여 사마천을 옥에 가두었을 뿐 아니라, 드디어는 궁형에 처했다. 궁형은 남자로서의 자격을 잃을 뿐 아니라, 수염이 없어지고 얼굴이 말쑥해지며 성격까지도 변한다는 형벌이다. 사마천 자신도 이 형벌을 가장 하등의 치욕이라고 말하고 있다. 그러나 그는 '세인(世人)은 내가 형을 받은 것쯤 구우(九牛)의 일모(一毛)를 잃은 것으로밖에 생각하지 않을 것이라' 고 말했다.

왜 사마천은 살아서 그러한 치욕을 견디지 않으면 안 되었을까. 이런 형을 받는 사람은 비록 종이라도 스스로 목숨을 끊는 일이 많은데, 어째서 목숨을 끊지 않았을까. 거기에는 그의 저서인 〈사기〉를 완성하기 위한 큰 뜻이 있었다.

그의 부친 사마담(司馬談)은 성력(星曆)과 제사(祭祀)를 맡은 태사령(太史令)이란 직책을 가졌던 사람으로, 죽을 때 통사(通史)를 기록하라고 유언했었다. 사마천으로서는 〈사기〉를 완성하지 않고서는 죽을래야 죽을 수 없는 것이었다. 아버지와 아들의 뜻이 불같이 일어 사마천의 집념이 되어 그는 설령 세상 사람들이 아무리 비웃는다 해도 창자가 끊어지는 듯한 괴로운 심정에서도 붓을 놓지 않고 써 나갔다. 속된 무리들에게는 알 도리 없는 괴로움을 맛보면서 그는 〈사기〉 130권을 완성한 것이다.

'구우의 일모' 는 문자 그대로 아홉 마리 소의 털 가운데 한 오라기 털로, '다수 속의 극소수', '수에도 들지 않는 일' 을 의미한다.

-〈논어〉, '학이편(學而篇)', '양화편(陽貨篇)'

국사무쌍(國士無雙)

한 나라에 두 사람도 없는 뛰어난 인물

진(秦)이 망하고 초의 패왕 항우와 한왕 유방이 천하를 다투고 있을 때의 일이다. 초군(楚軍)의 위세에 눌려 파촉 땅에 갇혀 있던 한군(漢軍) 가운데 한신이 있었다.

한신은 처음에는 초군에 속해 있었으나, 아무리 군략(軍略)을 말해도 항우가 이를 한 번도 채택해 주지 않은 데 실망하여 도망쳐 한군에 들어간 사람이다. 그러나 그때까지 한신은 유방의 눈에 들 기회를 갖지 못했다. 한신은 우연히 부장 하후영(夏侯嬰)에게 인정을 받아 치속도위(治粟都尉)에 천거되었다. 그 직무가 병량(兵糧)을 관리하는 일이라 그는 승상인 소하(蕭何)와 알게 되었다. 원래 한신은 그가 품은 큰 뜻에 걸맞는 탁월한 재주를 갖추고 있었는데, 소하는 그걸 알아채고 은근히 기대를 걸었다.

그 즈음 관동 각 처에서 유방을 찾아온 부장들 중에는 참을 수 없는 향수에 젖어 도망하는 자가 꽤 많았다. 군중에 동요가 보이자 한신도 도망을 쳤다. 자신의 재주는 치속도위쯤으로는 도저히 만족하지 못했던 것이었다.

한신이 도망했다는 말을 듣자 소하는 부리나케 뒤를 쫓았다. 너무나 급히 뒤쫓았기 때문에 다른 사람이 보기에는 소하도 도망을 치는 것처럼 보일 정도였다. 유방은 이 소식을 듣자 양팔을 잃은 것같이 낙담하였고, 그런 만큼 노여움도 컸다. 그런데 이틀 후에 소하가 불쑥 나타났다. 그의 얼굴을 보고 유방은 한편으로는 노하고 한편으로는 기뻐했다.

"승상의 몸으로 어찌 도망을 했던고?"

"도망한 것이 아니옵니다. 달아나는 자를 잡으려 했을 뿐입니다."

"누구를?"

"한신입니다."

"뭐라고? 한신을 잡으려고 했단 말이오? 지금까지 여러 장사가 도망을 했으되, 경은 그 중 단 한 사람도 잡으러 가지 않았거늘, 어찌 이름도 없는 한신을 잡으러 갔단 말이오?"

"지금까지 도망친 인물이라면 얼마든지 구할 수 있습니다. 주공께서는 이름도 없는 한신이라 하셨지만 그것은 한신을 아직 모르시기 때문이옵고, 한신이야말로 국사무쌍(國士無雙)이라 할 인물이옵니다. 주공께서 파촉의 땅만을 영유(領有)하시어 만족하시려면 모르거니와, 만일 동쪽으로 진출하여 천하를 다투실 생각이 계시다면 한신을 두고 달리 군략의 인물을 얻기 어려울 것입니다. 한신이 필요하고 않고는 오직 주공께서 천하를 원하시는지 않으시는지에 달려 있을 뿐입니다."

"그야 나도 천하를 목표로 하고 있지. 이 곳에서 썩고 말 생각은 아예 없으니까."

"그러시다면, 제발 한신을 활용하십시오. 활용하시면, 한신도 돌아가려 하지 않을 것이옵니다."

"좋아, 내 아직 한신을 모르지만 경이 그렇게까지 추천한다면 그를 장군으로 삼겠소."

"아닙니다. 그런 정도로는 진정 활용하시는 것이 못 됩니다."

이리하여 한신은 한의 대장군이 되었다. 드디어 그의 재주를 발휘할 때가 온 것이었다. 이것이 한왕(漢王) 원년의 일이었다.

-〈사기〉 '회음후열전(淮陰侯列傳)'

군계일학(群鷄一鶴)

많은 닭들 사이의 한 마리 학

해소는 죽림 칠현 중의 한 사람으로, 유명한 위나라 중산대부(中散大夫) 해강의 아들이다.

해소는 열살 때 아버지가 무고한 죄로 형장의 이슬로 사라진 이래, 어머니를 모시고 근신의 생활을 해 왔다. 아버지의 친한 벗인 칠현의 한 사람 산도(山濤) — 아버지 해강은 죽음에 즈음하여 해소에게 산도아저씨가 있으니, 너는 고아가 아니니라 했다 — 가 당시 이부에 있었는데 무제에게,

"강고(康誥 - 서경의 편명)에, 부자간의 죄는 서로 미치지 않는다 하였사옵니다. 해소는 해강의 아들이기는 하오나 어질기가 춘추의 대부 극흠보다 나을망정 못하지 않사오니, 바라옵건대 돌보아 주시어 비서랑으로 임명하여 주옵시오."

하고 아뢰었다. 그랬더니 무제는,

"경이 말한 대로 하면 승이라도 시킬 수 있겠소. 낭으로 할 것 없이……."

하고 비서랑보다 한 계단 위인 비서승으로 관에 임명하였다.

해소가 처음 낙양에 올라왔을 때, 어떤 사람이 칠현의 한 사람인 왕융(王戎)에게,

"어제 사람들 틈에서 처음으로 해소를 보았는데, 기상이 좋고 맵시 있어 독립불기(獨立不羈 - 독립하여 아무도 억누를 수 없음)의 학이 닭의 무리 속에 서 있는 것 같았습니다."

라고 하였다. 왕융은,

"자네는 도대체 그 사람의 아비를 보지 못했기 때문이야."

했다고 한다. 즉, 해소의 부친은 더구나 그러했던 모양이다.

여기서 '군계일학' 이라는 말이 나왔다. 해소는 얼마 후에 여음의 태수가

되었고, 상서좌복사(尙書左僕射)를 하고 있던 배위는 해소를 소중히 여겨,

"해소를 이부의 상서로 한다면, 천하에 이보다 더 뛰어난 영재는 없을 것을……."

하고 늘 말했다.

해소는 이렇게 하여 혜제 곁에 있으면서 직언을 올리는 몸이 되었다.

제왕 경이 위세를 떨치고 있을 때, 해소가 의논할 일이 있어 왕에게 나아가니 왕은 몇몇 신하와 주연을 벌이고 있었는데, 그 신하들이 해소가 악기를 잘 한다고 말했다. 그리하여 거문고를 가져오게 하여 왕이 해소에게 뜯어 보라 하였다. 그러자 해소는 왕에게 정중히 아뢰기를,

"왕께서는 나라를 새로이 하여 백성들의 모범이 되실 분이 아니십니까. 저도 미흡한 자이오나, 천자를 모시고 조복을 입고 궁중에 있는 터이옵니다. 악기를 들고 어찌 광대의 흉내를 낼 수 있겠사옵니까. 평복으로 사사로운 연석이라면 사양하지 않겠사오나……."

하며 면박을 준 일도 있었다.

영흥(永興) 원년, 8왕의 난이 한창일 때의 일이다. 왕은 하간왕(河間王) 옹을 치려고 군사를 일으켰으나 전세가 불리하여 도망치게 되었는데, 해소가 부름을 받고 행재소(行在所)에 달려 간 것은 왕의 군사가 탕음(蕩陰)에서 패했을 때였다.

해소는 모두들 도망해 버린 뒤에 홀로 의관을 바로 하고 창과 칼이 불꽃을 일으키는 어차(御車) 앞에서 몸으로 왕을 감싸며 지켰다. 그리고 드디어 빗발치듯 하는 적의 화살에 맞아 왕의 곁에서 쓰러져 선혈로 왕의 어의를 물들였다.

왕은 깊이 슬퍼하여 전쟁이 끝난 뒤에 근시(近侍)들이 왕의 의복을 빨려 하자,

"이것은 해시중의 충의의 피다. 씻어 없애지 말라."

하며 옷을 빨지 못하게 했다.

처음에 해소가 왕에게 가려 했을 때 같은 시중인 진준(秦準)이,

"이번 난리 속에 가려면 좋은 말을 타야 할 텐데 말은 가졌소?"

하고 물었는데, 해소는 얼굴을 굳히며,

"폐하의 친정(親征-왕이 몸소 정벌에 나섬)은 정(正)으로 역(逆)을 치심이라, 어디까지나 정벌이지 어찌 난리라 하겠소. 폐하를 경호함에 실패했다면 신하의 충절이 어디 있을 것이며, 빠른 말이 무슨 소용이 있겠소."

라고 말했다. 이 말을 들은 사람 누구나 감탄하지 않는 이가 없었다.

-〈진서〉 '해소전'

권토중래(捲土重來)

흙먼지를 회오리쳐 일으키며 다시 온다.

항우는 초의 영웅으로 이름이 높지만, 문헌상으로 볼 때 그는 문제인물로서 그에 대한 평은 여러 가지로 많다. 여기 소개하는 것은 당나라의 시인 두보에 비유해 소두(小杜)라 일컫는 두목(杜牧)의 시로, 항우를 읊은 시 가운데서도 특히 유명한 것이다.

승패는 병가(兵家)도 기(期)하기 어려운 것.
부끄러움을 참고 견딤이 남아(男兒)로다.
강동의 자제(子弟) 재준(才俊)이 많거늘,
권토중래(捲土重來) 어찌 알 수 있는가.

이는 '오강정(烏江亭)에 제(題)함' 이라는 시다. 오강은 항우가 정장(亭長)으로부터 강동으로 돌아가라고 권유를 받은 곳이다. 그러나 항우는 '패장의 몸으로 강동의 부형을 만나 볼 낯이 없다' 하고 스스로 목을 찔러 죽은 곳이다. 항우의 나이 31세 때이다.

항우의 죽음 이후 천 년의 세월이 흐르고, 두목이 오강가에 있는 여사에 머물렀다. 그는 항우의 인품을 생각하고 그의 이른 죽음을 원통해 했다. 그래서 '강동의 부형에 대한 부끄러움을 참기만 하면 훌륭한 자제가 많은 곳이니, 만회할 가능성이 있지 않았을까' 라고 항우를 애석하게 생각했다.

항우는 단순하고 격한 성격이었지만, 한편 우희와의 이별에서 볼 수 있는 인간적인 매력이 있었다. 그러나 항우를 비판하는 소리도 높다. 우선 당송(唐宋) 팔가(八家)의 한 사람인 왕안석(王安石)은 두목과는 반대되는 시를 썼다. 그는 항우의 패세가 어쩔 수 없는 것이라 하고, '강동의 자제 지금 있다

하여도, 감히 군왕을 위해 권토중래할 것이랴' 고 읊었다.

사마천도 〈사기〉 가운데서 '항우는 힘을 과신했다' 고 썼고, 역시 당송 팔가의 한 사람인 증공(曾鞏)도 같은 말을 하고 있다.

'권토중래' 란 말은 앞에 든 두목의 시에서 나왔고, 그 뜻은 한 번 실패한 사람이 다시 세력을 갖추어 일어난다는 뜻으로 쓰이고 있다. 원래는 권토중래(卷土重來)로 썼다.

금성탕지(金城湯池)

구리 성(城)과 끓는 물로 된 연못

강대했던 진나라도 시황제가 죽고, 어리석고 어두운 2세 황제가 즉위하자 토대가 흔들리기 시작했다. 각 처에 잠복해 있던 전국시대의 과거 6국의 종실 유신들이 차츰 머리를 들고 진 타도에 나서게 되었다. 그리고 제각기 왕이라 일컬으며 군사를 일으켜 기세를 높였다.

그 즈음 무신(武臣)이라는 사람이 조나라의 옛 영지를 평정하여 스스로를 무신군(武信君)이라 했다. 이를 본 괴통이라는 논객(論客)이 범양 땅의 현령(縣令)인 서공(徐公)에게 말했다.

"현령께서는 지금 대단히 위험한 지경에 놓여 있어 문안을 드립니다. 그러나 제가 하는 말을 들으신다면 오히려 행복하게 되실 것이므로, 경하의 인사를 드립니다."

서공이 놀라 되물었다.

"어째서 내가 지금 위태롭다는 것이오?"

"생각해 보십시오. 현령이 되신 지 10여 년, 그 동안 진의 형벌이 가혹했기 때문에 사형으로 아버지를 잃은 아들, 팔을 잘린 사람, 문신을 넣게 된 사람들이 수없이 많이 있습니다. 그들은 내심 모두 진을, 아니 직접적으로는 당신을 미워하고 있지만, 겉으로는 감히 그런 말을 못하고 아무도 당신을 죽이려 하지 않았습니다. 그러나 이제는 천하가 어지러워져서 진의 위령(威令)이 서지 못하니, 그들은 이제야말로 당신을 죽여 원수를 갚고, 또 이름을 남기려 하고 있는 것이올시다. 그래서 문안의 말을 한 것입니다."

"그러면, 그대 말을 들으면 좋게 된다고 하여 경하의 인사를 한 까닭은 무엇이오?"

괴통은 바싹 다가앉으며 이렇게 대답했다.

"제가 당신을 대신하여 무신군을 만나 이렇게 말하리다. '싸움에 이겨 땅을 뺏고 성을 공격하여 항복을 받는 것은 위험한 일이니, 저의 계략으로써 싸우지 않고 땅과 성을 뺏는 방법을 쓰심이 어떠하겠습니까?' 그러면 무신군은 반드시 '어떤 방법인가?' 하고 물을 것입니다. 그러면 저는 이렇게 일러주려 합니다. '만일 범양을 공격하여 현령이 견디지 못해 항복했을 경우 현령을 거칠게 다룬다면, 죽음을 두려워하고 부귀를 탐내는 다른 현령들은 기껏 항복을 했는데도 저런 꼴을 당한다면 큰일이다하고 점점 군비를 충실히 할 것입니다. 그리하여 끓는 물로 된 못(湯池)으로 에워싸인 구리(銅金)의 성(城)과 같이 철벽의 수비를 하여 당신의 군대를 기다릴 것입니다. 이렇게 되면 칠 수 없습니다. 저는 감히 충고합니다. 아무쪼록 범양의 현령을 잘 대접해서 그로 하여금 각 처에 사자로 보내십시오. 그러면 여러 곳의 현령들은 그를 보고, 범양의 현령은 남 먼저 항복하여 살해되기는커녕, 오히려 후한 대접을 받고 있으니 싸우기를 그만 두고 항복해 버릴 것입니다. 이것이 바로 만리 저쪽까지 쉽게 평정하는 방법입니다.' 이렇게 말하면 무신군은 정녕 들어줄 것입니다."

서공은 기뻐하며 곧 괴통을 무신군에게 보냈다. 무신군도 괴통의 말을 듣고는 그럴 듯하여 범양의 현령을 후하게 대접하고 여러 지방에 사자로 보냈다. 범양 사람들은 전쟁의 화를 면하게 되어 서공의 덕을 칭송했고, 싸우지 않고 무신군에 항복해 온 자가 화북에서만 30여 성이나 되었다고 한다. 뒷날 한신도 괴통의 말을 듣고 연과 제를 공략하였다.

또 〈사기〉에는 '시황제는 관중의 땅을 금성천리의 땅으로 생각했다' 고 씌여 있고, 〈후한서〉에도 '금탕의 힘을 잃다' 는 구절이 있다. 예로부터 수비의 든든함을 일컫는 말로 자주 쓰였다. 오늘날과 같은 무기가 없던 옛날에 있어서는 방비로써 '금성탕지' 는 실로 이상적이었을 것이다.

-〈한서(漢書)〉, '무신군(武信君), 괴통전(蒯通傳)'

금슬상화(琴瑟相和)

거문고와 비파가 서로 어울리다.

〈시경(詩經)〉의 '소아(小雅)' 상체편에 보면, 처자가 서로 잘 맞는 모습을 '금슬을 치는 것과 같다' 라고 표현하고 있다. 즉, 거문고와 비파를 연주할 때 그 음조가 잘 맞아서 즐거운 분위기를 만들어 내듯, 부부의 사이가 좋음을 말하는 것이다.

또 〈시경〉의 '주남(周南)' 관저편(關雎篇)에 '요조 숙녀는 금슬로써 이에 벗하리' 라고 있고, 여기서 일반적으로 부부간에 의가 좋음을 '금슬상화' 라고 하게 되었다.

〈시경〉의 '상체' 는 가족들을 모아 잔치를 벌였을 때의 모습을 노래한 것으로, 주나라 무왕의 동생 주공단(周公旦)이 또 다른 형제인 관숙선(管叔鮮)과 채숙도(蔡叔度)가 주나라를 배반하여 죽임을 당한 일을 안타까이 여겨 지었다고 한다. 또 일설에는 주나라의 여왕 때, 왕실사람끼리 불화하는 것을 보고 소목공(召穆公)이 왕실사람들을 모아 놓고 그때 지었다고도 하고, 그 자리에서 주공단이 지은 곡을 노래했다고도 한다.

관숙선, 채숙도는 주공단의 형과 동생이며, 은(殷)의 무경(武庚) 때 재상이었다. 무왕이 죽은 후 주공단이 어린 성왕(成王)의 섭정을 하고 있었는데, 관숙선과 채숙도는 주공단이 왕에게 반역할 뜻을 품고 있다는 말을 퍼뜨려 주공단을 왕에게서 멀리하게 했다.

그러나 다시 주공단이 왕과 가까워지는 것을 보고 관숙선과 채숙도는 두려움을 느껴 반란을 일으켰다. 그러다가 왕명을 받든 주공단에게 관숙선은 죽임을 당하고, 채숙도는 추방되고 말았다.

시는 각 장 4구 8장으로 되어 있는데, 그 뜻은 대략 다음과 같다.

'아가위나무의 활짝 핀 꽃은 언제나 저렇게 아름답게 무성한 것이지만,

지금 세상에서는 형제의 정보다 좋은 것은 없다. 생사의 위협을 받을 때에도 형제는 서로 생각하고, 들과 못이 모여 있듯이 형제는 서로 만나기를 원한다. 할미새가 물가를 떠나 들판에서 괴로워하는 것과 같은 때에도 형제는 구하러 달려가지만, 아무리 친한 사이라도 친구는 그렇지 못하다.

집안에서는 형제끼리 싸워도 밖에서는 형제는 서로 돕는데, 친구의 사이는 그렇지 않다. 무사태평한 때에는 형제야 없어도 좋고 친구가 더 필요하다고 느낄 때도 있겠지만, 그러나 이렇게 형제들과 함께 맛있는 음식을 차려 놓고 술을 마시는 즐거움. 처자와 함께 화목하여 거문고와 비파 소리처럼 서로 화합하고, 형제들 다 모여 평화로운 기분. 집안도 번영하고 처자도 즐기는 그 까닭을 묻는다면, 형제 화합이 그 근원임을 알 수 있으리.'

긍경(肯綮)에 닿음

전국시대, 양나라 혜왕(惠王)에게 포정이라는 요리의 명수가 있었다. 이 포정이 소를 잡을 때의 그 솜씨란 이루 말할 수 없는 것이었다. 소의 몸에 왼손을 가볍게 대고 왼편 어깨를 슬쩍 갖다대는데, 그 손이나 어깨의 대는 품이, 그리고 두 발을 뻗대는 자세에 이르기까지 참으로 볼 만한 것이었다. 그가 칼을 움직이기 시작하면 뼈와 살이 척척 떨어져 철퍼덕 땅에 놓여지며, 칼이 나아감에 따라 썩썩썩 소리를 내며 고기가 떨어져 나가는 것이 마치 가락에 맞춰 춤을 추는 듯했다.

혜왕도 적이 감탄하여,

"훌륭하도다. 기술이라고는 하지만, 명인이란 이런 정도에까지 미치는 것인가!"

했다. 혜왕의 감탄에 포정은 칼을 옆에 놓고 잠시 쉬며 이렇게 대답했다.

"아니옵니다. 제가 뜻하고 있는 바는 도(道)입니다. 기술 이상의 것이지요. 물론 저도 처음에 소를 잡을 때에는 소에게 정신을 뺏겨 제대로 손을 대지 못했사오나, 3년을 두고 해 오는 동안에 소의 형체 같은 것에는 조금도 개의치 않게 되었습니다. 이제는 전혀 요량만으로, 눈으로 보지 않아도 능히 해 내옵니다. 즉, 오관(눈, 코, 귀, 입, 피부)의 활동이 정지되고, 정신의 활동만으로 한다고 할까요. 그러기에 소의 몸에 따라 큰 틈바귀에 칼을 넣어 조금도 무리하지 않고 살을 도려내는 것이옵니다. 그렇게 함으로써 이 날까지 한 번도 칼을 긍경에 대지 않았습니다. 하물며 큰 뼈에 칼을 댄 일은 있을 수 없사옵니다."

긍(肯)은 뼈에 붙은 살이요, 경(綮)은 근육과 뼈의 힘줄이 얽힌 곳이니 '긍경에 닿는다' 는 것은, 곧 일의 급소 요소에 닿는다는 뜻으로 쓰이게 되었다.

포정의 이야기는 다시 계속되었다.

"대개 솜씨 있는 요리사가 되면 1년에 한 자루의 칼로 능히 일할 수 있사오나, 서투른 사람은 곧잘 고기뼈에 칼을 대어 칼을 상하게 하므로 한 달에 한 자루의 칼이 필요하게 되옵니다. 그러하오나 저의 칼은 쓰기 시작하여 이미 19년, 몇 천 마리의 소를 잡았다고 생각하오나 보시는 바와 같이 칼날은 이렇게 번쩍이고 있사옵니다. 소의 몸에는 자연 틈이 있는 것이므로, 엷은 칼을 그 틈 사이로 넣어서 쓰면 조금도 무리하지 않고 쉽게 일을 할 수 있기 때문이옵니다. 저 역시 힘줄이나 뼈가 복잡한 곳에서는 마음을 긴장시키고 천천히 세심하게 칼을 움직입니다. 그리하여 급소를 지나쳐 나가 큰 고깃덩이가 마치 큰 흙더미처럼 철썩 떨어지는 것을 보고는 한숨을 내쉬고 칼을 쥔 채 서서 사방을 한 번 둘러보고, 그리고는 만족스런 마음으로 칼을 씻어 간수하는 것이옵니다."

이야기를 듣고 혜왕은 거듭 감탄해 마지 않았다.

"아, 과연 훌륭하다. 나는 지금 포정의 이야기를 듣고, 양생(養生)의 길을 알 수 있게 되었다."

혜왕이 알 수 있게 되었다는 양생의 도란 무엇이었을까. 이 이야기를 써서 전한 장자는 이 이야기 끝에 이렇게 썼다.

"우리들 인간의 생명에는 한도가 있으나, 지식에 대한 욕심에는 한이 없다. 한이 있는 몸으로 무한한 지식과 욕망을 추구하는 것은 위험한 일이라고 생각하면서도, 이에 끌려가는 것은 더구나 위험한 일이다. 그러므로 선을 행하되 명리(名利)에 가까이 하지 않고, 악을 행하되 형륙(刑戮)에 가까이 가지 않으며, 선에 치우치지 않고 악에 치우치지 않는 무심의 경지를 지켜 자연에 있음을 생활의 기본 원리로 한다면, 내 몸을 보존하고 내 생을 온전히 하며, 어버이에게 효도하고 모시어 천수를 다할 수 있는 것이다."

-〈장자(莊子)〉, '양정주편(養止主篇)'

기우(杞憂)

쓸데없는 걱정을 한다.

기(杞)나라에 어떤 사람이 걱정이 심했다. 그는 만일 천지가 무너지면 몸을 어디로 피할 것인가 걱정하다가 잠도 못 자고, 먹는 것도 목을 넘기지 못하게 되었다.

한편 이 사람의 걱정하는 것을 보고, 다른 한 사람이 타일렀다.

"하늘은 공기가 차 있을 뿐 아무것도 없는 것이니, 무너질 까닭이 없소."

"공기만 차 있는 곳이라면, 해나 달이나 별이 떨어져 오지 않겠소? 그것들이 떨어지는 날이면 이 세상은 어찌 되오?"

"해나 달이나 별은 공기 속에서 빛나고 있을 뿐, 그것들이 떨어진다 하더라도 우리가 부딪혀 죽지는 않을 것이니 염려 마시오."

"하늘은 그렇다 치더라도, 땅이 무너지면 어떡하겠소?"

"땅은 흙이 쌓인 것이오. 흙이 사방에 가득 차 있어서 흙 없는 곳이라곤 없소. 아무리 우리가 뛰고 밟고 해도 땅이 꼼짝이나 하던가 말이오. 그러니 제발 그런 걱정일랑 하지 마오."

그제야 겨우 걱정을 안 하게 된 그 사람은 마음을 놓고 잠을 잘 수도 있었고, 타이른 사람도 기분이 좋았다는 이야기다.

열자(列子)는 이 이야기를 듣고 웃으며 말했다.

"천지가 무너지지 않는다고 한 사람 역시 옳지 않은 것이다. 무너지고 안 무너지는 것은 우리들이 알 도리가 없는 것이다. 그러나 무너진다고 한 사람에게도 일리는 있고, 무너지지 않는다고 한 사람의 말에도 일리는 있다. 그러므로 생(生)은 사(死)를 모르고, 사는 생을 모른다. 미래는 과거를 모르고, 과거는 미래를 모르는 것이다. 천지가 무너지고 안 무너지는 것은 우리가 어찌 마음으로 생각할 수 있을 것인가."

이백(李白)의 시 중에,

기나라는 무사하구나.
하늘이 무너짐을 염려하더라.

라는 구절이 있는데, 여기에는 앞에서 말한 쓸데없는 근심, 걱정에 대한 비유보다는 옛사람의 소박함과 허심(虛心)함을 그대로 긍정하려는 이백의 따뜻한 인간성이 스며 있는 것이다.

– 〈열자(列子)〉의 '천단편(天端篇)'

기호지세(騎虎之勢)

달리는 범을 탄 기세, 중도에 그만둘 수 없는 형세

중국 남북조시대, 북조 최후의 왕조인 북주(北周)의 선제(宣帝)가 죽자, 외척인 한인(漢人) 양견(楊堅)은 뒤처리를 하기 위하여 궁중에 들어갔다. 양견은 외척인 동시에 인물도 훌륭했으므로 총리대신으로서 정치를 도맡아 보고 있었는데, 자기 나라가 이민족에게 점령되어 있는 것을 몹시 못마땅히 생각하여 기회만 있으면 다시 한인(漢人)의 천하를 만들겠다는 생각을 지니고 있었다. 그러던 참에 선제가 죽은 것이다. 선제의 아들은 아직 나이 어리고 또 영리하지 못했으므로 양견은 결국 제위를 물려받아 정식으로 수(隋)나라를 세웠다. 이로써 북조는 망한 셈이지만, 양견은 이로부터 8년 후에 남조의 진(陳)을 쳐 없애고 천하를 통일했다. 이 사람을 수의 고조(高祖) 문제(文帝)라 한다.

문제의 황후는 일찍이 남편의 대망을 알았으므로, 선제가 죽고 남편이 드디어 북주천하를 빼앗기 위하여 궁중에 들어 분주히 획책하고 있을 때 사람을 보내어 말을 전했다.

"하루에 천리를 달리는 범을 탄 이상 중도에서 내릴 수는 없습니다(騎虎之勢). 만일 도중에 내리는 날이면 잡아먹힐 것입니다. 범과 함께 최후까지 달려야 합니다. 이미 큰일을 일으키게 된 이상, 중단해서는 안 됩니다. 반드시 목적을 달성하도록 하옵소서."

양견이 아내의 이 말을 듣고 크게 힘을 얻었음은 말할 것도 없다.

황후는 북주 대사마(大司馬)인 하내공(河內公) 신(信)의 딸인데, 신은 양견을 유망한 인물로 보고 열네 살의 딸을 시집 보낸 것이었다. 그녀는 처음에는 아내로서의 길을 잘 지켜왔지만, 나중에 그녀의 언니가 북주(北周) 명제(明帝)의 황후가 되고, 큰 딸이 선제(宣帝)의 황후가 됨에 이르러 차차 오만

해졌다.

그러나 이런 이야기도 있다.

일찍이 이민족이 8백만금짜리의 훌륭한 보옥을 가져온 일이 있었다. 어떤 사람이 그녀에게 그 보옥을 사라고 권했는데, 그때 그녀는,

"지금 외적이 침입하려 하고 있고, 장병들은 적을 막기에 피로해 있소. 내가 보옥을 살 8백만금이 있으면 공을 세운 장병들에게 주는 것이 훨씬 좋겠소."

하고 그걸 사려고 하지 않았다고 한다.

아무튼 그녀는 여걸이었음에 틀림 없었다.

-〈수서(隋書)〉, '독고황후전(獨孤皇后傳)'

기화(奇貨)는 두어 둬야 한다

기이한 물건은 놔 두면 반드시 큰 값이 나간다.

전국시대 말엽 때였다. 조(趙)나라 서울 한단(邯鄲)은 나라가 쇠망해가는 것도 모르는 듯, 중원 문화의 꽃을 피우고 상업은 번성하여 다른 나라 상인들의 내왕이 많았다.

한(韓)나라 서울 양적(陽翟)의 큰 상인 여불위(呂不韋)는 장사일로 곧잘 한단에 나타나곤 했는데, 우연히 진의 태자 안국군(安國君)의 서자인 자초(子楚)가 볼모로 한단에 와 있다는 것을 알게 되었다. 들으니 자초는 퍽 곤궁하게 지내는 것 같았다. 그로부터 며칠 후, 이 장사꾼의 머리에 굉장한 생각이 떠올랐다.

"이 기화(奇貨—기이한 물건)는 두어 둬야 한다."

여불위는 무슨 큰 투기라도 하는 생각으로 곧 자초의 낡은 저택을 찾아갔다.

"어디 당신의 집을 번성하게 해 보십시다."

라는 뜻하지 않은 말을 듣고, 자초는 농담이려니 하고 가볍게 대답했다.

"이건 진정으로 드리는 말씀입니다. 당신의 집이 번영하게 되면, 자연히 저희들의 집도 번영하게 되는 거니까……."

여불위의 무슨 깊은 뜻이 있는 듯한 말에 자초는 그를 안방으로 불러 들였다.

여불위는 목소리를 낮추어,

"아시겠습니까? 소양왕도 이미 나이가 나인지라 오래지 않아 당신의 아버님이신 안국군님이 진왕이 되실 것입니다. 그러나 정비 화양부인에게는 아드님이 없습니다. 당신까지 합해서 20여 명이 되는 서자분들 가운데서 누구를 태자로 봉하실 것 같습니까? 솔직히 말해 당신은 유리한 위치에 있다고는 할 수 없는 터입니다."

"그렇지만, 이제 새삼스레 어떻게 하겠소?"

"문제는 거기 있습니다. 제게는 돈이 있습니다. 화양부인께 선물을 보내고, 널리 인재를 모으기에 필요한 자금을 제가 내 드리지요. 직접 진에 가셔서 당신을 태자로 택하도록 운동을 해 보시지 않겠습니까?"

자초는 여불위의 손을 쥘 듯이 반가워 하며,

"만일 그대 말대로 된다면, 그때는 같이 진나라를 다스리도록 하세."

하고 약속을 했다.

여불위의 재력과 웅변은 드디어 불우한 일개 서자를 태자로 세우는 데 성공했다. 그리고 뱃속에 자기 아들을 배고 있는 조희(趙姬)를 순진한 자초에게 시집 보내어 거기서 생긴 아들이 나중에 시황제가 되었으니, 여불위의 야망은 보기 좋게 달성되었다고 해도 좋을 것이다. 자초라는 '기화'는 여불위의 손에 들어가서 드디어 값이 폭등한 것이다.

–〈사기〉, '여불위열전(呂不韋列傳)'

낙양(洛陽)의 종이값 오른다

진나라 때 제(齊)에 좌사(左思)라는 사람이 있었다. 어릴 때는 학문도 잘 하지 못 하여 북과 거문고도 배우지 못했다. 그러나 부친의 격려에 힘을 얻어 열심히 공부를 하게 되었다. 그는 얼굴도 못나고 말도 더듬었으나, 한 번 붓을 들면 그 글귀의 장려함이 비할 데 없었다.

그는 사람 만나는 것도 피하며 창작에 몰두하여 1년이나 걸려서 '제도부(齊都賦)' 를 썼다. 이것을 완성했을 때 그는 다시 '삼도부(三都賦)' 를 쓰고 싶은 욕망이 솟았다. 삼도라 함은 촉, 오, 위의 서울을 말하는 것이다.

좌사는 이 세 서울의 모습을 생각나는 대로 부(賦)로 읊어 보고 싶었던 것이다. 그리고 낙양으로 이사한 것을 기회로 하여 그는 이 일에 전력을 쏟기 시작했다.

다음 해에도, 그 다음 해에도 좌사는 그 일에 정성을 기울였다. 방 안이나 뜰에도 붓과 종이를 준비해 두었다가 갑자기 좋은 생각이 떠오르면 놓치지 않고 그 자리에서 적어두었다.

이렇게 하여 10년 후 '삼도부' 가 완성되었으나 아직 알아 주는 사람이 없었다. 얼마 후에 이름 높은 시인 장화(張華)가 이 부를 읽었다. 장화는 그 구상이 웅대하고, 그 환상이 화려함에 놀랐다.

"이건 반(班) · 장(張)의 것과 다를 바 없이 좋은 글이다."

후한 때의 대시인 반고(班固)와 장형(張衡) 두 사람의 대 시인에 비교해 칭찬한 것이다.

'삼도부' 의 소문은 곧 서울에 퍼져서 고관과 귀족들도 다투어 그것을 베끼려 들었다. 그 즈음의 책이란 아직 인쇄술이 나오기 전이라, 오직 베껴 만드는 수밖에 없었기 때문이다. '부' 를 베끼려 드는 사람이 불어 나자 종이가 불티날 듯 팔려, 드디어 낙양의 종이값이 오르게 되었다.

여기에서 누군가의 저서가 세상에서 큰 칭찬을 받아 잘 팔리는 것을 가리켜 '낙양의 종이값이 오른다' 라고 표현하게 된 것이다.

-〈진서〉의 '문원전(文苑傳)'

남가일몽(南柯一夢)

꿈과 같이 헛된 한때의 부귀영화

당나라 덕종(德宗) 때 광릉이라는 곳에 순우분(淳于棼)이라는 사람이 있었다. 그 사람의 집 남쪽에 늙은 느티나무가 한 그루 있었다. 어느 날 순우분이 술이 취해 그 나무 밑에서 잠이 들었는데, 보라빛 옷을 입은 두 사나이가 나타나서,

"괴안국 임금님의 명령으로 당신을 모시러 왔사옵니다."

라고 했다.

순우분이 그 사자를 따라 느티나무 구멍 속으로 들어가니, 커다란 성문 옆에 '대괴안국' 이라고 금 글자로 쓴 현판이 걸려 있었다.

국왕이 순우분을 보더니 못내 기뻐하며, 자기 딸을 주어 사위로 삼았다. 순우분은 이 나라에서 사는 동안 친구인 주변(周弁)과 전자화(田子華)를 만났다.

어느 날, 국왕은 순우분을 불러 말했다.

"남가군(南柯郡)의 정치가 잘 되지 않아 걱정인데, 그 곳 태수가 되어 줄 수 없겠는가?"

순우분은 주변과 전자화를 부하로 삼고, 남가군 태수로 부임했다.

순우분은 두 부하의 도움으로 정치를 잘 했으므로 남가군은 아주 잘 다스려졌다. 태수가 된 지 20년, 백성들은 모두 안정된 직업을 즐기며, 비를 세워 순우분의 덕을 칭송했다. 국왕도 순우분을 믿고 영지를 주어 재상으로 삼았다.

마침 단라국이 쳐들어왔으므로, 순우분은 주변을 대장으로 하여 싸우게 했으나, 주변은 적을 얕보고 가볍게 대하다가 패하고 말았다. 적은 많은 전리품을 가지고 돌아갔고, 주변은 이내 등창을 앓다가 죽었다. 순우분의 아내도

병으로 죽어 순우분은 태수를 그만두고 서울로 돌아갔다. 서울에서의 그의 인기는 대단하여 귀족들은 다투어 그와 사귀기를 원했고, 따라서 권세는 날로 강대해 갔다. 이에 국왕은 내심으로 불안을 느끼게 되었다.

바로 이때 도읍을 옮기지 않으면 안 될 괴상한 사정이 있다며 왕에게 상주문을 올린 사람이 있었다. 세상에서는 순우분의 세력이 너무 강해진 것이 그러한 화를 가져온 까닭이라고 했다. 국왕은 드디어 순우분을 사저에 연금시켰다. 순우분은 아무 죄도 없는 자기가 그런 부당한 처사를 받는 것을 불만으로 여겼다. 국왕도 나중엔 그 사정을 짐작하고 순우분을 고향집으로 돌려 보내 주었다.

이때 순우분은 바로 느티나무 아래에서 잠이 깨었다. 지금까지의 모든 일들이 바로 한바탕의 꿈이었던 것이다. 느티나무 밑동을 보니 과연 큰 구멍이 하나 있었다. 하인을 시켜 그 구멍을 파 들어가게 했더니, 그 속에 꽤 넓은 곳이 있고 거기에는 개미들이 가득 모여 있었다. 그리고 그 한가운데 커다란 개미 두 마리가 있었다. 이곳이 바로 괴안국의 서울이요, 그 큰 개미는 국왕 부처였다. 또 한 구멍을 파 보니, 남쪽으로 뻗은 가지를 네 길쯤 올라간 곳에 또 평평한 곳이 있고, 거기에도 개미들이 떼지어 있었다. 이곳이 곧 순우분이 다스리던 남가군이었다. 순우분은 개미의 구멍을 전처럼 고쳐 놓았으나 그날 밤 큰 비로 허물어졌다.

이튿날 아침에 보니, 개미들은 다 없어졌다. 나라에 이변이 생겨 도읍을 옮기게 되리라던 것은 바로 이 때문이었던 것이다.

-이공좌(李公佐)의 '남가기(南柯記)'

남상(濫觴)

사물의 시초

제자 자로(子路)가 잘 차려 입고 공자 앞에 나타났다. 공자는 그의 모습을 한 번 보고 너무 사치스럽다고 생각했다. 깨끗한 차림으로 스승 앞에 나오는 것은 바른 일이지만, 자로의 경우는 '이런 좋은 옷을 입을 수 있습니다' 고 자랑하는 것 같았다. 그냥 두어서는 안 되겠다고 생각한 공자는 자로에게,

"자로여, 그 화려한 의복은 무슨 일인가?"

하고 책망하며, 이런 이야기를 들려 주었다.

"예로부터 양자강은 민산으로부터 흘러 나오고 있으나, 그 근원인 곳에서는 술잔(觴)을 담글 만한 물에 지나지 않는다고 한다. 그것이 차차 불어서 나루터 근처에 와서는 물도 많아지고 흐름도 급해져서 배를 타지 않고서는 건너지도 못하게 되며, 바람이 없을 때가 아니면 배로 건너기도 어렵게 되는 것이야."

공자는 모든 사물은 처음이 중요하여, 처음에 잘못되면 뒤에 갈수록 일이 어긋나 버린다는 것을 말하고 싶었던 것이다. 양자강의 근원은 오늘날에는 티벳 고원의 동북쪽이라 하지만, 옛날에는 민산으로 알고 있었다.

공자는 다시 부드럽게 일러 주었다.

"자로여, 이제 그대는 화려하게 입고 자랑스럽게 생각하지만 그대를 타이를 수 있는 사람은 오직 나밖에 없다고 생각하네."

자로는 곧 반성하여 집에 돌아가 다른 옷으로 갈아입고 왔다. 이번에는 아주 침착하고 부드럽게 느껴졌다.

공자는 이렇게 비근한 일 가운데서 사물의 도리를 밝혀 내는 것에 명수였다.

"내가 이제부터 하는 이야기를 잘 기억해 두시오. 말을 꾸미는 자는 진실

이 없고 행동을 꾸미는 자는 자만에 빠져 있으며, 아는 것을 곧 얼굴에 나타내어 자기 능력을 자랑하려드는 자는 소인이오. 그러므로 군자는 아는 것과 모르는 것을 확실히 구별하여, 아는 것을 안다고 하고 모르는 것을 모른다고 하는 것이오. 이것이 말할 때의 초점인 것이오. 또 실행할 수 있는 것을 실행할 수 있다 하고 실행할 수 없는 일은 할 수 없다고 할 것이니, 이것이 행동의 목표인 것이오. 앞의 상태를 '지(智)' 라 하고, 뒤의 상태를 '인(仁)' 이라 하오. 지에다 인을 더하게 되면 이보다 더 좋은 것은 없다고 생각해야 하오."

이 말은 〈순자(荀子)〉의 '자도편(子道篇)' 에 있는 이야기다. 〈논어〉의 '이를 앎을 안다 하고 알지 못함을 모른다 한다. 이것이 곧 앎이니라' 를 발전시킨 말일 것이다.

'남상(濫觴)' 은 이런 이야기에서 생겨난 말이다.

남풍(南風)은 다투지 않는다

순한 바람, 즉 기세가 없는 것을 의미

춘추시대도 말경, 주나라의 영왕(靈王) 17년, 노나라의 양공(襄公) 18년의 일이었다.

정(鄭)나라의 자공(子孔)은 강한 야심에 불타고 있었다. 자기에게 방해가 되는 제대부(諸大夫)를 제거하고 국권을 독차지하려 하였다. 그 당시의 제후들은 진(晉)을 맹주로 하여, 포악한 제나라를 토벌하기 위해 군사를 일으켜 착착 그 포위진을 압축해가고 있었다. 그런데 그 틈에 자공은 진을 배반하고 남방의 명문인 초나라를 선동하여 야망을 달성하려고 했다. 그리하여 정나라의 사자가 초나라 영윤(令尹) 자경(子庚)에게 이 뜻을 전했지만, 자경은 듣지 않았다. 그런데 초나라의 강왕(康王)이 이를 듣고 자경에게 사자를 보내어,

"내가 사직을 받들어 오기 5년, 군대를 낸 일이 없다. 백성들은 나를 스스로 안일을 탐내어 선왕의 유업을 잊고 있는 것이라 생각하는 모양인데, 대부는 어떻게 생각하는고?"

국가의 이익만을 생각하는 자경이 이 말을 듣고 깊이 탄식했지만, 상대가 국왕인지라 사자에게 이렇게 말했다.

"지금 제후는 진에 쏠리고 있습니다마는, 아무튼 한 번 나서 보도록 하십시오. 잘 되면 뒤따라 주시고, 여의치 못하면 군대를 거두도록 하십시오. 그러면 손해도 없으려니와 왕께 부끄러운 일도 없을 줄 압니다."

자경은 군대를 이끌고 정나라로 쳐들어갔다. 정의 거물들은 제나라 토벌에 참가하여 자공, 자전(子展), 자서(子西)가 지키고 있었다. 자전과 자서는 자공의 뜻을 짐작하고 있었으므로 본성의 수비를 든든히 하였다. 자경의 군대는 각지에서 전투를 벌여 침략을 계속했지만, 성하에서는 단 이틀 동안 주

둔했을 뿐, 철수하지 않을 수 없는 지경에 이르렀다.

어치산 기슭을 지날 때 자경의 군대는 큰 비를 만났는데, 추운 겨울이라 인마는 얼고 군사들은 거의 전멸되는 형편이었다. 진나라에서도 초나라 군사의 출동 소문이 퍼져 있었다.

그러나 진나라의 사광(師曠)은,

"그것은 대단치 않다. 내가 가끔 남방의 노래, 북방의 노래를 부르는데 남방의 가락은 미약하여 조금도 생기가 없다. (남풍은 다투지 않고 사성(死聲)이 많다) 초군은 반드시 패할 것이다."

라고 말하며 대수롭지 않게 여겼다.

"연운(年運) 월운(月運)이 대개는 서북방에 있다. 남군은 때를 만나지 못했으니, 반드시 실패할 것이다."

"모든 것은 임금의 덕에 있는 것이다."

역술가인 동숙(董叔)이나 정치가인 숙향(叔向) 모두 같은 예언을 한 것이다.

-〈좌전(左傳)〉 '양공(襄公)'

내 혀를 보라

전국시대, 기원전 4세기 말경이었다. 위나라에 장의(張儀)라는 가난한 사람이 있었다. 가난하기는 했지만, 남보다 뛰어난 재능과 수완과 완력의 소유자였다. 재주 있는 사람이면 누구든 출세할 기회가 여기 저기 있을 때였으므로, 장의도 젊어서부터 입신출세의 야망을 품고 있었다. 그래서 귀곡(鬼谷)이라는 권모술수에 능한 선생에게서 학문을 했는데, 장의의 뛰어난 재주에는 다른 제자들이 혀를 내두르는 터였다.

이윽고 수학이 끝나자, 장의는 자기를 써 줄 사람을 찾아 여러 나라를 여행하다가, 남쪽의 초나라에 가서 재상 소양(昭陽)이라는 사람의 식객이 되었다.

어느 날, 소양이 왕으로부터 하사 받은 '화씨(和氏)의 구슬'이라는 보석을 신하들에게 구경시키는 연회를 베풀었는데, 그 자리에서 그만 보석이 없어지고 말았다.

"장의는 가난한 데다 소행이 좋지 않은 자니까 도둑질은 그가 했을 것이다."

모두들 이렇게 수군거리며 장의에게 죄를 뒤집어 씌웠다. 소양도 그렇게 생각하고 장의를 불러 물어 보았지만, 자백을 하지 않았다. 기어코 곤장을 맞기 수백 대, 그래도 그는 자기가 범인이라 하지는 않았다. 소양도 결국 그를 놓아 보냈다.

온 몸에 살갗이 터지는 상처를 입어 반쯤 죽어 고향에 돌아온 장의에게 아내가,

"괜히 책을 읽고 유세 같은 걸 했기 때문에 이런 고생을 하게 됐어요."
하고 눈물을 흘렸다. 그러자 장의는 혀를 쑥 내 보이며 말했다.

"내 혀를 보라구, 아직 있나 없나……."

이 양반이 또 무슨 소리를 하는 것인가 아내가 이상히 생각하며,

"혀는 있는데요."

하며 웃었다.

"그럼 됐어."

장의는 진지한 태도로 대답했다.

몸뚱이가 아무리 두들겨 맞아도, 설령 다리 하나를 잃어 절름발이가 되거나 외팔이가 되더라도 혀 하나만 그대로 있다면 충분히 살아갈 수 있다고, 그리고 천하를 움직여 보이기라도 하겠다고 장의는 아내에게 말했던 것이다. 뒤에 그는 진나라에서 재상의 자리에까지 올라 그의 혀로 천하의 여러 나라를 마음대로 움직였다.

혀는 자기의 생각을 말하는 데 쓰일 뿐 아니라, 때로는 상대를 떨어뜨리고 혹은 추켜세워 내 사람으로 만들며, 책략에 걸어 내가 바라는 데로 끌어 갈 수 있는 무기이다. 백만 대군보다도 무서운 무기요, 그럼에도 자본이 들지 않는 무기다. 장의는 혀의 이러한 기능을 유감없이 발휘하여 그 당시 여러 큰 나라를 마음대로 끌고 다니고 휘둘러 연횡의 책략을 세우게 한 천재이다.

-〈사기〉, '장의전(張儀傳)'

노마(老馬)의 지(智)

늙은 말의 지혜

관중은 춘추시대 오패(五覇)의 한 사람으로 제나라 환공(桓公)을 도운 명재상이었는데, 그가 병이 났을 때 환공으로부터 후임자로 누구를 세워야 좋겠는가 묻는 말에, 소위 '관포의 교제'를 해 오던 포숙아보다도 오히려 적임자라고 추천한 것이 습붕이라는 인물이었다.

환공이 이 관중과 습붕을 데리고 고죽이라는 작은 나라를 토벌하려고 군사를 일으켰을 때의 일이다.

공격하러 떠날 때는 봄이었는데 싸움이 끝나 돌아올 때는 어느덧 겨울이었다. 살을 에는 듯한 찬 바람과 좋지 않은 날씨 속에서 행군을 하는 그들은 갈 때와는 달리 심한 고생을 해야 했다. 산을 넘고 골짜기를 건너 괴로운 행군을 하는 중에 한 군대가 그만 길을 잃고 말았다. 무서운 추위 속에서 대장들이 방향을 잃고 우왕좌왕하고 있을 때 관중이 자신 있게 말했다.

"이런 때에는 늙은 말이 길을 찾아낼 것이오."

그리하여 말들 가운데서 늙은 말을 골라 수레에서 떼어 놓으니, 그 말은 잠시 사방을 둘러보다가 어느 한 방향을 정해 걷기 시작했다. 이 말을 따라가니 과연 길이 나서서 군대는 얼어 죽지 않고 무사히 행군을 할 수 있었다.

또 험악한 산중에서 길을 잃었을 때의 일이다. 마실 물이 바닥이 난 지 오래인데, 가도 가도 물 한 방울 찾을 수가 없었다. 병사들은 목이 말라 하나 둘씩 쓰러지고 있었다. 이때 습붕이 나섰다.

"개미란 것은 겨울에는 산의 남쪽에 집을 짓고 여름에는 북쪽에 집을 짓는 것인데, 개미집이 있는 곳에는 땅 속 여덟 자만 파면 물이 있을 것입니다."

개미집 있는 곳을 찾아 그 아래를 파 보니, 과연 얼마 파지 않아 물이 솟아나와 갈증난 군사들이 목을 축일 수 있었다.

〈한비자(韓非子)〉의 '세림(說林)' 에서는 이 이야기를 바탕으로 요즘 사람들은 신통한 두뇌를 가지고 있지도 못하면서 잘난 체만 한다고 다음과 같은 결론을 내리고 있다.

"관중의 뛰어남과 습붕의 지혜로도 모자라는 데에서는 늙은 말과 개미를 스승으로 삼기를 어려워하지 않는다. 지금의 어리석은 사람들은 더구나 성인의 지혜를 스승으로 할 줄 모르니, 이 어찌 잘못이 아니겠는가."

'늙은 말의 지혜' 란 모든 일을 다 잘 알고 있다고 해도, 그 지혜가 늙은 말이나 개미만도 못할 경우가 있으니, 아무리 변변찮은 사람도 그의 재능이나 특징은 가지고 있는 것이라는 뜻이다.

농단(壟斷)

깎아지른 높다란 둔덕

옛날 옛적, 세상은 평화스러워 사람들은 누구나 순박하기만 하던 때의 일이다. 그런 시대에도 저자가 서서 광장은 사람들로 들끓었다. 그러나 사람들은 누구나 돈벌이를 하기 위해 물건을 팔고 사는 것이 아니라, 곡식을 가지고 와서 털가죽과 바꾸거나 생선과 소금을 서로 바꾼다든가 하는, 서로에게 있고 없는 것을 융통하여 생계를 세워 가기 위한 것이었다. 그러니까 관리도 별로 할 일이 없을 정도로 한가했다.

그런데 약삭빠른 한 사나이가 있어, 그 시장에서 한 번 크게 벌이를 해 보려고 많은 상품을 가지고 와 둔덕이 깎아 세운 듯이 높은 곳(壟斷)에 자리를 잡았다. 그 곳에서는 시장 안이 훤히 보이므로 장사하기에 유리했던 것이다. 그는 이 곳에서 값싼 물건을 내려다보고 바꾸어 큰 이익을 독점했다.

그 아무도 이익을 위해 행동하는 사람이 없는 곳에서 자리의 이점을 독점하여 장사를 했으므로, 장사는 잘 되었다. 그 사나이는 그 뒤에도 늘 농단을 자기 것으로 하여 시장의 이익을 독차지했다. 사람들은 모두 그 사나이의 야비한 행동을 미워하여 그에게 세금을 내게 했다. 장사꾼에게 세금을 내게 하는 일은 여기서 비롯한 것이다.

맹자는 왕도정치의 실현을 위해 여러 나라를 편력하다가 제나라에도 몇 해 있었는데, 결국은 실망하여 고향으로 돌아가려 했다. 맹자가 떠난다는 말을 들은 선왕은 이 유명한 현인을 놓치고 싶지 않아 봉록을 훨씬 올려 그를 붙들어 놓으려 했다. 그러나 맹자는 자기 의견이 쓰이지도 않는데 많은 녹을 받고 붙어 있으면서 부를 독점하고 싶지 않다 하여, 이 '농단'의 이야기를 하였던 것이다. 이리하여 '농단'은 폭리나 독점의 뜻으로 쓰이게 되었다.

-〈맹자(孟子)〉 '진심하편(盡心下篇)'

농(隴)을 얻고 촉(蜀)을 바란다

욕망에 끝이 없다.

후한의 광무제(光武帝)가 즉위하여 낙양을 도읍으로 했을 때, 경시제(更始帝)는 적미(赤眉)의 적에게 쫓겨 장안으로 도망가 있었다. 이때 광무제는 경시를 수양왕으로 봉했으나, 적미를 막아 내지 못하여 이내 항복하고 피살되었다.

그 즈음 나라 안에는 장안에 거점을 둔 적미를 비롯하여, 농서(隴西)에는 외효, 하서(河西)에는 두융(竇融), 촉에는 공손술(公孫述)이 있었고, 또 수양(陽)에는 유영(劉永), 노강(盧江)에는 이헌(李憲), 임치(臨淄)에는 장보(張步) 등이 할거하고 있었는데, 그 중에도 적미의 유분자(劉盆子), 수양의 유영, 촉의 공손술 등은 제호를 칭하고 있었다.

광무제는 우선 적미의 유분자를 항복시키고, 뒤이어 유영, 이헌, 장보들을 차례로 토벌해 갔다. 두융은 순종할 뜻을 보였으므로, 이제 남은 것은 농서의 외효와 촉에 있는 공손술 두 사람 뿐이었다.

외효는 일찍 광무와 결탁하고 서주 상장군이라는 칭호를 받고 있었지만, 날로 강해져가는 광무의 세력을 두려워하여 촉의 공손술과 우호를 맺고 이에 대항하려고 했다. 그러나 이미 성국(成國)을 세워 제위에 앉아 있는 공손술은 외효에서 온 사자를 예를 갖추어 맞아 주지 않고 멸시하는 태도로 나왔으므로, 이에 외효는 뜻을 바꾸어 광무에게 사자를 보내어 우호를 한층 두텁게 하게 되었다.

그러나 외효도 이미 동방을 평정한 광무로부터 신하로서 섬길 것을 요구받았다가 이를 거절하고 배반을 했다. 그리고 건무 9년에 이르러 광무와 대립하다가 중병으로 죽고, 이듬해에는 그의 아들 구순도 항복하여 이로써 농서의 땅은 완전히 평정되었다.

이에 광무는,

"인생은 족함을 모르는도다. 이미 농을 얻고 또 촉을 바라다니."
하고 그의 웅대한 소망을 술회하고 있다. 농서를 평정하고 나니, 남은 것은 촉나라의 공손술뿐이었다. 건무 13년 광무는 대군을 일으켜 촉을 습격하여 이를 부수고, 전국을 평정하여 후한제국의 기초를 굳게 하였다.

광무제로부터 약 2백 년 후, 후한은 헌제가 즉위하였으나 이미 그의 위세는 쇠퇴하기 시작하여, 소위 삼국시대 — 조조, 유비, 손권(孫權)이 서로 대항하여 천하를 다투려 하고 있었다.

유비가 손권과 일을 꾸미고 있는 사이에 조조는 한중에 쳐들어가서 남정에 이르렀다. 이때 조조 아래에 있는 사마의(司馬懿)가 조조에게 이렇게 말했다.

"지금 한중에 쳐들어왔으므로, 유비의 익주는 떨고 있습니다. 군을 진군시켜 공격하면 반드시 쳐부술 수 있을 것입니다."

그러나 조조는,

"인간이란 것은 족함을 모르는도다. 그러나 나는 광무제가 아니다. 이미 농을 손에 넣었으니, 이에 또 촉을 바랄 것이냐."
라고 말했다.

이리하여 위왕이 된 조조는 헌제 23년에 한중에 쳐들어간 유비와 몇 달 동안에 걸친 쟁탈전에 돌입하게 되었다. 광무제의 웅대한 마음은 '인생은 만족을 모르는 것이라' 하고 농을 얻고 촉을 바란다 했고, 삼국의 조조는 '인간은 족함을 모르는고나. 농을 얻고 또 촉을 바랄 것이냐' 라 하고 있는 것은 재미있는 대조라 하겠다.

-〈후한서〉 '광무기(光武紀)'

눈물을 머금고 마속(馬謖)을 목베다

촉나라 건흥 5년 3월, 제갈공명(諸葛孔明)은 위나라를 치려고 삼군을 거느리고 성도를 떠나 북진하여 한중으로 나아가 여러 곳에서 위군을 격파했다. 그리고 그 해 겨울 장안을 공격하려고 군사를 기산(祁山)의 서북으로 몰아 위수의 서쪽에 진을 치고, 위의 대도독 조진(曹進)의 군사 20만을 격파하여 위수로부터 후퇴하게 했다. 이때 위는 사마중달(司馬仲達)을 써서 새로 20만의 대군을 거느리고 공명의 침공을 막았다.

중달은 촉군을 막기 위해 기산에 부채꼴의 진을 쳤다. 그러나 그것을 쳐부술 공명의 작전은 이미 이루어져 있었다. 다만 상대가 조진을 대신한 중달이었던 만큼 공명으로서는 다만 한 곳 불안한 데가 있었다. 그것은 촉군 군량의 수송로가 되는 가정(街亭)이라는 곳이었다. 만일 이 곳을 위군에게 점령당하게 되면 전선의 촉군은 움직일 수가 없게 된다. 그러한 가정을 누구를 시켜 어떻게 지키느냐 하는 것이 공명의 걱정거리였다.

그때 스스로 그 일을 맡겠다고 나선 사람이 마속이었다. 마속은 재주가 남달라 공명이 은근히 친아우처럼 사랑하는 부하였다. 그러나 중달과 맞서 싸우기에는 그는 너무 젊다. 공명은 그것을 걱정했지만 마속은 한사코 나서겠다는 것이었다.

"여러 해 동안 병법을 배워 가정 하나쯤 지키지 못하겠습니까. 만일 지게 된다면, 저는 말할 것도 없이 일가권속 모두가 군법을 받아도 조금도 원망하지 않겠습니다."

"알겠다. 진중에 거짓말은 없는 것, 나아가 보라."

공명의 허락을 받은 마속은 부장 왕평(王平)과 함께 가정으로 달렸다. 가정의 산은 삼면이 절벽이다. 공명의 명령은 산기슭 길을 사수하여 위군이 가까이 오지 못하게 하라는 것이었으나, 마속은 지형을 보고 적을 끌어들여서 역습하기에 가장 좋은 곳이라 생각했다. 그리하여 왕평의 말도 듣지 않고 산 상에다 진을 쳤다. 그랬더니 위군이 산기슭을 포위하여 식수가 끊기게 되었다. 궁해진 마속이 전군을 이끌고 산을 내려왔을 때, 산기슭에서 적과 싸우다 드디어 참패하고 말았다. 가정을 위군에게 빼앗긴 공명은 마속을 쓴 것을 후회했으나, 이미 그릇된 일이라 전군을 한중으로 후퇴시킬 수밖에 없었다.

건흥 6년 5월, 간신히 한중으로 전군을 후퇴시킨 공명은 패전의 책임을 물어 마속을 목베기로 했다. 그 즈음 성도에서 와 있던 사자 장완은 마속과 같은 유능한 인물을 잃는 것은 국가의 손실이라고 말했지만, 공명은 듣지 않았다.

"마속은 아까운 사나이다. 그러나 그러한 사정은 그가 지은 죄보다 더 큰 죄요, 그를 목베는 것은 국가의 손실이지만, 목베지 않는 것은 더 큰 국가의 손실을 가져오게 될 것이다. 아까운 자를 베어 대의를 바로잡아야 한다."

공명은 형리를 재촉하여 마속을 처단하게 하였다.

마속이 형장에 끌려가자 공명은 옷자락으로 얼굴을 가리고 마루에 엎드려 울었다.

"마속이여, 나를 용서하라. 진정 죄는 내게 있다. 나의 밝지 못함에 있는 것이다. 그러나 나는 이 목을 벨 수도 없구나. 왜냐하면, 살아서 촉을 위해 너의 죽음을 살릴 일을 해 내지 않으면 안 되기 때문이다."

마속의 목은 진중에 공개되었다. 전군의 장사들은 누구나 다 공명의 심정을 알고 눈물지었다고 한다.

-〈삼국지(三國志)〉, '촉지 제갈양전(蜀志 諸葛亮傳)'

늙으면 기린(騏驎)도 노마(駑馬)보다 못하다

여기서 기린(騏驎)이라는 동물은 하루에 천리를 가는 명마를 일컫는 것이다.

전국시대였다. 제나라 대궐에서 소진(蘇秦)이 민왕(閔王) 앞에서 그의 자랑스런 변설을 늘어 놓으려 하고 있었다. 소진은 유세가로서, 세치의 혀로 강대한 힘을 자랑하는 진나라에 대해서 제후의 연합전선을 만들려던 참이었다. 그래서 그는 각국을 찾아다니는 것이었다.

그 날 이야기하려는 것은 '때에 따름' 이라는 연제였다.

"저는 이렇게 알고 있사옵니다. 군사를 써서 천하의 앞 자리가 되는 것을 즐기는 자에게는 후환이 있사옵니다. 또 어떤 나라와 동맹을 맺어 다른 나라를 쳐서 원수를 맺는 자는 뒷날 반드시 고립하게 되옵니다……."

천하 뭇사람의 기대에 따라서 일어서는 일, 그리고 시기를 기다리는 일이 얼마나 중요한가에 대해서 그는 거침없이 말하기 시작했다.

그는 여러 나라의 흥망을 말하고, 대국은 남 먼저 공연한 일을 일으켜서는 안 된다는 것과, 소국은 무사함을 제일로 알고 함부로 계책을 즐긴 왕들의 말로와 거짓으로 남의 나라를 속이기 잘한 나라의 왕이 망한 일들을 예로 들었다. 민왕은 자기도 모르게 소진의 이야기에 끌려 들어 가고 있었다.

"강대한 나라, 약소한 나라, 이들이 당하기 쉬운 화는 이런 것이옵니다. 예로부터 전해 오는 말이 있사옵니다. '기린이 쇠해지매 늙은 말이 이를 앞지르고, 맹분(孟賁 - 제나라의 力士)이 피곤해지매, 여자가 이를 앞선다' 라고. 이 말은 걸음이 느린 늙은 말이나 힘이 약한 부녀자가 체력과 기력으로 천리마를 이긴다는 것이 아니옵고, 맹분보다 강하다는 것이 아니옵니다. 오직 뒤에 일어서서 기회에 맞게 하여 하늘의 힘을 빌었기 때문이 아니겠습니까?"

소진도 말했듯, '늙으면 기린도' 라는 이 말은 예로부터 민간에서도 널리 쓰인 모양이다.

소진이 말한 것과도 일맥상통하여 한나라 유안(劉安)의 〈회남자(淮南子)〉에는 이렇게 씌여 있다.

"기린은 하루에 천리를 가지만, 노마도 열흘이면 그 곳에 가게 된다."

힘써 노력하면 그것으로서도 능히 해낼 수 있다는 뜻일 것이다.

-〈전국책(戰國策)〉, '제 하(齊下)', '민왕 하(閔王 下)'

다기망양(多岐亡羊)

달아난 양을 찾는데 길이 여러 갈래로 갈려 양을 잃다.

양자(楊子)의 이웃집에서 양 한 마리가 도망을 쳤다. 그 동네사람들까지 모두 나서고 양자의 집에서도 아이까지 나서서 양을 찾으러 다녔다. 양자가,

"단 한 마리의 양을 어찌 그렇게 많은 사람들이 뒤쫓아가는고."

하고 물으니,

"도망간 쪽에는 갈림길이 많기 때문이오."

라고 대답했다.

얼마 뒤에 그들이 피곤한 몸으로 돌아와서 이렇게 말했다.

"갈림길을 가면 또 갈림길이 있어서 양이 어디로 갔는지 모르게 되어 버렸소."

양자는 그 말을 듣고는 묵묵히 앉아 입을 떼지 않았다. 뿐만 아니라, 하루 종일 웃는 얼굴 한 번 보이지 않았다. 제자들이 기껏해야 양 한 마리를 잃은 일이요, 더구나 자기의 양도 아닌데 그렇게 침울해 있는 것이 이상하다 생각하고 그 까닭을 물어도 대답이 없었다.

뒷날, 한 제자가 그 일에 대해서 양자와 문답한 결과, 목표가 단 한 마리의 양이라 할지라도 갈림길에서 또 갈림길로 헤매어 들어가서 찾다가는 결국 양을 잃어 버리는 것이다, 학문의 길도 그와 같은 것이어서 하나로 돌아가는 중요한 목표를 잃게 되는 방법은 무의미한 것임을 깨달았다는 것이었다.

또 이런 이야기가 있다. 어떤 집에 하인이 둘 있었는데, 제각기 양을 지키고 있다가 둘 다 양을 잃어 버렸다. 주인이 화를 내며,

"대체 너희들은 양이 도망갈 때 무엇을 하고 있었느냐?"

하고 물으니까 한 하인은,

"책을 읽느라고 정신이 팔려 있었습니다."

라고 대답했고, 또 한 하인은,

"주사위 놀이에 정신이 팔려서……."

하고 대답했다.

두 하인이 하고 있던 일은 각각 다르다. 그러나 양을 지킨다는 중요한 목적을 잃어 버린 결과에 있어서는 다를 바가 없다. 가장 중요한 일은 참된 목표를 확실히 파악하고 있어야 한다는 것이다. 학문에는 지식의 집적과 이론의 분석이 필요한 것은 말할 것도 없지만, 부질없이 작은 일을 꼬치꼬치 캐고 살피는 일에 빠져서 근본 목표를 잃어 버리는 것은 어리석은 일이란 것을 풍자한 이야기이다.

-〈열자〉 '설부편(說符篇)', 〈장자(莊子)〉, '변모편'

다다익익변(多多益益辨)

많으면 많을수록 좋다.

한나라 유방은 숙적인 항우를 타도하여 천하를 통일했지만, 국가의 기초는 그것만으로는 안전하다 할 수 없었다. 유방 밑에서 항우와 싸운 맹장들이 이제는 한나라에 위험한 존재가 되고 있었다. 그들은 모두 유방을 위해서라는 충성보다는 자기의 천하를 꿈꾸며 있는 힘을 다해 싸운 야심가들이었다. 아이러니컬하게도 한의 성립을 위해 크게 활약한 자일수록 더욱 위험한 사람이 되는 판이다.

그 중에서도 가장 두드러진 사람이 초왕(楚王) 한신(韓信)이었다. 유방은 한신이 항우의 장수였던 종리매(鍾離昧)를 비호해 주었다는 이유로 한신을 잡아 벼슬을 회음후(淮陰侯)로 낮추어 버렸다.

어느 날, 유방은 한신과 같이 여러 장수들의 능력에 대해 이야기를 했다. 누구는 몇 만의 군을 지휘할 힘이 있으나 누구는 그렇지 못하다는 등, 등급을 정해 가는 중에 이야기가 자신들에 이르렀다.

유방이 한신에게 물었다.

"나는 대체 몇 만쯤의 군의 장군이 될 수 있을꼬?"

"글쎄올시다. 폐하께서는 기껏 10만 쯤이 아닐까 하옵니다."

"과연 그렇겠군. 그럼 그대는?"

"저는 다다익익변(多多益益辨)이오라, 많으면 많을수록 좋습니다."

"허허허……."

유방은 한바탕 웃고 말했다.

"다다익익변이라면, 어째서 내게 붙잡혔을꼬?"

한신이 대답했다.

"그건 또 이야기가 다르옵지요. 폐하는 병졸의 대장이 되지는 못하오나,

대장의 대장이 될 수는 있습니다. 제가 폐하께 잡힌 까닭도 거기에 있습니다. 그리고 폐하의 힘은 하늘이 내리신 것이요, 사람의 힘으로써 따를 수 없는 것이옵니다."

이 이야기는 〈사기〉와 〈한서〉에 같이 기록되어 있는 것으로, 다만 〈사기〉에는 '변(辨)' 대신 '선(善)' 으로 되어 있는 것이 다를 뿐이다. '다다익선' 이란 말은 물론 여기서 나온 것이다.

-〈사기〉, 〈한서〉

달팽이 뿔 위에서의 싸움

전국시대는 중원의 제후가 패권을 다투어 약육강식의 무력 항쟁으로 일관해 온 시대다. 그 피비린내 나는 현실을 냉철한 눈으로 바라보며 '달팽이 뿔 위에서의 싸움' 과 같은 어리석은 짓이라고 말한 것은 그 시대의 풍자철학자 장자였다.

그의 저서 〈장자〉, '즉양편(則陽篇)' 에 있는 이야기의 발단은 절실한 역사적 사실을 빌었던 것이요, 등장인물도 거의 실재의 인물이지만, 역시 장자의 유파인 우언(寓言)이 지은 이야기로 맛보아야 할 것이다.

양(梁)의 혜왕(惠王)은 제(齊)의 위왕(威王)과 맹약을 맺었으나, 뒤에 위왕이 이를 배반하였으므로 혜왕은 분개하여 몰래 자객을 보내어 위왕을 암살하려 했다. 혜왕의 부하 공손연(公孫衍)은 그 계획을 듣고 암살 같은 것은 비겁한 행위라 생각하고, 왕에게 나아가 당당히 실력으로 제나라로 쳐들어가서 응징함이 옳다고 주장했다.

또 한 신하 계자(季子)는 그 논의를 듣자, 싸움을 시작하여 백성을 괴롭히는 것은 부끄러워해야 할 행위라 생각하고 왕 앞에 나아가,

"전쟁을 즐기는 자는 나라를 어지럽게 하는 자이니, 듣지 마시기 바랍니다."

고 전쟁론에 반대를 했다.

또 한 신하 화자(華子)는 이 말을 듣고 또한 눈살을 찌푸리며 왕에게 나아가 말했다.

"이러한 논자들은 다 같이 나라를 어지럽게 하는 자들입니다. 또 이러한 논자를 평해서, 나라를 어지럽히는 자라 하는 자도 역시 시비분별에 매여 있는 점에서 마찬가지로, 나라를 어지럽히는 자라고 하지 않으면 안 됩니다."

"허허……. 그럼 어떻게 해야 된다는 것인가?"

"시비의 분별을 버린 도의 입장에서 사물을 생각해야 하옵니다."

이 말을 들은 재상 혜자(惠子)는 마침 잘 됐다 생각하고, 현자로 이름이 높은 대진인(戴晉人)을 혜왕에게 보냈다. 대진인은 곧 왕에게 아뢰었다.

"와우(蝸牛 - 달팽이)라는 것이 있사온데 아시나이까?"

"알고 말고."

"그 와우의 왼쪽 뿔에는 촉씨라는 자가, 오른쪽 뿔에는 만씨라는 자가 나라를 세우고 있사온데, 서로 영토를 넓히려 싸움을 시작하여 죽은 자가 수만 명, 달아나는 적을 쫓기를 15일만에 겨우 뺐던 칼을 거두어 넣었다 하옵니다."

"그 무슨 실없는 거짓말인고!"

"그러하옵니다만, 그걸 진실의 이야기로 맞추어 보오리까? 대체 왕께선 이 우주의 사방상하에 제한이 있다고 생각하십니까?"

"제한이야 없겠지."

"그러면, 마음을 그 무궁한 세계에 두고 있는 자에게는 사람들의 왕래하는 지상의 여러 나라쯤 있으나 없으나 별 다름이 없는 일이 아니겠습니까?"

"으음, 과연 그렇구나."

"그 나라들 중에 위라는 나라가 있고 위속에 양이란 도읍이 있어, 양 안에 왕이 계십니다. 우주의 무궁함에 비하면, 제를 치자거니 치지 말자거니 하여 어찌할까 망설이는 왕과, 와우 뿔 위의 촉씨, 만씨와는 얼마쯤이나 차이가 있사오리까?"

혜왕은 쓴웃음을 지으며 말했다.

"허긴 그렇겠다."

대진인이 물러나가자, 혜왕도 낙심하여 얼빠진 사람마냥 멍해 있었다.

뒤에 혜자를 보고 왕은 탄식하며 말했다.

"그 사나이는 대단한 인물이야. 성인이라 해도 좋으리라."

닭 잡는 데에 어찌 소잡는 칼을 쓰랴(牛刀割鷄)

공자의 제자 자유(子遊)가 무성(武城)의 장(長)이 되어 그 곳을 다스리고 있을 때, 한 번은 공자가 찾아와서 보니 무성의 거리에는 거문고와 비파 소리가 울리고, 그 소리에 맞추어 시서를 읊고 있었다.

본래 공자는 그의 제자들에게 나라를 다스려 백성을 편안케 함에는 예와 악의 도로써 하라고 가르치고 있었으므로, 자유가 다스리고 있는 그 지방에 와서 악기와 노래 소리를 듣고 평소 자기가 가르친 바가 충실히 지켜지고 있음에 만족하였다. 꽤 기분이 유쾌했던 모양으로, 정중히 공자를 맞이하는 자유에게 좀처럼 하지 않던 농담까지 했다.

"자유여, 무성 같은 작은 땅을 다스리는 데 무슨 현가(弦歌)까지 가르치지 않아도 될 것 아닌가? 닭을 잡는 데 소를 잡는 큰 칼을 쓰지 않아도 되듯이 말야."

자유는 평소 점잖기만 하던 스승이 설마 이런 말을 하리라고는 생각지 못했으므로 어리둥절해하고 있다가,

"저는 선생님으로부터 남의 위에서 백성을 다스리는 자는 예악의 도를 배움으로써 온순해지고 잘 다스려지며, 예악의 도는 위에나 아래에나 소중한 것이라 이를 배움으로써 비로소 잘 다스릴 수 있다고 배웠습니다. 저는 오직 선생님의 가르침에 따랐을 뿐이옵니다."

공자는 가벼운 농담으로 한 말인데, 자유가 고지식하게 듣고 있으므로 다소 미안한 생각이 들었다.

"아냐, 그건 농담이야. 자유가 말한대로야."

이로부터 '닭을 잡는 데 어찌 소 잡는 칼을 쓰랴' 함은 작은 일을 처리하는 데 큰 그릇을 사용함을 두고 하는 말로 쓰이게 되었다. 또, 공자가 말한 뜻을

'자유 같은 큰 그릇을 무성 같은 곳에 쓸 필요가 있는가' 하는 의미와, '무성에는 현가의 도(道)보다 우선 해야 할 요무(要務)가 있다' 는 뜻으로 해석하는 사람도 있다.

-〈논어〉 '양화편(陽貨篇)'

당랑의 도끼(螳螂之斧)

사마귀의 도끼

당랑(螳螂-사마귀)이 먹이를 노릴 때는 앞발을 머리 위에까지 처들고 덤비는 꼴이 도끼를 들고 내리치려는 것 같다. 벌레들의 세계에서는 그 도끼가 굉장히 무서운 것이겠지만, 제 아무리 용감한 사마귀라 하더라도 저보다 강한 자에게 있어서는 그런 도끼쯤 문제가 안 된다. 즉, '사마귀의 도끼' 란 약자가 제 힘과 실력을 모르고 함부로 강자에게 대드는 것을 말하는 것이다.

〈문선(文選)〉에는 진림(陳琳)이,

"조조는 이미 덕을 잃어 믿을 수 없으므로, 원소에게로 돌아갈지라."

하는 뜻을 유비에게 적어 보낸 격문 가운데 조조군의 약한 모습을 풍자하여,

"당랑의 도끼로써 큰 수레의 바퀴를 막으려 하는도다."

라고 말하고 있다.

또 〈장자〉의 '천지편(天地篇)' 에는,

"여전히 당랑을 성내게 하여 그 팔로 수레바퀴에 대항하게 함은 곧, 반드시 그 임(任)에 이기지 못함이라."

고 씌여 있다.

또 〈한시외전(韓詩外傳)〉에는 이런 이야기가 있다.

어느 날 제나라의 장공(莊公)이 사냥을 갔는데, 한 마리의 당랑이 짓밟히게 되어 있으면서도 앞발을 들어 장공이 타고 있는 수레바퀴를 치려 하고 있었다.

재빨리 이 광경을 본 장공은,

"오, 용감한 벌레로다. 저 놈의 이름이 무엇인고?"

하고 부하에게 물었다.

"네, 저것은 당랑이라고 하는 벌레이온데, 저 벌레는 앞으로 나아갈 줄만

알고 뒤로 물러 설 줄을 모르오며, 제 힘을 짐작하지 못하고 한결같이 적에 대항하는 놈이옵니다."

장공이 이 말을 듣고,

"이 벌레가 만약 사람이었다면, 그건 반드시 천하에 비길 것 없는 용사였으리라."

하고 수레를 돌려 일부러 당랑을 피해 갔다는 이야기다.

'당랑의 위(衛)' 라는 말이 있는데, 이것도 대적에 덤비는 미약한 병비(兵·備)를 가리키는 말이다.

대기만성(大器晩成)

크게 되는 사람은 늦게 이루어진다.

삼국이 세력을 다투던 때, 위나라에 최염(崔琰)이라는 유명한 장군이 있었다. 그는 목소리나 허우대가 커서 대인의 품격이 있었다. 수염의 길이가 넉자나 되고, 왕의 신임이 또한 두터웠으니, 아무튼 상당한 인물이었던 모양이다.

그런데 이 최염의 사촌 아우에 임(林)이란 사람이 있었다. 보기에 그다지 영리한 것 같지 않았기 때문인지 도무지 명성이 오르지 않고, 친척들도 그를 못난이로 여겨 무시했었다. 그러나 최염만은 그 인물을 알아보고 있었다.

"큰 쇠북이나 큰 가마솥은 쉽게 만들어지지 않는다. 그와 마찬가지로, 큰 재능은 쉬 나타나는 것이 아니다. 완성되기까지에는 아무래도 시간이 걸린다. 임도 이와 같이 대기만성 패일 것이다. 두고 보라. 끝에 가서는 반드시 큰 인물이 될 테니……."

최염의 말처럼 임은 뒤에 삼공이 되어 천자를 보좌하는 큰 임무를 다하는 훌륭한 인물이 되었다.

또 후한 초기 때, 부풍무릉(扶風茂陵)에 마원(馬援)이라는 무장이 있었다. 처음에는 전한의 천하를 빼앗아 신(新)이란 나라를 세운 왕망(王莽)을 섬기다가, 그가 죽은 후로는 후한의 광무제를 섬기면서 가끔 공을 세워 복파(伏波)장군에 임명되었다. 복파장군이란 전한의 무제 이래 큰 공을 세운 장군에게 주는 지위였다. 그리고 인도지나의 반란을 평정하여 각 처에 후한의 위세를 떨친 표적으로 구리기둥을 세웠다. 만년에 흉노 오환을 정벌하러 출정했는데, 불행히 진중에서 죽었다.

이 명장 마원이 일찍이 시골 전답을 관할하는 관리가 되어 떠나기 전에 형에게 인사를 하러 갔다.

"너는 소위 대기만성 형의 인물이다. 솜씨 좋은 목수는 산에서 잘라 온 깎지 않은 재목은 절대로 남에게 보여 주지 않고 자기 생각대로 물건을 만든다. 너도 자기의 개성을 살려 세월이 지나면 큰 인물이 될 것이다. 부디 잘해 보아라."

이 충고를 명심해 들은 마원은 뒷날 과연 역사에 남은 유명한 인물이 되었다. 또 〈노자〉에는 '대지에는 구석이 없고, 대기는 만성한다' 는 말이 있다. 큰 인물은 요컨대 간단히 되는 것이 아니다. 긴 세월과 끊임없는 노력에 의해서 비로소 생겨나는 것이다.

-〈삼국지〉 '위지(魏志)', '최염전(崔琰傳)', 〈후한서〉 '마원전(馬援傳)'

떨어지는 나뭇잎 하나에 천하(天下)의 가을을 안다

냄비에 끓인 고기맛을 보려고 할 때, 그 냄비의 고기를 다 먹어야만 맛을 알 수 있는 것은 아니다. 단 한 토막만 먹어 보아도 고기맛은 다 알 수 있는 것이다. 또 습기를 잘 빨아 들이는 숯을 저울에 달아서 공기가 습한가 그렇지 않은가를 알 수 있다. 이렇게 작은 것으로 능히 큰 것을 알아볼 수 있는 것이니, 오동잎 하나가 떨어지는 것을 보고 가을이 온 것을 알 수 있고, 항아리의 물이 어는 것을 보고 온 세상의 추위를 알 수 있는 이치 — 이것이 가까운 것에서 먼 것을 추측해 아는 예일 것이다.

이것은 전한(前漢) 때, 회남왕(淮南王)이었던 유안(劉安)이 쓴 〈회남자(淮南子)〉라는 책 '설산훈(說山訓)' 장에 보이는 말이다.

"한 잎이 떨어지는 것을 보고 바야흐로 한 해 저물어감을 알고, 병 속의 얼음을 보고 천하의 추위를 안다."

이자경(李子卿)의 '추풍부(秋風賦)' 에는 '한 잎 떨어지니 천하의 가을' 로 되어 있고, 〈문록(文錄)〉에 실려 있는 당나라 사람의 시에는 '한 잎 떨어져 천하의 가을을 안다' 로 나와 있다. 〈회남자〉에서의 뜻은 조그만 현상에서 크고 근본적인 것을 깨달아야 한다는 것이지만, 이제 와서는 오히려 조그마한 한 조짐에서 쇠망하는 기운을 짐작한다는 비유의 말로 쓰이고 있다.

도원경(桃源境) · 무릉도원(武陵桃源)

진나라 태원(太元) 때, 무릉에 한 어부가 있었다. 어느 날, 어부는 여느 때처럼 배를 타고 고기를 잡으러 산협의 강을 거슬러 올라갔다. 얼마만큼이나 갔는지 모르는 동안, 일찍이 보지 못한 낯선 곳에 이르렀다. 그 곳은 온통 복사꽃 수풀이요, 다른 나무라고는 한 그루도 없는 향기로운 곳이었다.

너무나 좋은 경치에 어부는 한동안 넋을 잃고 보고 있다가, 그 복사나무 숲 저편까지 가 보고 싶은 생각에 배를 저어 더 올라갔다. 이윽고 수원(水原) 근처에까지 가서 산이 앞을 가로막은 곳에 이르니, 그 산에 굴이 하나 있었다. 굴 속이 어둡지 않고 밝으므로 배를 두고 들어가 보니, 처음에는 한 사람이 겨우 들어갈 만하던 굴이 안으로 들어갈수록 넓어지더니, 이내 사방이 환한 넓은 세상이 나타났다.

부신 눈을 비비고 바라보니 땅은 끝없이 넓고 집은 즐비하게 늘어 섰으며, 멀리 가까이 기름진 논밭이 있고, 뽕나무, 대나무가 무성하게 자라고 있었다. 닭소리 개소리가 들리는 마을에 나다니는 사람들은 모두 이국적인 옷을 입었으며, 노란 머리털을 한 노인이나 어린이나 모두 웃는 얼굴이었다.

정신 없이 바라보고 있는 어부를 발견한 그 곳 사람들은 낯선 사람에게 놀라며, 어디서 온 사람인가 물었다. 어부가 오게 된 까닭을 사실대로 이야기하니, 그들은 곧 어부를 어느 집으로 안내하고 술과 닭고기를 내어 크게 환대하였다.

많은 사람들이 모여들어 서로 이야기하는 가운데, 그들은 이렇게 말했다.

"우리 조상께서 처자와 함께 진나라 때 전쟁을 피해 이 궁벽한 곳에 왔다가, 그 후로 한 번도 바깥 세상에 나가지 않고 살았으므로 다른 곳 사람들과는 사귀는 일이 없어졌습니다. 그런데, 요즈음 세상은 어떻게 되어 있는지요?"

그들은 한나라도 모르거니와 위나라, 진나라 일도 모르고 있었다. 어부가 자세한 이야기를 해 주자, 그들은 감회 깊은 듯 들었다.

어부는 이 집 저 집의 초대를 받아 술과 고기를 대접받고 노는 동안 어느덧 4, 5일이 지나갔다. 간신히 작별 인사를 나누고, 그 마을을 나와서 배를 매두었던 곳에 이르러 강을 따라 집으로 돌아왔다. 그 곳을 떠나올 때,

"우리 동네 이야기는 다른 사람에게는 하지 말아 주시오."

하는 당부를 들었지만, 어부는 오는 길 군데군데 표적을 남겨 놓았다. 집에 돌아온 어부는 곧 고을의 태수에게 가서 자기가 보고 온 진귀한 일을 이야기했다. 태수도 퍽 흥미로워하여 사람을 보내어 한 번 그 곳을 안내하게 하였다. 그러나 돌아오는 길에 남겨 놓은 표적은 아무리 찾아도 보이지 않았고, 처음 가던 길은 전연 알 수가 없었다.

때마침 남양에 유자기(劉子驥)라는 군자가 있어, 이 이야기를 전해 듣고는 그 선경(仙境)에 가고 싶어했으나 뜻을 이루지 못한 채 병으로 세상을 떠났다. 뒤에 그 곳을 찾으려는 사람은 없었다고 한다. 이 이야기에서 '무릉도원(武陵桃源)', '도원경(桃源境)'은 선경의 뜻으로 쓰이게 되고, 다시 이상향의 뜻이 되었다.

-도원명(陶淵明)의 '도화원기(桃花源記)'

도청도설(道聽塗說)

길에서 들은 말을 길에서 내뱉다.

"먼저 길에서 들은 좋은 말(道聽)을 마음에 담아 두어 자기 수양의 양식으로 삼지 않고 곧 남에게 일러 주어 들리는(塗說) 것은 자기에게서 그 덕을 버리는 것과 같으므로, 착한 말은 모두 마음에 잘 간직하여 내 것으로 하지 않으면 덕을 쌓을 수 없다."

공자는 〈논어〉 '양화편(陽貨篇)' 에서 이렇게 가르쳐 주고 있다. 몸을 닦고(修身) 집안을 다스리며(齊家) 나라를 잘 다스리고(治國) 천하를 평정케(平天下)하여 천도(天道)를 지상에 행할 것을 이상으로 한 공자는, 그러기 위해서는 뭇 사람들이 엄격히 자기를 단속하여 인덕을 쌓고 실천해 갈 것을 가르쳤다. 그리고 덕을 쌓기 위해서는 굽힘 없는 노력이 필요하다는 것을 〈논어〉에서 일깨워 주고 있다.

〈한서〉의 '예문지(藝文志)' 에는,

"대저 소설이란 것의 시초는 군주가 백성들의 풍속을 알기 위해 아래 관리에게 명하여 기술하게 한 것에서였다. 즉, 항간의 이야기와 거리의 소문 등은 길에서 들은 것을 길에서 이야기하는 자들이 만들어 낸 것이다."

라고 했다. 소설이란 말은 이런 뜻에서 원래 '패관소설' 이라 했으나, 뒤에 와서 그냥 소설이라 일컬어진 것이다.

또 주나라의 순자가 쓴 〈순자〉의 '권학편(勸學篇)' 에는,

"소인의 학문은 귀로 들어가 곧 입으로 흘러나가 조금도 마음에 남아 있지 않다. 귀와 입 사이는 약 네 치의 거리가 있지만, 이만한 거리로서 어찌 7척의 신체를 아름답게 할 수 있으랴. 옛날 학문을 한 사람은 자기를 위해 했으나, 지금 사람은 배운 바를 곧 남에게 고하고 자기를 위해 하려 하지 않는다. 군자의 학(學)은 자기 자신을 아름답게 하는데, 소인배의 학(學)은 사람을 동

물로 만들어 버린다. 그러므로 묻지 않아도 고한다. 이를 시끄러운 것이라 하며, 하나를 묻는데 둘을 말해 주는 것을 요설(饒舌)이라 한다. 둘 다 좋지 못한 것이다. 진정 군자는 묻지 않으면 대답하지 않고, 물으면 그것만을 답한다."

고 하여, 다변(多辯)을 훈계하고 있다.

자기의 학문을 자랑하는 사람도 마땅히 삼가야 할 일이겠다.

-〈논어〉 '양화편(陽貨篇)'

도탄(塗炭)의 고(苦)

진흙과 숯불의 고통

요염한 미녀 매희(妹喜)를 사랑하여 주지육림의 음락을 한껏 한 하(夏)의 걸왕(桀王)은 은(殷)의 주왕(紂王)과 함께 도리에 어긋나 나라를 망하게 한 제왕으로서 걸주(桀紂)라고 병칭되어 온다.

걸왕의 포악한 정치에 반항하여 군사를 일으켜 걸왕의 대군을 명조산에서 격파하고 걸왕을 대신하여 천자의 자리에 오른 것이 은의 탕왕(湯王)이다. 탕왕은 군사를 일으킬 즈음하여 영지(領地)의 군사들을 모아 놓고 출진의 맹세를 다음과 같이 했다.

"오라, 그대들 모두 내 말을 들으라. 우리는 구태여 난을 꾸밈이 아니요, 하의 죄 많기로 천명이 이를 치게 하심이라."

걸왕과 싸워 크게 이기고 개선했을 때, 탕왕은 다시 제후들에게 걸왕의 무도(無道)를 공격하여,

"하왕(夏王) 덕(德)을 멸하고 거칠고 사나운 위세를 휘둘러 그대들 만방의 백성에게 학정을 가했도다. 그대 만방의 백성 그 흉해(凶害)를 입고 씀바귀와 해충의 괴로움에 견디지 못하여, 아무 죄없이 당하는 괴로움을 천신과 땅의 신령에 고했도다. 하늘의 뜻은 항상 선에 복을 주고, 음에 재앙을 주는 것. 하늘은 하에 재앙을 내리고, 그 죄를 명백히 하셨도다."

라고 격렬한 어조로 걸의 죄를 논하여, 천명이 하를 떠나 은에 내리고 있다며 자신의 정당성을 증명하려 했다.

걸왕의 잔학함을 비난한 말은 이밖에도 고전에 많이 나타나 있는데, 〈서경(書經)〉의 '중훼지고'에는,

"유하혼덕(有夏昏德)하며, 민이 도탄에 빠지다."

라고 했다. 걸왕의 부덕과 잔학한 행위로 말미암아 백성들이 받은 심한 고난

을. 여기서는 한 마디로 '민이 도탄에 빠지다' 라 한 것이다. 오늘날 '도탄(塗炭)의 고(苦)' 라는 말의 어원이 된 말이다. 도(塗)는 진흙물, 탄(炭)은 숯불로 물과 불의 고통을 의미한다.

-〈서경(西經)〉 '탕서편(湯誓篇)', '탕고편(湯誥篇)'

독안룡(獨眼龍)

당나라 의종(懿宗) 말년, 산동 하남지방은 큰 홍수를 만났는데, 이듬해 희종(僖宗) 건부(乾符) 원년에는 같은 지방이 전년과는 반대로 큰 가뭄을 만났다. 그런데도 관에서의 조세 징수는 가혹하기만 하여, 농민들은 견디다 못해 처자를 팔아 간신히 세금을 내는 사람도 많았다.

산동 땅에서 일어나기 시작한 농민 봉기는 드디어 조주(曹州) 출신의 일대 풍운아인 황소(黃巢)를 궐기케 하였다. 황소는 이미 먼저 난을 일으키고 있던 같은 산동 출신의 왕선지(王仙芝)와 손을 잡고 각 처를 쳐서, 투항해 오는 자들을 포함하여 급속히 그 병력을 증강시키고 있었다. 이윽고 병사들의 수가 수십만을 헤아리게 된 황소는 광명(廣明) 원년 11월에 낙양을 함락시키고 노도와 같이 진격을 계속하여 기어이 당의 서울 장안을 함락시켰다. 백성들의 환호 속에 장안에 입성한 그는 스스로 제제(齊帝)라 일컫고, 대제국을 세웠다.

한편, 흥원(興元)에서 성도(成都)로 난을 피해 가 있던 희종 쪽에서도 차차 반격의 태세를 갖추게 되었다. 맹장 이극용(李克用)의 등장이 그것이다. 이극용은 돌궐의 사타부 출신으로 호지(胡地)에 숨어 있었는데, 황소 토벌에 기용되어 4만의 병을 거느리고 하중으로 진격해 나아갔다.

이극용은 애꾸눈이었기 때문에 '독안룡'이라고들 했다. 또 〈오대사(五代史)〉 '당기(唐記)'에서는 '이극용은 젊은 나이에도 용맹스러워 군중에서 이아아(李鴉兒)라 했다. 한 눈이 애꾸인 그가 귀한 사람이 됨에 또 독안룡이라 이름하다'라고 했다. 또 〈당서(唐書)〉에는 '희종 때 황소가 반란을 일으켰으나, 이극용이 이를 격파하다. 그때 사람들이 애꾸눈인 그가 용맹하다 하여 독안룡이라 이름하다'라고 적고 있다. 이것만 보아도 그를 상당히 두려워하였고 존경의 마음으로 그렇게 불렀던 것 같다.

그런데 이 독안룡 이극용의 군대는 모두 검은 옷을 입고 있었으므로 황소의 군에서는 그 무서운 진격에 '아군(鴉軍-까마귀군)이 온다!' 고 하여 무서워했다고 한다. 그러나 쇠퇴했다고는 해도 아직 맹렬한 위세를 떨치는 황소군은 산동, 하내 방면에서 당군을 쳐부수고 있었다. 이극용은 5만의 병사를 내어 스스로 당군의 총수로서 산동에 들어가 황하를 건너는 황소군에게 큰 타격을 주어, 드디어 하구에서 결정적으로 황소군을 쳐부쉈다. 여기서 그렇게도 기세 좋던 의거군도 멸망하고, 황소도 전사하고 말았다.

이극용은 그 공에 의해 농서의 군왕이 되었지만, 황소군의 의거로 인하여 세력이 약해진 당나라인지라 이극용과는 원수 사이인 주전충(朱全忠-처음에는 황소군이었으나 황소군의 세력이 꺾이자 귀순했음)과 조정의 실권을 두고 맹렬한 다툼을 하게 되었다. 이윽고 주전충이 권력을 잡고 스스로 제위에 앉아, 국호를 양(梁)이라 했다. 한편 독안룡 이극용은 실의 속에서 세상을 떠나고 말았다.

'독안룡' 은 외눈으로서 용맹한 사람을 일컬었으며, 오늘에는 외눈으로서 높은 덕을 가진 사람까지를 일컫게 되었다.

돌로 입을 씻고 흐르는 물에 베개 삼는다 (石漱枕流)

진나라에 손초(孫楚)라는 사람이 있었다. 그는 글솜씨가 뛰어난 사람으로 조상 대대로 상당한 벼슬을 한 좋은 가문에서 자랐건만, 고향에서는 도대체 빛이 나지 않았다.

어느 날, 전날 인재 등용관이던 대중정(大中正)이 손초의 벗인 왕제(王濟)에게 손초의 인물에 관해서 물은 일이 있었다. 이에 대해 왕제는 이렇게 대답했다.

"그 사람은 당신이 직접 만나 본다 해도 알지 못할 인물입니다. 제가 말씀드린다면 손초는 천재요, 비할 데 없이 뛰어난 사람이라 다른 사람과 같이 생각할 수 없는 그런 인물입니다."

그 당시는 노장(老莊)의 학문이 성하여 세상을 피해 숨어 사는 것을 좋아하는 경향이 많았고, 세속의 도덕이나 이름 나는 것을 경멸하여 노장의 철리(哲理)를 이야기하기 좋아하며, 이를 '청담(淸談)' 이라 하여 사대부들 사이에 크게 유행했다. 그들 중 유명한 것이 '죽림의 칠현' 이었다.

손초는 젊었을 때 그러한 풍조를 그리워하여 산림에 은거하려 했으나, 40이 지나서부터는 석포(石苞) 밑에서 군대에 있었고, 석포를 위해 오주(吳主) 손호(孫皓)에게 보내는 투항 권고문 등을 쓰기도 했다. 뒤에 풍익(馮翊)의 태수가 되어 원강 3년에 죽었으니 60을 넘어 산 셈이다.

이 손초가 젊었을 때의 일이다. 속세를 버리고 산림 속에 숨어 있고 싶어 하다가 그 뜻을 친구 왕제에게 말했다. 그때 '돌을 베개로 하고 흐르는 물에 입을 씻는……' 즉, 산속 개울가에서 생활하고 싶다는 말을 잘못하여 '돌에 입 씻고 흐르는 물에 베개하는……' 하고 말했던 것이다.

"물이 어찌 베개가 되며, 돌로 어찌 입을 씻을 수 있단 말인가?"

하고 왕제가 웃었다.

그러자 손초는 당황하지 않고 둘러댔다.

"물에 베개한다는 것은 옛날의 은자 허유(許由)처럼 되지 못한 소리를 들었을 때 귀를 씻는다는 뜻이요, 돌로 입을 씻는다 함은 이를 닦는다는 뜻이라네."

이 이야기는 남에게 지기 싫어함을 말하는 것으로 널리 알려져 있다.

-〈진서〉 '손초전(孫楚傳)', 〈세설신화(世說新話)〉.

돌에 꽂힌 화살

명장에도 장수의 장수될 자격을 가진 사람과 무용에 뛰어난 부장(部將)으로 이름난 사람이 있다. 한나라 이광(李廣)과 그의 손자인 이능(李陵) 같은 이는 후자에 속할 것이다. 이 이 장군의 집안에서 천하에 용맹을 떨친 장군이 배출된 것도 당연한 일이었다. 이 집안은 선조 대대로 무인의 혈통을 자랑하고 있었다.

농서는 호지(胡地)에 가깝다. 바로 북에 접해 있는 올도스 사막은 흉노의 전진기지였고, 시가 주변에는 육반산맥의 줄기가 뻗어 있다. 국경 도시다운 거친 분위기에 속에서 어린 시절을 보낸 이광은 정식으로 무술 훈련을 받게 되자 왕성한 기세로 두각을 나타내기 시작했다. 무장의 아들로서 남부끄럽지 않을 만한 풍격이 자연히 몸에 배어 있었을 뿐 아니라, 특히 활쏘기에 있어서는 좀처럼 남에게 뒤지는 일이 없었다. 문제(文帝) 14년, 흉노가 대거 침범해 왔을 때 얼마 안 되는, 그러나 잘 훈련된 부하를 데리고 흉노에게도 지지 않는 기마전술과 활 솜씨를 보여 주었던 것이다. 수십 년 동안 흉노들로부터 괴로움을 받아 온 문제는 더 할 수 없이 기뻐했다. 그리고는 그를 자기 아래 두고 싶어 시종무관(侍從武官)에 임명했다.

문제가 사냥을 나갔을 때 돌연 나타난 호랑이와 맞싸워 위태로움을 면하게 한 것도 이광이었다. 문제는 새삼 그의 무용에 놀라며,

"그대는 참 아까운 인물이로다. 고조 시대에만 났더라도 크게 출세했을 것을……."

하고 말하자,

"아니옵니다. 높은 벼슬을 원하지는 않사옵고, 국경 수비대장이 저의 소망이옵니다."

했다.

이리하여 이광은 전부터 소원이던 변경의 수비대장을 지내게 된 것이었다. 그러는 동안에도 그 공훈은 수없이 많았지만, 야박한 세상을 사는 법에는 어두운 탓이었던지 관위는 좀체 오르지 않았을 뿐 아니라, 때로는 면직이 될 뻔한 적도 있었다.

장군의 진가를 안 것은 오히려 적인 흉노들이었을지도 모른다. 흉노는 그를 한나라의 비장군(飛將軍)이라 부르며, 감히 장군의 성을 넘겨다 보려 하지도 않았다. 또한 이광이 풀섶에 있는 바위를 호랑이로 잘못 보고 활을 쏘았는데 활촉이 보이지 않을 정도로 돌에 들이박혔다. 돌에 화살이 꽂힌 것이다. 가까이 가 보고 그것이 호랑이가 아니라 바윗돌이었음을 알고, 다시 쏘아 본 화살은 돌에 박히지 않았다고 한다. 이것이 '일념(一念)이 바위도 뚫는다' 는 말의 고사이다.

이 이야기는 이광 장군의 활솜씨를 칭찬하여 사람들이 만들어 낸 것인지도 모른다. 그러나 그가 활쏘기에 뛰어난 사람이라는 것은 확실하다. 그는 이미 수련으로 얻을 수 있는 기술의 범위를 뛰어 넘고 있었던 것이다. 그가 활쏘기에 출중한 것은 무엇 때문일까? 여기에 대해서 그가 원비(猿臂)였기 때문이라는 말도 있다. 사마천은 〈사기〉 '이장군전(李將軍傳)' 에 이렇게 쓰고 있다.

"이광은 키가 크고 원비였다. 그가 활을 잘 쏜 것도 또한 천성이다."

원비라 함은 원숭이처럼 팔이 길다는 말이다. 원숭이처럼 팔이 길면 활을 당겨 쏘기에 대단히 유리할 것이므로 이런 이야기가 전해지는 것 같다.

-〈사기〉 '이장군전(李將軍傳)'

등용문(登龍門)

후한 말엽, 환제(桓帝) 때 일이다. 발호(跋扈)장군이라는 별명을 가진 횡포한 외척 양기(梁驥)가 죽임을 당하자, 이를 대신하여 단초(單超) 등 소위 오사(五邪)의 환관이 포학을 마음대로 하기 시작했을 때, 일부 관료들은 이에 대해 과감한 항쟁을 전개하여 드디어 '당고(黨錮)의 화(禍)' 라 불리는 대규모의 탄압까지 받게 되었다. 이 항쟁의 중심이 되고 정의파 관료 중의 영수인 이응(李膺)이란 사람이 있었다.

이응은 자사 태수를 역임하고 오환교위(烏桓校尉), 탁료장군(度遼將軍) 등의 군직도 맡아서 이름을 남겼으나, 환관의 비위를 거슬리게 해 한때는 옥에 갇히기도 했지만, 뒤에 선배의 추천으로 사례교위(司隸校尉)가 되었다.

그 즈음 궁정에는 환관이 득세하여 퇴폐해지고 있었는데, 이응은 홀로 절조를 지켰으므로 명성은 점점 더 높아갔다. 청년 학생들은 그를 흠모하여 '천하의 모범은 이원례(이응의 字)' 라 칭찬했고, 신진 관료들도 그와 알게 되고 그의 추천을 받는 것을 큰 영광으로 알아 이를 '등용문' 이라 했다.

용문(龍門)은 황하 상류에 있는 한 계곡의 이름인데, 물살이 매우 급해 물을 거슬러 올라가는 큰 고기도 좀처럼 그 곳을 오르기 어려웠다. 한 번 그 급류를 거슬러 오르기만 하면, 그 고기는 곧 용이 된다고 전해 오고 있었다. 따라서 등용문-용문을 오른다는 것은 대단히 어려운 것을 돌파하여 약진의 기회를 얻음을 의미하는 말이다.

이응의 문하에 모여 든 신진관료들의 경우는 천하의 명사들 속에 끼여 정의의 정치에 몸을 바칠 수 있다는 순진한 동기에서 이 말을 만들었을 것이다. 그러나 속된 말로는 출세의 실마리를 붙드는 일이 등용문이다. 중국에서는 특히 진사 시험에 합격하는 것이 입신 출세의 제일보라는 뜻으로 '등용문' 이라 불리웠다.

등용문의 반대의 뜻을 가진 말에 '점액(點額)' 이란 것이 있다. 용문을 오르려고 급류에 뛰어든 물고기들이 물의 기세를 이기지 못하여 바위 모서리에 이마를 부딪고 비틀거리며 다시 하류로 떨어져 내리는 일, 즉 출세 경쟁의 패배자나 낙제생을 두고 하는 말이다.

-〈후한서〉 '이응전(李膺傳)'

마이동풍(馬耳東風)

말의 귀에 부는 동풍

'소귀에 경읽기' 라는 우리 나라 속담과 같은 뜻을 지니고 있다.

원래의 '마이동풍' 은 이백의 '왕십이(王十二)' 의 '한야에 홀로 잔 드니 회포 있다에 답함' 이라는 시 가운데 나와 있다. 시의 제목이 말해 주듯이, 이 시는 왕십이라는 친구가 '한야에 홀로 잔 드니 회포 있다' 라는 시를 보내온 데 대해서 이백이 답으로 쓴 것인데, 길고 짧은 구절을 섞어 상당한 장시로 되어 있다.

왕십이는 자신의 불우함을 이백에게 호소한 듯하다. 이백은 이에 대해서 달 밝은 겨울 밤에 홀로 잔을 들고 있는 왕십이의 쓸쓸함을 생각하며 이 시를 지었던 것이다. 이백은 술을 마셔 만고의 수심을 떨어 버리기를 권하고, 또 훌륭한 인물은 지금 세상에는 맞지 않음이 당연하다고 위로했다. 또 한탄하는 말로 자기의 인생관을 읊었다.

지금 세상은 투계(鬪鷄 - 당나라에서는 왕후 귀족들이 투계를 즐겼다)의 기술이 뛰어난 자가 천자에게 귀염을 받고 길거리를 으시대며 다니거나, 아니면 오랑캐의 침입을 막아 얼마간의 공을 세운 자가 최고의 충신인 듯이 뻐기는 것이다. 자네나 나나 그러한 인간을 흉내낼 수는 없다. 우리는 북창에 기대앉아 시를 읊고 부를 짓는다. 그러나 그것이 아무리 큰 걸작이라 하더라도 지금 세상에서는 그런 것은 한 잔의 물값도 되지 않는다. 아니 그뿐인가.

세상 사람은 이를 듣고 모두 머리를 저으니, 동풍이 말의 귀를 흔드는 것과 같도다.

이렇게 이백은 비분해 하였다. 우리들의 말, 우리들의 걸작에는 머리를 젓고 귀를 기울이려 하지 않는다. 그 모습은 동풍이 말 귀에 부는 것과 다름이 없는 것이다.

원래 중국은 무(武)보다 문(文)을 숭상한 나라였다. 문의 힘이 한 나라를 기울게도 하고 일어서게도 하는 것이라는 자랑과 자신이 전통적으로 시를 쓰는 사람들의 가슴 속에 있었다. 더구나 이백과 같은, 스스로에 대한 믿음이 강했던 시인에게는 말할 것도 없었을 것이다. 그런데도 세상 사람들은 시인의 말에는 마이동풍이다. 그래서 이백은 이렇게 계속했다.

어목(魚目)이 나를 웃으며, 명월(明月)과 같기를 바란다.

즉, 고기 눈이나 다름 없는 어리석은 자들이 우리들을 비웃으며, 명월의 구슬 같은 귀한 지위에 앉으려 하고 있다. 옥과 돌이 함께 섞여 있고, 현명함과 어리석음이 거꾸로 되어 있는 것이 지금 세상이라고 이백은 말한 것이다. 그리고 물론 우리 시인에게는 높은 벼슬 같은 것은 애당초 상대가 아니요, 젊을 때부터 우리는 산야에 초연함이 소원이 아니었던가 하고 왕십이를 격려하며 시를 끝맺고 있다.

만가(輓歌)

한나라 유방이 초의 항우를 해하에서 쳐부수고 즉위하여 한의 고조가 된 때의 일이다. 이보다 앞서 제나라 왕 전횡(田橫)은 유방과 화친을 맺게 됐을 때 한신의 습격을 받아 유방의 사자인 역식기를 삶아 죽인 일이 있었으므로, 유방이 고조로 즉위하자 죽임을 당할까 두려워 부하 5백 명을 데리고 바다 섬으로 피했다.

고조는 뒷날의 난을 두려워하여 그의 죄를 용서하고 그를 불렀다. 그러나 전횡은 낙양 가까이까지 왔을 때 포로가 되어 한왕을 섬길 일을 부끄러이 생각하고 스스로 목을 베어 목숨을 끊었다. 그의 잘린 머리를 가지고 고조에게 바치러 온 두 사람도 이내 전횡의 무덤에 들어가 스스로 목을 베었다. 바다 가운데 섬에 남은 5백 명의 부하들도 전횡의 절개를 추모하여 모두 목숨을 끊었다.

그 즈음 전횡의 문하에 있던 한 사람이 두 장의 추모의 노래를 지었는데, 전횡이 자살하자 그 죽음을 슬퍼하여 그 노래를 불렀다. 그 중 하나인 '해로가' 라는 것은 이러했다.

부추잎에 이슬은 마르기 쉬어도,
내일 아침 또 다시 잎에 맺히리.
사람 죽어서 한 번 가며는,
어느 때 다시금 돌아오리오.

이윽고 한조(漢祖)는 무(武)를 숭상하고 글을 좋아하며 명군(名君)이라 일컫는 무제(武帝)의 시대로 바뀌었다. 무제는 악부라고 하는 국립 음악원을 만들어 음악과 가요의 연구와 제작에 힘쓰며, 이연년(李延年)을 그 총재에 임명했다.

이연년은 앞의 장을 나눠 두 가지 곡으로 만들어, '해로가'는 귀인의 장송곡으로 하고, 또 하나 '고리가'는 서민들의 장송곡으로 하여 관을 끄는 사람이 부르게 했다. 사람들은 그 노래를 '만가'라고 했다. 죽음을 슬퍼하는 말을 '만(輓)'이라고 부르게 된 것은 여기서 기인한 것이다.

〈진서(晉書)〉 '예지(禮志)'에는 만가는 본래 무제 때 노동자가 부른 노래였는데, 노래가 하도 슬퍼 듣는 이의 가슴을 치기 때문에 장사 지낼 때의 의식에 쓰이게 된 것이라고 했다.

그러나 만가의 기원은 전횡보다 더 오래된 것이라고 한다. 즉, 주의 경왕 36년, 노(魯)의 애공은 오나라 왕 부차(夫差)와 더불어 제나라를 쳤다. 이때 맞서서 싸울 준비를 갖춘 제의 공손하(公孫夏)가 종자양(宗子陽), 여구명(閭丘明) 두 사람을 격려하여 말했다.

"필사의 각오로 싸우라."

싸움이 시작되려고 할 때, 공손하는 부하들에게 '우빈(虞殯)'을 노래 부르게 했다. 〈좌전(左傳)〉 '우빈'은 장사지낼 때 부르는 노래란 뜻으로, 지금의 만가였던 것이다. 슬픈 곡조의 우빈이 울려퍼질 때야말로 필사 필승을 격려하는 것이라 생각하고, 두 사람은 용기를 내어 적에게로 달렸을 것이다. 그러나 제나라 군사는 오와 노의 연합군에게 크게 패하여 공손하, 여구명들은 포로가 되어 애공에게 바쳐지게 되었다. '우빈'은 그만 불길한 전조가 되고 만 셈이다.

만사휴의(萬事休矣)

모든 일이 어찌할 도리가 없어지다.

'만사휴의(萬事休矣)' 란 말은 모든 방법이 다 헛되게 되어 어떻게도 해 볼 길이 없을 때, 또는 뜻하지 않은 실패를 하여 되돌릴 길이 없을 때 흔히 쓰인다.

당나라 말년, 황소의 난리가 일어나 천하는 어지러울 대로 어지러워져 당의 명맥이 다하고, 송이 일어나기까지 50여 년 동안은 왕조가 다섯 번이나 바뀌었다. 게다가 지방에 할거한 작은 나라는 열이나 있어 항상 무력에 의한 싸움이 끊이지 않았으므로 군주란 무장 출신이 아니면 도둑이거나 이민족이었고, 처음에는 무력을 배경으로 군림하지만, 2, 3대에 가면 그 배경이 없어져서 대개 약해져 버리고 말았다. 더구나 작은 나라는 큰 나라의 보호를 받아 겨우 명을 이어 가는 것이어서 어떤 기생충처럼 한 숙주가 망하면 다음 숙주에게로 옮아 가는 것이었다.

형남(荊南)도 그러한 작은 나라였다. 첫번째 왕 고계흥(高季興)은 후량(後梁)의 태종을 따르며 무공을 세운 적이 있어 형남의 절도사가 되었고, 다시 발해왕이 되었다. 후량이 망하고 후당(後唐)의 세상이 되자 남평왕이 되었는데, 다시 명종(明宗)으로부터 공격을 받자 오(吳)에 붙었다.

그의 아들 종회(從誨)는 약삭빠르고 계책 잘 꾸미는 사람으로, 다시 후당에 붙어 남평왕이 되었는데, 남한(南漢), 민, 촉(蜀) 등이 모두 제위에 오르자 스스로 그들의 신하라 칭하였으므로 여러 나라에서는 이를 천하게 여겨 '고무뢰(高無賴)' 라 불렀다.

종회의 뒤는 아들 보융(保融)이, 그 뒤는 보융의 동생 보훈(保勛)이 이어 받았지만, 그 때에는 후주도 망하고 송이 득세하여 보훈은 송나라를 따르고 있었다. 보훈은 어릴 때 종회의 사랑을 받았었는데, 누가 거짓으로 성낸 얼굴을 해 보이면 웃기를 잘 했다. 그래서 형남의 사람들은 '만사휴의', 이젠 모두 끝났다고 생각했던 것이었다.

과연 그가 왕이 되자 굉장한 누각을 지어 백성의 피땀을 긁어 냈고, 한편 음탕하기 그지 없어 날마다 많은 여자들을 모아 놓고 체격 좋은 사나이들을 골라 마음껏 여자들과 육체를 즐기게 해 놓고는 주렴 뒤에서 첩과 구경을 하는 것을 낙으로 삼았다.

정치는 어지러워지고 그가 죽자 이내 그 영토를 송에 바치고, 형남은 멸망해 버렸다. 고계흥이 형남에서 나라를 가진, 907년에서 983년까지 57년 동안이 이 작은 나라의 수명이었다.

–〈송사(宋史)〉 '형남 고씨세가(荊南高氏世家)'

해어(解語)의 꽃

말하는 꽃

당나라의 서울 장안에 바야흐로 무르익은 봄은 가고, 훈풍의 여름을 맞이하는 때였다.

하루는 '태액지 연못의 연꽃이 피었사옵니다' 라는 기별을 듣고 현종(玄宗) 황제는 비(妃)와 궁녀들을 거느리고 연못가로 나아갔다. 연못을 온통 뒤덮은 연잎의 청신한 초록색, 그리고 마침 이슬을 머금은 연분홍과 하얀 연꽃은 마치 꿈속의 꽃인 듯 아름다웠다.

이때 황제는 옆에 있는 비를 가리키며 좌우의 사람들에게 말했다.

"어떠한고, 연꽃의 아름다움도 이 말하는 꽃에는 당할 수 없지……."

'과연 그러하옵니다' 하고 좌우의 궁녀들은 허리를 굽혔고, 아름다운 비는 피는 꽃송이처럼 조용히 미소지었다. 이 아름다운 비가 유명한 양귀비이다.

현종은 여산의 온천궁에 갔을 때 자기 아들의 비였던 그녀를 처음 보았다. 그는 참을 수 없었다. 기어코 그녀를 아들에게서 떼어 내어 자신의 후궁으로 만들고 말았다. 목적을 달성한 현종은 이미 정치에는 마음을 거두고, 양귀비와 낮과 밤을 즐겼다. '봄밤은 너무도 짧구나. 해가 높아서야 자리에서 일어난다' 는 것으로 그의 생활을 짐작할 수 있었다.

그 후 현종은 양귀비를 즐겁게 하려고 진귀한 과일 여지를 머나먼 영남에서 가져 오도록 했다. 맛이 변하기 쉬운 여지를 싱싱할 때 먹게 하기 위하여 빠른 말을 탄 사자들이 이어 달려 밤낮을 쉬지 않았다. 말이 쓰러지고 말에서 떨어져 죽는 자도 많았다. 또 양귀비의 양가 일족은 높은 벼슬을 하였다. 그로 인해 드디어는 안녹산(安祿山)의 반란이 일어났고, 양귀비는 분노한 병사들의 요구에 목을 잘려 죽은 것이다. 그리고 황제의 자리에서 물러 나온 현종은 상황(上皇)으로 있으면서도 죽는 날까지 양귀비를 그리워했다 한다.

그의 치세의 전반 20여 년을 '개원(開元)의 치(治)' 라고 할 만큼 나라를 잘 다스려 명군의 이름을 얻은 현종은 이렇듯 그 끝을 잘 맺지 못했다.

망국(亡國)의 소리

주나라의 위세가 꺾이고 천하가 열두 나라로 나뉘어 있던 춘추시대 때 이야기다. 위의 영공(靈公)이 진나라에 가는 도중 복수 강가에 이르렀을 때, 일찍이 들어 보지 못한 새롭고 묘한 음악소리를 들었다. 영공은 그 음색이나 넘어가는 가락이 이 세상 음악 같지 않게 묘하여 매우 감탄하였다. 그래서 함께 갔던 음악사에게 명령하여 거문고를 꺼내어 그 악보와 가사를 베끼게 했다.

이윽고 진나라에 도착한 영공은 자랑삼아 나그네 길에서 새로 안 음악이라면서 스스로 그 곡을 연주하여 진의 평공(平公)에게 들려 주었다. 그 무렵 진나라에는 사광(師曠)이라는 이름난 악사가 있었다. 그가 음악을 연주하면 학을 춤추게 하고 구름을 불러올 수도 있다고까지 하는 명인이었다. 위의 영공이 새로운 음악을 한다니, 그대도 와서 들어 보라는 평공의 말을 듣고 온 사광은 영공이 한창 신이 나서 거문고를 뜯고 있는 자리에 나타났다. 그 새 음악이라는 것을 들은 사광은 놀라 황급히 영공의 손을 눌러 붙들고 말했다.

"잠깐, 기다려 주십시오. 이것이 새로운 음악이라니, 당치 않은 말씀입니다. 이거야말로 망국의 음악이올시다."

그리고는 어리둥절해 있는 두 사람에게 사광은 그 까닭을 다음과 같이 이야기했다.

"옛날에 사연(師延)이라는 유명한 악사가 있었습니다. 은나라 주왕을 섬기며 왕을 위해 신성백리(新聲百里)라는 음란한 음악을 지어 바쳤는데, 왕은 그 음악에 반해 자주 연주하게 하여 즐겨 듣곤 했습니다. 그런 음악을 좋아하는 것으로 보아 그 왕의 인품도 알 만한 일입니다. 아시다시피 은나라 주왕은 악역무도한 탓으로, 주나라 무왕에게 멸망당했습니다. 주왕을 잃은 사연은 악기를 안고 동쪽으로 도망하여 복수강가에 가서 물에 뛰어들어 자살을 했다 합니다. 그래서 복수에 가면 그 음악을 듣게 된다 하는데, 그것은 죽은 사연의 혼이 강물 위에 떠돌며 그 음악을 뜯고 있기 때문이라 합니다. 그러나 지나가는 사람들은 그것이 망국의 소리라 하여 귀를 막고 지나갑니다. 새로운 음악이라니 당치 않은 말씀입니다. 제발 그만두시옵소서."

이야기를 들은 영공과 평공은 크게 놀라 다시는 연주하지 않았다고 한다.

-〈한비자(韓非子)〉 '십과편(十過篇)'

맹모삼천지교(孟母三遷之教)

현모양처(賢母良妻)라는 말이 있지만, 그 현모의 표본이 곧 맹모라 한다. 맹모란 곧 맹자의 어머니요, 맹자는 말할 것도 없이 전국시대의 공자 다음 가는 철학자요, 추(鄒)나라의 맹가(孟軻)를 이름이다.

맹자는 어려서 아버지를 잃고 홀어머니 손에서 자랐다. 그의 어머니는 모든 정열을 아들에게 쏟아 어떻게 해서든지 아들을 훌륭한 인간으로 키워 보겠다는 집념으로 살았다. '삼천지교(三遷之教)' 란 말이 생긴 것도 이러한 어머니의 집념에서 가능한 일이었을 것이다.

맹자의 어머니는 처음 묘지 근처에서 살았는데, 맹자가 심심하면 묘지 일꾼들의 흉내를 냈다. 어머니는 이래서는 안 되겠다 생각하고 시장 근처로 이사를 했다. 그러자 이번에는 장사꾼들의 물건 파는 흉내만 냈다. 이것도 좋지 않다 하여 세번째로 서당 근처로 옮겼더니, 이번에는 글 공부하는 흉내를 내고, 또 제사 지내는 예(禮)의 흉내를 내며 놀았다.

"이런 곳에서 내 아들을 길러야 겠다."

맹자의 어머니는 비로소 안심을 했다고 한다.

맹자가 좀 자라서 어머니 곁을 떠나 유학을 할 때의 일이다. 어느 날 맹자가 오랜만에 집에 돌아오니, 어머니는 베틀에 앉아 베를 짜고 있었다. 반가워 해 줄 줄 안 맹자에게 어머니는 엄격한 태도로,

"너, 공부는 얼마나 했느냐?"

라고 물었다.

"여전히 하고 있습니다."

맹자가 대답하자, 어머니는 옆에 있는 칼을 들어 짜고 있던 베를 북 잘라 버리고,

"네가 공부를 하다말고 집에 오는 것은 내가 짜던 베를 중도에 잘라 버리는 것과 같은 것이다."
라고 나무랐다.

맹자는 어머니의 뜻을 알아채고 그때부터 더욱 열심히 공부하여 드디어 공자 다음 가는 훌륭한 인물이 된 것이다.

-〈열녀전(烈女傳)〉

먼 곳의 물은 가까운 불을 끄지 못한다

'먼 곳의 물은 가까운 불을 끄지 못한다'는 말은 먼 곳에 있는 것은 급한 때 소용이 없다는 뜻이요, 그 근원은 〈한비자〉의 '설림(說林)' 상편에 보인다. 노나라의 목공(穆公)은 그의 아들들을 진나라와 형나라에 가서 벼슬하게 하였다. 그 즈음의 노나라는 이웃나라인 제나라에 억눌림을 받고 있었으므로, 진과 형의 두 강국과 친해져서 위급할 때 그 나라들의 도움을 받으려는 심산이었던 것이다. 목공의 이런 계획에 대해 이서라는 신하가 간했다.

"월나라에서 사람을 얻어 물에 빠진 자를 구하려 하면, 월나라 사람이 아무리 헤엄을 잘 친다 해도 물에 빠진 사람을 살리기는 어렵습니다. 불이 났을 때 물을 바다에서 길어 오려면 아무리 바닷물이 많다 해도 불을 잡지는 못합니다. 먼 곳의 물은 가까운 불을 끄지 못합니다. 지금 진과 형이 강하다 해도 제는 가까이 있습니다. 노가 구함을 받기는 어려우리다. 이 말은 헤엄 잘 치는 월나라 사람이지만, 그 먼 나라에서 사람을 불러다가 물에 빠져 죽게 된 사람을 구할 수는 없는 것이요, 집에 불이 났을 때 바다에 물이 많다 하여 먼 바다로 물을 길러 갔다가는 그 동안에 집은 다 타 버리는 것이니, 진과 형이 아무리 강국이라 하더라도 가까운 제나라가 침공해 왔을 때 노를 도와 주지는 못할 것이옵니다."

즉, 먼 곳의 물은 가까운 데의 불을 끄지 못한다는 뜻이다.

명경지수(明鏡止水)

맑은 거울과 조용한 물

청명(淸明)하여 움직이지 않는 심경을 비유하는 말로 쓰이며, 특히 선가(禪家)에서 잘 쓰는 말이지만, 중국 고전 중에서는 〈장자〉 가운데 그 뜻을 시사해 주는 이야기가 두세 가지 나와 있다. 여기서는 그걸 소개하기로 한다.

그 하나는 '덕충부편(德充符篇)' 속의 이야기다.

노나라에 올자(兀者 - 발을 베는 형을 받아 한쪽 발만 있는 사람)인 왕태라는 사람이 있었는데, 학문과 덕행이 훌륭한 사람으로 평판이 높았다. 그 문하에 모여드는 제자가 많아 공자의 제자와 맞설 정도였다. 공자의 제자인 상계(常季)는 이것을 보고 마땅치 않아 공자에게 그 불구자에게는 남보다 뛰어난 점도 없어 보이는데 도대체 어떤 인물입니까, 하고 물었다. 그러자 공자는 왕태가 이미 성인의 지경에 이른 훌륭한 인물임을 설명해 주었다.

"그분은 천지 자연의 실상을 환히 들여다보고, 바깥 물건에 끌려서 마음을 옮기는 일이 없고, 만물의 변화를 자연 그대로 받아들여 도(道)의 본원을 지키는 분이며, 눈과 귀에 비치는 곱고 추한 것은 전혀 생각지 않고 오직 마음을 지극한 아름다움과 즐거움의 덕에서 놀게 하여 만물을 한결 같이 보고, 얻고 잃음을 관계치 않으므로 그까짓 발 하나쯤 마치 흙덩이를 버린 것으로밖에 생각지 않는 것이다."

상계는 왕태가 수양의 극치에 달한 사람이란 점은 마지못해 인정하였으나, 어째서 그가 그렇게도 많은 사람의 사모(思慕)를 받는 것인지 물었다. 거기에 대해서 공자는 또 이렇게 대답했다.

"그것은 곧 그분이 그 무엇에도 흔들리지 않는 마음의 고요함을 가진 때문일 것이다. 대저 사람들이 제 모습을 물에 비춰 보려고 할 때에는 흐르는 물보다 조용히 정지되어 있는 물을 거울로 삼을 것이다. 그와 마찬가지로, 오직 언제나 변함 없는 부동심을 굳게 가진 사람만이 남에게도 마음의 편안함을 줄 수 있기 때문이다."

여기서 마음의 평정함이 지수(止水)의 평정함에 비유되어 이야기되고 있다. 또 같은 편의 다른 곳에서는 올자인 신도가(申徒嘉)라는 사람이 스승인 백혼무인(伯昏無人)의 어진 덕을 칭송하여,

"거울에 흐림이 없으면 때가 묻지 않으나 때가 묻으면 흐려진다. 이와 같이 사람도 오랫동안 어진 자와 같이 있으면 마음이 밝아져서 그릇된 짓을 아니하게 되는 것이다."

라고 말하고 있다. 여기서는 명경(明鏡)이 현자의 밝고 깨끗함에 비유되고 있는 것이다.

또 한 가지, 장자는 '응제왕편(應帝王篇)' 가운데서 '지인(至人)', 즉 지극한 덕을 가진 성인의 자세를 말하여,

"지인의 마음 쓰는 법은 저 맑은 거울에나 비유할 수 있으리라. 맑은 거울은 물체의 오고 감에 맡겨 나의 태도를 바꾸지 않는다. 미인이 오면 미인을 비쳐 주고, 추녀가 오면 추녀를 비쳐 주며 어떤 것에도 한결같이 맞이해 주되, 그렇다고 그들의 흔적을 남기지 않는다. 그러기에 뒤이어 자꾸 많은 물건을 비추지만, 본래의 맑음을 손상하는 일이 없다. 그와 같이 지인의 마음 쓰기도 무엇에 대해서나 차별이 없고, 집착이 없어야만 자유자재일 수 있는 것이다."

라고 했다.

명필(名筆)은 붓을 가리지 않는다

수나라의 뒤를 이은 당나라는 학문과 예술면에서도 크게 번영하여 많은 학자, 시인, 화가 등을 냈다. 그 즈음의 서도(書道)에 있어 유명한 이는 우세남(虞世南), 저수량(楮遂良), 안진경(顔眞卿), 구양순(歐陽詢) 등이지만, 그 중에서도 구양순은 뛰어난 사람이었다.

구양순은 처음 수나라에서 벼슬을 하여 태상(太常)박사가 되었다. 수나라가 망한 뒤 당나라에서는 태종 때 홍문관 박사가 되었고, 다시 발해남(渤海男)에 봉해졌다가 정관(貞觀) 15년에 85세로 죽었다.

그의 글씨체는 솔경체라 하여, 힘이 있기로는 스승 왕희지(王羲之)를 능가했다. 아들 통(通) 또한 서도의 달인으로, 아버지 구양순의 이름을 빌어 '소(小)구양' 이라고 일컬었다. 이 부자의 서체를 한데 묶어 세상에서는 '대소구양체(大小歐陽體)' 라 하여 크게 소중히 여긴다.

일찍이 그의 이름은 우리나라에까지도 알려져 사신이 그의 필적을 얻어오려 했을 때 고조는,

"순의 이름이 동방 나라에까지 알려졌단 말인가!"

하고 감탄했다고 한다.

이러한 구양순의 기록인 〈당서(唐書)〉 '구양순전(歐陽詢傳)' 에는 다음과 같은 이야기가 적혀 있다.

저수량은 좋은 붓과 먹이 없으면 글을 쓰려 하지 않았다. 어느 날 저수량이 우세남에게 물었다.

"내 글씨와 순의 글씨를 비교하면 어느 편이 나은가?"

우세남이 대답했다.

"순은 종이와 붓에 대해서 일체 불평이 없어 어떤 붓이나 종이라도 쓰지.

그렇지만 어떤 걸 가지고 써도 뜻대로 써졌다 한다네. 자네는 아직도 종이와 붓에 관심이 큰 걸 보면 도저히 순을 당할 수 없을 것이네."

이 말에는 저수량도 항복하지 않을 수 없었다.

요컨대, 그림이나 글이나 진정한 달인은 붓이나 종이를 가리지 않는다. 그런 것에 너무 신경을 쓰는 사람은 진정한 달인이라고 하기 어렵다. 뿐만 아니라, 세상사 무슨 일에든 불만이 많은 것도 아직 본 궤도에 오르지 못한 사람일수록 심하다고 볼 수 있다.

모순(矛盾)

창과 방패

때는 전국시대. 주의 위세는 땅에 떨어지고, 군웅(群雄)이 여기저기서 일어나 서로 세력을 다투고 있었다. 곳곳에서 싸움이 되풀이 되고, 토지와 성을 뺏기고 빼앗기며, 피비린내가 중국 천지를 뒤덮고 있었다. 이런 상황이라 병기의 소모가 심하고 좋은 무기일수록 불티나게 팔렸다.

그 즈음 어떤 곳에 방패(盾)와 창(矛)을 파는 사람이 있었다. 전쟁은 마침 소강 상태에 있었으므로 거리에는 사람들이 많았는데, 이 방패와 창을 파는 사나이는 두 가지 병기를 내 놓고 청산유수 같은 달변으로 설명을 하고 있었다.

"자, 보시오. 이 방패는 어디서나 파는 그런 것이 아니오. 명인의 손으로 만든 이 방패는 단단하기가 천하 일품! 아무리 예리한 창으로도 찌를 수 없는 방패요. 자, 사시오. 적은 언제 쳐들어올지 모르는 일, 그 때는 걱정해도 이미 늦습니다. 어떤 강적이라도 겁낼 것 없도록 이 방패를 사시오."

이렇게 신나게 떠들어댄 장사꾼은 이번에는 창을 들고 선전을 시작했다.

"여러분, 이 창을 보시오. 서릿발같이 날카로운 창 끄트머리, 천하에 이보다 좋은 창을 보신 일이 있습니까. 이 창 앞에는 그 어떤 방패도 소용이 없습니다. 담박에 뚫을 수 있는 창이니까요."

아까부터 듣고 있던 한 노인이 입을 떼었다.

"과연 당신이 파는 창과 방패는 훌륭한 것이야. 그렇지만 나는 나이가 많아서 그런지, 머리가 나빠 그런지 몰라도 당신이 그 어떤 창이라도 뚫지 못한다는 방패에, 그 어떤 방패라도 뚫을 수 있다는 창으로 한 번 찔러 보면 어떻게 될 것인지 그걸 알 수가 없구려. 거기 대해서 좀더 설명을 해 보시오."

장사꾼은 잠시 입을 열지 못했다.

"여러분, 어떻소? 이 점이 제일 중요한 일이 아니오?"

노인은 구경하던 사람들을 돌아보며 말했다. 대답도 못하고 쩔쩔매던 장사꾼은 어느새 짐을 걷어 가지고 어디론지 가 버리고 없었다. 구경꾼들의 웃는 소리가 장사꾼의 뒤를 쫓듯 일었다.

-〈한비자〉 '난일(難一) 난세편(難勢篇)'

몸에 옻칠하고 숯을 삼키다

춘추 말기에 진나라 왕실은 왕년의 패자다운 면목을 모조리 잃고 나라의 실권은 지백(知伯), 조(趙), 한(韓), 위(魏) 등의 공경(公卿)에게 옮겨 가 버렸다. 그리고 공경들은 세력 다툼에 정신이 쏠려 있었다. 그 가운데서 가장 강력한 것은 지백이었다. 그는 한과 위를 구슬러 조를 쳐부수자고 설득하여 드디어 싸움을 벌였다.

그 때 조의 양자(襄子)는 진양에 진을 치고 항복하지 않고 버텼다. 지백은 드디어 진양성을 물로 공격하여 괴롭혔는데, 함락 직전에 한, 위 양군이 반기를 들어 도리어 죽임을 당하고 말았다.

지백의 신하 중에 여양(予讓)이란 자가 있어서 지백이 죽은 후, 원수를 갚으려고 조의 양자의 생명을 노렸다. 맨 먼저 여양은 죄수처럼 몸을 파리하게 만들어 궁전의 미장 공사에 섞여 들어갔다. 그리고는 양자가 뒷간에 들어갔을 때 찔러 죽이려다가 붙들렸다. 무엇 때문에 이런 짓을 했느냐고 까닭을 물었을 때 여양은 이렇게 대답했다.

"지백은 나를 국사로 대접해 주었다. 따라서 나도 국사로서 보답하려 한 것이다."

양자는 그를 충신이요, 의사라 하여 그 죄를 용서해 주었다. 그러나 그 후에도 여양은 복수의 귀신처럼 양자를 죽이기 위해 기회를 엿보았다. 여양은 상대에게 몸을 속이기 위해 몸에 옻칠을 하여 문둥병자처럼 하고, 숯을 삼켜 벙어리가 되어(몸에 옻을 칠하면 옻이 올라 나병환자 같이 되고, 숯을 먹으면 목소리가 찌그러져서 벙어리 같이 된다) 거리에서 구걸을 하며 양자의 동정을 살폈다. 그의 모습은 너무나 변해서 그의 아내도 그를 알아 보지 못했다고 한다.

단 한 사람, 그의 친구가 그를 알아 보고 조용히 권했다.

"원수를 갚는 것도 달리 편한 방법이 있지 않겠는가. 가령, 양자의 신하가 되어 기회를 엿보는 것이 더 좋을 것이네."

그러나 여양은,

"그건 역시 두 마음을 갖는 일이야. 내가 하려는 일이 아무리 어렵다고 해도 후세 사람에게 두 마음을 먹지 않는다는 것이 어떤 것인가를 보여 주고 싶네."

라고 말하고 여전히 복수의 기회를 노리고 있었다.

어느 날, 다리 밑에 숨어서 그 곳을 지나게 되어 있는 양자를 기다리고 있었다. 양자가 다리목 가까이 오자 말이 걸음을 멈추고 나아가지 않았다. 이상히 생각한 양자가 부하들을 시켜 사방을 수색하여 거지 꼴을 한 여양을 찾아냈다.

양자는,

"그대는 이미 옛 주인에게 할 일은 다한 셈이요, 나도 그대에게 충분히 예를 다했다고 생각하는데, 여전히 내 목숨을 노리니 이제는 용서할 수 없다!"

고 하고, 부하를 시켜 죽이라 했다. 여양은 마지막 소원이라며, 양자에게 입고 있는 의복을 잠시 빌려 달라고 했다. 양자가 윗옷을 벗어 주니, 여양은 품에서 비수를 꺼내어 그 옷에 덤벼들기를 세 번.

"지백님! 이제 원수를 갚았사옵니다."

하고 소리치고는 비수로 몸을 찌르고 스스로 목숨을 거두었다.

-〈사기〉 '자객전(刺客傳)'

무산(巫山)의 꿈

전국시대 초의 양왕(襄王) 때, 양왕이 송옥(宋玉)을 데리고 운몽이라는 늪에서 놀다가 고당관(高唐館)에 이르른 적이 있었다. 고당관 위를 우러러 보니 이상한 구름이 걸려 피어 오르는데, 곧 여러 가지 모양으로 변하고 있었다. 양왕이 송옥에게,

"저것은 무슨 구름인고?"

하고 물었더니 송옥은,

"예, 저것은 조운(朝雲)이라고 하옵니다."

하고 다음과 같은 이야기를 했다.

옛날 선왕(先王)이 고당관을 들렀을 적의 일이었다. 주연이 끝난 뒤 피곤하여 잠시 누워 낮잠이 들었는데, 꿈도 생시도 아닌 가운데 아름다운 한 여자가 나타났다.

'이건 대체 누구일까?'

하고 생각하고 있으려니까 그 여자는,

"저는 무산(巫山)에 사는 여자이온데, 고당에 와 보니 당신께서도 이곳에 계신다기에 찾아왔나이다. 아무쪼록 같이 쉬게 해 주십시오."

하며 왕에게 다가갔다. 왕은 꿈속에서 잠시 잠자리를 같이 하여 그 여자를 극히 사랑했다. 이윽고 헤어질 때가 되자 그 여자는 말하기를,

"저는 무산 남쪽 높은 봉우리에 살고 있사온데, 아침에는 구름이 되어 산에 걸리고 저녁에는 비가 되어 산에 내려 아침이나 저녁이나 양대(陽台) 산 발치에 있답니다."

하고는 어디론지 사라져 버렸다.

이상한 꿈에서 깨어난 왕은 날이 새자 무산 쪽을 바라보았다. 꿈속의 선녀

가 말한 대로 무산에는 아름다운 빛을 받은 조운이 걸려 있었다. 왕은 그 선녀를 그리워하여 사당을 지어 이를 '조운묘' 라 이름했다.

이 고사에서 남녀의 밀회를 '무산의 꿈' 이라고 하게 되었다.

또 유정지(劉廷芝)의 '공자행(公子行)' 에 '나라를 기울게 하고 성(城)을 기울게 하는 한의 무제, 구름이 되고 비가 되는 초의 양왕' 이라는 구절이 있고, 또 이백이 현종황제의 술자리에 초대받아 동석한 양귀비의 아름다움을 찬양한 시에,

한 가지의 농염 이슬 향기를 얼게 하고,
운우 무산 굽혀서 단장.

이라는 구가 있다. 모두 앞의 고사를 말한 것이다.

-〈문선〉 송옥의 '고당부(高唐賦)'

무슨 면목으로 이를 보랴?

한의 고조 5년, 한과 초의 싸움은 바야흐로 결판이 날 단계에 와 있었다. 항우는 해하로 쫓겨 '사면초가(四面楚歌)'를 들으며 드디어 유방 앞에 기진맥진해 버렸다. 우미인(虞美人)과 이별하고 애마(愛馬)를 몰아 겨우 8백 남짓한 기병으로 포위를 뚫은 항우는 자기 군사가 단 28기뿐임을 보고 최후의 결의를 굳혔지만, 임회(臨淮)에서 한군을 괴롭힌 후 어느새 남쪽으로 향해 가고 있는 자신을 발견하였다. 이윽고 장강 북쪽 언덕에 이르렀다. 오강(烏江)을 동쪽으로 건너려 한 것이다. 강만 건너면 그 곳은 항우가 처음 군사를 일으킨 강동 땅이다.

이때 오강의 정장(亭長)이 배를 대고 항우를 기다리고 있었다. 정장은,

"강동은 천하에서 볼 때 작은 곳이오나, 지방이 천 리, 백성이 수십만이니 왕으로 계실 만한 곳입니다. 그러하오니 빨리 이 배에 오르십시오. 다른 배는 없으니 한군이 뒤쫓아 와도 강을 건너지 못할 것이옵니다."

하고 권했다. 그러나 항우는 웃으며 배타기를 사양하며 말했다.

"이미 천하 대세는 정해졌으니, 곧 하늘이 나를 멸망시킨 것이니 건너 가 무엇하겠는가. 그 뿐 아니라, 8년 전에 나는 강동에서 자제(子弟) 8천 명과 함께 이 강을 건너서 서진했는데 지금은 나와 함께 강동에 돌아가는 자 단 한 사람도 없으니, 설혹 강동의 부형(父兄)들이 나를 가엾이 여겨 왕으로 받들어 준다 한들, 내 무슨 면목으로 그들을 보랴."

항우는 한군의 격렬한 추격을 받아 고전 끝에 강동에 마음이 끌려 거기까지 가기는 했지만, 그러한 자신의 행동을 부끄럽게 생각했던 것이다.

몇 해 전에는 함양을 함락시키고 '비단옷을 입고 밤길을 가는 것 같다' 하며 강동에 돌아왔던 자신이, 이제는 혼자 싸움터의 먼지에 뒤덮여 초라한 모

습으로 쫓겨다니는 신세임을 생각했기 때문이었을 것이다.

항우는 애마를 정장에게 주고는 아무 미련도 없이 떼지어 오는 한군들 속으로 칼을 휘두르며 달려가 수백 명을 죽인 후, 한군 속에 있는 옛 친구를 발견하고는,

"내 목을 베어 가지고 가서 상을 타라."

하며 스스로 목을 베어 죽었다. 그의 나이 겨우 31세였다.

그의 머리에는 천금과 만호의 읍이 상으로 걸려 있었다. 그의 몸은 갈기갈기 찢겨졌다. 서로 죽은 항우를 가지려 싸우다가 수십 명이 죽기도 했다. 여러 토막이 난 시체는 다시 이어 붙여져 항우임이 확인되어 각각 상금과 영지를 탔다. 이런 광경은 '무슨 면목으로 이를 보랴' 고 한 항우의 말과는 심한 대조를 이루었다. 창자가 흘러 나오고 여기저기 뒹구는 시체를 이어 맞추어 놓은 그 괴상한 시체는 12월 찬 바람을 맞으며 천박한 인간의 세계를 조소하고 있었을 것이다.

문경지교(刎頸之交)

목을 베어도 변하지 않는 사귐

인상여(藺相如)는 처음엔 조나라 혜문왕의 총신(寵臣) 류현(謬賢)의 식객에 지나지 않았었다. 그러나 '화씨(和氏)의 벽(璧)'을 되찾아 온 공으로 상대부의 벼슬을 했다. 그리고 3년 후에 진왕(秦王)과 조왕(趙王)이 면지라는 곳에서 서로 만났을 때, 조왕이 창피를 당할 뻔한 것을 구해 내어 당당히 진왕으로부터 한술 더 뜨게 한 공으로 상경에 임명되었다.

인상여의 지위는 조나라의 이름난 장군 염파(廉頗)보다도 윗자리였다. 이에 염파가 분개하여 말했다.

"나는 적의 성을 공격하고 야전에서도 큰 공을 세웠는데, 상여는 입으로 종알거리기만 하고서 나보다도 더 높은 자리에 앉았다. 그 자는 본디 비천한 신분이었다. 그런 자 아래서 내가 머물러 있는 것은 치욕이다!"

그리고 염파는 배짱 있게 여러 사람에게 선언했다.

"언제 내가 상여를 만나기만 한다면, 꼭 부끄러움을 알게 해 주리라."

이런 이야기를 전해 들은 인상여는 염파 만나기를 꺼렸다. 조정에서 그와 자리 다툼을 하기가 싫어서 병이라 핑계하고 나아가지 않기도 하고, 길에서 그의 수레가 오는 것을 보면 미리 피해 가기도 했다.

"제가 여태까지 선생님을 모시고 있은 것은 선생의 높은 뜻을 사모했기 때문이었습니다. 그런데 지금 선생께서는 염 장군을 누구보다도 두려워하고 계십니다. 어리석은 백성도 다 수치를 알거늘, 하물며 상경의 몸이 아닙니까! 저는 이 이상 더 참을 수 없으니 저를 돌아가게 허락해 주십시오."

인상여는 그 부하를 붙들고 말했다.

"염 장군과 진왕과 어느 쪽이 두려운가?"

"그야 진왕이지요."

"그러나 나는 진왕의 세력도 두려워하지 않고, 줄지어 서 있는 여러 신하들까지도 홍보아 주었었다. 내 아무리 못났기로소니 염 장군을 두려워하겠는가. 그러나 생각건대, 강국인 진이 지금 조나라에 싸움을 걸어 오지 않는 것은 오로지 염 장군과 내가 같이 있기 때문일 거야. 두 호랑이가 같이 어울려 싸우면 어느 쪽이건 쓰러지게 마련이야. 내가 염 장군을 피하는 것은 국가의 위급을 첫째로 생각하고, 개인의 원한을 뒤로 돌렸기 때문이다."

염파가 이 이야기를 전해 듣고 크게 부끄러워하여, 웃통을 벗고 가시덩굴을 지고 맨 몸에 채찍을 받겠다는 생각으로 인상여의 식객의 안내로 그의 집을 방문했다.

"진실로 죄송하오. 내 비천한 탓으로 선생의 관대한 마음을 몰랐습니다."

그는 진심으로 사과를 했다. 그 후 두 사람은 깊이 사귀어 '문경의 사귐' 을 가졌다고 한다. '친구를 위해서는 목이 잘리는 일이 있더라도 두려워하지 않는다' 는 뜻으로 쓰이고 있다.

-〈사기〉 '인상여전(藺相如傳)'

문전성시(門前成市)

문 앞이 저자와 같다.

후한의 성제(成帝)라고 하면, 유명한 중국 고대 언어학자 양웅(楊雄)에게 연구비를 주어 〈방언〉을 완성케 한 황제이지만, 그가 죽고 다음의 애제(哀帝)가 서자 조정의 실권은 왕씨 일족으로부터 부씨(애제의 조모), 정씨 일족의 손으로 옮겨져 부희(傅喜), 정명(丁明) 등이 왕망(王莽)을 쫓고 군정의 실권을 쥐는 대사마가 되었다. 젊은 애제는 정치를 외척에게 맡기고 동현(董賢)이라는 살결이 흰 미청년을 사랑하여 딴 생각이 없었다.

이러한 애제에게 정숭(鄭崇)은 간하는 말을 아끼지 않았다. 정숭의 부친 정빈(鄭賓)은 법률에 밝고 어사(御史)의 자리에 있었다. 동생 정입(鄭立)이 부희와 동학(同學)이었기에 부희가 대사마가 되자, 정숭을 추천하여 상서복사에 앉게 했다.

정숭은 외척들의 전횡을 보다 못해 가끔 애제를 뵙고 간곡히 간했다. 애제도 처음에는 그의 말에 귀를 기울였었다. 그러나 애제의 동현을 총애하는 정도가 점차 지나치게 되자 더 이상 간하는 말을 듣지 않게 되었다. 오히려 간언 때문에 죄를 얻는 일도 일어났다.

그럴 즈음 정숭은 병이 나서 사직하고 싶어 하면서도 차마 그러지도 못하고 있었다. 그 당시 조창(趙昌)이라는 상서령이 있었다. 남을 모함하여 아첨하기 잘 하는 사람이었다. 전부터 정숭을 싫어하던 그는 정숭이 애제로부터 멀어져 있음을 알고 고소하게 생각했다. 그는 엉뚱하게,

"정숭은 종족(宗族)과 내통하니, 아마도 간음하는 일도 있을 것이오."

하고 애제에게 정숭을 모함했다.

애제는 곧 정숭을 불러 꾸짖었다.

"그대의 문은 저자와 같다.(아첨하러 오는 사람이 많다는 뜻)"

그러자 정숭은 이렇게 대답했다.

“신(臣)의 문은 저자와 같사오나 신의 마음은 물과 같사옵니다.(저의 집에는 아첨하러 오는 사람이 저자를 이루오나, 신의 마음은 물과 같이 깨끗합니다)”

그리고는 ‘다시 한 번 조사해 보아 주십시오’ 하고 말끝을 맺었다.

애제는 노하여 정숭을 옥에 가두었다. 손보(孫寶)가 상서를 올려 조창의 참언을 공격하며 정숭을 변호했으나, 애제는 손보까지 서인으로 내리고, 정숭은 기어이 옥사를 했다.

같은 뜻으로 ‘문정여시(門庭如市)’ 가 있다. 〈전국책〉에 ‘뭇 신하가 간하러 들어와 문과 뜰이 저자와 같다’ 라고 한 말 역시 간언과 관계가 있는 말이다.

-〈손보전(孫寶傳)〉, 〈정숭전(鄭崇傳)〉

문전작라(門前雀羅)

〈사기〉의 '급(汲) · 정(鄭)열전' 에는 함께 한의 무제를 섬기며 구경(九卿)의 지위에까지 오른 일이 있는 급암(汲黯)과 정당시(鄭當時)의 이야기가 실려 있다. 그들을 나란히 실은 사마천에게는 뚜렷한 의도가 있었던 것이다.

이 두 사람은 다 같이 체면을 지키며 의리가 있는 사람으로, 찾아오는 손님을 극진히 대접했다. 특히 정당시는 항상 아랫사람들에게 '손님이 오면 그의 귀천을 가리지 않고 문간에서 기다리게 해서는 안 된다. 주인의 예를 다하여 반가이 손잡아 안내할 것이다' 라 했고, 자기가 높은 지위에 있음에도 불구하고 남에게는 겸손했다.

그러나 두 사람이 모두 관위에는 부침이 심했다. 급암은 어떤 일에나 겉치레를 하지 않는 솔직한 말로 간언을 올렸기 때문에 무제가 멀리하는 사이가 되어 관직에서 쫓겨나기도 했고, 회양군의 태수가 되기도 했다. 정당시도 자기가 돌봐 준 사람의 죄에 연루되어 서민으로 내려지고, 나중에는 여남군의 태수로 끝이 났다. 이 두 사람은 모두 관직에서 물러나자 집안이 가난하였으므로 찾아오는 손님이 하루하루 줄어들어 나중에는 아무도 찾는 이가 없었다.

사마천은 이 두 사람의 전기를 쓰고 끝에 가서 이렇게 말했다.

"대저 급과 정처럼 현인이라도 세력이 없어지면 모두 떠나 버린다. 하물며 예삿사람에 있어서야 말할 것도 없다. 책공의 경우는 이러하다. 책공이 정위의 관직에 있게 되자 방문객이 문 앞에 넘쳐 부산하기 그지 없었다. 그러나 그가 관직을 떠나자 방문객은 뚝 끊어져 문 앞에는 참새 떼가 놀고, 문전에 새 잡는 그물이 쳐질 정도였다. 이윽고 책공이 다시 정위의 자리에 돌아오니 방문객은 다시 들끓었으므로 책공은 대문에 크게 써 붙였다.

일사일생(一死一生), 즉 교정을 알고,

일빈일부(一貧一富), 즉 교태를 알며,

일귀일천(一貴一賤), 교정이 곧 나타나도다.

어찌 슬픈 일이 아니랴.

'작라(雀羅)' 라는 것은 새잡는 그물이다. 문 밖에 작라를 친다는 것은 가난하기 때문에 찾는 사람이 없고, 조용하여 참새들이 모여드니 그물을 쳐서· 새를 잡을 정도라는 뜻으로 한산한 상태를 말해 준다. 사마천의 탄식에는 사람의 마음을 치는 것이 있다. 그 탄식은 2천 년이 지난 오늘에도 변함이 없는 것 같다.

-〈사기〉 '급(汲) · 정(鄭)열전'

물이 맑으면 고기가 모이지 않는다 (水至淸則無魚)

후한 초의 일이다. 반초(班超)의 부친 반표(班彪)는 사가(史家)로서 이름이 나 있었다. 그의 형 반고(班固)는 〈한서〉의 저술로 유명했고, 그의 누이동생 반소(班昭)는 문학에 뛰어난 재주를 가지고 있었다. 이렇듯 학문하는 집안인 반씨 가문에 반초는 좀 다른 사람이었다. 반초는 머리보다는 더 큰 마음, 강한 육체를 자랑할 만한 인물이었다.

반초는 젊을 때 집안이 가난하여 관청의 임시 고용인이 되어 서류를 베끼는 일을 하고 있었는데, 하루는 붓을 놓고 혼자 탄식하며 말했다.

"먼 서역의 땅에 가서 공을 세워야 할 내가, 이런 글씨 연습 같은 짓을 하고 앉았으니, 정말 답답하구나."

옆에 있던 사람들이 어이 없다는 듯이 크게 웃었다. 그러자 그는,

"자네들 같은 소인이 진짜 남자의 마음을 알 수 있겠는가."

하고 큰소리를 쳤다고 한다.

드디어 반초에게 기회가 왔다. 명제(明帝) 영평(永平) 17년, 가사마(假司馬)의 관리로 서역에 가서 '범의 굴에 들지 않으면 범의 새끼를 잡지 못한다'라고 한 이야기는 유명하다.

그 후 서역에 있기를 30년, 서역의 여러 나라는 모두 한을 두려워하여 그들의 아들을 서울 낙양에 보내어 복종을 맹세했다. 그리고 영원(永元) 14년에 귀국을 허락 받았는데, 8월에 서울에 도착하여 9월에 병으로 죽음을 맞았다.

그러한 반초가 서역 도호를 그만두었을 때 임상(任尙)이란 사나이가 그 자리에 앉게 되었는데, 임상은 사무 인계를 위해 반초를 방문했다.

"서역을 다스리는 방법에 대해서 가르쳐 주십시오."

"보아하니, 그대는 퍽 엄하고 성급한 것 같구려. 원래 물이 너무 맑으면 큰 고기는 숨을 곳이 없어 붙어 있지 않는 법이오. 그와 마찬가지로, 정치도 너무 엄하고 성급하면 안 됩니다. 크게 보고 크게 처리하며, 간이(簡易)를 항상 본지(本旨)로 삼음이 좋을 것이오."

임상은 그 자리에서는 마음에 없는 맞장구를 치고 나왔지만, 뒷날 다른 사람에게 불평을 했다.

"나는 반군께서 꼭 굉장한 책략이 있으리라고 기대를 하고 찾아 갔는데, 그분의 말을 들어 보니 평범하기 짝이 없는 이야기 뿐이었소. 그런 이야기야 들으나 마나였어."

결국 임상은 반초의 말을 무시했다. 그러나 반초가 말한 대로 임상은 변경 지방의 평화를 잃고 말았다.

〈공자가어(孔子家語)〉에 공자 말하시기를, '물이 너무 맑은즉 고기가 없고, 사람이 너무 밝은즉 도당이 없다(水至淸則無魚, 人至察則無徒)고 했다.' 이런 말에서 '물이 맑으면 고기가 모이지 않는다'는 말이 나온 것이다.

-〈후한서〉'반초전(班超傳)', 〈십팔사략(十八史略)〉

미망인(未亡人)

춘추 때, 노나라에는 성공(成公)이 왕위에 있었는데, 노나라의 백희(伯姬)가 송공(宋公)에게 시집가게 되어 계문자(季文子)라는 사람이 백희를 송나라로 데리고 갔다. 계문자가 무사히 그 임무를 마치고 돌아와 성공에게 보고하자, 성공은 주연을 베풀어 그를 위로했다.

그 자리에서 계문자는 〈시경〉의 글귀를 빌어 임금 성공과 송공을 찬양하고, 송나라는 좋은 곳이어서 정녕 공주께서도 즐거이 지낼 수 있을 것이라는 뜻의 노래를 불렀다. 이를 들은 공주의 어머니 목강(穆姜)은 크게 기뻐하여 자기 방에서 나와 정중히 계문자에게 인사하고,

"이번에는 여러 가지로 수고를 끼쳤소. 그대는 선군 때부터 충성스럽게 도와 주었는데, 이 미망인에게까지 정성껏 힘써 주니 참으로 감사하오."
라고 말하고는, 역시 〈시경〉의 '녹의(綠衣)'의 끝장에다 만족의 뜻을 담아 노래했다.

또 하나의 이야기.

춘추 위나라의 정공(定公) 때, 정공이 병을 앓아 자리에 눕자 첩의 몸에서 난 간을 태자로 세웠다. 그리고 정공은 그 해 10월에 드디어 세상을 떠나 버렸다. 그런데 태자가 된 간은 아버지의 죽음을 조금도 슬퍼하는 기색이 없었다. 정공의 아내 강씨는 이미 사흘 동안 식음을 전폐하는 상례를 치르고 와서 태자의 모양을 보고는 크게 분해하며 다시 음식을 입에 대지 않고 탄식하여 말했다.

"저 되지 못한 것이 꼭 나라를 망치고야 말 것이다. 그리고 우선 미망인을 제일 먼저 학대할 것이다. 아! 하늘은 위나라를 버리심인가. 전야(강씨의 아들)가 왕위를 이어받지 못하다니……."

이를 듣고 신하들은 송구해 마지 않았다고 한다.

'미망인' 이라 함은 남편이 사망하면 아내도 같이 죽어야 할 것이나 아직 죽지 않고 있다는 뜻으로, 아내가 자기를 일컬어 겸손하게 하는 말이다. 그것을 남편 잃은 남의 부인을 가리켜 미망인이라 하는 것은 실례 천만의 말인데, 언제부터인지 그것이 당연한 것처럼 쓰이고 있다.

-〈좌전〉, '성공(成公)'

미봉(彌縫)

떨어진 곳을 꿰매다.

춘추시대 초기, 주나라의 환왕(桓王) 13년 가을. 환왕은 약해진 세력을 다시 한 번 일으켜 보려는 생각을 하고 있었다. 마침 그때 정나라의 장공(莊公)은 한창 일어나는 기세로 주왕쯤 문제시하지도 않는 기색이었다. 그래서 환왕은 장공을 토벌하여 명예를 회복했던 것이다.

이보다 앞서 환왕은 장공으로부터 왕조의 벼슬아치로서 맡겨 두었던 실권을 박탈하였다. 이에 분개한 장공은 왕을 뵙지 않게 되었지만, 환왕으로서는 그걸 미끼로 하여 토벌군을 일으켜 제후국들의 참전(參戰)을 명령했다. 왕의 명령을 받고 여러 나라 군대가 모여들었다. 환왕은 스스로 토벌군의 장수가 되어 정나라를 쳤다. 천자의 몸으로 직접 군대를 인솔하고 토벌에 나선 사람은 춘추 240년 동안에 오직 이 환왕 뿐이었다.

한편 장공은 환왕의 토벌에 즈음하여 드디어 올 것이 왔다고 생각했다. 이미 잃어 버린 실권에 대해서는 참을 수 있을지언정 토벌의 미끼는 될 수 없다 하여 단호히 토벌군을 맞아 싸울 각오를 했다.

토벌군은 왕 스스로 중앙군을 지휘하고 왕의 경사(卿士) 괵공림부가 우익군의 장이 되고, 채(蔡)와 위(衛)의 군이 이에 따랐다. 주공(周公) 흑견(黑肩)은 좌익군의 장이 되어 진군이 이에 속했다. 이러한 왕군의 배치를 본 정나라의 공자(公子) 원(元)은 장공에게 진언하기를,

"진의 나라 안은 어지러워져 있으므로 그들에게는 싸울 만한 힘이 약합니다. 그러므로 제일 먼저 진군을 치면 반드시 패해 달아날 것입니다. 그렇게 되면 중앙군은 혼란을 일으켜 채와 위의 우익군도 지탱하지 못하여 퇴각하게 될 것이니, 그때 중앙군을 치시면 성공은 의심할 바 없습니다."
라고 했다.

장공은 이 의견에 따라 만백(曼伯)을 우익, 채중(蔡仲)을 좌익으로 하여, 스스로 여러 장군을 거느리고 중앙군이 되었다. 이때의 진에 대해서 〈좌전(左傳)〉에는 다음과 같이 씌여 있다.

"원형(圓形)의 진을 만들어 전차를 선진(先陣)으로 하고 보병을 후진으로 하여, 전차의 간격을 미봉(彌縫)했다."

'미봉' 은 곧 꿰맨다거나 보충하여 메꾼다는 뜻이다.

이들은 정나라의 땅 유갈이라는 곳에서 맞붙어 싸웠는데, 장공은 좌우익 군에게,

"본진의 깃발이 움직이거든 북을 치며 진격하라."

고 명령했다.

정에서 취한 전략은 성공했다. 채 · 위 · 진의 군사는 패해 달아나고, 왕의 군대는 혼란에 빠졌다. 정의 군대는 한달음에 왕군을 공격하여 이를 크게 쳐부수었다. 이 전투에서 왕은 어깨에 화살을 맞았는데, 패하고도 달아나지 않고 군사를 정리하여 그 자리에 머물러 있었다. 이를 추격하려는 부하를 말리며 장공은 이렇게 말했다.

"군자는 끝까지 쳐들어가서 남을 이겨내려 하는 것이 아니다. 하물며 천자를 이겨내어서는 안 된다. 본시 목적이 자위에 있었으므로, 나라의 안전이 보장되면 그것으로 족하다."

그날 밤 장공은 채중을 왕의 진에 파견하여 왕의 노고를 위로했다고 한다. 이 싸움으로 장공의 이름은 천하에 높아지고, 뒤에 제나라 환공에 의해 실현된 '패자' 의 길을 터 놓게 된 것이다.

-〈좌전〉

미생(尾生)의 신의(信義)

노나라에 미생(尾生)이라는 대단히 정직한 사나이가 있었다. 남과 한 번 약속한 일이면 어떤 일이 있더라도 그 약속은 지키고야 마는 사람이었다. 그런데 이 사나이가 한 번은 사랑하는 여자와 어느 날 밤 강 다리 밑에서 만나기로 약속했다.

미생은 약속한 시간에 어김 없이 정한 장소에 나갔다. 여자는 장난삼아 한 약속이었는지, 아니면 무슨 급한 일이 생겼는지 그 시간에 나타나지 않았다. 미생은 야속한 생각이 들기도 했지만, 끈기있게 기다리고 있었다.

그러는 중에 썰물 때가 되어 강물이 불어올라 그의 몸을 적시기 시작했다. 다리에서 무릎으로, 무릎에서 허벅지로 또 배와 가슴께로 물은 자꾸 불어 올랐다. 그래도 그는 단념을 하지 못하고 여자를 기다렸다. 드디어 물은 목에까지 차올라 아차, 하고 다리 기둥을 붙들고 허우적거렸으나 때는 이미 늦어 그만 물에서 헤어나지 못하고 죽었다는 이야기다.

이 이야기에서 미생을 신의가 두터운 사람으로 칭찬하거나 아니면 바보 같은 짓이었다는, 두 가지 비평이 가능하다.

전국시대의 유세가로서 유명한 소진(蘇秦)은 연나라 왕을 뵙고 자기의 의견을 설명할 때 이 사나이의 이야기를 꺼내어 신의가 두터운 사람의 보기로 삼았다. 이것은 그를 좋게 본 견해라 하겠다.

그러나 같은 전국시대의 철학자 장자는 이와는 정반대이다. 그는 그의 우언(寓言)으로서, 근엄하기 그지 없는 공자와 유명한 큰 도둑 도척과 대화를 시켜 그 가운데서 도척의 입으로 이 사나이의 이야기를 하게 한 다음,

"이런 것들은 기둥에 못 박아 죽인 개, 물에 떠 내려간 돼지, 아니면 깨진 그릇을 손에 든 비렁뱅이와 같이 쓸데 없는 명목에 목숨을 걸고 소중한 생명

을 천하게 굴리는 사나이요, 진실로 삶의 길을 모르는 무리들이다."
라고 비판하고 있다.

〈장자〉 '도척편', 〈사기〉 '소진전(蘇秦傳)'

바람은 소소(蕭蕭)하고 역수(易水)는 차다

춘추전국시대에는 적국의 왕후를 죽이기 위해 한 자루의 비수에 모든 것을 걸고 적지에 들어가는, 소위 자객이 많았다. 그 중에서도 유명한 이가 형가(荊軻)였다.

형가는 위나라 출생으로, 조국에서 써 주지 않아 여러 나라를 돌아다니다가 연나라에 가서 그 곳에서 이름 높은 의협의 인물인 전광(田光)과 친하게 되었다. 그는 또 축(거문고 비슷한 악기)의 명수인 고점리(高漸離)와 뜻이 맞아 언제나 둘이서 술을 마시고는 취흥에 고점리는 축을 연주하고, 형가는 노래를 부르며 놀았다. 그런가 하면, 혼자 들어 앉아 책을 읽거나 검(劍)을 가는 일도 잊지 않았다.

진나라가 천하 통일의 거창한 일을 착착 진행시키고 있을 때였다. 한을 쳐부수고 조를 멸망시킨 진은 조와 연의 국경을 흐르는 역수(易水)에 이르러 연에 침입할 태세를 갖추고 있었다. 연의 태자 단(丹)이 진나라의 왕 정(政-뒷날의 시황제)을 찔러 죽일 자객으로 골라 뽑은 것이 바로 전광이었다.

그러나 전광은 자기의 나이가 많음을 생각하고는 형가를 천거하고 그 결의를 굳게 하기 위해 스스로 목을 베어 죽었다. 큰일을 맡고도 그 일을 해 내지 못하는 나이 든 몸이 태자를 위해 취할 수 있는 유일한 길이라 생각했던 것이다.

그 즈음 진으로부터 번어기(樊於期)라는 장군이 연나라로 도망해 와서 태자 단에게 몸을 의탁하고 있었다. 형가는 진왕이 막대한 상금을 걸고 번어기의 목을 구하고 있음을 알자, 그 목과 독항(督亢-연나라에서 가장 기름진 땅)의 지도를 가지고 가면 진왕은 안심하고 만나 주리라 생각하고, 그 일을 태자에게 말했다.

태자 단은 형가를 하루 바삐 진에 보내고 싶어하면서도 번어기를 죽이는 것은 차마 못할 일인 것 같았다. 그래서 형가는 직접 번어기를 만나 목숨을 버려 달라고 청했다. 그러는 것이 진왕에 대한 번어기의 원수를 갚는 길이요, 태자 단에 대한 은혜에 보답하는 일이며, 또 연나라의 걱정을 덜어 주는 길이라고 말한 것이다. 번어기는 전광이 했듯이 형가 앞에서 스스로 제 목을 찔러 죽었다.

형가는 번어기의 머리와 독항의 지도와, 또 하나 같이 진으로 갈 친구를 기다리고 있었다. 태자 단은 이미 출발 준비가 되었는데도 형가가 떠나지 않는 것을 보고 초조하여 진무양(秦舞陽) 한 사람만이라도 먼저 출발시키려 했다. 형가는 하는 수 없이 친구를 기다리지 않고 떠나기로 했다. 진무양부터 먼저 보내는 것은 위험하다고 생각했기 때문이다. 뿐만 아니라 시기도 급박했고, 태자의 초조한 마음도 짐작하고 남음이 있었다.

태자 단은 몇몇 신하들과 함께 상복으로 바꿔 입고, 형가를 역수 강변까지 전송했다. 이윽고 헤어질 때 고점리는 축을 타고, 형가는 그 소리에 맞춰 노래를 불렀다. 역수의 바람은 차서 옷깃에 스미고, 고점리의 축 소리와 형가의 노래는 비장하게 사람들의 가슴을 흔들었다. 이제 가면 살아 돌아오지는 못할 것이라, 지금이 형가를 보는 마지막 장면인가 생각하고 고점리는 눈물을 훔치며 축을 연주하며 친구를 보냈다.

바람은 소소하고, 역수는 차다.
장사 한 번 떠나면 다시 못 올 길…….

그 노래 소리는 듣는 사람의 간장을 에이는 듯했다. 사람들은 모두 성난 눈으로 진나라 쪽을 흘겨보며, 머리털이 치솟아 관을 찌를 듯했다. 이미 멀어져 간 형가는 자취도 보이지 않는 거리에 있었다.

진나라에 간 형가는 번어기의 머리와 독항 땅 지도를 가지고 진왕 앞에 나갈 수 있었으나, 비수가 번쩍였을 때 진왕은 용케 몸을 빠져 나와 형가의 손에는 오직 왕의 소매자락이 있을 뿐이었다. 뒤에서 왕을 덮쳐 누를 준비를 하고 있던 진무양은 이미 붙들려 거꾸러지고 있었던 것이다. 형가는 기어이 뜻을 이루지 못하고 스스로 앞 가슴을 열어 손가락질하며 진왕에게 찌르라 했다. 진왕 정이 천하를 통일하여 시황제라 부른 것은 그로부터 7년 뒤의 일이다.

-〈사기〉 '자객전'

방약무인(傍若無人)

옆에 사람이 없는 듯하다.

전국의 세상도 거의 진의 통일로 돌아가서, 시황제의 권위가 천하를 압도했을 때의 일이다. 위나라 사람인 형가는 나라 일에 관심이 커 위의 원군(元君)에게 정치에 관한 의견을 펴 보였으나 쓰이지 못하여, 그때부터 여러 나라를 방랑하며 지냈다. 사람됨이 침착하여 여러 곳에서 현인 호걸들과 사귀었다. 그의 방랑 시대에 전해진 이야기에 다음과 같은 것이 있다.

산서의 북쪽을 지날 때 개섭(蓋攝)이란 자와 칼에 대해서 이야기를 했다. 그때 개섭이 화가 나서 형가를 쏘아 보자, 형가는 곧 자리에서 일어나 가 버렸다. 어떤 사람이 개섭에게 한 번 더 형가와 토론해 보는 것이 어떠냐고 하자, 그는 이렇게 말했다.

"토론이고 뭐고 없소. 그 사람은 여관에 머물러 있지도 않을 것이오."

과연 사람을 보내 보니, 이미 떠난 뒤였다. 이 사실을 알고 개섭은,

"물론 그럴 거요. 내가 쏘아보면서 위협을 했으니까……."

라고 말했다.

또 형가가 한단에 갔을 때의 일이다. 노구천(魯句踐)이란 사람과 주사위 놀이를 하다가 다투게 되었는데, 노구천이 화를 내어 소리를 치자 형가는 아무 말 않고 달아나 다시는 돌아오지 않았다.

그는 연나라에 가서 개 잡는 사람과 축이란 악기를 잘 치는 고점리와 사귀었다. 이 두 사람과 같이 형가는 날마다 거리를 돌아다니며 술을 마셨다. 취하면 고점리는 축을 치고, 형가는 거기 맞춰 노래를 부르며 즐겼다. 감상이 극도에 달하면 같이 붙들고 울기도 했다. 마치 옆에 아무도 없는 것과 다름없이(傍若無人).

'방약무인' 이란 말은 옆에 사람이 없는 듯이 조금도 개의치 않고 멋대로

날뛰는 걸 의미한다. 그 당시 사람들도 형가에 대해서 그렇게 생각했겠지만, 방약무인이라고 하면 체면없이 날뛰는 걸 가리키는 경우가 많다. 그러나 그것도 한결 같은 마음으로 '방약무인' 한 것과, 다만 성질에 의해서 그런 것과 사람에 따라 다르다.

형가는 뒷날 연의 태자 단의 부탁을 받고 진왕을 쓰러뜨리려고 목숨을 걸고 길을 떠났다. 배웅해 주는 사람들 가운데는 고점리도 섞여 있었다. 그들은 드디어 역수가에서 헤어져야 했다. 그때 고점리는 축을 치고, 형가는 거기 맞추어 노래를 불렀다. 형가는 일을 이루지 못하고 죽고, 고점리는 뒤에 장님이 되어서까지 친구의 원수를 갚으려고 진왕을 노리다가, 역시 실패하여 형가의 뒤를 따르게 되었다. 그리고 노구천은 전날 형가에 대한 자기의 어두움을 부끄러워 했다고 한다.

그러나 역수가에서 헤어질 때, 두 사람은 앞날이 어떻게 될지 알았을 리 없다. 다만 한 사람은 축을 치고, 한 사람은 노래하여 마치 옆에 사람이 없는 듯이 했을 것이다.

-〈사기〉 '자객전'

배수진(背水陣)

유방이 제위에 오르기 2년 전의 일이다. 한군의 부대를 거느린 한신은 위를 격파한 기세를 몰아 조나라로 진격했다. 한신이 쳐들어온다는 것을 안 조왕(趙王) 헐(歇)과 성안군(成安君) 진여(陳餘)는 재빨리 20만의 군사를 정경(井陘)의 좁은 길 출구에 집결시키고 견고한 성새를 쌓아 적을 기다리고 있었다.

미리 침투시킨 세작(細作 – 스파이)으로부터 광무군(廣武君) 이좌거(李左車)의 한군이 정경 좁은 길에 들어설 때 단번에 격멸하려는 계책이 쓰이지 않게 됨을 알게 된 한신은 정경의 좁은 길을 한달음에 진군하여 출구 십리 밖에서 기다려 한밤중에 다시 진군을 했다. 그리고 우선 2천의 경기병(輕騎兵)을 골라 붉은 기 하나씩을 갖게 했다.

"너희들은 기병대다. 이제부터 대장의 명령에 따라 조(趙)의 성새 가까운 산에 숨어라. 내일 전투에서 우리 군은 거짓 퇴각을 할 것이다. 그러면 조군(趙軍)은 전력을 다하여 추격해 올 것이 틀림 없다. 그때 너희들은 조의 깃발을 걷어치우고 한의 붉은 기를 달아라."

그리고는 만이 넘는 병사들을 정경의 출구로부터 진군시켜 강물을 뒤에 두고 진을 쳤다. 그리고는 본대를 좁은 길 앞쪽으로 진군시켰다. 이렇게 하여 밤이 샜다. 조군은 강물을 등 뒤에 두고 진을 친 한신의 군대를 보고 크게 비웃었다. 그러나 이윽고 한신은 대장기를 선두로 하고는 본대를 이끌고 북소리도 우렁차게 용감히 쳐들어갔다. 조군도 성새를 열고 응전했다. 몇 차례 밀고 밀리고 하다가, 한신은 기와 북을 팽개치고 예정대로 후퇴를 하여 강가의 진지로 돌아갔다.

기세를 얻은 조군은 한신의 머리를 베리라 하고 전군을 총동원하여 뒤쫓고 있었다. 과연 조군의 성새는 텅 비다시피 되어 버렸다. 이때 숨어 있던 한의 기병대는 손쉽게 성에 들어가 성벽의 깃발을 바꿔 달았다. 그리고 강물을 뒤에 두고 진을 친 한신의 군은 퇴각할래야 할 수 없는 곳이라, 생사를 가리지 않고 싸웠다. 그 결과 보기 좋게 조의 대군을 물리쳤다.

조군이 되돌아와 보니, 성벽의 깃발이 모두 한의 붉은 기가 아닌가! 놀라 허둥대는 사이에 한군은 앞뒤에서 쳐들어와 승부는 간단히 정해지고 말았다.

싸움이 끝나고 축하 잔치 자리에서 장군들은 한신에게 물었다.

"병법에는 산을 뒤로 물을 앞으로 하여 싸우라 하였는데, 이번 싸움은 물을 등에 두어 승리를 거두었습니다. 이것은 무슨 병법입니까?"

"이것도 훌륭한 병법이오. 다만 여러분들은 미리 알지 못했을 뿐, 어느 병법서에 보면 나를 사지에 넣어 비로소 삶을 얻는다는 말이 있지 않소? 그걸 잠시 응용했을 따름이오. 그게 바로 이번의 배수진이었소. 우리 군대는 원정 또 원정으로 오로지 보강병에 의해서 짜여져 있는 것이었소. 이런 군사를 생지(生地)에 두면 당장 흩어지기 쉬워 사지(死地)에 넣었던 것이오."

한신은 이렇게 대답했다.

〈위료자〉 '천관(天官)' 에는 '물을 뒤로 두고 진을 치면 절지(絶地)를 이루고, 언덕을 향해 진을 치면 폐군(廢軍)을 이룬다' 고 했다.

-〈사기〉 '회음후열전', 〈십팔사략〉 '서한(西漢) 한태조고황제(漢太祖高皇帝)'

백아절현(伯牙絶絃)

춘추 때 백아(伯牙)라는 거문고의 명수가 있었는데, 그의 친구 종자기(鍾子期)는 거문고를 듣는 데 명수였다. 백아가 거문고를 뜯어 높은 산들의 모습을 나타내려고 하면, 옆에서 그걸 듣는 종자기가,

"아, 훌륭한 음악이여, 높이 솟은 느낌이라 마치 태산을 보는 것 같아!"

하고 칭찬해 주고, 흘러 가는 물의 기분을 내려고 하면,

"멋지구나! 양양한 물이 흐르는 것 같아 마치 장강이나 황하 같군!"

하고 좋아해 준다.

이런 식으로 백아가 마음 속에 생각한 것을 거문고에 실어 보려고 할 때는 종자기가 틀림없이 알아 주어서 틀리는 일이 없었다.

어느 날, 이 두 사람이 같이 태산 골짜기 깊이 들어간 일이 있었다. 그때 갑자기 소나기를 만나 두 사람은 어떤 바위 아래서 비를 피했는데, 좀체 비는 멎지 않고 개울물에 흙과 모래가 쏟아져 흐르는 소리가 무섭게 들려 왔다.

불안한 마음에 떨면서도 과연 거문고의 명인이라, 백아는 늘 가지고 다니던 거문고를 들어 뜯기 시작했다. 처음 곡은 '장마비의 곡', 다음에는 '산사태의 곡'. 한 곡조가 끝날 때마다 언제나처럼 종자기는 틀림없이 그 곡의 주제를 말하며 칭찬해 주었다. 언제나 그러했건만, 이 때는 때와 장소가 달랐던 탓인지 백아는 울고 싶도록 감격하여 거문고를 내려 놓고 감탄하며 말했다.

"아, 훌륭하이, 자네의 듣는 귀는. 자네의 마음은 나와 조금도 다를 바 없군. 자네 앞에서는 나도 거문고를 선불리 뜯을 수 없네."

두 사람은 그 만큼 마음이 맞는 연주자요, 또 감상자였으나, 불행히도 종자기는 병을 얻어 죽었다. 그러자 백아는 그렇게까지 거문고에 정신을 쏟고 일세의 명인으로 찬양 받았건만, 아끼던 거문고의 줄을 끊고 부셔 버렸다. 다

시는 거문고를 뜯지 않을 결심이었던 것이다. 그것은 종자기라는 다시 만날 수 없는 훌륭한 듣는 사람을 잃은 이상, 이미 자기가 누구 앞에서 거문고를 뜯을 것인가? 들을 줄 아는 사람이 없는 바엔 차라리 뜯지 않겠다는 생각에서였다.

이 이야기는 진실한 예술 정신을 시사해 주기도 한다. 그러나 예술의 세계뿐 아니라, 어느 시대, 어떤 사회에서도 자기의 일, 자기의 정신을 남김 없이 알아 주는 진실한 친구를 가지는 것은 다시 없는 행복일 것이요, 그러한 사람을 잃게 될 때는 무한한 슬픔을 느끼게 되는 것이 아닐까. 자기를 알아 주는 벗을 '지음(知音)'이라는 말도 이 고사에서 나온 것이다.

백문불여일견(百聞不如一見)

백번 듣는 것이 한 번 봄만 같지 못하다.

한나라 선제(宣帝) 때 서북방에 사는 티벳계 유목민이 반란을 일으켰다. 이에 앞서 강(羌)의 선령(先零)이라는 한 종족이 황수(湟水) 북쪽에서 유목하는 것을 허락 받고 있었다. 그들은 풀을 따라 남쪽 물가에까지 이르렀는데, 정벌군으로 나온 한나라 장군이 갑자기 선령의 중요한 사람 천여 명을 죽였다. 선령은 크게 노하여 한군으로 쳐들어갔는데, 그 세력이 대단하여 한군은 크게 패해 쫓겨 갔다.

이때 선제는 어사대부(御史大夫) 병길(丙吉)을 후장군(後將軍) 조충국(趙充國)에게로 보내 누구를 토벌군 대장으로 하는 것이 좋을까를 묻게 했다. 조충국은 그때 이미 나이 70을 넘은 사람이었다. 그는 젊을 때부터 흉노와의 전쟁에서 활약해 왔었다. 무제 때 이사장군(貳師將軍) 이광리(李廣利) 밑에서 원정했다가 흉노의 군세가 강하여 전군이 포위를 당했었는데, 먹을 것도 없이 사상자가 많았다. 그때 충국은 백여 명의 군대를 거느리고 돌진하여 몸에 20여 군데나 상처를 입으면서도 기어이 포위망을 뚫어 전군을 구해 냈었다. 그때 무제는 그 상처를 보고 놀라며 그를 동기장군(東騎將軍)에 임명하였다. 그로부터 그의 대(對)흉노, 대(對)강의 생애가 시작된다. 그는 침착하고 용감하여 큰 계략을 가지고 있는 터라, 확실히 제의 물음을 받을 만한 인물이었다.

그는 선제의 물음에 이렇게 대답했다.

"이 노신(老臣)보다 나은 사람은 없을 줄 아옵니다."

선제는 불러 다시 물었다.

"장군이 강을 친다 하면 어떤 계략을 쓰겠으며, 얼마 만큼 군대를 쓸 것인지 말해 보오."

조충국은 대답했다.

"백 번 듣는 것이 한 번 보는 것만 같지 못합니다. 대저 군사의 일은 실제로 보지 않고 먼 곳에서 계량하기 어려운 것이옵기로, 원컨대 금성군(金城郡)에 가서 도면을 놓고 방책을 세우게 해 주시면 좋겠습니다."

선제는 빙긋이 웃으며 그의 청을 들어 주었다.

'백문이불여일견' 이란 말은 여기 나온 것이 최초라 한다. 대개 민간의 속담이었을 것이요, 널리 쓰이는 말이다. 서양에서도 '열의 소문보다 하나의 증거' 라는 말이 있다.

조충국은 금성에 가서 상세히 정세를 살핀 후에 이윽고 둔전(屯田)이 상책이라고 제에게 상주했다. 기병을 그만두고 보병 일만여 명만을 남겨 이들을 각지에 분산시켜, 평소에는 농사를 짓게 하는 것이다. 이 계책은 채용되어 조충국은 거의 1년 동안 그 땅에 머물러 있었으며, 드디어는 강의 반란을 진압하였다.

-〈한서〉 '조충국전(趙充國傳)'

백미(白眉)

흰 눈썹

위, 오, 촉의 세 나라가 서로 세력 다툼을 하고 있던 삼국시대의 일이다. 촉나라에 마양(馬良)이라는 이름난 참모가 있었다. 마양은 호북성 출신으로, 유비가 촉한의 소열제(昭烈帝)가 되자 시중(侍中)에 임명되었다. 소열제는 마양에게 명령하여 남쪽의 오랑캐들을 타이르게 했는데, 마양은 세치의 혀로서 곧잘 그들을 설득시켜 부하로 삼는 데 성공한 인재였다.

이 마양에게는 다섯 형제가 있었는데, 모두 자(字)에 상(常)자가 들어 있어서 '마씨의 오상(五常)' 이라고 불렸다. 다섯 형제가 한결같이 영특하고 학문을 잘 하여 평판이 높았다. 그 중에서도 마양은 가장 뛰어난 인물이어서 사람들은,

"마씨의 오상은 다 훌륭하지만, 그 중에서도 백미(白眉)는 가장 뛰어난 인물이야."

라고 마양을 칭찬했다. 여기서 '백미' 는, 마양이 어릴 때부터 눈썹에 흰 털이 있어서 별명으로 불리워 온 것이다. 그 후 '백미' 라 하면, 여럿 가운데서 특히 뛰어난 사람을 가리키는 말이 되었다.

마양의 주군인 유비는 위, 오 두 나라를 정복하고 한실의 부흥을 유일한 소원으로 하여 두 나라와 격렬한 싸움을 계속했었다. 마양도 유비를 따라 싸움터에서 곧잘 큰 공을 세웠는데, 뒤에 제갈공명이 나서고부터는 촉나라의 국위도 크게 떨쳐 그 세력은 위와 오를 능히 누르게 되었다.

그러나 유비에게도 실패는 있었다. 장무(章武) 3년, 무협(巫峽)에서 오군과의 싸움이 반년에 걸쳐 교착 상태에 있는 것을 초조히 여겨, 참모인 공명에게 의논도 하지 않고 자기 마음대로 군사들을 진군시켜 크게 패했다. 마양도 이 전투에서 전사하고 말았다.

이 패전이 상처가 되어 유비는 이듬해 4월 공명에게,

"만약 태자 유선(劉禪)이 어리석은 자이거든, 그대가 대신 제위에 앉아 주기 바라오."

라는 유언을 남기고 죽었다.

뒷일을 부탁 받은 공명은 유선을 잘 도와서 두 적국과 싸웠다. 그 후에 공명은 위를 치기 위해 3군을 거느리고 북방으로 진출했다. 그때 중요한 측군의 수송로인 두 성의 수비를 맡고 나선 것은 마양의 아우 마속(馬謖)이었다. 마속은 공명이 그의 대성을 바라면서 아우처럼 사랑한 부하였다. 그러나 젊은 마속은 적장 사마중달을 이기지 못하고, 전법을 잘못 써서 싸움에 크게 패하고 말았다.

백발(白髮) 삼천장(三千丈)

수 많은 이백의 시 가운데서 가장 잘 알려져 있는 시구에 '백발 삼천장(白髮三千丈)' 이란 것이 있다. 늙은 몸의 슬픔을 노래한 것으로, 또 과장이 심한 중국식 표현으로 예로부터 사람들의 입에 흔히 올랐다.

백발 삼천장
근심 걱정으로 저리도 길었네.
모를레라, 거울 속에
어디서 가을 서리를 얻었던고.

거울에 비친 흰 머리를 보고 서리같이 허연 것은 어디서 온 것인가. 내 머리는 이렇게까지 희지는 않았을 텐데, 하고 탄식하는 마음…….

이 시는 '추포음(秋浦吟)' 17수 가운데 한 수다. 추포(秋浦)는 지명(地名)일 것이라 한다. 17수 모두 기교를 부리지 않고 담담하게 써 내려 간 필치지만, 그의 늙으막의 고독을 짐작하게 한 우수한 작품이다.

'백발 삼천장' 이란 시구는 확실히 과장되게 한 말이다. 그러나 거울을 보았을 때 갑자기 이백의 입에서 새어 나온 말 — 동심(童心)과 노심(勞心)이 하나로 어울린 것 같은 과장 혹은 해학이라 할 것이다. 해학은 곧 쓸쓸함이기도 하다.

추포 — 즉 무호(蕪湖)의 북쪽에 당도현이라는 동네가 있다. 이백의 친척인 이양빙(李陽氷)이라는 사람이 이 고을의 현령으로 있어서, 만년에 이백은 이 사람에게 몸을 의탁하고 있었던 모양이다. 그리고 이곳에서 62세의 생애를 마친 것으로 추측되고 있다. 이양빙은 이백의 시문집의 편자로서 알려진 사람이다.

화려하여 천마가 하늘을 날 듯한 대천재도 만년의 생활은 쓸쓸하고 고독했다. '추포음' 은 그의 가장 늙어서의 작품으로 짐작된다.

백주(栢舟)의 절개

서주(西周) 말기에 들어 세상은 음탕한 풍조가 심하여 바른 풍속은 차츰 자취를 감추기 시작했다. 그러나 이러한 때에도 홀로 정절을 지켜 낸 여성이 있었으니, 그 이름은 공강(共姜)이라 한다.

주의 여왕 때 위나라 희후(僖侯)에게 여(余)라고 하는 세자가 있었다. 여의 아내는 강(姜)이라 하여 두 사람의 사이는 몹시 화목했으나, 불행히도 여는 젊은 나이로 죽었다. 청상 과부가 된 강은 일생을 두고 남편이라 부를 사람은 단 한 사람, 지금은 죽고 없는 사람인 여에 대한 절개를 지키리라 마음먹고 있었다. 여는 죽은 뒤에 공백(共伯)이라는 시호를 받았으므로, 강도 남편의 시호를 따라 공강(共姜)이라 했다.

공강은 죽은 남편의 명복을 빌면서 홀로 조용히 여생을 보내려 했다. 그러나 세상에는 바라지 않는 친절을 베풀려는 사람도 많았다. 우선 강의 어머니가 어떻게 해서든지 딸을 재가시키려 들었다.

"너를 아내로 맞으려는 사람이 많은데 어떤 사람이 좋겠느냐?"

"제 남편은 공백님 한 분 뿐이어요."

공강은 늘 이렇게 대답했다. 그러나 어머니도 지려 하지 않았다.

"죽은 남편이 어떻게 돌아올 줄 아니? 여자는 젊을 때가 꽃이란다. 젊을 때 시집을 안 가면 누가 널 돌봐 줄 것 같으냐? 인제 고집 그만 부리고 어미 말을 좀 들어라."

어머니는 딸의 앞날을 걱정하여 현실적으로 살아가게 하려 했지만, 젊은 강에게는 그러한 현실적인 이해 득실과 애정이나 정절을 도저히 바꿀 수는 없었다.

그러나 일이 딸의 일생이 걸린 문제인 만큼, 어머니의 성화는 무서웠다.

이에 공강은 자기의 맹세를 시로 써서 보여 주는 것이었다.

떠 있는 저 백주(柏舟)는
강 가운데 마냥 있네.
오직 한 사람 그이만이 진정코 내 짝,
죽어도 맹세코 다른 사람 없는 것을.
어머니는 고마워도
제 마음 어찌 몰라 주시나.

이 시는 '백주(柏舟)' 라는 시의 한 장이지만, 백주의 절개는 남편이 죽은 후에도 아내가 정절을 지켜 재가하지 않는 것을 말한다.

-〈시경(詩經)〉 '용풍'

범은 죽어 가죽을 남기고, 사람은 죽어 이름을 남긴다

당의 애제(哀帝) 4년, 선무군절도사(宣武軍節度使) 주전충(朱全忠)은 황제에게 덤벼들어 제위를 내놓게 하여 스스로 황제라 일컫고 국호를 양(梁)이라 했다. —보통 후양(後梁)이라 한다. 그로부터 약 반세기 동안은 바로 〈수호전(水滸傳)〉의 분분한 오대(五代) 난리의 시기였다. 군웅은 각지에서 싸우고, 왕조는 생겼다가는 쓰러지며, 골육 상잔이 계속되었다. 이 이야기는 이러한 오대에 살았던 사람의 이야기다.

양의 장수에 왕언장(王彦章)이라는 사람이 있었다. 젊을 때부터 주전충을 섬기어 주전충이 각 처로 돌아다닐 때에도 늘 그를 따라 다녔다. 그는 싸움터에 나갈 때는 두 개의 쇠창을 가지고 갔다. 무게가 한 개에 백 근, 그 하나를 안장에 걸고 하나를 쥐고 휘두르며 적진으로 달려들면, 그 앞을 막을 자가 없었다고 한다. 사람들이 그를 가리켜 왕철창(王鐵槍)이라 불렀다.

주전충은 양의 태조(太祖)가 되었지만, 양이 점령한 것은 중원 뿐이었다. 여러 나라는 그 둘레에서 틈만 엿보고 있는 형편이었다. 그 중에서도 산서에 자리 잡은 진왕의 세력은 대단하여, 양의 군사는 번번이 패하기만 했다. 더구나 그런 판국에 주전충은 그의 아들 우규(友珪)에게 죽임을 당하고, 우규도 그의 동생 손에 죽는 내분이 계속되었다. 양의 형편은 날로 나빠져 갔고, 진왕은 북방에서 황제라 칭하며 국호를 당이라 정하고 번번이 군사를 남하시켰다. 한 동안 두 나라 군사는 덕승(德勝)을 경계로 하여 공방을 계속하고 있었다.

이때 초토사(招討使)에 임명된 이가 왕언장이었다. 그는 바람같이 군사들을 몰아 곧 덕승 남쪽의 남성을 지나 다시 파죽의 기세로 양유(楊劉)까지 쳐들어갔으나, 당의 대군이 도착하여 군사를 잃고 퇴각을 했다. 그는 다시 역공을 꾀했지만, 갑자기 초토사의 직에서 파면되어 버렸다.

그는 늘 궁중에 있는 왕의 측근자들을 미워하여 싸움에서 이기고 돌아오면 저자들을 없애 버린다고 하고 있었다. 그는 자기 마음을 덮어 놓을 줄 모르는 사나이였다. 그것이 화를 불러 온 것이다. 그러나 때가 때이었던 만큼, 두 달 후에 당제가 스스로 대군을 이끌고 쳐들어왔을 때 왕언장은 다시 기용되었다. 그는 악전고투하다가 기어이 상처를 입고 포로가 되었다. 당제는 그의 용맹을 아까워 하여 자기 편에 붙여 두려 했지만 그는,

"아침에 양을 섬기고, 저녁에 진을 섬길 수는 없다."

고 완강히 듣지 않았다. 그리고 이내 죽임을 당했다. 그때 그의 나이 61세. 왕언장이 죽은 뒤 양은 곧 멸망하게 되었다. 왕언장은 거의 글을 알지 못했다. 그는 언제나 속담을 예로 들어 말했다.

"범은 죽어 가죽을 남기고, 사람은 죽어 이름을 남긴다."

그가 즐겨 쓴 속담이었다. 짐승도 가죽을 남기거늘, 사람이 죽어서 이름을 남기지 못해서야 쓰겠느냐는 것이었다. 어지러운 오대에 그는 이것을 마음의 기둥으로 삼고 살아 온 것이다.

-〈오대사(五代史)〉 '왕언장전(王彦章傳)', 〈왕언장 화상기(王彦章 畵像記)〉

범의 굴에 들지 않고서는 범의 새끼를 잡지 못한다

〈한서〉를 지은 이는 후한 초기의 아버지 반표(班彪)와 첫째아들 반고(班固), 막내딸 반소(班昭)였다. 이 반씨 집안에 둘째인 반초(班超)는 이 집안에서 약간 색다른 존재였다. 그는 무척 용감하고 활발한 사람으로, 학문과는 인연이 먼 것 같으나 의외로 변설이 능하고 책도 많이 읽고 있었다.

본래 청빈으로 이름난 가문인데다, 방대한 자료수집에 가산을 기울여 버린 터라, 반초도 따분한 관청 직원으로 생계를 잇고 있었다.

그는 때로,

"사나이로 태어났으면 부개자(傅介子 - 한나라 때 서역 진압에 공을 세운 사람), 장색(張塞 - 한나라 무제 때 흉노의 세력을 쫓아내고 서역 여러 나라를 거느린 사람)과 같이 서역에서 공을 세우고 싶소. 그러니 언제까지나 이런 관청 사무만 보고 앉았겠소?"

하고 범속한 관리들의 간담을 놀라게 하는 소리를 하곤 했다.

이런 사람이 하찮은 관리 생활을 착실히 해 낼 턱이 없었다. 그는 면직이 되어 방랑생활을 하게 되었고, 서역을 왕래하는 상인이나 기개를 숭상하는 떠도는 무인들과 사귀며 조용히 때가 오기를 기다렸다.

그의 지식과 재능이 인정되어 처음으로 서역에서 이름을 날리게 된 것은 40 가까운 나이에 이르러서였는데, 그 때부터 반초의 서역에 대한 계획과 다스림만큼 빛나는 것은 없었다. 그가 가는 곳 그 어디에서나 어떤 곤란이 맞부딪쳐도 저절로 길이 열리는 듯했다. 예를 들면, 천산남로(天山南路)와 천산북로(天山北路)의 갈림길에 해당하는, 본토에서 가장 가까운 오아시스의 나라 선선에서 보여 준 긴급사태에 대한 태도 같은 것이 그것이다.

처음 선선에서 후한 대접을 받은 반초 일행은 어느 날 갑자기 변한 선선의 태도를 어떻게 해석해야 할지 몰랐다. 시중을 들던 아름다운 여자까지도 어느새 나이 먹은 시골 여자로 바뀌어 있었다. 일행은 아연하여 모두 불평만 하고 있었지만, 반초는 무릎을 치며,

"우리에게는 비밀로 하고 있지만, 아마도 흉노의 사자가 온 게 틀림없다."

라 하고, 곧 왕궁에 장사 한 사람을 보내어 왕의 신임이 두터운 시종 한 사람을 불러내어 '흉노의 사자는 어디 있느냐' 고 묻고는 그를 안방에 가두어 놓았다. 그리고 서른 여섯 명의 장사를 모조리 큰 방에 불러 모아 성대한 주연을 벌였다.

그 자리에서 반초는 흉노의 사자가 와서 왕이 그들과 친교를 맺고 있다는 사실을 말한 다음,

"…그래서 우리들을 푸대접한 것이다. 우리가 잠자코 선선의 술수에 넘어가서 흉노의 나라로 끌려 가 이리의 밥이 되어도 좋단 말인가? 의견이 있는 자는 누구든 주저치 말고 말해 보라."

라고 말했다.

일동의 무거운 침묵을 깨뜨리고 한 장사가 앞으로 다가앉으며 말했다.

"이왕에 목숨은 맡겨 놓은 것, 도움이 된다면 어떤 일이라도 하겠소."

반초는 이윽히 그를 바라보다가,

"범의 굴에 들지 않고서는 개호주(범의 새끼)를 잡지 못한다. 흉노의 숙사에 불을 지르고 야습을 하기로 하자. 우리 편은 단지 36명의 적은 수이지만, 그런 줄은 꿈에도 모르는 흉노들에게는 큰 소동이 일어날 것이다."

이 말에 따라 목숨을 아끼지 않는 장사들은 어둠 속으로 사라져 갔다.

때마침 기세를 올린 바람을 타고 북을 가진 열 명의 장수들이 흉노의 숙사 뒤쪽에 숨고, 나머지는 모두 대문 양 옆에 숨었다. 이윽고 불길이 일자, 동시에 북을 치고 고함을 지르며 몇 갑절 많은 적을 모조리 패망케 했다. 선선이 굴복한 것은 말할 것도 없다.

-〈후한서〉 '반초전(班超傳)'

범이라고 그린 것이 개

후한의 건무(建武) 16년, 복파장군 마원(馬援)은 1만의 군사를 거느리고 교지(交趾)로 남하해 갔다. 징측(徵側), 징이(徵貳)라는 강하기 이를 데 없는 형제가 한의 식민정책에 반기를 들고 함락시킨 성이 예순 여섯에 이를 만큼 그 세력이 굉장하여 징측은 왕이라 칭하고 있었다. 마원은 이들과 3년을 두고 힘겨운 싸움을 하게 된다.

마원이 교지에서 서울로 보낸 편지가 있었다. 형의 아들 마엄(馬嚴)과 마돈(馬敦)에게 보낸 것으로, 이 두 조카가 의(義)를 소중히 여기고 목숨을 가벼이 아는 경향이 있음을 경계한 편지였다. 남의 잘못을 듣는 것은 좋으나 자기가 떠들어대서는 안 되고, 나라의 정치를 경솔히 비판해서는 안 된다고 한 다음, 마원은 이렇게 쓰고 있다.

"용백고(龍伯高)란 사람은 그 인품이 중후하고 신중하며 또 겸손하고 검소하다. 나는 그를 좋아하고 중히 여기며, 너희들이 본받기를 바라는 터이다. 두계량(杜季良)은 호걸이요, 의협심이 강해 남의 걱정을 걱정하고 남의 즐거움을 즐거워 한다. 그러므로 그의 부친이 죽었을 때에는 여러 고을 사람들이 모두 모여 와서 장사지냈을 정도이다. 나는 그를 좋아하고 중히 여긴다. 그러나 너희들이 본받기를 바라지는 않는다. 용백고를 본받는다면, 거기까지 이르지는 못할지언정 적어도 근직(僅直)한 인물은 되리라. 이를 테면 따오기를 그리려다가 안 되어 거위 비슷한 것이 되는 셈이다. 그러나 두계량의 흉내를 내다가 그대로 되지 못하면, 다만 경박한 인물로 그칠 뿐이다. 이를 테면 호랑이를 그리다 안 되어 개 비슷한 것이 되는 따위다. 마음에 새겨 두기 바란다."

무얼 배워서 한 일이 실패하거나, 소질 없는 사람이 훌륭한 사람의 흉내를 내어 경박하게 덤비는 것을 '범이라고 그린 것이 개' 라고 말하게 된 것은 여기서 나온 말이다.

마원의 이 말은 확실히 그 자신의 체험에서 얻은 것인 듯하다. 그는 젊은 시절, 군의 순찰관으로서 죄수를 호송하다가 가엾이 생각하여 죄수를 놓아 보내고 자기는 북방으로 망명하였다. 그리고 그 뒤 북방에서 많은 식객들이 모이고, 먹이는 가축이 수천 마리, 수만 석의 곡식을 추수하게 될 만큼 성공하자 재산을 가난한 사람들에게 모두 나눠 주었다. 그렇지 않으면 오직 수전노라 생각한 것이다. 그리고 서쪽 지방으로 달려가 동란의 천하에 뛰어들었다. 그는 외효를 섬겼고, 뒤에는 유수를 섬겼다.

이렇게 하여 스스로 호걸의 멋을 아는 그가 호협의 흉내를 낸 것을 오히려 남부끄럽게 생각하게 된 것은 있음직한 일이다. 그는 그런 흉내내기의 폐단을 몸소 경험했던 것이다.

마엄은 그 후 근직한—그리고 일에 있어 절개를 굽히지 않는 사람으로 살다가 80이 넘은 나이에 일생을 마쳤다. 마돈도 마찬가지였다. 둘이 다 범을 잘못 그려 개를 만들지는 않은 것 같다.

그러나 마원의 이 편지는 마원에게 생각지 않은 일을 가져 왔다. 두계량은 이 편지가 자료가 되어 다른 사람들의 비방을 받고 관직에서 쫓겨났다. 그때 광무제의 사위인 양송(梁松)도 두계량과 친했던 탓으로 하마터면 죄에 연루될 뻔했으며, 그래서 마원을 원망하게 되었다. 그리고 건무 24년에는 마원이 지금의 호남성에 있던 무릉만을 치려고 원정을 갔다가 싸움에 패하여 싸움터에서 죽었다. 이때 양송이 광무제에게 마원을 나쁘게 말하여, 마원은 죽은 뒤에 인수(印綬-관리가 몸에 지니고 있던 인장과 그 끈)를 회수당하는 치욕을 당했다.

-〈후한서〉 '마원전(馬援傳)'

법삼장(法三章)

한의 원년 10월, 유방은 진나라 군사를 쳐부수고 패상 근처에 이르렀다. 진왕 자영은 스스로 나와서 항복하여, 진은 드디어 멸망했다. 유방은 함양(진의 서울)에 입성했다. 이제야말로 숙원을 이룬 것이다. 유방은 진의 호화스런 궁전에 들어가서 산같이 쌓인 재물과 보석, 수천 명의 미녀를 보자 거기서 떠나고 싶지가 않았다. 그러나 번쾌가,

"이 재보와 미녀의 무리야말로 진이 멸망한 원인임을 말해 주고 있지 않습니까? 여기 머무르시면 안 됩니다."

라고 간했고, 장양(張良)도,

"이렇게까지 될 수 있었다는 것은 진나라가 무도했기 때문입니다. 그런 것을 보고 머물러 계시여 즐기신다면, 진의 전철을 밟는 거나 다름이 없습니다. 아무쪼록 번쾌의 말을 들으시기 바랍니다."

라고 말했다.

유방은 드디어 재물과 미녀에 손대지 않고 물건에는 봉인을 해 둔 후 패상에 돌아와 진을 쳤다. 그리고는 각 현의 호걸들을 불러 놓고 말했다.

"그대들은 오랫동안 진의 가혹한 법률 아래 괴로움을 당해 왔다. 나는 그대들을 위해 그 해로움을 제거하러 여기 온 것이요, 횡포한 짓을 할 생각은 없는 터이니 안심하라. 그리고 나는 그대들에게 약속하노니, 법은 3장만을 두고 그 밖의 것은 모조리 폐기한다. 즉, 사람을 죽인 자는 사형에 처하고, 사람을 해친 자는 그 정도에 따라 처벌하며, 남의 재물을 훔친 자 역시 그 정도에 따라 벌한다 하는 세 가지이다."

이 말을 들은 진의 백성들은 진심으로 유방이 진왕이 되기를 원했다.

－〈사기〉 '고조본기 유후세가(高祖本紀 留侯世家)'

병(兵)은 사지(死地)

전쟁은 목숨을 걸고 하는 것이다.

이 말은 문경지교(刎頸之交)로 유명한 염파, 인상여와 함께 조나라에서 명장으로 소문 높던 조사(趙奢)가 한 말로 전해 온다.

조사는 원래 전지(田地)에서 세금을 거둬들이는 하급 관리에 지나지 않았지만, 그의 청렴 결백함이 평원군(平原君)에게 인정되어 뽑혔다. 그리고 군사상 큰 공을 세워 마복군(馬服君)의 호를 받았으며, 직위는 염파, 인상여와 겨루게 된 인물이다. 그는 특히 군략가로서 유명했는데, 그에게 조괄(趙括)이라는 아들이 있었다. 조괄은 어릴 때부터 병법을 배웠는데, 대단히 영리한 사람이었으므로 나이가 참에 따라 속속들이 다 알게 되어,

"병법에 관해서는 세상이 넓다 해도, 나를 따를 사람이 없을 것이다."

하고 자부하였다. 어느 날 아버지 조사와 군략에 관해서 논한 일이 있었는데, 이름 있는 조사도 한 마디 반박을 하지 못했다고 한다. 그때 조사는 아들의 이야기를 가만히 듣고만 있을 뿐 한 마디도 칭찬하지 않았는데, 아들이 돌아가고 난 뒤에 옆에서 듣고 있던 부인이 왜 그애를 칭찬하시지 않았소, 하고 물었다. 그러자 조사는 이렇게 대답했다.

"전쟁이란 목숨을 걸고 하는 것이오. 즉, '병은 사지' 라. 그런데도 괄은 이론만 내세우고 만사 어렵지 않은 듯이 말하고 있소. 만일 그 애가 대장이 되기라도 하는 날에는 그 애 때문에 조나라도 망하게 될 것이오."

아들을 보는 아비의 눈이 틀리지는 않았다. 뒷날 효성왕 7년에 조나라가 상당(上黨)을 합병한 데서 발단한 진나라와의 싸움 때, 병은 사지라는 것을 모르고 풋내기 병법을 내세운 조괄은 한 번 싸워 조군 45만을 잃고 조나라를 위험한 지경에 몰아넣고 말았던 것이다.

-〈사기〉 '염파 인상여전(廉頗 藺相如傳)'

병(病)이 고황(膏肓)에 들다

춘추 때, 진나라에서는 경공(景公)이 즉위하자 도안고(屠岸賈)를 사구(司寇-사법대신)에 임명했다. 이 때가 오기를 기다리고 있던 속 검은 도안고는 일찍이 눈엣가시처럼 생각하고 있던 진의 명문인 조씨 집안에게 큰 역적이라는 죄를 덮어 씌워서 일족을 모조리 목 베어 죽였다.

이야기는 그로부터 십여 년 뒤로 간다. 어느 날 경공은 꿈에 귀신에게 쫓기고 있었다. 그 귀신은 키가 열 자가 넘고 머리는 길게 풀어 땅에 닿았는데, 가슴을 치며 뛰어오르면서 경공에게 소리쳤다.

"내 자손들을 죽인 너를 용서치 못하겠다. 나는 천제의 허락을 얻어 네 목숨을 가지러 왔다……."

문을 부수고 들어오는 귀신에 놀라 경공은 구석방으로 도망쳤지만, 귀신은 여전히 문을 부수며 따라왔다. 경공은 무서움에 소리치다가 잠이 깬 후 너무도 불안하여 점쟁이를 불러 점을 치게 했다. 점쟁이는,

"그 귀신은 옛날 진에 큰 공을 세운 신하의 조상임에 틀림없습니다."

라고 아뢰었다.

"그럼, 어떻게 해야 하느냐?"

"황송하옵니다마는, 이제는 이미 때가 늦었사옵니다. 왕의 수명은 새 보리가 익어도 그걸 잡수시기 전에 끝나실 것 같사옵니다."

경공은 그때부터 자리에 눕게 되었다. 여러 가지 약을 써도 도무지 차도가 없었다. 하다못해 이웃 나라 진에 사자를 보내어 명의로 이름 높은 고완(高緩)에게 병을 보아 주기를 청했다. 오늘 내일 고완이 오기를 기다리고 있던 경공은 병상에서 또 꿈을 꾸었다.

경공의 병이 두 어린 아이가 되어 콧구멍으로 뛰어나와서 이런 이야기를

주고 받는 것이었다.

"진에서 고완이 온다는데, 그 사람은 천하의 명의로 이름이 났으니 우리도 좀 위험하지 않나? 어디로 숨어야 할까?"

"글쎄, 황(횡경막) 위 고(심장 아래) 밑으로 들어가면 제 아무리 용한 고완이라도 꼼짝 못할 거야."

이런 이야기를 하고 두 어린 아이는 다시 콧구멍으로 들어가 버렸다.

그 날로 의사 고완이 진에서 도착했다. 곧 경공을 진찰하더니,

"참으로 말씀 드리기 어려사옵니다마는, 병은 황 위 고 아래에 들어 있어서 침도 약도 듣지 않게 되어 있사옵니다. 다시 회복하기는 어렵사오니, 천명이라 생각하시옵소서."

했다. 경공은 이상한 꿈과 들어맞는 것이 놀랍기도 하고 슬프기도 했다. 그러나 과연 고완은 명의임에 틀림없다 생각하고 후히 대접해 보냈다.

이윽고 6월도 그믐께가 되자, 새 보리가 익어 공전에서 헌상해 온 보리로 쑨 죽이 경공의 식탁에 올랐다. 이때 경공은 전날 자기 병에 대해 점을 친 점쟁이를 불러들여,

"너는 내 병에 대해서 새 보리를 먹기 전에 수명이 끝난다고 했는데, 지금 이렇게 새 보리를 먹게 되었으니 불충하기 그지 없는 놈이로다. 함부로 나를 조롱한 죄를 용서치 못하리라!"

하고 점쟁이의 목을 베게 했다.

그런데 경공이 숟가락을 들려고 하니, 갑자기 배가 부어 오르고 아파서 뒷간에 달려가야 했다. 뒷간으로 가다가 어지럽고 정신이 없어 그만 뒷간 똥통에 머리를 박고 쓰러져 버렸다. 신하가 더러움도 잊고 경공을 끌어 내었을 때, 그는 이미 숨이 지고 말았다.

이것이 '병이 고황에 들다' 라는 말에 관한 이야기이나, 이 말은 병이나 나쁜 버릇이 심해져서 회복할 가망이 없게 된 것을 말하는 것이다.

-〈좌전〉 '성공(成公)10년'

복수불반분(覆水不返盆)

엎지른 물은 다시 주워담기 어렵다.

주나라 서백(西伯-文王)이 어느 날 사냥을 나가려고 점을 쳐 보았더니,

"잡히는 것은 용이 아니요, 이무기도 아니며, 곰이 아니요, 범도 아니며, 얻는 것은 패왕의 보필이리라."

고 했다.

과연 사냥에 나가 말을 달려 산과 들을 돌아다녀도 짐승이라곤 한 마리도 잡히지 않고, 어느덧 위수 물가에 이르렀다. 강가에서 가난해 보이는 한 노인이 낚시를 물에 담그고 앉아 있는 걸 보았다. 말을 걸어 보니, 하는 대답이 훌륭하여 큰 인물임을 짐작케 했다. 서백은 이분이야말로 오늘 점괘에 나온 그 사람이라 생각하고,

"저의 부친은 언젠가 성인이 나타나시어 주나라를 흥하게 해 주실 거라고 기다리셨는데, 그 성인이 곧 당신이올시다. 아무쪼록 저를 위해 스승이 되어 이끌어 주시기 바랍니다."

하며, 그 노인을 수레에 모셔 왕궁으로 데려왔다.

이리하여 그 노인 여상(呂尙)은 문왕의 스승이 되어 주나라의 번영을 가져 오게 했는데, 태공(太公)이 기다리고 바라던 사람이라 하여 태공망(太公望)이라 불렀다.

이 태공망 여상이 아직 젊었을 때의 일이다. 그는 마씨의 딸을 아내로 얻었는데, 남편인 그는 매일 집안에 들어앉아 글공부만 할 뿐 밖에 나가 일을 하지 않았다. 본시 넉넉한 집안도 아닌 터라 공부만 하고서는 먹고 살 길이 없었다. 여상이 벌이를 하지 않는 한 생활은 곤궁할 수밖에 없는데, 그는 날마다 글읽기에만 정신이 팔려 있었다.

아내 마씨는 한푼 생기지도 않는 책만 읽고 있는 남편이 싫어져서,

"나는 더 이상 이 집에 있을 수 없으니, 오늘로 떠나겠소."

하며 스스로 이혼을 청해 친정으로 돌아가 버렸다. 아내를 잃은 여상은 그래도 가난을 참으며 학식을 쌓아 드디어 서백의 스승이 되었고, 나중에는 제후로서 제나라의 임금이 되었다.

이렇게 공을 세우고 이름이 높아진 여상에게 어느 날 홀연히 마씨가 찾아와서 말했다.

"그 전날 당신은 끼니도 어려운 가난한 살림이라 잠시 떠나 있었습니다마는, 이제는 이렇게 출세하셨으니 저를 아내로 옆에 있게 해 주시오."

여상은 아무 대답도 하지 않고 한 그릇의 물을 떠오더니 땅에 붓고는, 마씨에게 빈 그릇을 주며 땅에 쏟은 물을 도로 그릇에 담으라고 했다. 의아하게 생각하며 마씨가 물을 도로 담으려 하나, 물은 땅에 배어 들어 버리고 진흙이 담겨졌을 뿐이었다. 이때 여상은 말했다.

"한 번 엎질러진 물은 본디 그릇에 돌아오게 할 수 없고, 한 번 헤어진 사람은 다시 같이 살 수 없는 것이오."

즉, 한 번 이혼한 아내는 본 남편에게 돌아올 수 없다는 뜻이지만, '국가의 일이 어찌 쉬우리오. 엎지른 물은 그릇에 돌아오지 않으니, 이를 깊이 잘 생각할지라' 라든가, '비는 하늘로 올라가지 않고, 엎지른 물은 다시 담기 어렵다' 는 등 한 번 끝난 일은 다시 고치기 어렵다는 뜻으로 쓰이고 있다.

-〈습유기(拾遺記)〉

부마(駙馬)

'부마(駙馬)'란 본래 부마(副馬)가 변하여 천자의 사위란 뜻으로 쓰이고 있다. 그 쓰임은 한나라 무제 때 부마도위(駙馬都尉-천자의 사위에 관한 일을 맡아 보는 관리)를 두고, 공주의 남편을 그 벼슬에 있게 한 데서 비롯한다.

그러나 여기에 대해서는 〈수신기(搜神記)〉에 다음과 같은 고사가 있다.

옛날 농서에 신도도(辛道度)라는 사람이 있었다. 지방에서 유학하다가 돈이 궁하여 배를 굶주리며 옹주 서쪽 5리 되는 곳에까지 왔을 때, 홀연 그 곳에 큰 저택이 있고 문간에 하녀 같아 보이는 여자가 서 있는 것을 보았다. 신도도가 딱한 사정을 말하고 밥 한 그릇을 청하자 하녀는 바로 안으로 들어 갔다 나오더니, 그를 주인 여자가 있는 방으로 안내했다.

신도도는 거기서 맛난 음식을 먹게 되었는데, 식사가 끝나자 여자 주인이 말하기를,

"저는 진나라 민왕의 딸이온데, 조나라로 시집갔다가 불행히 남편을 여의고 그로부터 23년 동안 쭉 혼자 이곳에서 살아왔사옵니다. 모처럼 찾아와 주셨으니, 저와 부부가 되어 주실 수 없으십니까?"
했다.

신도도는 그러한 지체 높은 분과 어찌 그럴 수 있겠느냐고 사양했으나, 여자의 간청을 물리치지 못하여 같이 사흘을 지냈다. 그러고 나자 여자는 슬픈 얼굴로 신도도에게 말했다.

"당신과 더 오래 같이 지내고 싶지만, 이 이상 같이 있게 되면 반드시 화를 입게 되겠기에 여기서 이별을 해야 합니다. 그러나 헤어지고 나면 저의 진심을 보여 드릴 수 없겠기에 슬픈 마음을 어찌 할 길이 없습니다. 그나마 이것을 정표로 드리니 받아 주십시오."

하고 여자는 금으로 만든 베개를 주어 보냈다.

신도도가 선물을 받아 들고 대문을 나와 뒤돌아보니, 저택은 금세 보이지 않고 무덤 하나만이 있었다. 주위는 풀이 우거진 들판이었다. 그러나 품에 넣고 나온 금베개는 그대로 있었다.

신도도는 그 금베개를 팔아 굶주리지 않고 살아갔는데, 그 후에 진의 황후가 저자에서 그 베개를 발견하고 조사해 보니 신도도가 판 것임이 밝혀졌다. 황후는 수상히 여겨 무덤을 파고 관을 열어 보게 했는데, 장사 지낼 때 같이 넣은 물건들은 다 그대로 있는데 금베개만이 없었다. 그리고 시체를 살펴보니, 정교한 흔적이 역력히 보였다. 이에 황후는 신도도의 이야기가 사실임을 알고, 그 사람이야말로 자기의 사위라 하여 그에게 부마도위의 관직을 주고, 돈과 비단과 수레, 말 등을 주어 본국으로 돌아가게 했다.

이로부터 사람들은 천자의 사위를 부마라 부르게 된 것이다. 물론 야담에 지나지 않는 이야기다.

-〈수신기(搜神記)〉

분서갱유(焚書坑儒)

책을 불사르고 유학자를 구덩이에 묻다.

진나라 시황제는 이미 천하 통일의 대업을 이루고 봉건제도를 폐지하여, 제국을 군현(郡縣)으로 나누어 비로소 중앙집권의 1대 제국을 만들어 스스로 황제라 칭하며, 그 제왕의 자리를 만세에 전하려 하고 있었다.

시황제 34년, 뭇신하를 모아 함양궁에서 주연을 베풀었을 때, 박사 순우월(淳于越)이 나아가 제왕에게 아뢰었다.

"은과 주의 두 대가 일천 여 년 동안이나 왕위를 이어 가게 된 것도 왕족과 공신을 제후에 봉하여 왕실의 울타리로 삼았기 때문이라 듣고 있습니다. 그러하온데 지금 폐하께서는 군현제를 취하셨기 때문에 왕족이라 할지라도 일개 신하에 지나지 않습니다. 이래서는 만약 제나라 전상(田常-그의 임금 관공을 죽였음)이나 진나라의 육경(六卿)같은, 황실을 뒤엎으려는 불충의 신하가 있다고 해도 울타리가 되어 돕는 자가 없으면, 그 누가 황실을 구할 수 있사오리까. 모든 일에 옛일을 거울 삼지 않고는 국가의 장구함을 기하기는 어려운 줄 아옵니다."

시황제가 여러 신하에게 이 의견에 대해 물었다. 이때 군현제를 주장한 승상 이사(李斯)는 이렇게 말했다.

"옛날에는 천하가 어지러워 이를 통일할 사람이 없고, 군웅이 할거하여 제후가 서로 치고 막기를 거듭하고 있었습니다만, 이제 천하가 안정되고 법률과 정령이 모두 지켜져 세상은 안정되어 있습니다. 그러하온데, 이제 와서 그 배운 학문을 존중하여 정부의 법률, 문교 정책을 비방하고, 조정에 나와서는 입을 다물고 있으면서 항간에 나와서는 이를 논란하고, 더구나 문하생들로 도당을 꾸미는 자가 있습니다. 그러한 무리를 그냥 두는 일이야말로 임금의 위엄을 손상하고 장래의 화근을 남기는 것이옵니다. 소신은 감히 말씀드

렵니다. 지금 사민필수(四民必須)의 의약, 복서(卜筮), 농경의 책과 진의 기록을 제외한 서(書), 시서(詩書)에서 제자백가에 이르는 책들을 불태우게 하시라고(焚書). 시서를 논하는 자는 기시(棄市-사형을 하여 그 시체를 내걸어 놓음)의 형에 처하고, 옛날 일에 견주어 오늘 일을 비방하는 자는 일족을 멸하며, 또 이상의 금령을 범한 자를 알고도 검거하지 않은 관리도 같은 죄로 다스립니다. 또 명령이 나온 지 30일이 지나도록 책을 불사르지 않은 자는 몸에 자청(刺青-살갗에 바늘을 찔러 먹물로 글씨나 무늬 등을 물들임)을 하여 · 부역의 형에 처하도록 엄명하시기를 바라는 바이옵니다."

시황제는 이 말을 옳다 하여 이사의 의견대로 각지의 귀중한 책들을 불 속에 넣게 했다.

그 당시의 책이란 지금과 같이 종이에 인쇄하여 대량으로 생산하는 것이 아니요, 대(竹)조각 같은 것에 붓으로 써서 만든 것이라 한 번 잃으면 다시 구할 수 없는 것이 많았다. 가까이는 독일의 히틀러가 분서를 감행한 예가 있지만, 모두 인간 문화에 대한 반역으로 도저히 용서할 수 없는 죄악이다.

시황제는 전부터 불로장생을 원하여 신선술에 빠져 많은 도사(道士)들을 불러 모았다. 그 중에서도 노생(盧生)과 후생(侯生)이라는 사람을 믿어 왔는데, 이 두 사람은 벌이를 할 만큼 한 다음에는 황제의 부덕을 흉보고 함양을 빠져나가 도망쳐 버렸다. 시황제는 크게 노해 '그렇게 위해 준 자들이 나를 욕하는 것을 보면, 함양의 학자들은 더구나 말할 나위도 없을 것이다' 하고 곧 사람을 놓아 시중을 염탐하게 하니, 과연 조정을 비난하는 학자들이 있음이 드러났다.

이 사람들을 잡아 엄하게 문초하니, 모두 죄를 남에게 전가하였다. 이에 연루자 4백 6십 명을 잡아 모조리 산 채로 구덩이에 묻어 널리 천하에 알렸다. 이 구덩이에 처넣어 죽임을 당한 사람이 거의 모두 유학자들이었으므로, 이 포학을 '갱유(坑儒)' 라고 불렀다.

-〈사기〉 '진시황기(秦始皇紀)'

불구대천(不俱戴天)의 원수

한 하늘을 이고는 살 수 없는 원수

"아비의 원수와는 같이 하늘을 이지 않고, 형제의 원수는 무기를 늘 지니어 언제나 칠 준비를 할 것이며, 친구의 원수는 나라를 같이 하여 살 수 없다."

이 말은 〈예기〉 '곡례(曲禮)' 에 나와 있는 말이다. 즉, 아버지의 원수는 같은 하늘 아래 살 수 없다 하여 죽일 것을 말했고, 형제의 원수는 만났을 때 무기를 준비할 것이 아니라 늘 무기를 가지고 다녀야 한다 했으니 또한 죽일 것을 말했으며, 친구의 원수도 한 나라에 같이 살 수 없다 했으니 이 역시 죽임을 뜻하는 것이다. 이처럼 아비나 형제나 친구의 적은 용서하지 못하는 것으로 되어 있었던 것 같다. 반면 같은 '곡례' 에 보면,

"대저 자식된 자, 겨울에는 부모의 몸을 따뜻이 하고, 여름에는 시원히 할 것이다. 또 밤에 부모가 잘 주무실 수 있게 하며, 아침에 문안을 드릴 것이다. 친구와 다투면 누가 부모에게 미칠지 모르니 다투지 말아야 할 것이다."

라는 복수에 관한 내용과는 전혀 반대되는 내용이 있다.

그러나 다시 생각해 보면, 이 두 가지 예에 공통되는 생각이 들어 있는 것이다. 그것은 유교에서 말하는, 사람과 사람 사이의 영구불변의 관계, 즉 군신, 부자, 부부, 형제, 붕우 이 다섯 가지 관계를 절대시하고 있다는 점이다.

예(禮)란 질서를 유지하기 위한 규제이지만, 오늘의 법률에 해당하는 것과 도덕에 해당하는 것으로 나눌 수 있다. 고대 사회에서는 이 두 가지가 아직 미분화 상태에 있어 복수, 즉 법률과 예(도덕) 둘이 다 같이 '예(禮)' 로서 의식되어 있었다고 하겠다.

'불구대천의 원수' 란 말은 첫머리에 인용한 글에서 나왔으며, '불구대천' 이라고도 하는데, 도저히 용서할 수 없는 자라는 뜻으로 쓰이고 있다.

-〈예기〉 '곡례(曲禮)'

불에 날아 드는 여름 벌레

스스로 멸망을 청하는 일, 재앙에 몸을 던지는 일을 의미하는 말이지만, 이 말의 본 뜻은 요즘의 뜻과는 약간 다르다.

양나라의 도개(到溉)는 근직하고 총명하며, 학문을 잘 하여 고조의 신임이 두터웠다. 경(鏡)이라는 아들이 있었지만 일찍 죽어 손자 진(藎)이 뒤를 이었는데, 이 역시 총명하여 고조의 아낌을 받았다.

어느 날 진이 고조를 따라 경구(京口)의 북고루(北顧樓)에 올라 시를 지으라는 명령을 받고 곧 시를 지어 바쳤더니, 고조는 그 시를 도개에게 보이며,

"진은 진정 재주꾼이로다. 그러고 보니 그대의 여태까지의 문장은 어쩐지 진의 손을 빌은 것이나 아닌지?"
하며, 도개에게 다음과 같은 글을 내렸다.

"벼루에 먹을 갈아 글을 전하고, 붓은 털끝을 날려 편지를 쓰거니와 나는 부나비 불에 날아듦과 같아, 어찌 몸을 태움에 그칠 수 있으리오. 반드시 늙어서는 거기에 이를 것이라. 진실로 이를 소진에게 물려 줄지로다."

그대는 벌써 노인이 되었다. 아무리 고생을 하여 명문을 짓는다 해도 자기에게 손해가 올 뿐이니, 이제는 귀여운 손주에게 이름을 전하시라는 뜻이다.

도개가 상동왕(湘東王) 아래서 벼슬을 하고 있을 때, 고조가 상동왕에게 말했다.

"도개는 네게 신하로 있을 인물이 아니다. 그는 너의 스승이니, 항상 그의 의견을 들으라."

도개는 키가 8척이요, 위풍당당하며 행동이 단정했다. 게다가 청렴 결백하였고, 스스로 수업에 힘쓰면서 검소한 생활을 했다. 그의 방은 텅 빈 곳에

책상과 의자가 있을 뿐, 시녀를 두는 일도 없었고, 의복도 관복밖에는 화려하게 입지 않았으며, 관이나 신발도 낡도록 사용하였다. 너무나 남루해 보여 천자가 행차할 때 통행 금지를 당하여, 조관(朝官)의 증명을 내보여야 하는 때도 있었다.

고조는 도개를 특히 좋아하여 언제나 장기 친구로 삼아 때로는 밤을 새우는 일도 있었는데, 도개의 집 뜰에 별난 돌이 있어, 고조가 장난 삼아 그 돌과 〈예기〉의 일부를 장기에 걸게 했다. 그런데 도개가 장기를 졌는데도 도시 그것들을 갖다 드리지 않으므로, 고조는 빨리 가져 오라고 독촉을 했다. 도개는,

"폐하를 모시는 몸으로 어찌 예(예기를 일컬음)를 잃어서야 되겠나이까?"

라고 말하여, 고조도 허허 웃고 말았다.

도개의 집안은 모두가 화목하였고, 특히 도개와 그의 아우 흡(洽)은 형제의 의가 좋아서 흡이 죽자 같이 쓰던 방을 절에 기부하고 남은 평생 고기를 먹지 않았으며, 아침 저녁 중을 불러 불공을 들였다고 한다.

-〈양서(梁書)〉 '도개전(到溉傳)'

붕정만리(鵬程萬里)

앞길이 멀고도 매우 크다.

'붕(鵬)' 이란 상상의 세계에 있는 새의 이름이다. 이 새에 대하여 쓰인 가장 대표적인 문장은 〈장자〉의 첫머리 '소요유편(逍遙遊篇)' 에 있는 한 대목이다. 거기엔 이렇게 씌여 있다.

"북해 끝에 곤(鯤)이라는 이름의 고기가 있다. 곤의 크기는 몇천 리가 되는지 모른다. 곤이 화해서 붕이라는 새가 된다. 붕의 등도 몇천 리 길이인지 모른다. 이 새가 한 번 힘 주어 날아 오르면 날개는 온통 하늘을 덮어 구름처럼 보이고, 바다가 소리치며 출렁거릴 만한 큰 바람이 일어나는데, 거기 맞추어 북해 끝에서 남해 끝까지 날아 가려고 한다. 세상의 불가사의한 일을 잘 아는 제해(齊諧)라는 사람의 말에 의하면, 붕이 남해로 옮겨가기 위해서는 날개로 바닷물을 치길 3천 리, 회오리바람을 타고 오르길 9만 리, 여섯 달 동안 계속 날아서 비로소 그 날개를 쉰다고 한다."

장자는 이 붕이란 새를 빌어 세속의 상식을 넘어 무한히 큰 것, 그 무엇에도 얽매이지 않는 자유로운 정신 세계를 소요하는 위대한 자의 존재를 보여주려고 한 것이다.

아무튼 장자의 문장을 근본으로 하여 여러 가지 숙어가 생겨 났다. 우선 붕곤(鵬鯤) 또는 곤붕(鯤鵬)이라 하면 상상할 수 없이 큰 것을 의미하는 말이고, 붕배(鵬背) 붕익(鵬翼)이라 하면 붕의 등이나 날개를 뜻하며 거대한 것을 비유할 때 쓰인다. 특히 붕익은 거대한 항공기 등을 형용하는 말로 많이 쓰인다. 붕박(鵬搏－붕의 날개침), 붕비(鵬飛), 붕거(鵬擧)는 크게 분발하여 어떤 일을 하려는 것에 대한 비유요, 붕도(鵬圖)는 붕이 북에서 남으로 일거에 9만리를 날으려는 웅대한 계획을 의미하므로 보통 사람들은 생각도 못할 원대한 사업이나 계획을 비유할 때 쓰인다.

장자는 이 9만 리를 나는 대붕, 즉 매이지 않는 위대한 존재에 대해 상식의 세계에 만족하며 하찮은 지혜를 자랑하며 스스로 족하다고 생각하는 범속한 사람들의 천박함을 이렇게 풍자하고 있다.

"9만 리를 날아가는 대붕을 보고 척안(斥鷃- 메추라기 비슷한 작은 새)은 오히려 이를 비웃으며 '저 붕이란 놈을 보아라. 저 놈은 대체 어디를 가려는 건가. 우리는 힘껏 뛰어 올라도 3, 40척이며 도로 내려와서 쑥덤불 사이로 날아 다니며 그러고도 충분히 날아다니는 즐거움을 맛보는데, 저 놈은 대체 어디까지 날아 가겠다는 건가?' 하고 뇌까린다. 결국 왜소한 자에게 위대한 자의 자세가 알아질 리 없는 것이다. 대(大)와 소(小)의 다른 점이다."

여기서 '붕안(鵬鷃)' 이란 말도 쓰이게 되었다. 대소의 차가 너무나 큰 것을 비유한다. '연작이 어찌 홍곡의 뜻을 알랴' 라는 말도 이와 비슷한 뜻을 가진 말이다.

비단 옷 입고 밤길을 가는 것과 같다(錦衣夜行)

저 유명한 홍문(鴻門)의 회견(會見)이 있은 지 며칠 후의 일이다. 유방과 진나라 서울에 입성을 다투어 먼저 도착을 한 항우는 희색이 만면하여 함양성으로 들어갔다. 그는 여기서 유방과는 대조적인 성격을 뚜렷이 나타냈다.

우선 유방을 도운 진왕(秦王)의 아들 영을 죽였다. 그리고는 진의 궁전을 불태웠다. 사흘을 계속해서 타오르는 불길을 바라보며 그는 미녀를 끼고 술을 마시며 전승을 축하했다. 뿐만 아니라, 시황제의 무덤을 파헤치고 유방이 봉인해 놓은 재보(財寶)를 뺏고 진의 미녀를 손아귀에 넣었다. 모처럼 제왕의 자리에 오르는 길에 서 있으면서도 스스로 자기의 묘혈을 파는 것 같은 그의 행동을 보고 범증이 간곡히 충고했지만, 항우는 듣지 않았다.

그는 또 오랜 싸움에서 고향을 그리워 하여 진에서 뺏은 보물들과 미녀들을 가지고 고향으로 돌아가려 했다. 한생(韓生)이란 사람이 이를 말렸다.

"관중(關中)은 산과 강에 둘러 싸여 사면이 막혀 있고, 지세가 단단하고 땅이 기름지므로, 이곳에 도읍하여 천하에 패를 외치고 제후를 호령하심이 좋으시리다."

그러나 항우의 눈에 비친 함양은 불타 버린 궁전과 파괴된 시가지가 잿더미로밖에 보이지 않아 어서 고향으로 돌아가 자기의 성공을 과시하고만 싶었다. 동쪽 하늘을 바라보며 그는 이렇게 말했다.

"부귀해져서 고향에 가지 못함은 금의(錦衣)를 입고 밤길을 감과 같다. 누가 나의 부귀를 알아 주랴."

아무리 출세를 했다 해도 고향에 돌아가지 않으면 그를 아는 사람들에게 알릴 수 없다고 생각한 항우는 주위의 말리는 소리는 귀에 담지 않았다. 한생은 항우 앞에서 물러나자 다른 사람에게 말했다.

"초인(楚人)은 목후(원숭이)에게 관을 씌운 것에 지나지 않는다 하더니, 과연 그러하다.(원숭이는 모자나 허리띠를 해도 오래 견디지 못하므로, 초나라 사람들의 성질이 조급하고 포악함에 비유한 말)"

이 말이 항우의 귀에 들어가자 한생은 즉석에서 끓는 물에 삶아 죽이는 형벌을 받았다.

이렇게 항우는 잠시의 성공에 취하여 그것을 고향 사람들에게 자랑하려다가 드디어 천하를 유방에게 빼앗기게 되었다.

그러나 '비단 옷을 입고 밤길을 가는 것과 같다' 는 말은, 밤에는 비단옷을 입어도 알아 주는 사람이 없다는 — 자기의 출세를 알리고 싶다는 항우의 말에는 어딘지 인간적인 약점이 보인다. 이 말에서 '금의환향(錦衣還鄕)', 즉 비단옷 입고 고향에 돌아간다, 또는 '비단 옷을 입고 낮길을 간다' 는 말도 생겨 났다.

사면초가(四面楚歌)

사면이 모두 적에게 포위되어 고립된 상황

초나라 패왕 항우는 한나라 왕 유방과 5년에 걸쳐 천하를 걸고 싸웠지만, 힘과 기(氣)에만 의지하여 범증과 같은 지혜로운 장수까지 무시하여 차츰 유방에게 밀리게 되었고, 드디어 천하를 둘로 나누어 강화(講和)했다. 그러나 장양(張良), 진평(陳平) 두 사람의 계략에 의해 동으로 돌아오던 중 해하에서 한신이 지휘하는 한군에게 포위당하고 말았다. 한(漢) 5년의 일이다.

항우는 싸움에 져서 군사들도 적었고, 식량도 바닥이 났다. 밤이 되자 사방에서 노랫소리가 들려왔다. 귀를 기울이니 그 노래는 모두 초나라의 노래였다. 장양의 계략이었다. 이 노랫소리를 들은 초군들은 그리운 고향 생각에 싸울 용기가 꺾이고 말았다. 이 노래는 한군에 항복한 초나라 구강(九江)의 병사들이 부른 것이었다.

항우는 사면에서 들리는 노랫소리에 놀라며 말했다.

"한은 벌써 초를 빼앗았는가? 어찌 저렇게 많은 초인들이 있단 말인가?"

'사면초가', 고립하여 도와 줄 사람 없는 포위 속에 빠진 것이다. 이제는 살 길이 없다고 생각한 항우는 일어나 장막 안에서 결별의 잔치를 벌였다. 항우에게는 추(騅)라는 애마(愛馬)와 우미인(虞美人)이라는 총희가 있었다. 그녀는 그림자처럼 항상 항우를 따라 다닌 미녀였다. 항우는 우미인이 가여웠다. 그는 슬픔을 못 이겨 스스로 시를 지어 노래를 불렀다.

힘은 산을 뽑고 기(氣)는 온 세상을 덮어도,
때가 이롭지 못하니 추도 가지 못하네.
추가 가지 못하니 어이 하리.
우여, 우여, 너를 어이 하리.

되풀이해 읊기를 몇 번, 우미인도 이별의 슬픔을 이기지 못하여 흐느끼듯 노래 불렀다.

한군은 이미 땅을 노략질했네.
사면에 초가(楚歌) 소리.
대왕은 의기 다하였으니,
이 몸 어찌 살아 남으리오.

귀신도 떨게 하던 항우의 얼굴에 몇 줄기 눈물이 흘러 내렸다. 옆에 있던 사람들도 울며 얼굴을 들지 못했다. 비장한 기운이 가득 찬 방에서 우미인은 항우에게 매달렸다.

"구차하게 살아 남아 무엇 하리까?"

하며 우미인은 항우의 칼을 빌어 고운 살을 찔러 자결하였다.

그날 밤, 단 8백여 기를 거느리고 적의 포위를 탈출한 항우는 다음날 한군에 돌입하여 스스로 목을 찔러 31세의 젊은 나이로 죽었다. 고향이 그리워 오강까지 가기는 했지만, 싸움에 나선 몸이 비굴하게 돌아옴을 부끄러이 여겨 자결을 각오했던 것이다.

이듬해 봄, 우미인의 피가 흘렀던 땅에 아름다운 꽃이 피어 났다. 그 꽃은 살아 있을 때의 우미인의 모습을 보는 것처럼 아름다웠고, 우미인의 정결을 말하는 듯 붉었다. 그리고 영웅 항우의 운명을 슬퍼하는 우미인의 마음처럼 가엾게도 바람결에 흔들리고 있었다. 사람들은 이 꽃을 우미인의 넋이라 하여, 우미인초(虞美人草 - 양귀비)라 불렀다.

당종(唐宗) 8대가(大家)의 한 사람인 북송의 증공(曾鞏)에게 '우미인초'라는 시가 있다. 그 시 속에,

삼군(三軍)은 흩어져 버리고, 기치(旗幟)는 쓰러져

옥장(玉帳)의 가인(佳人) 좌중(座中)에 늙네.
향혼(香魂) 밤중에, 칼날 빛을 따라 날아
푸른 피 화하여 들판의 풀이 되었네.
꽃다운 마음 쓸쓸히 찬 가지에 매달려
옛 곡조 들으며 근심하던 그 모습 같구나.
애원을 안고 헤매며 한 마디 말도 없는
정녕 처음 초가(楚歌)를 듣던 그때 같아라.

-〈사기〉 '항우본기(項羽本紀)'

사슴을 가리켜 말이라 한다

그렇게도 영화를 다 누린 진시황도 죽음에는 이길 수 없었다. 그는 불로장생의 영약을 구하려 애쓰면서 드디어 죽었다. 그의 유언에는 태자 부소(扶蘇)를 제위에 오르게 하라 했건만, 승상 이사(李斯)와 조고(趙高) 등은 그 유언을 속여 어린 호해(胡亥)를 황제로 세웠다. 그 까닭은 부소가 현명한 데 비해 호해는 범용하여 다루기 쉬웠기 때문이었다.

호해, 즉 2세 황제 아래서 급격히 세력을 얻어 진의 실권을 잡은 자가 조고였다. 그는 사람들에게서 천시 받는 환관이었다. 호해는 즉위할 때,

"짐은 천하의 온갖 쾌락을 다하여 일생을 보내고 싶다."

고 말한 인물이다. 조고는 만족의 웃음을 띄며 이렇게 답했다.

"진실로 좋은 일이옵니다. 그러기 위해서는 우선 법의 두려움을 잘 알게 하는 것이 제일이옵니다. 다음으로는 선제 이래의 옛 신하들을 모조리 내쫓고, 폐하가 좋아하실 새 사람들을 등용하시면, 이들은 폐하를 위해 몸이 가루가 되도록 정치에 힘쓸 것입니다. 그러면 폐하께서는 마음 편히 쾌락에 잠길 수 있을 것이옵니다."

"과연 그렇도다. 옳은 말이야."

그렇게 말하며 호해는 좋아했다고 한다.

이리하여 조고는 경쟁자인 이사도 죽이고, 선제 이래의 대신, 장군 게다가 왕자까지도 살육한 후 스스로 승상의 자리에 올라 나라의 실권을 잡았다. 그리고는 드디어 호해의 자리를 탐내어 계책을 꾸미게까지 되었다.

그러나 그렇게 하기 위해서는 궁중의 사람들이 아직도 호해 편인지, 자기 편인지를 알아야 했다. 그리고 만일 자기 편이 못 되어 복종해 오지 않으면 안 된다는 것을 보여 줄 필요가 있었다. 그러기 위해 조고는 참으로 기이한

연극을 꾸며냈다.

그는 어느 날 2세 황제에게 사슴을 선사하며 이렇게 말했다.

"폐하께 말 한 필을 올립니다."

2세 황제가 웃으며,

"승상은 참 별말을 다 하오. 사슴을 말이라 하니 웬일이오?"

그러면서 좌우의 신하들을 돌아보았다. 고개를 숙이고 잠자코 있는 신하가 있는가 하면, 조고에게 아첨하는 뜻으로,

"이것은 말인 줄 아옵니다."

하는 신하도 있었다. 그러나,

"폐하, 이건 말이 아니라 사슴이옵니다."

하고 바로 말하는 신하도 몇 사람 되었다. 호해는 어리둥절해졌다. 그러나 조고는 눈알을 번쩍여 사슴이라고 말한 사람이 누구누구인가를 확인해 두었다. 그리고 뒷날 없는 죄를 뒤집어 씌워 그들을 모두 죽여 버렸던 것이다. 그리하여 이제는 궁중에 조고의 말을 반대하는 사람은 없어졌다.

그러나 조고에게 굴복한 사람은 있어도 온 나라가 굴복하지는 않았다. 오히려 각지에서 반란군이 일어났다. 항우와 유방도 이들 중 한 사람들이다. 이 혼란 속에서 조고는 2세 황제 호해를 죽이고 소부의 아들 자영을 세워 진왕으로 하였으나, 이번에는 자기가 자영에게 죽임을 당하고 말았다.

이 역사적 일화에서 생겨난 '사슴을 가리켜 말이라 한다'는 말은, 틀린 일을 위압으로 우겨서 남을 바보로 만드는 일, 또는 남을 속여 바른 것을 틀렸다 하고, 틀린 것을 바르다고 우기는 것을 의미한다.

-〈사기〉 '진시황기(秦始皇紀)', 〈십팔사략〉

사족(蛇足)

뱀의 발 - 쓸데없는 일

초나라 회왕(懷王) 6년의 일이다. 초나라는 재상인 소양(昭陽)에게 군대를 주어 위나라를 치게 했다. 소양은 위를 격파하고 다시 군사를 이동시켜 제나라를 치려 했다. 제의 민왕(閔王)은 이를 두려워 하여 마침 진나라의 사자로 와 있던 진진(陳軫)에게 어찌하면 좋겠는가 의논을 했다.

"걱정할 것 없습니다. 내가 가서 초에게 싸움을 그만 두도록 하겠습니다."

그리고 진진은 곧 초군을 찾아가 진중에서 소양과 회견을 했다.

"초나라 국법에 대해서 물어 보겠소. 적군을 쳐부수고 적장을 죽인 자에게는 어떤 상을 주게 되어 있소?"

"그런 사람에게는 상주국(上柱國 - 벼슬이름)의 벼슬을 주고 높은 작위의 구슬(玉)을 받게 되어 있소."

"상주국보다 높은 고관도 있소?"

"그건 영윤(令尹)이오."

"지금 그대는 이미 영윤이오. 즉, 초나라 최고의 관직에 있소. 그런 당신이 제를 친다 해도 별 득이 없지 않소? 한 가지 이야기를 들려 드리리다. 어떤 사람이 종들에게 큰 사발에 가득 술을 따라 주었더니 종들이 모두 이렇게 말했소. '여럿이 이 술을 마신다면 양에 차지 않을 것이니 땅바닥에 뱀을 그리기로 하여 제일 먼저 다 그린 사람이 혼자 마시기로 하는 것이 어떠냐?' '그게 좋겠다' 하여 일제히 그림을 그리기 시작했소. 잠시 후 한 종이 '내가 제일 먼저 그렸다' 하고는 술 사발을 들더니 '발까지도 그릴 수 있어!' 하며 뱀의 발을 그렸소. 이때 나중에 그림을 다 그린 종이 그 술잔을 빼앗아 마시며, '뱀에게 발이 어디 있느냐? 그건 뱀의 그림이라 할 수 없다' 고 했다는 것이오. 이미 그대는 초의 대신이오. 그리고 위를 쳐서 그 장군을 죽였소. 이 이상 공적은 없는 것이오. 최고의 벼슬 위에는 더 높은 벼슬이 없는데도 지금 군사를 움직여 제나라를 치려고 하시면, 더 높은 벼슬을 할 길이 없을 뿐 아니라 만약 패하는 날에는 그대의 몸은 죽음에 이르고 관직은 떨어져 나라 안에서도 비난의 소리를 들을 뿐이니, 그렇게 되면 뱀에다 발을 그리는 것과 다를 바 없는 일이오. 곧 싸움을 그만 두고, 제나라에 은혜를 베푸는 것이 좋지 않겠는지요? 그러는 것이 얻을 수 있는 것을 충분히 얻고 잃는 것이 없는 길이라 생각하오."

소양은 과연 그 말이 옳다 생각하고 군사를 거두어 돌아갔다.

-〈사기〉 '초세가(楚世家)', 〈전국책〉

살신성인(殺身成仁)

자신을 죽여 인(仁)을 이룬다.

공자의 제자 중 한 사람인 증자는,

"선생의 길은 충과 서에 있을 뿐이다.(夫子之道忠恕而已矣)"

고 말했다.

'충(忠)'이란, 인간 사회를 지배하는 초월적인 존재다. 하늘에 의해 규정된 질서와 법칙에 대해서 자기를 버리고 따르는 정신이다. '서(恕)'라는 것은 충의 정신을 그대로 남에게 미치게 하는 마음이다. 따라서 충과 서는 한마디로 자기에게 매이지 않는 진실과 남에게 베푸는 '동정심'이라 해도 좋을 것이다.

이 충과 서를 공자는 인(仁)이라 부르고 있다. 증자가 지적한 대로, 충서, 즉 인이 공자에게 있어서 얼마나 근본적인 관념이었던가는 다음의 말에서 쉽게 짐작할 수 있다.

"군자 인을 버리고 어찌 이름을 이룰 수 있으랴.(君子去仁 惡乎成名)"

즉, 군자가 인을 버리고서는 군자일 수 없다는 뜻이다. 그러나 공자에게 있어서 '인'이라는 덕목이 어떤 것인지를 아는 것만으로는 아무 뜻이 없었다. 중요한 것은 자신이 군자가 되는 일, 다시 말하면 자신의 정신을 '인' 그것이 되게 하는 일이었다.

"공자가 말씀하시기를, '참 인간이 되고자 하는 뜻이 있는 사(士)와 인의 사람은 생명을 아껴 인에 배반되는 일을 하지 않고, 생명을 버려서 인을 이루고야 마는 자이다.(子曰, 志士仁人 無求生以害仁, 有殺身以成仁)"

이 말은 공자가 진리라 생각한 것 앞에서 스스로 죽음을 맹세한 중요한 결의를 보여 준 것이다.

증자는 공자의 도가 엄격한 것에 대해 이렇게 설명하고 있다.

"군자는 마음이 넓고 뜻이 굳세지 않으면 안 된다. 임무는 무겁고 길은 멀다. 인으로써 나의 임무로 하니 이 또한 무겁지 않은가. 죽을 때까지 노력해야 하니 이 어찌 멀지 않은가."

흔히 남을 위해 자신의 목숨을 희생하는 일을 '살신성인'이라고 하지만, 공자의 경우는 인을 이루기 위해 자신의 몸을 죽이는 결의의 뜻으로, 일반적인 쓰임과는 다르다.

-〈논어〉 '위령공편(衛靈公篇)', '이인편(里仁篇)'·

삼십육계(三十六計) 줄행랑이 제일이오

'삼십육계(三十六計) 줄행랑이 제일' 이란 말은 좋은 뜻으로도 해석이 되고, 또 나쁜 뜻으로도 해석되는 말이다. 자칫하면 비겁한 사람의 행동을 표현할 수도 있고, 또 이와는 달리 지혜로운 행동으로 해석될 수도 있다는 뜻이다.

위, 오, 촉한의 삼국의 싸움이 끝이 나서 천하는 진에 의해 통일되었지만, 겨우 4십 년 만에 진은 내란과 흉노의 습격으로 망하고, 그 뒤에는 양자강 남쪽으로 옮아가서 북방의 황하 유역에는 많은 이민족들이 쏟아져 들어왔다. 그리하여 난마(亂麻) 같아진 세력 분포도 차츰 남과 북 두 갈래로 크게 나뉘어져 각각 저희들끼리 집안 싸움이 끊이지 않았다.

이 남북조 때의 일이다. 북방에서는 선비족이 세운 위나라가 세력을 펴고, 남조는 제나라시대였다. 송(宋)의 최후의 황제였던 순제(順帝)는 제왕 소도성(蕭道成)과 왕경측(王敬則) 등의 압력으로 나라를 제에게 맡기고 죽임을 당했다. 그리고 왕경측은 반군을 이끌고 제나라 서울 건강(建康)을 향해 물밀듯 쳐들어가고 있었다. 그는 회계(會稽)의 태수가 되어 있었는데, 지금의 황제와는 오랫동안 싸움을 계속하여 아들들도 살해를 당한 터였다. 이제는 결말을 내고 싶었다. 그러던 참에 그는 황제 쪽에서 퍼뜨린 소문을 들었다. 왕경측이 도망치려 한다는 것이었다.

왕경측이 내뱉듯이 말했다.

"단(檀) 장군의 계략은 여러 가지 있었다고 하지만, 도망치는 것이 제일 좋은 책이라 했다지. 그대들도 빨리빨리 도망치는 게 상책일 거야."

그 말에 붙여서 '이 말은 단도제(檀道濟)가 위군을 피한 것을 흉보아서 한 말이다' 고 주석을 달아 놓은 책도 있다.

이윽고 왕경측은 제나라 군사에게 포위당하여 도망치지도 못하고 목을 잘렸지만, '삼십육계'의 말은 아직도 남아서 전해져 온다. 그러면 왕경측이 말한 단도제란 어떤 인물이었을까.

단도제는 송나라의 명장이었다. 송의 기초를 쌓은 무황제 때부터 군사(軍事)를 맡아 북방의 대적인 위나라 군사와 자주 싸워 공을 세워왔었다. 그 즈음 위의 기세는 점점 강해져서 연(燕)나라와 양(涼)나라도 그 기마병에게 쓰러졌다. 단도제는 이런 적과 버티기 위해 마음을 써왔던 것이다. 그는 군사를 쓰는 일에 노련했고, 그가 살아있는 동안은 송의 땅을 그다지 잃지 않고 지켜왔었다. 명장 단도제의 이름은 점점 높아져 갔는데, 그의 명성을 싫어하는 사람은 은근히 그를 쓰러뜨릴 기회를 노리고 있었다.

그러던 중 전왕(前王)의 장례식에 관련하여 참언이 왕의 귀에 들어갔다. 전국시대의 왕은 자기가 거느리고 있는 장군의 힘이 강대해지는 것을 가장 두려워 한다. 참언은 그대로 믿어져서 드디어 단도제는 사형에 처해지게 되었다. 황제 앞에 끌려나오게 된 단도제는 두건을 벗어 마룻바닥에 탁 던지며 불꽃같이 붉어진 눈을 휩뜨고 황제를 노려보며 말했다.

"황제여, 이 단도제를 죽이는 것은 그대의 손으로 만리장성을 무너뜨리는 것과 같소이다."

도제가 사형됐다는 소식을 들은 위군은 뛸 듯이 좋아했다. 과연 송의 원가(元嘉) 28년 겨울 위왕 불리(佛狸)는 백만 대군을 이끌고 꽁꽁 얼어붙은 강을 건너 송나라로 쳐들어갔다.

송군은 형편없이 쫓겨 달아났고, 위군은 그들을 쫓아 송나라 깊숙이 들어갔다. 마을은 모조리 약탈당하고 어른들은 닥치는 대로 죽임을 당했다. 위군은 창 끝에 어린애를 찔러 들고 춤을 추었다고 한다. 가옥은 모두 불태웠으므로 봄이 되어 찾아온 제비도 나뭇가지에 집을 지었다.

그 즈음 황제는 석두성(石頭城)에 있었는데, 성벽 위에서 멀리 북방을 바라보며 탄식했다.

"아, 단도제만 있었더라면 저 오랑캐들한테 이렇게 짓밟히지는 않았을 것을……."

'삼십육계 도망치는 게 상책' 이라고 했다 해서 흉을 잡힌 단도제란 이런 인물이었다. 그는 송나라의 기둥이었고, 스스로도 그렇게 생각한 모양이다. 강대한 위군과 싸워서 우선 퇴각하는 것이 상책일 때도 있었을 것이다. 자기의 병력을 완전하게 하는 것은 송을 위해 필요한 일이기도 했을 것이다. 도망친다는 것도 여러 가지 뜻이 있는 것이다. 도망치지 않아서 멸망하는 일도 많기 때문이다. 그러나 이 '삼십육계 도망' 이 그 후로 비겁한 자의 대명사처럼 된 것을 보면, 역사는 진정 야릇한 것이기도 하다.

삼인시호(三人市虎)

거짓말도 여럿이 하면 사실처럼 받아들여진다.

전국시대 위나라의 혜왕(惠王)은 특출한 명군(名君)은 아니었지만, 꽤 일화가 많은 왕이었다. 맹자가 이 왕에게 아무리 왕도를 말해도 이해하지 못한 그의 이야기는 〈맹자〉의 '양혜왕편(梁惠王篇)' 에 많이 나와 있다. 위가 이 혜왕 때 서쪽의 진나라의 압박을 견디다 못해 동쪽에 있는 양(梁)으로 도읍을 옮겼기 때문에 위를 양이라고도 부르는 것이다.

'삼인시호(三人市虎)' 라는 고사도 이 혜왕이 주인공이다.

방총이라는 사람이 위의 태자와 함께 한단(邯鄲)으로 인질이 되어 가게 되었을 때 방총이 혜왕에게 아뢰었다.

"여기 한 사람이 저자에 호랑이가 나왔소, 하고 말한다면 임금께서는 그 말을 믿겠나이까?"

"누가 그런 말을 믿을 것인고!"

"그럼 두 사람이 똑같이 저자에 호랑이가 나왔다고 한다면, 어떠하시겠습니까?"

"역시 의심하지 않을 수 없겠는데……."

"만약 세 사람이 같은 말을 한다면, 임금께서는 믿으시겠나이까?"

"그렇게 되면 믿을 수밖에 없지."

"대체 저자에 호랑이가 나타난다는 일은 있을 수 없는 일이옵니다. 그런데 세 사람이 그런 소리를 하게 되면 저자에 정말 호랑이가 나온 것으로 되어 버립니다. 저희는 이제부터 양으로 떠나 한단으로 가게 되었으나, 한단은 양에서는 저자보다 아주 먼 곳이옵니다. 더구나 저희가 떠난 후에 저에 대해서 이러니 저러니 할 사람은 세 사람 뿐이 아니고 더 많을 것이온데, 임금께서는 부디 귀담아 듣지 말아 주시기 바랍니다."

"안심하라. 나는 내 눈으로 보기 전에는 어떤 소리도 믿지 않을 것이다."

방총이 위를 떠나고 나자 곧 왕에게 참언을 하는 자가 나타났다.

우려한 대로, 간신들의 참언으로 왕의 의심을 산 방총은 인질에서 풀리고도 위로 돌아오지 못했다. '말' 이란 무서운 것이다. 이치에 맞지 않는 일이 사실인 것처럼 소문이 나고, 그런 만들어진 거짓만이 사실처럼 행세를 하기도 하는 세상이다.

-〈전국책〉 '위(魏)'

상가(喪家)의 개

노나라 정공(定公) 14년에 공자는 노나라에서 좋은 정치를 베풀었으나, 왕족인 삼환씨(三桓氏)와 서로 맞지 않아 드디어 노나라를 떠났다. 이때부터 공자는 십몇 년 동안 위(衛), 조(曹), 송(宋), 정(鄭), 진(陳), 채(蔡) 등 널리 여러 나라를 돌아다니며 자기의 이상을 실현할 수 있는 곳을 찾으려 했다.

공자가 정나라에 갔을 때이다. 제자들과 떨어진 공자는 혼자 성 밖 동문 앞에서 제자들이 찾아오기를 기다리고 있었다. 이 모습을 본 한 정나라 사람이 스승을 찾고 있는 자공에게 말했다.

"동문 앞에 있는 사람은 그 이마는 요(堯)를 닮았고, 목은 고도(皐陶－순(舜)의 신하 같으며, 그 어깨는 자산(子産－공자보다 먼저 난 정나라의 어진 재상)과 꼭 같았소. 모두 옛날 성현이라 일컫는 사람들과 같았소마는, 허리 아래부터는 우(禹)를 못 따르기 세치, 그 피로해 있는 모양은 상가의 개같아 보였소."

틀림없이 우리 선생님이라 생각한 제자들은 부리나케 동문으로 달려가 공자를 만났다. 자공이 정나라 사람이 한 이야기를 공자에게 전했더니, 공자는 빙긋이 웃으며 이렇게 말했다.

"내 얼굴 모습에 대한 말은 꼭 맞는다 하기 어렵지만, 상가의 개 같다는 말은 잘 했어. 초상난 집에서 개를 돌봐 주지 않아 굶주린 개의 꼴이 바로 내 모습이었을 거야."

'상가의 개' 란 말은 여기서 나왔지만, 공자는 자기를 써 주려는 군주를 만나지 못하여 자신이 품고 있는 사상도 펴 보지 못한 서글픈 마음에 피곤해 있는 모습은 바로 상가의 개와 다를 바 없었던 것이다.

－〈사기〉 '공자세가(孔子世家)'

세군(細君)

한나라 무제는 거칠고 웅대하여 전형적인 고대제국의 전제 군주였지만, 그의 궁정에는 동방삭(東方朔)이라는 아주 색다른 인물이 섞여 있었다.

무제는 즉위하자마자 널리 천하의 유능한 인재를 뽑았다. 그때 제나라 사람으로 동방삭이라는 자가 자기를 써 달라는 글을 올렸다. 관청에 붙여 놓은 것이 놀랍게도 3천 장의 상서문, 무제는 그 한 장 한 장을 읽어갔다. 문장이 당당하고 거리낌이 없었다. 장장 두 달이 걸려 그것을 다 읽은 무제는 동방삭을 '낭(郎)'의 벼슬에 앉혔다. 이로부터 동방삭은 무제를 측근에서 섬기며 가끔 자리를 같이 하여 이야기도 했는데, 입에서 나오는 그 말은 기지로 빛나 무제를 몹시 기쁘게 했다.

행동도 역시 그러했다. 때때로 무제 앞에서 음식을 먹게 되는데, 식사가 끝나면 남은 고기를 덜렁 옷 속에 넣어 가지고 가 옷이 얼룩으로 더러워졌다. 그래서 비단을 주면 그걸 어깨에 걸메고 돌아갔다. 여러 신하들은 동방삭을 반미치광이로 여겼다.

여름 삼복이 되면 황제가 신하들에게 고기를 하사하는 관습이 있었다. 그때 마침 고기는 준비 되었지만 나눠 줄 관리가 아직 오지를 않아 기다리고 있는데, 동방삭은 제 칼을 뽑아 고기를 자르더니 품에 넣고 '먼저 실례하오' 하고 가 버렸다.

동방삭은 이 일로 무제 앞에 서게 되었다. 무제가 함부로 고기를 잘라 간 까닭을 묻자 동방삭은 관을 벗고 한 번 절한 다음,

"진실로 폐하의 말씀도 있기 전에 함부로 가진 것은 이 어찌 무례한 짓이 아니오리까. 칼을 뽑아 고기를 잘랐으니 이 어찌 장렬(壯烈)하지 않사오며, 자른 고기는 극히 적은 것이었으니 이 어찌 염직(廉直)하지 않사오리까. 더

구나 가지고 간 고기는 세군(細君)에게 주었으니 이 어찌 정에 넘치는 일이 아니오리까?"
하고 아뢰었다.

무제는 크게 웃고 술 한 섬과 고기 백 근을 또 주어,

"돌아가서 세군에게 주라."
고 했다 한다.

'세군' 이란 말은 자기 아내를 부르는 말로 쓰인 것이다. 여기에도 여러 가지 설이 있지만, 〈예기〉에 보면 제후의 부인을 부르는 말이 소군(小君)이었다고 나와 있다. 소군은 곧 세군으로, 동방삭은 자기를 제후에 비하여 자기 아내를 세군이라고 한 것이라고도 한다.

또 한대(漢代)에는 '세군' 이라는 자(字)를 가진 사람도 더러 보이는데, 동방삭의 아내의 이름이 사실 세군이었다고 한다. 아무튼 여기서부터 세군은 차츰 자기의 아내를 일컫는 말이 되었고, 또 남의 부인까지도 그렇게 말하며, '처군(妻君)' 이라고도 쓰이게 되었다.

그러나 동방삭은 단순히 익살스럽기만한 사람은 아니었던 것 같다. 그는 널리 책을 읽어 일을 당하면 무제에게 뚜렷한 간언을 하기도 했다. 무제가 많은 백성을 부려 상림원(上林苑)을 만들려고 했을 때에도 두려워하지 않고 이를 반대했다.

그는 공경(公卿)들까지도 거침없이 대했고, 오히려 그들을 놀려 주기도 했다. 술이 취하면

'나는 세상을 피하기를 궁전 속에서 한다. 세상을 피할 곳이 심산(深山)의 초막만은 아니다'
고 시로 노래했다고 한다.

이러한 그를 서민들도 좋아했을지 모른다. 그래서 그에게는 여러 가지 전설이 생겨나기도 했다. 서왕모(西王母)의 복숭아 세 개를 훔쳐먹어서 오래 살게 되었다는 이야기도 있다.

'동방삭은 8천 살을 먹도록 살았다'는 전설이 있는 것도 그러한 데서 온 것이리라.

-〈한서〉 '동방삭전(東方朔傳)'

세상에 백락(伯樂) 있고, 그 후에 천리마(千里馬) 있다

주나라 때 백락(伯樂)이라는 사람이 있었는데, 그는 말을 보는 정확한 눈을 가지고 있어 그가 없으면 어떤 천리마도 일생 동안 발견되지 못하여 시원찮은 주인에게 천대받으며 혹사당한 끝에 마굿간에서 죽게 될 것이요, 세상에 이름이 나지 못하여 아무도 천리마라 불러 주지 않을 것이다. 주인이 알아 보지 못하고 천리마다운 시중을 해 주지 못한다면 모처럼 천리를 달리는 재능도 그 능력을 발휘하지 못할 뿐 아니라, 오히려 보통 말보다도 못한 활동밖에 못하는 것이다.

'세상에 백락 있고, 그 후에 천리마 있다' 함은 영웅호걸을 천리마에, 명군(名君)이나 어진 재상을 백락에 비유하는 말이다. 아무리 훌륭한 인재가 있어도 명군이나 좋은 재상을 못 만나면 모처럼의 지능과 수완도 살리지 못하게 된다는 뜻이다. 조금 뜻은 다르지만 백락의 이야기에 이런 것이 있다.

명마(名馬)를 가진 사나이가 어느 날 백락을 찾아와서 말했다.

"제게 좋은 말 한 필이 있습니다. 이 말을 팔려고 아침마다 저자에 나갔으나 사흘을 다녀도 누구 한 사람 사려고 하지 않습니다. 죄송하오나 한 번 와 보시고 가치를 정해 주실 수 없겠습니까? 오신다면 사례를 하겠습니다."

백락은 그러마고 대답하고, 저자에 나가서 그 말을 보고는 감탄하는 표정을 지으며 말의 주위를 오락가락하였다. 그러다가 돌아갈 무렵에는 아까워하는 표정으로 뒤돌아보았다. 이 모습을 본 사람들은 그 말을 사려고 다투어 값을 올려, 드디어 말은 열 갑절이나 비싼 값으로 팔렸다. 이 이야기는 백락의 일고(一顧)라는 고사다.

-〈잡설(雜說)〉 하(下), 〈전국책〉

세 치의 혀가 백만군사(百萬軍士)보다 더 강하다

때는 전국시대였다. 서쪽의 강국 진나라의 침략 앞에서 동쪽의 여러 나라는 지혜를 짜고 있는 힘을 다하여 어떻게든 살아나려고 발버둥치던 때의 일이다.

조나라는 왕족 가운데 평원군(平原君) 같은 천하에 이름난 지혜로운 사람도 있었지만, 진 소양왕(昭襄王)의 구름같이 밀려든 대군을 막을 길이 없어 수도 한단성(邯鄲成)이 함락될 운명에 놓였다. 아무튼 쥐 한 마리를 돈 30닢을 내야 살 수 있을 정도로 식량 사정은 곤란하게 되었고, 오직 한 가지 타개책은 타국에서 원병을 얻을 수 있느냐 없느냐에 달려 있는 터였다.

이미 여러 나라에 원병을 요청했지만, 서면으로 부탁해 놓은 것이 그리 쉽게 이루어질 것 같지도 않았다. 멸망 직전에 있는 조나라를 구하기 위해 군사를 냈다가 만일 실패라도 하게 되면 강국인 진의 칼이 이번에는 자기 나라로 향할 것은 뻔한 일이 아닌가. 이 생존경쟁이 심한 세상에서 물에 빠진 다른 사람을 구하기 위해 제대로 헤엄도 칠 줄 모르면서 소용돌이 치는 격랑에 뛰어들 사람이 어디 있을 것인가.

결국 평원군이 나서서 초왕을 설득시키게 되었다. 그 즈음 평원군과 그다지 좋은 사이가 아니었던 조나라의 효성왕(孝成王)의 얼굴빛은 적이 어두웠다. 그는,

"조국의 운명이 그대에게 걸려 있으니 잘 부탁하오."
하고 평원군에게 간곡히 말했다.

평원군은 3천 명의 식객들 중에서 스무 명을 골라 출발 준비를 했다. 그런데 이 대임(大任)에 맞는 인물로 19명까지는 선정이 되었으나 마지막 한 사람은 누구로 할까 망설이게 되었다. 이때 모수(毛遂)라는 식객이 나서며,

"저를 꼭 데려가 주십시오."
하고 말하는 것이었다. 특히 이렇다 할 재능도 없는 평범한 인물이었으므로 평원군도 놀라,

"그대가 내게 와서 몇 년이나 되었소?"
하고 물었다.

"3년이 됩니다."

"현사(賢士)가 세상에 있을 때는 마치 송곳이 주머니 속에 들어 있는 거와 같아서 곧 송곳 끝이 보이게 되는 법이오. 선생은 3년이나 되는데 소문에도 오르지 않았으니 그럴 만한 재능이 없는 것이 아니겠소?"

"그야 주머니 속에라도 넣어 주셨다면 끝 아니라 자루까지도 드러내 보였을 것입니다."

모수는 이리하여 20명 속에 끼게 되었는데, 다른 사람들은 모두 뜻밖의 인물에 비웃었지만 모수는 자신이 있었다. 여행 도중에 의론(議論)을 걸어 보아도 지는 사람은 19명 쪽이었던 것이다.

초나라의 효열왕(孝烈王)과 평원군과의 조초동맹 교섭은 난항을 거듭했다.

"선생, 한 번 나서 주시오."

19명이 모수를 밀었다. 그는 곧 회담 장소를 향해 층계를 뛰어 올라갔다. 그의 손은 허리에 찬 칼 자루를 쥐고 있었다.

"아침부터 반나절을 두고 결정이 나지 않은 것은 이 무슨 일이오니까?"

당돌한 말에 효열왕이 꾸지람을 해도 모수는 눈도 깜짝하지 않고,

"왕께서 나무라시는 것은 초국의 대병력이 배후에 있기 때문이시겠지요? 그러나 보십시오. 왕과 저와의 거리는 불과 열 발자국밖에 안 됩니다. 대병력도 여기서는 소용이 없습니다. 그 뿐 아니라 초나라 같은 대국이 진에 눌려 아랫자리로 내려 서려는 것은 참으로 이해할 수 없는 일이옵니다. 합종(合縱)을 부탁드리는 것은 초나라를 위해서도 필요함을 아십시오."

하고 청산유수같이 쏟아 놓았다.

"…그대 말이 옳도다."

"맹약(盟約)하실 결의가 서셨습니까?"

"그렇다."

"그러면 닭과 개와 말의 피를 가져오게 하십시오."

곧 초의 신하가 동물의 피를 날라왔다.

"우선 왕께서 피를 마십시오. 다음은 저희 평원군, 그 다음에는 제가 마시겠습니다."

맹약의 식이 끝난 후 모수는 왼손에 피 담은 구리그릇을 들고 오른손으로 19명의 종자들을 손짓해 불렀다.

"다들 같이 당하(堂下)에서 마시도록 하시오. 그대들 같은 사람들을 하는 일 없이 남의 덕에 공을 세우는 자라는 거요."

이리하여 초나라는 위기를 벗어났지만, 사람을 알아보는 눈을 가졌다는 평원군도 이때만큼은 얼굴을 들 수가 없었던 모양이다.

"모 선생한테는 너무나 실례를 했소. 선생은 초나라에 간 사자로서 조의 국위를 구정대려(九鼎大呂)보다 무겁게 했소. 모 선생을 세치의 혀가 백만의 군사보다 강하다고 할 만하오. 앞으로는 함부로 사람을 평가하지 않으려 하오."

현인 평원군의 반성의 말이었다.

-〈사기〉 '평원군전(平原君傳)'

송양(宋襄)의 인(仁)

주나라 양왕(襄王) 2년에 송의 환공(桓公)이 죽었다. 환공의 죽음에 앞서 태자인 자부(慈父)는 목이(目夷)가 인덕이 두터움을 보고 태자의 자리를 목이에게 물려 주려고 했다. 그러나 목이는,

"나라를 물려 줄 수 있는 사람이야말로 최대의 인자(仁者)이오."

하고 사양했다.

그래서 자부가 즉위하여 양공(襄公)이 되었는데, 목이를 재상의 자리에 앉혀 송나라는 잘 다스려졌다고 한다.

그런데 이 양공이 즉위한 지 7년째 되던 해에 송나라에 큰 별똥이 다섯이나 떨어졌다. 이를 보고 양공은 제후들 중에서 패자(覇者)가 될 길조라고 생각하고 점점 야망을 키워갔다. 우선 제나라의 환공이 죽어 공자(公子)들이 자리 다툼을 하고 있을 때 이를 쳐서 공자 소(昭-孝公)를 세웠다. 뒤이어 주나라 양왕 13년 봄에는 춘추시대 제일의 패자인 제의 환공(桓公)을 본받아 녹(鹿-송나라 땅)에서 송과 제와 초의 제후가 모여 양공은 맹주가 되었다.

이때 목이는,

"작은 나라가 세력을 다투는 것은 화(禍)의 근원이 되리다."

라고 말했다.

그 해 가을에는 우(盂-송나라 땅)에서 송, 초, 진, 채, 정, 허, 조의 제후들이 모였는데, 강국인 초는 양공의 이러한 행동을 불손한 짓이라 하여 계략을 세워 양공을 포로로 잡아 버렸다. 그리고 겨울에 양공은 용서를 받아 귀국했지만, 목이는 '화는 이제부터 시작될 것이다. 아직도 어려운 일은 남아 있다'고 말했다.

다음 해 봄의 일이다. 정나라는 양공을 얕보고 초나라와 가까이 하였다.

노한 양공은 그 해 여름에 정나라를 공격했다. 목이는 이런 일련의 상황들을 보며 한탄하듯 말했다.

"드디어 화가 닥쳐온다."

동짓달에 과연 초나라는 정나라를 구하러 왔다. 양공은 홍수(泓水)에서 초군을 맞아 싸우기로 했다. 초군은 속속 강을 건너오고 있었는데, 아직 도강이 끝나지 않아 진용이 갖추어지지 못했으므로 목이는 이렇게 주장했다.

"적은 많고 우리 군사는 적으니 적진이 갖춰지기 전에 치는 것이 좋겠소."

그러나 양공은 이에 찬성하지 않았다.

"군자는 상대편의 약점을 노려서 싸우는 것이 아니다. 적진이 갖추어지기 전에 공격하는 것은 비겁한 짓이다."

이윽고 목이는 적군이 강을 다 건넌 뒤에도 아직 충분한 전투 준비가 안 된 것을 보고,

"초는 강적이므로 지금 공격해도 이길지 어떨지 모릅니다. 싸움은 이기기 위해 하는 것이니 적의 약점을 치는 것도 훌륭한 방법이라 생각합니다."
고 말했다.

그랬건만 양공은 너무도 군자연한 사람이어서 초의 진용이 갖추어지기를 기다려 비로소 공격을 시작했다. 결과는 송군의 처참한 패배로 끝나고, 양공 자신도 허벅지에 상처를 입어 그것이 병이 되어 이듬해 5월에 죽고 말았다. 그는 춘추(春秋) 오패(五覇)에 끼기도 하는 인물이었지만, 도저히 제의 환공이나 진의 문공 같은 큰 인물은 못 되었던 것이다.

이 이야기에서 쓸데없는 인정을 가리켜 '송양의 인'이라 하게 된 것이다.

-〈춘추좌씨전(春秋左氏傳)〉, 〈십팔사략〉

수서양단(首鼠兩端)

구멍에서 쥐가 머리를 내밀고 나올까 말까 망설이다.

전한(前漢) 제4대의 효경제(孝景帝) 때, 위기후(魏基侯) 두영(竇嬰)과 무안후(武安侯)인 전분(田蚡) 두 사람은 서로 라이벌이었다. 위기후는 제3대 효문제(孝文帝)의 조카의 아들, 무안후는 효경제 황후의 동생으로 두 쪽 모두 왕실과는 깊은 관계에 있었다.

전분이 어렸을 때 두영은 이미 장군이었으나, 효경제의 만년에는 전분도 어느 정도 출세를 하였고, 효경제가 죽은 뒤에는 반대로 전분이 재상이 되고 두영은 차츰 기울어지게 되었다.

이 두 사람이 결정적으로 견원(犬猿)의 사이가 된 것은 두영의 친한 친구요, 강직의 용장이라 일컬어지던 관부(灌夫)가 어떤 사고를 일으킨 일에서부터 시작되었다. 두 사람은 제각기 왕 앞에 나아가 기를 쓰고 상대편을 욕하고 깎아 내렸다.

두 사람으로부터 호소를 들은 왕은 뭐라 판단을 내리기 어려워 신하에게 어느 쪽이 옳은지를 물었다. 관리의 죄를 다스리는 관청의 장 - 어사대부 한안국(韓安國)은,

"두 쪽 말이 모두 일리가 있으므로 판단키 어렵사옵니다. 이렇게 되면, 오직 폐하의 재단을 우러러 받들 뿐이옵니다."

라고 대답했다.

그 옆에 있던 궁내대신 정(鄭)은 처음에는 두영 쪽을 두둔하였으나, 이 상황을 보면 그것도 불리할 것 같아 뚜렷한 의견을 말할 수가 없었다. 그러자 왕은 궁내대신을 꾸짖었다.

"그대는 평소 두 사람의 일을 가지고 옳다느니 그르다느니 해 왔는데, 어째 가장 중요한 시기에 아무 말도 없는가? 그래 가지고 궁내대신을 지낼 수

있겠는가? 되지 못한 사람, 그대의 일족을 모조리 목베리라."

정은 크게 놀라 머리를 숙이고 있을 뿐이었다.

전분은 이런 일로 왕의 마음을 괴롭힌 일을 부끄러이 생각하고 재상을 그만 둔 후, 그 길로 대궐을 나오다가 어사대부를 불러 호통을 쳤다.

"그대는 어찌 구멍에서 머리를 내밀고 나올까 말까 망설이는 쥐모양 이 사건에 흑백을 밝히지 않는가(首鼠兩端)? 이비곡직(理非曲直)은 명백한데도 불구하고."

야단을 맞은 어사는 한동안 어리둥절해 있다가 이윽고 말했다.

"걱정하지 말고 기뻐하십시오. 우선 재상의 자리를 그만두실 일입니다. 그러고는 이렇게 말씀하십시오. '두영의 말이 옳습니다. 저는 억지로 제 뜻을 고집했사옵니다. 폐하께 폐를 끼친 것을 마음으로부터 송구스럽게 생각하옵고, 꾸지람을 달게 받으려 하옵니다. 저 같은 자가 재상의 자리에 있을 수 없는 것은 명백한 일이오니, 저에게 벌을 내리십시오' 하고 말씀하시면 왕께서는 필시 당신의 겸양의 덕을 높이 보시고 파면을 시키거나 하는 일은 없을 것입니다. 그러면 두영은 내심 부끄러이 생각하여 자살이라도 할 것입니다. 둘이 서로 미워하고 욕하는 것은 어른답지 못한 일이라 생각합니다."

전분은 과연 그렇겠다 하고 시키는 대로 했다. 어사가 말한 대로 전분은 파면은커녕 더욱 왕의 신임을 받게 되었다. 두영은 이때까지의 모든 일을 낱낱이 조사를 받고 그 중심 인물이었던 관부 장군의 일족이 몰살을 당했으며, 뒤이어 두영도 같은 운명에 처해졌다. 이리하여 이 싸움은 전분의 승리로 끝났다.

그런데 이 싸움에는 뒷이야기가 있다. 그 후 얼마 가지 않아 전분은 병으로 눕게 되었는데, 비몽사몽 간에,

"용서해 다오! 내가 잘못했어. 잘못했어."

하는 소리가 들렸다.

근신(近臣)들이 걱정하여 무당을 시켜 기도를 드리게 했더니, 그의 병은

곧 전에 원한을 품고 죽은 두영과 관부의 혼이 전분을 죽이려 하는 것임을 알게 되었다. 온갖 방법으로 위령행사(慰靈行事)와 기도를 드렸지만, 두 사람의 원혼은 그에게서 떨어지지 않아 전분은 괴로워 허덕이다가 78일 후에 죽었다.

-〈사기〉 '위기 · 무안후전(魏其 · 武安侯傳)'

수어지교(水魚之交)

물과 물고기와 같이 떨어질 수 없는 사이

후한 말기의 중평(中平) 6년, 장군 동탁(董卓)은 갓 즉위한 황제 변(辯)을 폐하고 진유왕 협(協 - 헌제)을 세우고 스스로 재상이 되어 포악한 정치를 했다. 이로 말미암아 천하는 어지러워지고 한동안 군웅할거(群雄割據)의 시대가 계속되었으나, 차츰 천하의 추세는 조조, 손권, 유비에게 삼분되어 소위 삼국정립의 시대로 옮아갔다.

이 가운데서 가장 뒤떨어진 것은 유비였다. 손권이 강동을 얻고 있을 때 유비는 아직 이렇다 할 지반을 굳히지 못했었다. 그에게는 관우, 장비, 조운 등의 용장은 있었지만, 함께 일을 꾀할 책략의 인물이 없었다. 이를 통감한 유비가 이 사람이라면 하고 생각한 것이 제갈공명이었다.

제갈공명은 전란(戰亂)의 세상을 피하여 양양의 서쪽 융중산 와룡강이라는 언덕에 초가집을 짓고 살고 있었다. 유비는 예를 갖추어 찾아갔으나, 공명은 집에 없다 하여 만나 주지 않았다. 며칠 후 다시 찾아갔으나 역시 만나지 못했다. 관우와 장비들이 무엇 때문에 그렇게까지 허리 굽혀 찾아가느냐고 말리는 것도 듣지 않고 유비는 세번째 공명을 찾아가서 드디어 목적을 달성했다.

"이미 한실(漢室)은 기울어져 간신들이 천하를 도둑질하고 있습니다. 나는 내 자신의 힘도 돌아보지 않고 천하에 대의(大義)를 펴려고 뜻하나, 아는 것이 없고 이렇다 할 일도 못한 채 오늘에 이르렀습니다. 그러나 아직 뜻을 버리지는 않았습니다. 아무쪼록 힘을 빌려 주시기 바랍니다."

소위 삼고의 예(三顧의 禮)를 다하여 유비는 공명이 세상에 나와 주기를 간절히 청한 것이다. 공명도 자기를 알아 주고 대우함을 고맙게 생각하여 유비를 위해 일할 결심을 했다. 비록 초가집에 들어 있기는 했지만, 공명의 세상에 대한 바른 눈은 유비의 기대를 저버리지 않고 예리했다. 유비의 물음에 답하여 공명은 한실 부흥의 계책을 다음과 같이 말했다.

"형주(荊州)와 익주(益州)의 요해(要害)를 눌러 이곳을 근거지로 하고, 서쪽과 남쪽의 만족(蠻族)을 어루만져 뒤돌아볼 우려가 없게 한 다음, 안으로 정치를 잘 하여 부국강병을 꾀하고 밖으로는 손권과 손을 잡아 조조를 고립시켜 때를 보아 조조를 치는 일, 이것이 나의 한실 부흥의 계책이오."

유비의 신하가 된 공명은 이 기본 정책에 따라 착착 한실 부흥의 걸음을 계속해 나아갔다. 유비는 공명을 스승으로 받들고 침식을 항상 같이 했다. 공명도 자기의 재능을 다 기울여 유비를 위해 힘을 썼다.

처음에는 관우와 장비가 젊은 공명에 대한 유비의 대우가 지나치다하여 공명을 비난했었다. 그때 유비는 이렇게 말했다.

"공명을 얻은 것을 나는 고기가 물을 얻은 것과도 같다고 하고 싶다. 두번 다시 그런 소리 하지 말라."

임금과 신하 사이가 친밀한 것을 가리켜 '수어의 교' 라고 하게 된 것은 여기서 나온 말이다.

-〈삼국지〉 '촉지(蜀志) 제갈공명'

수자(豎子)와 더불어 도모(圖謀)하랴

어린아이와는 큰일을 도모할 것이 못 된다.

한(漢)의 원년을 패망시키고 수도 함양으로 제일 먼저 들어간 유방은 패상(霸上)땅에 되돌아와서 제후들의 도착을 기다리고 있었다. 한 걸음 뒤떨어져 홍문(鴻門)에 진주한 항우는 유방이 이미 진나라의 재보(財寶)를 독점했다는 밀고를 듣고,

"오냐! 내일 공격하리라."

하고 서슬이 시퍼랬다.

항우의 군사는 40만, 유방의 군사는 10만이었다. 경쟁자인 유방을 쓰러뜨릴 다시 없는 좋은 기회라 생각한 범증은 항우에게 말했다.

"재보와 여자를 좋아하는 유방이 아직 근신하고 있는 것은 야심이 있기 때문이니, 부디 놓치지 않도록 불시에 치십시오."

그런데 항우의 숙부인 항백이 몰래 이 계획을 자기와 친한 유방의 사람인 장양에게 알려 주었다. 유방은 항백에게 중재해 달라고 부탁했다. 이리하여 항백은 항우의 분노를 달래 일단 공격을 중지시켰다.

다음 날 아침, 유방은 일부러 단 몇 사람만을 데리고 항우를 방문했다. 이것이 유명한 홍문(鴻門)의 회담(會談)이었다. 유방은 맨 먼저 입성했음을 사과하였고, 이에 항우도 적이 기분이 풀린 듯했다.

연회 자리에서 범증은 자주 항우에게 눈짓하며 허리에 찬 옥결(玉)을 들어 보이며 빨리 베라고 신호를 했지만, 항우는 응하는 기색이 보이지 않았다. 참다 못해 범증은 항우의 종제(從弟)인 항장을 불러 칼춤을 핑계로 춤을 추다가 유방을 치도록 명령했다.

항장이 항우의 허락을 얻어 칼춤을 추었다. 항백은 이 광경을 보고 큰일날 것 같아 자기도 칼춤에 끼여 들었다. 이리하여 항장이 유방을 찌르려 하면 항

백이 재빨리 막아서서 찌를 수가 없었다.

장양은 위기가 임박했음을 눈치 채고 자리에서 일어나 번쾌를 불렀다. 번쾌는 유방이 위험하다는 말을 듣자 방패로 위병을 헤쳐 물리치고 쑥 들어와 우뚝 서서 항우를 노려보았다. 머리털은 치섰고 눈꼬리는 찢어질 듯한 무서운 얼굴이었다. 항우는 놀라 자세를 고쳤다.

"저 자는 누구냐?"

"저와 같이 있는 번쾌올시다."

장양이 대답했다.

"흠! 꽤 장사로다! 술을 주라."

번쾌는 선 채로 큰 사발의 술을 들이마셨다. 항우는 또 고기를 주라고 했다. 그 고기는 돼지 날고기였다. 그러나 번쾌는 태연히 방패를 도마 삼아 날고기를 썰어 먹었다.

"더 마시겠는가."

항우가 말했다. 번쾌는 그제야 유방에 대한 일을 변호한 다음, 항우는 소인배의 말을 믿고 공을 세운 유방을 죽이려 하느냐고 공박을 했다. 연회 분위기는 이미 깨졌다.

이윽고 유방은 측간에서 번쾌를 불렀다. 이때는 위기가 지나간 후였다. 유방은 황망히 뒷길로 해서 패상으로 도망쳐 갔다. 최대의 위기를 모면한 것이었다.

뒤에 남은 장양은 유방과 짠 대로 유방이 패상에 이르렀을 때쯤 해서 연회 자리에 들어가 항우에게는 흰 옥 한 쌍, 범증에게는 손잡이가 달린 주기(酒器) 한 벌을 내 놓고 무례에 대해 사과를 했다.

선물을 보고 범증은 모래를 씹는 기분이었다. 칼을 쑥 빼어 선물을 때려 부수고,

"아, 수자(竪子)와 더불어 도모할 수 있으랴! 항우의 천하를 뺏는 자는 패공(유방)일 것이다."

고 탄식했다.

'수자' 란 어린애란 뜻, 사람을 멸시해서 부르는 말로, 의논의 상대가 되지 못하는 것을 뜻한다. 범증이 말한 것은 항장을 두고 한 말이라고 하는 이도 있고, 항우를 두고 한 말이라고도 하나 여기서 가릴 필요는 없겠다.

-〈사기〉 '항우본기'

순치보거(脣齒輔車)

입술과 이빨, 수레의 덧방나무와 바퀴같이 서로 없어서는 안 되는 관계

진(晉)의 헌공(獻公)이라 하면 여희(驪姬)를 사랑한 나머지 태자 신생(申生)이 죽임을 당하고, 중이(重耳 - 뒷날의 문공)는 망명을 하게 된 이야기로 유명하지만, 역사적으로 볼 때 뒷날의 패자인 진의 문공을 위해 그 기초를 마련해 준 사람이라고도 할 수 있다.

헌공은 제나라의 환공이 패업을 세우고 있을 때 조금씩 주위의 작은 나라를 병탄(倂呑)해 나갔다. 여기서 하려는 이야기는 헌공이 우(虞)와 괵을 쳐부수었을 때의 이야기다.

헌공은 일찍부처 괵을 치려 하고 있었는데, 그러기 위해서는 우를 통과하지 않으면 안 되었다. 전에는 좋은 말과 아름다운 옥을 우공에게 뇌물로 바치고 괵을 친 일이 있었다. 그리하여 이번에도 어떻게 해서든지 괵을 치지 않으면 안 되겠다 하고 다시 길을 빌려 달라는 뜻을 우에 전했다. 주혜왕(周惠王) 23년의 일이다.

우나라에서는 궁지기(宮之寄)라는 신하가 있어 열성으로 우공에게 간했다.

"괵은 우와 한 몸이므로, 괵이 망하게 되면 우도 망하게 될 것입니다. 속담에도 보거(輔車 - 수레의 덧방나무와 바퀴)는 서로 의지해야 하고, 순망치한(脣亡齒寒)이라 하여 입술이 없으면 이가 시리다고 했습니다. 우와 괵의 관계가 곧 이와 같습니다. 적국이라 할 진나라에게 우리 나라를 통과시키는 일은 당치 않은 일입니다."

"아니오. 진은 우리와 동종국(함께 주에서 난 나라)이니 해를 끼칠 리가 없지 않소?"

우공이 이런 말을 하므로 궁지기는 다시 설명해 올렸다.

"가계(家系)를 말하자면 괵도 또한 동종입니다. 그런데 어찌 우만을 가까이하겠습니까? 게다가 진은 종조형제(從祖兄弟)에 해당하는 환공(桓公)과 장공(莊公)의 일족을 죽이지 않았습니까? 설령 친한다 해도 믿을 수 없는 것입니다."

"그러나 나는 신을 섬기고 언제나 좋은 물건을 바쳐 깨끗하려 노력해 오는 터이니, 신께서 나를 안전하게 보호해 주실 것이오."

"신은 개인을 사랑하는 것이 아니옵니다. 그 사람의 덕 있음을 보고 사랑하십니다. 덕이 없으면 백성이 안주할 수 없고, 신도 그 제사를 받지 않습니다. 신만 믿고 바라서는 안 되는 것입니다."

그러나 아무리 간해도 뇌물에 눈이 어두어진 우공은 듣지 않았다. 결국 우공은 진나라 사자에게 길을 빌려 줄 것을 허락했다. 궁지기는 재앙이 미칠 것을 두려워하여 일족을 이끌고 우나라를 떠났다. 나라를 떠날 때 그는,

"진은 괵을 정벌하고 나면 반드시 우를 칠 것이다."

라고 예언했다.

그 해 겨울 12월에 진은 우를 거쳐 괵을 멸망시켰다. 그리고 돌아오는 길에 우나라에 머물다가 불의의 습격으로 우를 치고, 우공과 대부 정백(井伯)을 사로잡았다. 그리고 이 두 사람을 진후(晉侯)의 딸이 진나라 목공(穆公)에게 시집 갈 때 따라 가게 해 버렸다.

'순치보거' 는 '보거상의(輔車相依)' 라고도 하며, 어느 쪽이나 없어서는 안 되는 밀접한 관계를 말하는 것이다.

-〈좌전〉 '희공(僖公) 5년'

술은 백약(百藥)의 장(長)

이 말은 왕망(王莽)이 내린 조(詔)의 초두(初頭)의 한 구(句)다. 즉, '소금은 식효(食肴)의 장(將), 술은 백약(百藥)의 장(長), 가회(嘉會)의 호(好), 철은 전농(田農)의 본(本)' 에서 나온 말이다. 전한과 후한 사이 14년 간의 황제 왕망이 경제 정책에 철저를 기한 것으로, 그 발단은 역시 술과 기이한 인연이 있다. 그러나 다소 피비린내 나는 이야기다.

전한의 원수(元壽) 2년, 애제(哀帝)가 죽자 그 외척에 의해 조정을 쫓겨난 왕망이 다시 대사마(大司馬)의 대권을 쥔 최고관이 되어 돌아와 어린 평제(平帝)를 세웠다. 당시 사회는 말할 수 없을 만큼 궁핍했다.

왕망은 자기 딸을 평제의 후(后)로 삼았는데, 불로장생의 약주인 초주(椒酒)를 먹게 하여 12세의 평제를 독살하고는 다루기 좋은 두 살짜리의 어린 임금을 세워, 스스로 가황제(假皇帝)라 일컬으며 드디어 황제가 되었던 것이다.

그는 유교의 성인 주공(周公)을 이상으로 하여 주례(周禮)에 의한 제도-성제(聖制)를 행하려 했다. 그래서 5대 도시에 관(官)을 두어 상공업과 물가 통제를 단속하는 오균(五均), 국가에서 돈을 꾸어 주는 사대(賖貸)를 행하고, 화폐를 만들었으며, 산림과 하소(河沼)를 관리하고 또 식염, 술, 철을 정부사업으로 삼았다. 이를 오균 육간(六斡)이라 하여 감독관을 두었다.

그러나 군현의 관리들은 이 제도를 악용하여 낙양 같은 대도시의 큰 상인들과 결탁해 돈벌이를 했다. 그리하여 백성들은 점점 더 괴로움을 당하는 반대 결과를 낳게 되었다. 이에 왕망은 다시 조를 내려 오균 육간은 백성의 소득을 올리고 유무상통하여 서로 쓰임을 갖추어 주는 것이라는 취지를 철저히 알리려 했다.

그러나 백성들의 생활은 날로 나빠져 적미(赤眉)와 녹림(綠林)의 난이 일어났고, 지황(地皇) 4년의 유명한 곤양의 싸움에서 왕망은 실각하고 말았다. 그때에도 그는 술만 마시며 주례와 공자의 말을 중얼거리며, 그런 것에서 재난을 면하는 기적이라도 나타나기를 바랐으나 결국 온 몸이 갈기갈기 찢긴 채 죽었다.

'술은 백약의 장' 의 출처에는 이와 같이 흉한 이야기가 들어 있지만, 오랜 세월에 걸쳐 그 피는 씻겨 없어지고 후세 사람들에게는 음주를 위해 편리한 말이 되어 버린 것이다. 술의 다른 이름인 미록(美祿)은, 술은 하늘이 내려 준 아름다운 것이라는 뜻이다.

-〈한서〉 '식화지(食貨志)'

식지(食指)가 움직이다

주나라의 정왕 2년, 초나라 사람이 커다란 자라를 정나라 영공(靈公)에게 바쳤다. 공자 자송(子宋)과 자가(自家)는 궁전에 들어가려 하고 있던 참이었는데, 이때 자공의 식지가 움직였다. 자공은 움직이는 제 손가락을 자가에게 보이며 말했다.

"나는 언제나 이 식지가 이렇게 움직일 때는 꼭 맛있는 음식을 먹게 되는데……."

과연 궁에 들어와 보니 요리사가 커다란 자라를 요리하려는 때였으므로 두 사람은 마주 보며 싱긋 웃었다.

영공이 웃는 까닭을 묻자 자가가 이러이러한 일로 웃었다고 아뢰었다. 그런데 자공과 자가가 요리를 먹을 때쯤하여 영공이 두 사람을 불러들였다. 자공에게 그 요리를 먹지 못하게 하기 위해서였다.

단지 식지가 움직이기만 하고 그 움직임이 무효로 돌아가게 하려는 장난에서 한 일이었건만, 자공은 화를 내며 손가락을 가마솥에 집어 넣었다가 쪽 빨아 먹고는 휭 나가 버렸다.

영공은 크게 노하여 자공을 죽이려는 생각을 했는데, 자공은 먼저 선수를 쓰기 위하여 자가에게 상의를 했다. 그런데 자가는,

"늙은 개나 말도 죽이는 것은 어려운 일인데, 어찌 주군을……."

하고 듣지 않았다. 그러자 자공은 자가를 영공에게 나쁘게 모함하리라고 협박했다. 자가는 두려움을 느껴 자공이 하자는 대로 했다. 이리하여 영공은 살해되었다.

대개 임금을 죽였을 때 임금의 이름이 크게 나와 있는 것은 임금이 무도(無道)하기 때문이요, 신하의 이름이 크게 나와 있는 것은 신하에게 죄가 있

기 때문이다. 그러므로 이런 경우 군신이 함께 옳지 않았다는 것을 뜻하고 있는 것이다.

여기서 비롯된 '식지가 움직이다'는 말은 식욕이 일어난다는 것과 사물에 대해서 욕망을 느끼는 일에 쓰이고 있다.

-〈춘추(春秋)〉

아침에 도(道)를 들으면 저녁에 죽어도 좋다

제나라 경공(景公)이 정치의 중요한 요점을 물었을 때 공자는 이렇게 대답했다.

"임금은 임금다울 것이요, 신하는 신하다우며 아비는 아비답고, 자식은 자식다워야 할 것이라."

임금은 어진 사랑과 위엄을 가지고 신하를 대하고, 신하는 임금에게 충절을 다하며, 아비는 자애와 위엄으로서 자식을 대하고, 자식은 아비에게 효를 다한다. 이것이 곧 인간의 의지를 넘은 '하늘의 가르침' 이라고 공자는 생각하고 있었다. 그는 서주의 씨족제 봉건사회를 하늘의 뜻으로 된 이상적인 사회라고 보았다. 서주에서는 개인은 집안에 속하고 집안의 주권은 가부장에게 있다. 가부장은 가족 전원을 통솔하며, 피를 같이 하는 다른 집의 가부장들과 함께 씨족에 속하며, 씨족의 주권은 족장에게 있다. 족장은 씨족 전원을 통솔하여 다른 씨족의 족장들과 함께 제후를 따르며, 제후는 자기를 따르는 전 족장을 이끌고 천자를 따른다. 족장－가부장－개인의 종속관계를 유지하기 위해 요구된 것이 '효(孝)' 라는 도덕이요, 천자－제후－족장이라는 관계를 유지하기 위해 요구되는 것이 '충(忠)이라는 도덕이다.

그런데 서주 말기에 이르러 노동의 생산력이 증대됨에 따라 천자－제후간의 힘의 균형이 깨지고, 동주에 이르자 이미 천자로서의 지배권은 사실상 잃어 버리게 되었다. 제후는 또 신하로 따르는 족장에게 토지를 나눠 주고 있었으므로 이 역시 같은 현상이 나타나서 춘추시대에 와서는 제후－유력한 족장간의 힘의 균형도 깨어져, 때때로 유력한 족장들이 제후를 죽이거나 폐위를 시키는가 하면, 통치권을 관리하기도 했다.

이러한 힘 관계의 불균형은 족장－가부장 사이, 가부장－개인 사이에도 일어나서 공자가 태어난 춘추 말기에는 천자-제후-가부장-개인이라는 권력의 피라미드 구성은 극단적으로 어지럽혀져 모든 것이 '힘'에 의해 지배되고, 이와 함께 인간이 '개인의식'을 자각하여 극도로 이기적인 경향으로 흐르게 되었다.

유일의 존재로서의 '하늘'을 믿고, 주조(周朝)의 천자의 권위는 하늘이 내려 주신 것이라고 생각하는 공자가 사회의 평화와 질서를 바랄 때, 서주의 옛날 제도를 그리워하고 그 도덕을 동경했을 것은 말할 것도 없는 일이다.

공자의 조국 노나라에서는 삼환씨(三桓氏)라고 불리는 유력한 세 씨족이 임금을 국외로 내쫓아 객사하게 했으며, 이웃나라인 제에서는 유력한 귀족 최씨가 자기 소실을 범한 임금을 죽였는가 하면, 그 소실의 아들에게 상속의 권리를 주려다가 정실 자식에게 죽음을 당하고 있다.

또 공자가 오랫동안 살고 있던 위나라에서는 임금이 남색에 탐익해 있었으므로 정실 부인이 딴 사내를 두었고, 이를 부끄럽게 여긴 태자가 어머니를 살해하려다가 국외로 도망치기도 했다. 그리고 이 태자는 남색을 좋아하는 아버지의 왕위를 이은 자기 아들로부터 왕위를 빼앗으려고 싸우게 되었고, 이 난리에서 공자의 애제자 자로가 죽기도 했다.

서주의 질서 있는 사회를 다시 이룩해 보고 싶다는 비원(悲願)을 품고 공자는 조국 노나라에서도 노력했고, 중원을 유랑하며 가는 곳마다 제후들에게 그 뜻을 펴뜨렸다. 그러나 씨족이라는 굴레에서 해방된 개인과 권력을 쥔 경(卿)과 대부(大夫)와 사(士)라는 신하들이 그런 걸 배격하지 않을 리가 없다.

"아침에 도(道)를 들으면 저녁에 죽어도 좋으니라.(朝聞道 夕死可矣)"

늙은 공자의 입에서 새어 나온 탄식이었다.

위의 하안(何晏) 등으로 대표되는 '논어'의 고주(古註)의 해석에 의하면,

"아침에 온 세상에 도가 행해지고 있다는 것을 들으면 저녁에 죽어도 좋다."

라고 되어 있지만, 남송의 주희(朱熹)의 신주(新註)에서는,

"아침에 도(사물의 당연한 이치)를 들으면 이로서 수양의 목적을 달성한 셈이므로, 그 날 저녁에는 죽어도 가(可)하다."

라고 하는 구도(求道)에의 열정의 토로라고 해석하고 있다.

-〈논어〉'이인편(里仁篇)'

안서(雁書)

기러기 편지

끝없이 높은 하늘, 그리고 그 아래에는 바다같이 넓은 호수, 그리고 호숫가에 우거진 대밀림. 그 호숫가 통나무 집에서 홀로 나타난 한 사나이가 있다. 손에는 활을 쥐고, 머리에서부터 털가죽을 뒤집어 썼으며, 수염은 얼굴을 온통 덮어 버렸다. 그러나 그 사나이의 눈에는 맑은 불굴의 의지가 빛나고 있다. 머리 위로 울며 날아가는 새소리에 그는 얼굴을 들어 하늘을 쳐다보았다.

"기러기가 벌써 가는 구나."

이 사람은 소무(蘇武)라는 사나이다. 소무는 한나라 중랑장(中郎將)이었다. 무제의 천한(天漢) 원년, 그는 사신으로서 포로 교환을 의논하기 위해 북쪽 흉노의 나라에 갔다. 그러나 흉노에게 항복하느냐 아니면 죽느냐 하는 상황에 이르렀다.

항복하는 사람들 틈에서 소무만은 끝내 항복하지 않았다. 그는 산속 굴에 갇히는 몸이 되어 굶주림에 시달리게 되었다. 이때 그는 가죽 담요를 씹고 눈을 먹으며 굶주림을 견뎠다.

소무가 여러 날이 지나도 죽지 않음을 본 흉노는, 그가 신이 아닌가 두려워 하여 북해 바이칼호 근처 사람 없는 곳에 보내어 양치는 일을 시켰다. 주어진 양은 숫양 뿐이었는데, 흉노는 이렇게 말하는 것이었다.

"숫양이 새끼를 낳으면 네 나라에 돌아가게 해 줄 테다."

그 곳에 있는 것은 하늘과 숲과 물과 혹독한 추위, 그리고 굶주림이었다.

한 번은 도둑들이 와서 그가 먹이는 양을 훔쳐갔다. 그는 들쥐를 잡아 먹으며 배고픔을 견뎠다. 그러면서도 흉노에게 항복하려 하지는 않았다. 언젠가는 한나라로 돌아갈 수 있으려니 해서가 아니었다. 다만 항복하기 싫었을 뿐이다.

이 황량한 먼 땅에 귀양 와서 벌써 몇 해의 세월이 흘렀는지 헤아릴 길이 없었다. 괴롭고 단조로운 나날. 그러나 넓은 하늘을 날아가는 기러기는 소무에게 그의 고향을 생각하게 하는 것이었다.

무제가 죽고, 다음 소제의 시원(始元) 6년, 한의 사자가 흉노에게 왔다. 한의 사자는 전에 왔다가 소식이 없는 소무를 돌려 달라고 요구했다. 흉노는 소무는 이미 죽고 없다고 했다. 사자로서는 그 말의 진위를 조사할 길이 없었으나, 그 날 밤 소무와 같이 왔다가 이곳에 머물러 있던 상혜(常惠)라는 사람이 사자를 찾아와서 소무가 살아 있다는 것을 은근히 일러 주고 갔다.

다음 날 회견 때 한나라 사자는 흉노에게 이렇게 말했다.

"한의 천자가 상림원에서 사냥을 하시다가 한 마리 기러기를 쏘아 잡았는데, 그 기러기 발목에 베 조각이 감겨 있어 보았더니, 이런 글이 씌여 있었다 하오. '소무는 대택(大澤) 속에 있다' 고. 소무가 살아 있음은 그것으로도 능히 알 수 있지 않소?"

흉노의 추장은 얼굴에 놀란 빛을 띠며 신하와 속삭였다. 그리고는 말했다.

"전날 한 말은 잘못된 것이오. 소무는 살아 있소."

사자가 바이칼호를 향해 말을 달려 소무를 데려왔다. 머리와 수염이 모두 허옇게 되었고, 다 해진 털가죽으로 몸을 싼 모습은 목자와 다를 바 없었으나, 그의 손에는 한의 사자의 표적인 부절(符節)을 꼭 쥐고 있었다. 소무는 본국으로 돌아가게 되었다. 포로가 되어 북해 근방에서 굶주리고 추위에 떨며 어느덧 19년의 긴 세월을 보낸 끝이었다.

이 고사로, 편지나 방문을 기러기의 서찰이라고 하는 '안서' 라고 하게 되었다. 또 '안례(雁禮)', '안신(雁信) 등도 쓰인다.

-〈한서〉 '소무전(蘇武傳)', 〈십팔사략〉

앞서면 남을 누른다

진나라 2세 원년 7월, 안휘성 대택양에서 진의 폭정에 항거하여 일어선 진승(陳勝), 오광(吳廣)의 농민군은 하남성에서 구육국(舊六國)의 귀족인 위나라의 장이(張耳)와 진여(陳餘), 그 밖의 세력을 합하여 파죽지세로 진의 서울 함양을 향해 진격하고 있었다. 강동의 회계군 군수였던 은통(殷通)도 이에 호응하려고 오중(吳中)에서 유력한 인물인 항양(項梁)을 불러 의논하였다.

항양은 진군에게 죽은 초나라 명장 항연(項燕)의 아들로, 사람을 죽이고 조카인 항우와 함께 오중으로 도망해 온 인물이다. 그는 병법을 능히 쓰고 부역이나 초상 때 많은 사람을 잘 써서 항우와 마찬가지로 오중에서 인정해 주는 실력자였다. 은통이 항양에게 말했다.

"이제 바야흐로 강서지방은 모두 반기를 휘날렸지만, 지금 형세로 보아서 이미 하늘이 진을 망칠 때가 된 것이오. '앞서면 곧 남을 누르고 뒤지면 곧 남의 누름을 받게 된다' 고 했소. 이에 그대와 항초(恒楚) 두 사람에게 거병의 지휘를 맡길까 하는데……."

은통은 이 기회를 놓칠까 두려워 초의 귀족이요, 병법을 잘 알고 있는 실력자인 항양을 이용하고자 했던 것이다. 마침 항초가 도망하여 행방을 알 수 없는 상황이었다. 항양은 이를 이용했다.

"항초는 지금 도망하여 어디 있는지 아무도 아는 사람이 없습니다. 오직 조카인 항우가 알고 있을 것입니다."

이렇게 말한 항양은 방에서 나와 항우에게 귓속말을 한 다음, 칼을 가지고 기다리라 하고 다시 방으로 들어왔다.

"항우를 불러 항초를 불러 오게 명령하오."

"그렇게 하리다."

그리고 항우를 불러 들였다. 잠시 후 항양은 항우에게 눈짓으로 말했다.

"하라!"

항우는 번개같이 칼을 빼어 은통의 목을 쳤다.

'앞서면 곧 남을 누르고, 뒤지면 곧 남의 눌림을 받는다'라는 말을 실제로 행한 것은 은통이 아니라 항양과 항우였던 것이다. 항양은 스스로 회계군수가 되어 군서(郡署)를 점령하고, 8천의 정병을 남 모르게 손에 넣어 훌륭히 거병을 했다.

〈한서〉의 '항적전(項籍傳)'에는 '선발(先發)하면 사람을 제(制)하고 후발(後發)하면 남에게 제(制)함을 받는다'라고 씌여 있고, 더구나 은통의 말이 아니라 항양의 말이라 적혀 있다.

-〈사기〉'항우본기'

앞차의 복철(覆轍)은 뒷차의 경계

전한 제3대의 황제를 효문(孝文) 황제라 한다. 효문황제는 고조(高祖)인 유방의 서자요, 제2대 혜제(惠帝)의 동생으로서 제후의 한 사람이었다가 한실(漢室)의 내분으로 여러 신하의 추대에 의해 제위에 오른 사람이다.

그 즈음의 명신(名臣)의 한 사람으로 가의(賈誼)라는 훌륭한 인재가 있었다. 가의는 열 여덟 살에 시와 글에 능하여 이미 견줄 만한 사람이 없었다. 그래서 하남의 오공(吳公)이 그 인물을 알아 보고 거두었더니, 그 소문을 들은 효문황제가 서울로 불러 올려 그의 나이 20세 때 박사(博士)에 앉게 했다.

황제는 원래 제후 출신이었으므로, 강대한 세력을 가지고 있는 제후들 가운데는 그의 명령을 가볍게 여기는 자도 있었다. 이에 황제는 가의와 진평(陳平), 주발(周勃) 등 명신을 잘 써서 제후 대책을 비롯하여 국정의 쇄신을 꾀하려 했다. 가의는 황제를 도와 정치를 함에 있어서 중국 최고의 나라인 하(夏)를 비롯하여 진(秦)에 이르기까지 여러 나라의 흥망의 자취를 거울 삼아 제후들의 세력을 깎고, 백성들의 힘을 길러 정치의 도를 바로잡게 하는 일에 많은 헌책(獻策)을 썼는데, 그 중에는 다음과 같은 문구가 있다.

"속담에 '앞차의 뒤집힌 바퀴자국은 뒷차에게 좋은 경계가 된다' 고 하는 말이 있습니다. 우리가 모범으로 삼고 있는 옛시대의 하, 은, 주의 3대는 이제 와서는 아주 먼 옛날의 나라이오나, 그 나라들이 잘 다스려진 까닭은 명백합니다. 이런 옛교훈을 배우지 않는 자는 성인의 가르침을 배반하는 자로, 이런 사람이 오래 갈 수는 없는 것이옵니다. 그 전에 진이 빨리 망한 것을 우리는 잘 보아 왔습니다. 우리가 만약 이런 어리석음을 피하지 않는다면, 그 앞날도 어두울 것은 뻔한 일이옵니다. 국가의 존망과 다스려지느냐 어지러워지느냐 하는 일의 열쇠는 바로 여기에 달려 있는 것인 줄 아옵니다."

황제는 이 말을 듣고 제후의 땅을 줄이고 큰 나라를 쪼개어 작은 나라로 만들었을 뿐 아니라, 농업을 장려하여 밭세를 면해 주고 극형을 폐지하여 어진 정치를 베풀었다. 게다가 검소한 풍습을 장려하고, 관녀(官女)가 주옥(珠玉)을 몸에 달거나 긴 치마자락을 끌고 다니는 것도 금했다. 세상은 잘 다스려져서 태평한 세월이 되었다. 나라 안의 광에는 곡식이 가득 차고 백성은 배부르고 관리들은 일에 충실했다. 법은 물렀지만, 백성들은 스스로 조심하여 법에 걸리는 것을 큰 치욕으로 생각하는 세상이 된 것이다.

또 이 말에 관련된 이런 이야기가 있다.

전국시대의 일곱 나라 중의 하나인 위(魏)의 문후(文侯)가 어느 날 공승불인(公乘不仁)이란 하급 관리에게 주석(酒席)을 돌보게 하고 대신들과 잔치를 벌였다. 문후는 거기서 말했다.

"마시기만 해도 재미가 없으니 어디 맛보지 않고 마시는 자에게 벌주로 큰 잔의 술을 주기로 하자."

모두들 그 의견에 찬성을 했다. 그런데 먼저 벌을 주자고 한 문후가 맨 먼저 그 약속을 어기려 했다. 이때 불인은 곧 큰 술잔을 문후 앞에 내밀었다. 문후는 슬쩍 보고는 받으려 하지 않았다. 한 신하가 불인에게,

"불인, 그만하게나. 임금께서는 지금 너무 취하셨어."

하고 벌주를 그만 두라 하였다.

이때 불인은 말했다.

"'앞에 가던 수레의 뒤집어진 바퀴자국은 뒤에 가는 수레의 경계가 된다'는 속담이 있습니다. 전례를 거울삼아 조심하라는 뜻입니다. 신하되기나 임금되기가 다 쉬운 일이 아닙니다. 지금 임금께서 법을 만들어 놓으시고 그 법이 지켜지지 않는 전례를 만드시면 대체 어찌 되겠습니까? 잘 생각하시어 아무래도 이 벌주를 받으셔야 하겠습니다."

문후는 과연 그렇다 생각하고 깨끗이 그 큰 잔을 받아 들이마시고 그 후 불인을 중히 여겨 오래 거느렸다고 한다.

양두구육(羊頭狗肉)

양의 머리를 내걸고 개고기를 판다

'양두구육(羊頭狗肉)' 이란 말의 원형은 '양의 머리를 걸어 놓고 마박(馬膊-말린 말고기)을 판다', 즉 상점 앞에 좋은 물건을 내걸어 놓고 나쁜 물건을 판다는 뜻으로, 간판에 거짓이 있음을 비유해서 쓰인다.

이는 후한의 광무제가 내린 조서 속에 보이는 말로, '양두를 걸고 마박을 팔고, 도척(盜-큰 도둑의 이름)이 공자어(孔子語)를 한다' 로 되어 있다. 즉, 가게에는 양의 머리를 걸어 놓고 실제 파는 것은 말고기 말린 것이요, 도척이 공자의 말씀을 한다는 뜻이다.

도척은 춘추시대의 유명한 대도(大盜). 그의 형 유하혜(柳下惠)는 공자와 맹자가 칭찬한 훌륭한 인물이었으나, 동생인 그는 수천 명의 부하를 거느리고 천하를 시끄럽게 하며 그러고도 유유히 천수(天壽)를 다했다 하여 사마천으로 하여금 탄식하게 한 사나이다.

도적질을 하러 들어갈 때 먼저 들어가는 것은 '용(勇)' 이요, 맨 뒤에 나오는 것은 '의(義)' 라는 등 큰 소리를 치기도 하였다. 진정 간판에 거짓이 있다는 말 그대로요, '용' 과 '의' 가 울 지경이었다.

도척과 같은 춘추시대의 제나라 사람으로 영공(靈公), 장공(壯公), 경공(景公)을 섬기던 유명한 신하 안자(晏子)의 일화를 모아 엮은 〈안자춘추(晏子春秋)〉에도 같은 뜻의 말이 있는데, 다만 조금 표현이 다르다. '소머리를 문에 걸고 말고기를 판다' 는 것이다. 이 말에 대한 이야기는 이러하다.

제나라의 영공은 남자 복색을 한 여자를 좋아하여 궁중의 여자들에게 남자 옷을 입혀 놓는 것을 좋아했다. 그런데 그것이 크게 유행하여 일반 여자들까지도 모두 남자옷을 입게 되었다. 영공은 곧 엄한 영을 내려 이를 금했다. 그러나 궁중에서만은 여전히 남장 미인을 바라보며 즐거워했다.

금지 명령이 효과가 나타나지 않음을 보고 영공은,

"금령(禁令)의 효과가 없는 것은 웬일인가?"

하고 신하에게 물었다. 그러자 안자가 대답했다.

"임금이 안에서는 이를 입히고 밖에서는 금하시니, 바로 소머리를 문에 걸고 말고기를 안에서 파는 것과 같사옵니다."

금령의 간판에 거짓이 있다는 뜻이었다. '소머리'를 '소뼈다귀'라고 한 말도 있다. 출처는 전한 말의 황제 성제(成帝)를 섬긴 유향(劉向)이라는 사람이 엮은 〈일문쇄사집〉 '설원(說苑)'의 '이정편(理政篇)'이다. '우골(牛骨)을 문에 걸고 말고기를 안에서 파는 것과 같으니라' 하는 것이 그것이다.

-〈후한서〉 '광무제'

양상군자(梁上君子)

대들보 위의 군자, 즉 도둑

후한 말기에 진식(陳寔)이라는 사람이 태구현(太丘縣)의 현장(縣長)으로 있었다. 교만하지 않고 남의 괴로움을 짐작하며, 일을 처리함에 있어 공정했으므로 백성을 잘 다스릴 수 있었다.

그러나 어느 해에 흉년이 들어 많은 농민이 고생을 할 때였다. 진식이 방에서 책을 읽고 있는데, 한 사나이가 몰래 그 방에 들어왔다가 슬그머니 대들보 위로 올라가 숨었다. 도둑이었다. 진식은 시치미를 떼고 곁눈으로 보고 있다가 아들과 손주들을 방에 불러 앉히고 조용히 그들을 타일렀다.

"대저 사람이란 스스로 힘쓰지 않으면 안 된다. 불량한 사람이라 할지라도 모두 본성에서 그렇게 된 것은 아니다. 습관이 어느덧 습성이 되어 옳지 못한 짓을 하게 된다. 이를 테면 지금 대들보 위에 있는 군자(君子)도 그러한 것이니라."

이때 갑자기 쿵하고 뭔가 떨어지는 소리가 났다. 진식의 말에 마음이 찔린 도둑이 뛰어 내려온 것이다. 그는 방바닥에 이마를 대고 엎드려 벌을 받으려 하고 있었다.

진식은 이윽히 그를 보고 있다가 말했다.

"자네 얼굴이나 모습을 보니 아무래도 악인이라고는 생각할 수 없네. 필시 가난이 심한 나머지 이런 짓을 하게 되었겠지……."

그리고는 비단 두 필을 주어 돌려 보냈다. 이런 일이 있은 후로 그 고을에서는 도둑을 볼 수 없었다 한다.

'양상군자' 란 말은 여기서 나온 것이다. 또 쥐를 양상군자라 말하기도 한다. 그러나 군자란 말을 쓰게 된 것은 진식으로서는 진지한 생각에서였을 것이나, 후세에 와서는 비꼬임 같은 의미를 살려 쓰이는 경우도 많아졌다.

진식은 세상사람들의 고생을 아는 사람이었다. 젊을 때부터 현의 관리가 되어 하찮은 잡역을 맡아 일할 때에도 항상 책을 놓지 않고 공부를 했다. 그러한 태도가 인정을 받아 태학(太學)에서 공부할 수 있는 특권을 받은 사람이다. 한때 살인의 혐의를 받아 체포된 일도 있었다. 물론 사실무근한 죄였으므로 곧 석방되었지만, 그는 뒷날 순찰관이 되었을 때 자기를 체포한 사람을 찾아내어 그를 부하로 썼다고 한다.

그 즈음에는 궁중에 환관(宦官)이 득세하여 유교를 받드는 관료와 격심한 다툼을 벌이며 그들을 탄압했다. 진식도 그 탄압 때 체포되었다. 소문을 듣고 다른 사람들은 재빨리 몸을 피했지만, 그는 '나까지 도망치면 현민(顯民)들은 마음 기댈 곳을 잃어 버리게 된다' 고 달게 포승을 받았다.

뒷날 풀려나와 대사마 하진(何進) 등이 진식에게 중앙에 나와 높은 벼슬에 앉기를 권했지만 기어이 듣지 않았다. 그가 84세로 세상을 떠났을 때 나라 안에서 그를 제사 지내는 사람이 3만이 넘었다고 한다.

-〈후한서〉 '진식전(陳寔傳)

어부지리(漁父之利)

어부가 이득을 취하다.

전국시대의 연나라는 중국 북방에 위치하여 서쪽은 조나라에, 남쪽은 제나라에 접해 있었으므로 끊임없이 이 두 나라의 위협을 느끼고 있었다. 연의 소왕(昭王)이라 하면 악의(樂毅)를 장군으로 하여 제나라를 공격한 이야기로 유명하지만, 조나라에 대해서도 경계를 게을리 하지 않았다.

어느 날, 조나라가 연나라의 기근 등의 불행을 기회로 침략을 하려 했는데, 소왕으로서는 많은 병사들을 제나라에 보낸 때이기도 하고, 또 조나라와 싸우고 싶지도 않았다. 그래서 소대(蘇代)를 불러 조왕을 달래어 납득시켜 달라고 했다.

소대는 합종책(合縱策)으로 유명한 소진(蘇秦)의 아우로, 형이 죽은 후 연소회(소왕의 아버지)와의 인연으로 소왕 때에도 제나라에 있으면서 여러 모로 연을 위해 일한 사람이다. 그는 소진처럼 큰 일은 못했지만, 그의 아우답게 세치의 혀로 갖은 책략을 다 썼다.

소왕의 부탁으로 조나라의 혜문왕을 찾아간 소대는 득의만만하게 말했다.

"저는 오늘 귀국(貴國)에 올 때 역수(易水–산서에서 하북으로 흘러 연과 조의 국경을 이루는 강)를 지나 왔사온데, 얼핏 보니 방합(조개 이름)이 입을 벌리고 햇볕을 쬐고 있었사옵니다. 거기 황새가 날아 와서 그 조개 속을 먹으려고 주둥이를 넣었다가 이에 놀란 방합이 입을 꽉 다무는 바람에 황새는 주둥이를 물려 빼내지를 못하게 되었사옵니다. 이제 어떻게 되나 하고 걸음을 멈추고 보고 있었더니, 황새가 하는 말이 '이대로 오늘도 비가 오지 않고 내일도 비가 안 오면 너는 말라 죽을 거야' 합니다. 방합도 지지 않고 '내가 오늘도 놓아 주지 않고, 내일도 놓아 주지 않으면 너야 말로 죽을걸' 하고 버텼습니다. 두 쪽이 모두 고집을 세우고 다툴 뿐 서로 화해하려 하지 않았습니다. 그러고 있는데 마침 어부가 왔으니 어떻게 되었겠습니까? 방합과 황새는 함께 어부에게 잡히고 말았사옵니다. 그때 문득 한 가지 생각이 떠오르는 게 있었습니다. 왕께서는 지금 연을 치려 하고 있사오나, 연이 방합이라면 조는 황새라 할 수 있습니다. 연과 조가 부질없이 다투어 백성들을 피폐하게 하면, 저 강대한 진이 어부가 되어 이(利)를 보게 될 것이 아니옵니까."

조의 혜문왕도 현명한 왕이었으니 소대의 말을 모를 리 없었다. 조나라와 접해 있는 진의 위력을 생각하면 연을 공격하는 것이 옳지 않음을 생각하고 침공을 중지했던 것이다.

여기서 '어부지리' 라는 말이 생겼다. 그리고 '방휼지세(蚌鷸之勢)' 또한 두 편이 다투고 있을 때 제삼자에게 이익을 빼앗기는 것을 의미한다.

-〈전국책〉

여도(餘桃)의 죄

옛날 위(衛)나라에 미자하(彌子瑕)라는 아름다운 소년이 있었는데, 그 미모로 임금으로부터 더할 수 없는 사랑을 받았다. 어느 날 밤, 그의 어머니가 병중이라는 소식이 남 모르게 미자하에게 전해졌다. 미자하는 허락도 받지 않고 임금의 수레를 타고 가서 어머니를 문병했다. 위나라의 법에는, 몰래 임금의 수레를 쓰면 발을 자르는 형벌이 있었다. 그러한 일을 미자하는 감히 한 것이다. 그러나 이를 들은 임금은 오히려 미자하를 칭찬했다.

"효성이 지극도 한지고. 어미를 위해 단족(斷足)의 형벌도 잊었으니……."

또 하루는 임금과 과수원에서 놀다가 미자하가 복숭아 하나를 따서 먹다가 하도 달고 맛있기에 먹던 것을 임금에게 주어 먹게 하였다. 이때도 임금은,

"이 어찌 다정다감한 일이 아닐꼬. 자기가 먹는 맛남도 잊고 내게 먹게 하다니……."

하고 칭찬을 했다.

그러나 어느덧 세월이 흘러 미자하의 아름다운 얼굴도 달라지자 임금의 사랑도 식어 버렸다. 임금은 미자하를 꾸짖어 말했다.

"그놈은 언젠가 내 수레를 몰래 탔었다. 뿐만 아니라 먹다 남은 복숭아(餘桃)를 내게 먹이기까지 했었다."

여기에서 '여도의 죄'는, 총애할 때는 좋아하고 칭찬하던 일도 그 애정이 식으면 그러한 일들이 거꾸로 죄가 되는 것을 말한 것이다.

〈전국책〉에 위나라 영공에게 옹저(癰疽), 미자하의 두 총신이 있었다고 했으니 이 이야기는 그때의 것인지도 모른다.

〈한비자〉의 '세난(說難)' 은 유세(遊說)의 어려움과 그 방법을 설명한 것이다. 전국시대에 유세하는 사람이 그들의 포부를 펼치려면 우선 각국의 군주에게 인정을 받아야 했다. 설명하고 설득시키는 일은 자기의 지식과 능변(能辯)과 종횡으로 의견을 늘어 놓을 수 있는가 없는가에만 달린 것이 아니다. 상대의 마음을 통찰하여 거기에 맞게 하는 것이 중요하다고 한비는 말하고 있다. 그리고 그러기 위해 여러 가지 경우와 방법을 열거했다. 이를 테면, 상대가 마음 속으로는 이익을 노리고 겉으로는 명예와 절의(節義)의 표정을 하고 있을 때 그 앞에서 명예와 절의를 설명한다면, 겉으로는 써 줄 듯이 하지만 실제로는 멀리 한다.

—귀인에 대해서 그 개인이 할 수 있는 일을 강요하거나 끊을 수 없는 것을 억지로 끊게 하려들면 내 몸이 위험에 처해진다.

—상대가 잘 하는 일을 칭찬하고 부끄럽게 생각하는 일에 대해서는 말하지 말라. 개인적으로 꼭 하게 해야 할 일에 대해서는 만 사람을 위함이라 하여 이를 강요하라.

—상대의 말에 찬성할 때는 반드시 미거(美擧－칭찬할 만한 행위, 좋은 기획)라고 명백히 말하고, 그리고 그것이 상대방의 개인적 이익도 된다는 것을 은연중 알리라.

한비는 이러한 내용들을 차례차례 이야기한 다음, 우선 군주에게 가까이 가서 옳고 그름을 직언하여 자기의 뜻을 말하라고 했다. 그리고 예를 들어 자기의 설(說)을 굳게 하라고 했다. 그 가운데 '여도의 죄' 의 이야기가 나온 것이다.

한비는 말한다. '미자하의 행위 그것에는 아무 변화가 없음에도 불구하고 전에는 칭찬하고 뒤에는 죄의 원인이 된 것은 사랑이 미움으로 변했기 때문이다. 애정의 움직임을 살피고 설명하는 일은 극히 중요한 것이다' 라고.

－〈한비자〉 '세난편(說難篇)'

역린(逆鱗)

거꾸로 난 비늘, 임금의 분노

용은 불가사의한 힘을 가졌다고 하는 상상의 동물이다. 봉(鳳), 인(麟), 거북과 함께 사령(四靈-네 가지 신령스러운 것)이라 부른다. 용은 비늘 있는 것의 으뜸이요, 마음대로 구름을 일으키고 비를 부른다고 한다. 그래서 중국에서는 임금을 높여서 용에 비하기도 했다. 용에 관한 이야기가 많은데 이 이야기도 그 중의 하나이다.

한비는 전국시대 사람이다. 그리고 현실주의적인 '접가(法家)'의 대표자이기도 했다. 어디가 어디와 결합되고 어디와 싸우는 것인지도 명백하지 않은 혼란스런 전국시대, 임금과 신하가 서로 의심하며 틈만 있으면 서로 쓰러뜨리는 사회, 한비는 이러한 것들을 예리한 눈으로 보고 있었다.

그는 진나라에 붙들려 있을 때 이사(李斯)의 계략에 걸려 독약을 마시고 자살했다고 하지만, 이 세상에 〈한비자〉라는 저서를 남겼다. 이 책에서는 그렇듯 어지러운 전국시대의 숨결이 풍겨지는데, '세난편' 에서 그는 이렇게 말하고 있다.

"용은 상냥한 동물이다. 길들면 타고 다닐 수도 있을 정도다. 그러나 그 목 아래에 길이가 한 자나 되는 거꾸로 난 비늘(逆鱗)이 한 장 있는데, 만일 이 비늘을 건드리는 자가 있을 때에는 용은 반드시 그 사람을 죽여 버린다. 군주에게도 이 역린이 있는 것이다……."

그러므로 조심하지 않으면 안 된다고 했다. 여기에서 군주를 성나게 하는 것을 '역린을 건드렸다' 라고 하게 되었다.

-〈한비자〉 '세난편'

연리(連理)의 가지

두 그루의 나무가 서로 붙어 자라 결이 이어진 가지

후한 말 때의 문인 채옹(蔡邕)은 효성이 지극한 사람이었다. 그의 모친은 병으로 오랫동안 누워 있었는데, 채옹은 어머니의 병간호를 하며 3년 동안 옷을 벗고 잠을 자는 일이 없었다. 더구나 어머니의 병이 위독해진 후 백일 동안은 잠자리에도 들지 않았다.

모친이 죽자 그는 무덤 옆에 집을 짓고 거기서 상주 노릇을 했는데 형식적인 것이 아니요, 모든 일을 예에 따라 정성껏 모셨다. 뒷날 채옹의 방 앞에 두 그루의 나무가 자랐는데, 그 나무들의 가지가 서로 붙어 자람에 따라 결이 이어져서 한 나무가 되었다. 세상 사람들은 이를 기이하게 여기고 채옹의 효성이 이런 진귀한 현상을 일으킨 것이라 하며 각지에서 구경오는 사람이 많았다.

이상은 〈후한서〉 '채옹전(蔡邕傳)' 에 있는 이야기로, 거기에는 나뭇가지에 대한 기술은 없고 다만 '나무가 나서 결을 이었다(連理)' 를 효도와 결부시켜 말하고 있다. 뒤에 와서는 오히려 송나라 강왕(康王)의 포학에 굴하지 않은 한빙(韓憑)과 그의 아내 하씨(何氏) – 혹은 식씨(息氏)라고도 함 – 의 부부애에 관한 이야기에 의해 부부애를 나타내는 말이 되었다.

또 백낙천(白樂天)의 시 '장한가(長限歌)' 에 현종황제와 양귀비가 서로 맹세한 말이라 하여,

하늘에서는 원컨대 비익조(比翼鳥)가 되고,
땅에서는 원컨대 연리(連理)의 가지가 되리…….

(비익조는 날개가 하나뿐인 새로, 두 마리가 붙어서 날아야 비로소 날 수 있다 함)

라는 두 구가 있는데, 이것은 확실히 부부의 깊은 사랑의 맹세에 비유한 말로 쓰인 것이다.

-〈후한서〉 '채옹전(蔡邕傳)'

연목구어(緣木求魚)

나무에 올라 물고기를 구하다.

주나라의 신정왕(愼靜王) 3년, 맹자는 양나라를 떠나 제나라로 갔다. 이미 50을 넘은 나이였다. 동쪽에 있는 제나라는 서쪽의 진, 남쪽의 초와 더불어 전국 제후 가운데서도 대국이었다. 선왕(宣王)도 꽤 재주있는 사람이었다. 맹자는 거기에 매력을 느끼고 있었다.

그러나 시대가 요구하는 것은 맹자가 말하는 왕도정치가 아니요, 부국강병이며, 외교상의 책모(策謀) - 원교근공(遠交近攻)책과 합종책(合縱策 - 서쪽의 강대한 진에 대하여 한, 위, 조, 연, 제, 초 여섯 나라가 동맹하여 대항해야 한다는 공수 동맹에 의하려는 정책), 그리고 연형책(連衡策) 등이었다.

선왕은 맹자에게 춘추시대의 패자였던 제의 환공(桓公), 진의 문공의 패업에 대해서 듣고 싶다고 했다. 선왕은 중국의 통일이 가장 큰 관심사였던 것이다.

"대체 임금께서는 전쟁을 일으켜 신하의 생명을 위태롭게 하고, 이웃나라 제후들과 원수를 맺는 것을 좋아 하시나요?"
하고 맹자가 물었다.

"아니오. 좋아하지는 않으나, 그럼에도 하려는 것은 내게 대망이 있기 때문이오."

"임금의 대망이란 것에 대해서 말씀해 보십시오."

인의(仁義)에 의한 왕도정치를 말하는 맹자를 앞에 두고 선왕은 조금 난처해져 웃기만 할 뿐 좀체 말하려 하지 않았다. 이때 맹자가 말했다.

"전쟁의 목적은 의식(衣食)이오니까?"

"아니야, 나의 욕망은 그런 것이 아니오."

선왕은 맹자의 교묘한 변론술에 걸려들고 말았다. 맹자는 세차게 논했다.

"그러시다면 이미 다 알 수 있습니다. 영토를 확장하여 진과 초의 대국으로 하여금 허리굽히게 하고 중국 전체를 지배하여 사방의 오랑캐들을 따르게 하려는 것이겠지요. 그러나 그러한 이때까지의 방법, 즉 일방적인 무력으로서 그것을 얻으려 하는 것은 '연목구어(緣木求魚)와 같은 것으로, 목적과 수단이 맞지 않는 것이라 불가능한 일이옵니다."

선왕은 이 말에 놀라고 의외로 생각했다.

"그렇게도 어려운 일일까?"

"어렵습니다. 그건 나무에 올라 고기를 얻으려 하는 것보다도 더 어려운 일이올시다. 어려울 뿐만 아니라 무력으로 대망을 이루려 하시면 심신을 다하여 결국은 백성을 괴롭히고 나라를 망치는 큰 재난까지 당하여 결코 좋은 결과를 얻지 못할 것이옵니다."

"재난을 당하는 까닭을 가르쳐 주시오."

선왕은 귀가 솔깃하여 다가앉았다. 이리하여 맹자는 교묘하게 대화의 주도권을 얻어 인의에 바탕한 왕도정치론을 당당히 설명해 갔던 것이다.

-〈맹자〉 '양혜왕편(梁惠王篇)'

연작(燕雀)이 어찌 홍곡(鴻鵠)의 뜻을 알랴?

진승(陳勝)은 하남성 양무현의 날품팔이 농부였다. 어느 날 친구들과 밭을 갈다가 진승은 갑자기 괭이를 내던지고 언덕 위로 뛰어올라 한참 동안이나 슬픈 듯이 먼 하늘을 바라보았다.

그의 가슴은 진나라 압정에 대한 분함과 자기들의 처참하고 고된 생활에 대한 한으로 꽉 차 있었다. 그러나 한편으로는 장래에 걸고 있는 야망이 불타고 있었던 것이다. 이윽고 그는 친구들을 돌아보며 말했다.

"장래에 내가 출세를 하는 일이 있더라도 우리는 서로 잊지 않는 사이가 되도록 하세."

"무슨 엉뚱한 소릴 하나?"

진승은 친구의 말이 슬펐다. 자신의 기분이 그들에게는 통하지 않는다고 생각하며 그는 한숨을 내쉬었다.

"아! 연작(제비와 참새)이 어찌 홍곡(기러기와 고니)의 뜻을 알랴!"

그러던 진승은 진의 2세 황제 원년 7월, 하남 각 현에서 징용되어 온 9백 명의 빈농들과 함께 만리장성 경비를 하러 어양(漁陽)으로 가는 도중, 안휘성 대택향(大澤鄕) 이란 곳에서 큰 비로 길이 막혀 머물고 있었다. 그 지방은 회하(淮河)의 지류가 그물눈처럼 뻗어 있는 습지로, 비가 오면 당장 길이 통하지 못하게 되는 곳이었다.

징용병들이 어양에 도착해야 할 기일은 임박해 있었다. 진의 군법은 엄하여 만일 늦게 도착했다가는 그들의 목이 달아날 판이었다. 그러나 대택향에서 어양까지는 3천 리나 되는 먼 길, 이제 곧 강행군을 한다 해도 기일까지는 도착할 가망이 없었다. 더구나 징병관들은 종일 유유히 술만 마시고 있었다. 그들에게는 죄를 피할 방도가 다 있었던 것이다.

이때 진승은 같은 징용병인 오광(吳廣)과 함께 진에 반기를 들 것을 모의했다. 오광은 양하현(陽夏縣)의 빈농으로, 병사들 사이에 인망이 있었다. 진승과 오광은 은밀히 병사들의 불만을 돋구어 불만에 반항심을 키웠다. 그리고 병사들의 미신을 이용하여 물고기 뱃속에 '진승 왕이 되리라' 고 주서(朱書)한 헝겊 조각을 넣는가 하면, 진영 가까이에 있는 사당에 숨어서 여우의 목소릴 흉내내어 '대초(大楚 - 초는 진에게 멸망당한 그들의 조국)일어나리라. 진승, 왕이 되리라' 하고 울기도 하여 농민들의 마음을 진승에게 기울어지게 하였다. 그리하여 9백 명의 군대가 같이 들고 일어날 기회를 기다렸다.

드디어 때는 왔다. 오광은 일부러 징병관을 화나게 하여 그가 칼을 빼자 번개같이 그 칼을 빼앗아 징병관을 베었다. 병사들 사이가 소란스러워졌다. 이때 진승이 병사들을 진정시키며 호령했다.

"우리들이 살 길은 하나밖에 없다. 그것은 우리를 괴롭히는 진과 싸우는 일이다. 우리 나라를 우리 힘으로 다시 세우자. 우리들 농부들이 버러지처럼 짓밟혀 오면서 잠자코 있을 수는 없는 것이다."

그리고 진승은 큰 소리로 외쳤다.

"왕후장상이 어디 씨가 있느냐!"

9백 명의 농병(農兵)들은 와아 함성을 지르며 진승의 말에 응했다. 이리하여 대택향에서 봉기한 농민군은 곧 기현을 함락시키고 일군(一軍)은 동으로 나아가 동성(東城)으로 향하고, 진승, 오광의 주력군은 서로 나아가 진으로 향했다. 오랫동안 진의 압제에 시달리고 있던 각 처의 농민들은 스스로 무장하여 진승의 군대에 들어와 진에 입성할 즈음에는 그 병력이 수만에 이르렀다. 진승은 진에서 왕이라 일컫고 국호를 장초(張楚 - 초를 크게 한다는 뜻)라 하여 진에 대항했다. 즉, 진승을 수반으로 하는 혁명정권이 수립된 것이었다. 이는 중국에서는 물론이요, 세계 역사상 최초의, 그리고 대규모의 농민봉기였다.

-〈사기〉 '진섭세가(陳涉世家)'

오리무중(五里霧中)

5리나 이어지는 안개 속

환관과 외척이 정치를 잡고 흔들던 후한의 화제(和帝) 때, 장패(張覇)라는 성도 출신의 학자가 있었다. 화제가 병으로 죽고 상제가 뒤를 이었다가 8개월만에 죽어 안제(安帝)가 즉위했을 때 장패는 시중(임금의 측근)의 고문관으로 있었다.

상제와 안제의 정치적 실권은 등태후(鄧太后-화제의 황후)와 그의 오라비 등즐이라는 자가 쥐고 있었다. 나는 새도 떨어뜨리는 등즐이 장패의 명성을 듣고 사귀기를 청했을 때, 장패는 얼른 응하지 않았다. 남들은 그의 완고함을 비웃었다. 얼마 후 그는 70세로 병사했다.

장패에게는 장해(張楷)라는 아들이 있었는데, 그 역시 〈춘추〉, 〈고문상서(古文尙書)〉에 정통한 학자여서 제자가 1백 인이나 되었고, 선대부터의 이름있는 학자들이 모두 그의 문을 두드리고 찾아들었다. 거마(車馬)가 길을 메우며 줄지어 오듯 했고, 환관들이나 황제의 친척들도 그와 가까이 하려고 했다.

그러나 그는 부친과 마찬가지로 그런 일을 싫어하여 시골에서 숨어 살았다. 사예(司隷-경시총감)가 그를 관리 등용 자격자로 추천하여 지방관리로 임명했지만, 나가지 않고 홍농산중(弘農山中)에 은거해 버렸다. 그러나 학자들이 산중까지 따라 가서 문전성시를 이루었다고 한다. 뒷날에는 화음산 남쪽에 드디어 공초시(市)가 생기는 형편이었다. 이렇게 되니 점점 더 그를 불러 쓰고 싶어지는 것이 세상 인정이다. 중신들은 몇 차례씩 그를 불렀으나 여전히 응하지 않았다.

안제가 죽고, 다음에 선 순제(順帝)는 특히 하남의 윤(尹-장관)에게 조서를 내려,

"장해는 행실은 자사(子思)를 따르고, 절조는 백이(伯夷) 숙제(叔齊)와 같다."

고 격찬하여 예를 다해 맞으려 했지만, 장해는 이때도 병을 핑계로 나아가지 않았다.

그런데 장해는 학문만 잘 한 것이 아니라 도술도 즐겨 곧잘 '오리무(五里霧)를 만들었다. 즉, 도술로서 5리나 이어지는 안개를 일으킬 수 있었다는 것이다. 그 당시 관서 사람으로 배우(裵優)라는 사람도 술을 써서 3리에 걸치는 안개를 만들었지만, 장해가 5리의 안개를 만든다는 말을 듣고는 배우고 싶어 그를 찾아갔다. 그러나 장해는 안개 속에 자취를 감추고 만나 주지 않았다. 이리하여 '오리무중' 이라는 말이 생긴 것이다.

5리에 걸친 깊은 안개 속에 들어서게 되면 동서남북도 알 수 없어 어떻게 해야 할지 몰라 쩔쩔매게 된다 - 는 그런 뜻으로 쓰이고 있지만, 요컨대 어떤 일에 대한 방침이 서지 않는다든가, 마음이 어지러워져서 방향을 잡지 못한다는 뜻으로 쓰이는 말이다.

이후 안제가 죽고 다음으로 충제(沖帝)가 석달만에 또 죽었는데, 배우(裵優)가 안개를 일으켜 악사(惡事)를 행하다가 발각되어 잡혔다. 이때 배우가 장해에게서 그 술을 배웠다고 말한 것이 죄가 되어 장해는 엉뚱하게 2년간 옥살이를 해야 했다.

옥중에서 그는 경적(經籍)을 읽고 상서(尙書)의 주(註)를 썼다. 뒷날 사실무근이 판명되어 옥에서 나왔는데, 질제(質帝) 다음에 즉위한 환제(桓帝)의 건화(建和) 3년에 다시 조서가 내려 초빙되었지만, 역시 병을 이유로 벼슬에 나아가지 않고 살다가 70세로 세상을 떠났다.

-〈후한서〉 '장해전(張楷傳)'

오십보 백보

맹자는 기원전 371년에 났다고 하는 설이 있지만, 확실한 것은 모른다. 그러나 4세기 중엽의 사람이다. 그 어지러운 시대에 인도주의적인 공자의 가르침을 펴뜨리고 인의(仁義) 도(道)를 말하며 돌아다닌 맹자는 그 당시 사람들에게는 꽤 별난 인물로 보였을 것이다. 그러나 맹자는 철저한 이상주의자로, 사람들에게 자기의 설을 이야기할 때의 말솜씨는 안하무인이었다. 그리고 그런 만큼 기백이 찬 예리한 변설(辨說)을 펼쳐 놓았다.

그 당시의 사상가, 책략가들이 여러 나라의 임금에게 유세하며 다닌 것처럼 맹자 또한 많은 왕들을 만나 유세를 했다. 위나라 왕 혜왕의 초청을 받았을 때의 이야기다.

위나라는 그 당시 서쪽에서는 호랑이라고 불리우는 무서운 진나라가 있어 항상 그의 압박을 받아야 했고, 동쪽에는 제나라가 있어 그와는 싸움에 두세 번이나 져서 말할 수 없는 역경에 처해 있는 터였다.

혜왕은 이름 높은 현사(賢士)와 인재를 불러 의견을 듣고 혹은 데리고 있으면서 국운을 되찾으로 애썼다. 맹자도 그런 이유로 초청을 받았던 것이다.

혜왕이 물었다.

"선생님, 천리를 멀다 않으시고 참 잘 와 주셨습니다. 그것은 저희 나라를 강하게 해 주시기 위해서였겠지요?"

맹자가 대답했다.

"왕의 나라가 강해지느냐 않느냐는 둘째 문제로 하고, 나는 우선 인(仁)과 의(義)에 대해서 말씀드리고자 왔소이다."

두 사람의 회담은 이런 투로 시작되었다. 이야기는 진전해서 여러 가지 문제를 다루게 되었다. 혜왕은 자기의 생각과는 어딘지 들어 맞지 않는 맹자의

생각을 아무튼 끈기 있게 참았다. 그 어느 날,

"선생님, 선생님이 말하시는 '백성을 생각하라' 는 것은 저도 적지 않이 생각해 왔습니다. 이를 테면 저희 나라의 하내지방에 흉년이 들었을 때는 젊은 사람들을 하동지방으로 옮겨 살게 하고 나머지 노약자를 위해서는 하동의 곡식을 운반해 와서 먹게 하였사오며, 이와 반대로 하동지방에 흉년이 들었을 때에는 젊은이들을 하내로 옮겨 하내의 곡식을 하동으로 운반하여 먹게 하는 등 적극 힘쓰고 있는 터인데도 백성들이 나를 따라 주는 것 같지가 않습니다. 선생님의 생각으로는 이를 어떻게 보십니까?"

"임금께서는 전쟁을 좋아하시지요? 한 가지 비유의 이야기를 하겠습니다. 싸움터에 양쪽 군사가 맞붙어 싸움을 하려고 신호의 북소리가 울렸다고 하십시다. 그런데 한 병사가 겁을 먹고 갑옷을 벗어던지고 도망을 쳤습니다. 그러나 백 걸음쯤 가서 멈춰섰습니다. 그리고 또 한 병사는 도망을 치다가 한 오십 걸음쯤 되는 데서 멈춰 섰습니다. 그리고는 백 걸음 도망친 놈을 보고 비겁한 놈이라고 욕했다고 하십시다. 어떻습니까, 임금님?"

혜왕이 대답하기를,

"아냐, 그건 말도 안 되는 일이야. 오십보나 백보나 도망친 데에는 다름이 없지 않은가?"

이렇게 대답하자 맹자는 주저하지 않고 말했다.

"그것을 아신다면 임금님이여, 이웃 나라보다는 제나라 백성을 많이 보살피겠다고 하시는 임금님의 소망도 이와 비슷한 것이겠나이다."

이렇게 말하고 맹자는 자기가 말하고자 하는 중심으로 혜왕을 끌어들여 갔다. 그 중심이란 것은, 맹자의 사상체계의 중심이 되는 왕자(王者)의 도(道)이다. 이 왕도(王道)에 정면으로 부딪쳐서는 따분한 이야기밖에 있을 수 없다. 그래서 맹자는 왕이 가장 좋아하는 전쟁 이야기를 꺼내어 흥미를 갖게 했다.

원문에서는 '오십보를 가지고 백보를 비웃으면 어떤고' 하는 질문에 대해서 혜왕은 불가(不可)라 하여 '오직 백보가 되지 못했을 뿐 이 또한 도망친 자' 라고 대답하고 있다. 이웃나라의 정치 방법이나 왕의 정치 방법이나 맹자의 왕도에서 볼 때에는 혜왕이 어떻게 백성들을 위하든 결국은 같은 것이라 했다.

-〈맹자〉

오월동주(吳越同舟)

오나라와 월나라 사람이 한 배에 타다.

〈손자(孫子)〉라는 중국의 유명한 병법서(兵法書)가 있다. 춘추시대 때 오나라의 손무(孫武)가 썼다고 전해 온다.

손무는 오왕의 합려(闔廬)의 신하로 초의 서울을 함락시키고 북방의 제와 진 등을 쳤다는 명장이다. 그러나 손무가 아니라는 사람도 있다. 전국시대 제나라의 손빈이라는 사람이 저자라는 것이다. 그는 앉은뱅이인 기구한 운명의 사나이로, 드디어 대장군이 되었다는 유명한 병법가이다. 저자가 누구였든간에 〈손자〉가 대병법서임에는 틀림없다. 그 뜻이 명쾌하고 문장이 무섭게 압축되어 있는 점으로도 유명하다.

'적을 알고 나를 알면 백전(百戰)을 해도 위태롭지 않다' 는 등 많은 명구처럼, 이 '오월동주(吳越同舟)' 도 그 중의 하나다.

'병(兵)을 쓰는 법에는 아홉의 지(地)가 있다…….'

손자는 이렇게 말을 시작한다. 그 9지의 최후의 것을 사지(死地)라 한다. 곧 싸우면 살 길이 있으나 느릿느릿하면 망해 버리는 필사(必死)의 지다. 그러면 어떻게 해야 하는가? 사지에 있을 때는 곧 싸우라고 손자는 단언했다. 진퇴불능의 필사의 장소다. 병졸은 마음을 하나로 하여 싸워서 활로를 연다는 것이다. 병사들을 사지에 두고 싸우는 일의 중요함을 여러 가지로 말한 다음에 손자는 이렇게 말한다.

"따라서 병을 잘 쓴다는 장군의 준비는 예컨대 솔연(率然)과 같다. 솔연이란 이국(異國) 상산(常山)에 있는 큰 뱀이다. 그 머리를 치면 꼬리가 달려든다. 꼬리를 치면 머리가 달려든다. 허리를 치면 머리와 꼬리가 함께 달려든다. 이와 같이 힘을 하나로 함이 중요하다. 그러면 병을 솔연과 같이 머리와 꼬리가 서로 돕듯이 할 것인가? 그렇다. 그리고 그건 가능하다. 오(吳)와 월

(越)은 예로부터 적국(敵國)이다. 두 나라 백성들까지 서로 미워하고 있다. 그러나 가령 오나라 사람과 월나라 사람이 같은 배를 타고 강을 건넌다고 하자. 만약 큰 바람이 일어 배가 뒤집힐 위험에 처하게 되면 오나라 사람이나 월나라 사람도 평소의 생각을 잊고 서로 도와 나갈 것이다. 바로 이것이다. 전차의 말을 꽉 붙들어 매고 차바퀴를 땅에 파묻는다. 이렇게 준비를 단단히 해서 적에게서 이 쪽의 준비를 무너지지 않게 하려 하지만, 최후에 믿을 것은 그것이 아니다. 믿을 것은 필사적으로 한 덩이로 뭉쳐진 병사의 마음이다."

'오월동주' 라는 말은 여기서 나온 것이다. 지금에 와서는 전투에 한하지 않고 사이가 나쁜 사람끼리 공동의 행동을 취할 경우에 쓰인다.

-〈손자병법〉 제12편 '구지(九地)'

오합지중(烏合之中)

까마귀의 무리, 곧 임시로 조직없이 모여든 무리

전한 말기, 외척인 왕망은 권세를 마음대로 하며 평제(平帝)를 죽인 다음 유자영을 세우고, 다시 자기는 신황제(新皇帝)라 일컫다가 기어이 나라를 빼앗아 국호를 '신(新)' 이라고 고친 것이 서기 9년의 일이다.

그러나 정치에 실패했기 때문에 각 처에서 반란이 일어나고 특히 '녹림(綠林)' 의 병(兵)과 '적미(赤眉)' 의 적(賊)은 그 중 가장 큰 것으로, 천하는 큰 혼란에 빠졌다. 이윽고 왕망이 죽었으나, 천하가 평온해진 것은 아니었다. 각 처에서 군웅(群雄)이 할거(割據)하고 적미의 적도 아직 기세가 성했다. 이러한 와중에 유수(劉秀)는 대사마로서 군사 일로 눈코 뜰새가 없었다. 그 중에서도 한단(邯鄲)에서 일어난 왕낭(王郎)은 원래 역자(易子-점치는 사람)였는데, 자기야말로 성제(成帝)의 아들 유자여(劉子輿)라고 헛소문을 퍼뜨려 많은 군사를 모아 스스로 천자라 일컬으며 세력이 대단했다.

이에 유수는 다음 해인 24년에 군사를 거느리고 정벌에 나섰다. 그런데 하북성 상곡(上谷)의 태수 경황(耿況)은 전부터 유수의 인격을 사모하여 아들 경엄을 유수의 휘하로 보내려 하였다. 경엄은 그때 나이 21세로 영리하고 사려깊은 데다 병법에 흥미를 가진 청년이라 흔쾌히 유수에게로 달려갔다.

길을 떠난 경엄은 도중에 왕낭이 한단에서 군사를 일으켜 천자라 자칭하고 있다는 소문을 들었는데, 부하인 손군(孫君)과 위포(衛包)가 갑자기 마음이 변하여 '유자여는 성제의 아들로 한나라의 정통인물이다. 이런 분을 버리고 대체 어디로 간단 말인가' 하고 배반할 기미를 보였다. 이에 경엄은 크게 노하여 두 사람을 끌어내 놓고 칼을 빼들며 말했다.

"왕낭이란 본시 이름도 없는 도둑이다. 그런 자가 유자여라 일컫고 황자(皇子)의 이름을 거짓으로 쓰며 난을 일으킨 것이다. 내가 장안에 다녀와서 상곡, 어양(漁陽)의 군세(軍勢)를 몰아 왕낭의 군대 같은 오합의 무리(烏合之衆)를 짓밟게 하는 날이면 가히 마른 가지를 부러뜨리듯 왕낭을 포로로 할 수 있을 것이다. 너희들이 사리를 판단 못하고 적의 패가 된다면 당장 패망하여 일족이 멸살될 것이다."

그러나 두 사람은 기어코 왕낭에게로 갔으므로 경엄은 굳이 붙들지 않고 유수에게로 달려갔다. 그리하여 여러 차례 무훈을 세우고 뒷날 건의대장군(建義大將軍)이 되었다.

'오합지중' 이란 원래 까마귀가 모인 것 같은, 통제되지 않은 군중을 가르키는 말이다. 그리고 〈후한서〉에는 왕낭을 가리킨 말로 여러 곳에 보이고 있다.

-〈후한서〉, 〈문선〉 '진기총론(晉紀總論)'

옥상가옥(屋上家屋)

지붕 위의 지붕

〈삼국지〉에 나오는 촉과 오를 쳐부순 위는 천하를 통일하여 국호를 진(西晉)이라 고치고, 280년 낙양(洛陽)을 도읍하였다. 그 즈음 낙양의 유중(庾仲)이라는 시인이 현란한 도읍의 번화와 풍경을 찬양하는 시를 지었다. 그 시 가운데 '3경(京), 43도(都)' 라는 문구가 있는데, 그 표현이 특히 뛰어나다고 평판이 높았다. 낙양 사람들은 다투어 이 시를 베껴 써서 벽에 걸어 놓고 감상하였다. 그래서 종이가 모자라게 되어 '낙양의 종이값이 올랐다' 는 상황을 연출했다. 그러나 그 시를 본 사태사(謝太師)라는 높은 관리는 껄껄 웃으며 말했다.

"그런 시쯤 마치 지붕 아래 또 지붕을 만든 것이나 같은 것이야. 같은 말을 되풀이한 데 지나지 않은가. 그런 시를 가지고 좋아 떠드는 사람들의 속을 알 수 없어."

또 다른 이야기가 있다. 이것은 북제(北齊 - 남북조 중 북조의 한 나라)의 안지추(顔之推)라는 학자가 쓴 것으로 되어 있는 〈안씨가훈(顔氏家訓)〉 서문에,

"진 이래 훈고의 학(學)이라는 유학의 연구 방법이 유행이었는데, 학자들은 서로 다투어 옛날 학자의 저서를 현대문으로 고쳐 쓰는 일을 하고 있다. 그러나 이들 학자가 쓴 것들은 모두 이론만 세우는 방법이 중복되어 있고, 같은 내용의 되풀이에 지나지 않는다. 마치 지붕 아래 또 하나 지붕을 짓는 것으로, 전혀 쓸데없는 노작(勞作)일 뿐 볼 만한 가치는 없다."

고 했다.

이상과 같이 원전은 모두 '옥하(屋下)에 옥을 만든다' 라고 되어 있으나, 이치로 따져 지붕 아래 지붕은 아무래도 무리한 것이라, 지붕 위의 지붕으로

한 것이 아닌지 모르겠다. 그러나 옥상의 옥은 현대에 와서는 당연히 있을 수 있는 것으로 이해되기도 할 법하니 역시 지붕 아래 지붕이 이 말의 뜻에는 적합한 것도 같다.

-〈세설신화〉

옥석혼효(玉石混淆)

옥과 돌이 섞여 있다.

이 말은 좋은 것과 나쁜 것, 귀한 것과 천한 것, 현인과 우인이 함께 섞여 있음을 말한다. 진나라 갈홍(葛洪)이 지은 〈포박자(抱朴子)〉에 나오는 다음의 내용에 '옥석혼효(玉石混淆)' 라는 말이 나온다.

"시경이나 서경 같은 정경(正經)이 도의(道義)의 대해(大海)라고 한다면, 제자백가의 책은 그것을 더 불리고 깊게 하는 강물의 줄기요, 방법은 다를지라도 한 가지로 덕을 넓히는 것임에 틀림이 없다. 고인(古人)은 재능을 얻는 어려움을 탄식하여 곤산(崑山)의 옥이 아니라 하여 해서의 야광주(夜光珠)를 버리거나, 성인의 책이 아니라 하여 수양에 도움이 되는 말을 저버리지는 않았다. 그런데 한위(漢魏) 이래 가언(嘉言 - 좋은 말씀)이 많이 나와 있건만, 그 가치를 정해 주는 성인이 나타나지 않고, 견식이 좁은 사람들은 겉만 아는 좁은 곳에서 자의적인 해석에만 치중하고 기이함을 가볍게 보아 쓸데없는 것이라 하고, 혹은 이단이라 하여 보잘 것 없다 하며, 광박(廣博)하여 사람의 마음을 어지럽힌다 하기도 한다. 티끌도 모이면 산이 되고, 많은 빛깔이 모여 눈부신 아름다움을 나타내는 것을 모르는 것이다. 천박한 시부(詩賦)를 즐기는가 하면 뜻깊은 자서(子書 - 諸子의 書)를 가벼이 여기고 이로운 말은 싫다 하고 헛된 말에 감심한다. 참과 거짓이 거꾸로 되고, 옥과 돌이 혼효(混淆)하며, 아악(雅樂)도 속악(俗樂)도 함께, 미복(美服)도 남루도 함께 생각하여 모두가 태연한 것은 진실로 한탄할 일이다."

갈홍은 젊을 때 고학하여 유학을 배웠으나, 신선양생(神仙養生)의 도에 대단한 흥미를 가지고 있었다. 조부의 조카인 갈현(葛玄)이 신선이 되어 갈선옹(葛仙翁)이라 불리고 있었던 터이므로, 자기로서는 포박자라 일컬었다. 갈현의 제자 정은(鄭隱)이 그의 연단(煉丹 - 불로장생의 약 혹은 금을 만

듬)의 비술을 물려 받아 가지고 있었으므로 갈홍은 정은에게서 그 비술을 배웠다.

원제(元帝)가 승상이었을 때 그 밑에서 공을 세워 관내후(關內侯)에 봉해졌는데, 그 후 교지에 단사(丹砂)가 난다는 말을 듣고 찾아가 나부산(羅浮山)에서 연단을 하고 있었다. 그리고 어느 날인가 그를 존경하는 광주의 자사(刺史) 등악(鄧嶽)에게 '스승을 찾아 멀리 가려 하노라. 날을 정하여 출발하리라' 는 기별을 보냈다. 등악이 이 기별을 듣고 부랴부랴 하직하러 달려가 보니, 갈홍은 앉은 채로 밤을 밝히고 낮이 되자 자는 듯이 세상을 떠났다. 얼굴빛이 살아 있을 때와 다름이 없고, 시체도 부드러워 관에 넣으려 할 때는 빈 껍질을 드는 것처럼 가벼웠다고 하며, 시해(尸解) 즉, 몸은 남기고 혼백은 신선으로 화했다고 한다. 그의 나이 81세였다.

갈홍의 저서에는 〈포박자〉 내외편 70권과 〈신선전(神仙傳)〉 등이 있으며, 〈포박자〉 내편(內篇)에서는 신선의 도를 주로 설명했고, 외편(外篇)에서는 정치와 도덕 등을 논하고 있다.

-〈포박자(抱朴子)〉 '외편, 상전(外篇, 尙博)'

옥의 티

가령, 범의 가죽으로 만든 옷이라 해도 무늬가 어지럽기만 하다면 여우 털옷의 순수한 빛깔만도 못하리라. 또 백벽(白璧 – 흰 고리 모양의 옥)이라도 흠이 있으면 보물이라 할 수 없다. 이 말은 완전히 순수한 것의 희귀함을 말해주는 것이다. 오늘날 흔히 말하는 '옥의 티'와는 다소 다른 뜻이라 하겠다.

"쥐구멍이 있다고 해서 뜯어 고치려고 서투르게 손을 대다가 동네 대문을 무너뜨리는 수가 있고, 여드름을 짜서 종기를 만드는 수도 있다. 이런 일은 보석에 금이 가 있는 것을 가만히 두면 괜찮을 터인데 잘 간수하려다가 깨뜨리는 것과 같다."

는 말이 있다. 그러나 이것은 공연한 짓을 하다가 도리어 사태를 악화시킨다는 뜻이다.

–〈회남자(淮南子)〉'설림훈(說林訓)'

와신상담(臥薪嘗膽)

섶에 눕고 쓸개를 씹다.

주나라 경왕(敬王) 24년, 오왕 합려(闔閭)는 월왕 구천(九踐)과 싸우다가 월군의 계략에 걸려 패했다. 그때 합려는 적의 화살에 손가락을 다쳤는데, 패주하는 가운데서 충분한 치료도 하지 못하고 간신히 형이라는 곳까지 도망쳐 왔는데, 갑자기 상처가 악화하여 죽고 말았다.

임종 때 그는 태자 부차(夫差)에게 반드시 월에 복수하여 자기의 원수를 갚으라고 유언했다.

아버지의 뒤를 이어 오왕이 된 부차의 귀에는 항상 임종 때의 부친의 유언이 들리는 것 같고, 눈에는 부친의 원통해 하던 모습이 보이는 것 같았다. 그는 어떻게 해서든지 아버지의 원수를 갚고야 말리라는 굳은 결심으로 밤마다 섶 위에서 자며(臥薪), 부친의 유한(遺恨)을 새로이 하고는 복수의 마음을 칼날같이 했다.

그는 또 자기 방에 출입하는 사람에게는 반드시 부친의 유명을 소리내어 말하게 하였다.

"부차여, 네 아비를 죽인 자는 월왕 구천임을 잊지 말라."

"예, 결코 잊지 않겠습니다. 3년 안으로 반드시 복수하오리다!"

부차는 그럴 때마다 이렇게 대답하였다. 이 말은 숨이 넘어가는 부친에게 한 말과 꼭 같은 말이었다. 이리하여 그는 밤이나 낮이나 복수를 맹세하고 오로지 병사들을 훈련시켜 때가 오기만 기다렸다.

월왕 구천은 부차의 결심을 듣고는 선수를 쳐서 오를 치려고 신하들의 간언도 듣지 않고 전쟁을 시작했다. 부차는 곧 이에 응전하여 두 나라의 군사는 오의 부초산에서 한바탕 결전을 벌였다. 그러나 월나라 군사는 부차의 굳은 복수의 일념으로 단련시킨 오나라 군사에게 역부족으로 크게 패하고 말았다. 구천은 남은 군사를 이끌고 간신히 외계산에 숨었다. 오군은 추격하여 그 산을 포위했다. 진퇴양난에 빠진 구천은 나라를 버리고 오왕의 신하가 되기를 약속하고 항복하였다. 싸우다 죽기는 쉬우나 죽으면 그만이다, 월을 다시 일으키기 위해서는 살아서 치욕을 참을 수밖에 없다는 신하들의 충언에 따른 것이었다.

월왕 구천을 항복시킨 오왕 부차는 승자의 금도(襟道)로써 구천을 용서했다. 구천은 고국에 돌아갈 수는 있었지만, 그 고국은 이제는 오의 속령(屬領)이요, 스스로 오왕의 신하된 몸이다. 전에 부차가 섶 위에서 자며 죽은 부친의 유한을 되새겼듯이, 지금 구천은 항상 쓸개를 옆에 두고 앉아서나 누워서나 음식을 먹을 때나 그 쓰디쓴 맛을 핥으며(嘗膽), '회계의 치욕' 을 되새겨 복수의 결심을 새로이 했다.

그는 스스로 논밭을 경작하고, 그의 부인은 스스로 베를 짜서 험한 옷, 험한 음식으로 만족하며 사람을 잘 써서 그들의 충언을 듣고 언제나 기운찬 생각으로 고난을 이기며 오직 국력의 재흥을 꾀했다. 그러나 복수는 용이하게 할 수 없었다. 구천이 회계산에서 오에 굴복한 지 12년만에 오왕 부차는 황지 땅에 제후들을 모아 놓고 천하의 승자가 되었다. 부차는 득의(得意)의 절정에 있었다.

그때 오랫동안 은인자중(隱忍自重)하고 있던 구천은 부차의 부재를 틈타 오를 침공했다. 구천은 오의 군사를 물리쳤으나 아직 결정적인 타격을 주지는 못했다.

그 후 4년 뒤 구천은 다시 오를 침공했다. 입택(笠澤)에서 월군은 오군을 쳐서 대승하고 각지에서 오군을 패주케 했다. 그리고 2년 후 다시 입택에 집결한 월군은 오의 서울 고서(姑蘇) 가까이 쳐들어가 다음 해엔 드디어 오왕 부차를 고서성에서 포위하여 항복을 받았다.

가까스로 회계산의 치욕을 씻은 구천은 부차를 용동(勇東) 땅으로 귀양을 보내어 거기서 여생을 지내도록 하려 했으나, 부차는 구천의 호의를 물리치고 깨끗이 자살했다.

구천은 다시 군사를 북으로 진군시켜 회하를 건너 제와 진의 제후와 서주에서 만나 오를 대신하여 천하의 패자가 되었다.

-〈십팔사략〉, 〈사기〉 '월세가(越世家)'

완벽(完璧)

'완벽(完璧)'의 '벽(璧)'은 고리 모양으로 갈아서 만든 상품(上品)의 옥을 말하는 것으로, '완벽'이라함은 티끌만치도 나무랄 데 없는 훌륭한 옥(玉)의 상태요, 또 훌륭한 물건을 그냥 그대로 본자리에 되돌려 놓는다는 뜻이다.

전국시대 조나라 혜문왕은 세상에서 진기한 '화씨(和氏)의 벽(璧)'이라는 값비싼 옥을 가지고 있었다. 이 옥은 원래 무현(繆賢)이 구한 것을 혜문왕이 탐을 내어 억지로 바치게 하여 손에 넣은 것으로, 조나라의 소문난 보물이 되었다.

조나라 서쪽에는 그 즈음에 강해진 진나라가 있었다. 진나라의 소양왕(昭襄王)은 조나라에 있는 진귀한 보물 '화씨의 벽'을 어떻게든 손에 넣고 싶어 못견뎌 했다.

그래서 사자를 보내어 진나라 영토에 있는 15성(城)을 줄 테니 '화씨의 벽'과 바꾸지 않겠는지 물었다. 조나라로서는 곤란한 일이 아닐 수 없었다. 그 청을 듣지 않으면 그것을 구실삼아 싸움을 걸어올 우려가 있고, 또 청하는 대로 '벽'을 주었다가는 시치미를 잘 떼는 소양왕인만큼 구슬만 받고 15성에 대해서는 모른 체 할지도 몰랐다. 이에 혜문왕은 중신들을 모아 의논하였는데, 그 자리에서 무현이 일어나,

"진의 요청은 실로 난처한 것이오나 제가 데리고 있는 식객 중에 인상여(藺相如)라는 지모(智謀)와 용기를 함께 갖춘 사람이 있사옵니다. 그 사람이라면 진에 사자로 보내어도 조금도 그들에게 지지 않을 것이옵니다."
라고 말했다.

곧 인상여를 불러들이니 과연 당당한 풍채에 믿음직한 사나이였다. 그는 조금도 겁내지 않고 진나라에 갈 것을 승낙하였다.

진나라에서는 조나라에서 사자가 온다는 말을 듣고 곧 만나기로 하였다. 소양왕은 인상여가 내 놓은 옥을 받아들고 자못 만족스러운 듯이,

"음! 이것이 이름난 벽인가! 과연 훌륭한 것이로군!"

하며 가까이 있는 신하와 총희들에게 구경하게 하고는 이미 자기 물건이라는 듯한 얼굴이었다. 그러면서도 보물과 바꾸자고 한 15성에 대한 이야기는 한마디도 꺼내지를 않았다. 이렇게 될 것을 미리 짐작하고 있던 인상여는 눈썹 하나 까딱하지 않고 조용히 왕앞에 나아가 말했다.

"그 벽에는 한 군데 희미한 티가 있사온데, 가르쳐 드리고자 하옵니다."

이 말을 들은 소양왕이 의심없이 그 '화씨의 벽' 을 인상여에게 건네 주자 인상여는 벽을 쥔 채 슬금슬금 뒷걸음질하여 뒤쪽 기둥에 이르러 무섭게 성난 얼굴로 소양왕을 뚫어지게 노려보며 소리쳤다.

"왕이여, 우리 조나라는 귀국과의 정의를 중히 여겼기로 소신으로 하여금 벽을 가지고 오게 하였습니다. 그러나 이제 왕께서는 벽만 가지시고 약속한 15성을 주려는 기색은 전혀 없음을 알았소. 이제 벽은 이 사람의 수중에 되돌아왔소. 만약에 안 된다고 한다면 내 머리통과 함께 이 벽도 기둥에 부딪혀 깨어 버릴 것이오."

거만하던 소양왕도 벽을 깨뜨려 버리겠다는 말에는 어쩌지 못하고 얼굴을 부드럽게 하여 15성과 바꿀 것을 다시 약속하였다. 그러나 인상여는 왕에게 그러한 약속을 이행할 성의가 없음을 눈치채고 엉뚱한 구실을 내세워 벽을 가지고 숙소로 돌아왔다. 그리고는 부하를 변장시켜 벽을 가지고 남 모르게 조나라로 돌아가게 하였다.

소양왕으로서는 애당초 15성을 줄 생각은 털끝만큼도 없었으면서 보물을 거두어 들이지 못한 것은 못내 아쉬웠다. 그러나 자기에게도 실수가 없는 것은 아니라고 생각했다. 또한 자기를 놀린 인상여가 괘씸하기도 했지만, 한편으로는 담력있는 훌륭한 사나이라고 생각되어 분해 날뛰는 신하들을 달래 정중히 상여를 대접하고 무사히 조나라로 돌아가게 해 주었다.

이 인상여가 뒷날에 장군 염파와 함께 문경지교를 맺어 조나라의 주춧돌 같은 신하가 된 인물이다.

-〈사기〉 '인상여전(藺相與傳)'

우공이산(愚公移山)

우공이 산을 옮기다.

태행산(太行山)과 왕옥산(王屋山)은 사방 700리, 높이 일만 인(길이의 단위, 칠팔십척)이나 되며, 원래 기주(冀州)의 남쪽, 하양(河陽)의 북쪽에 있었다. 북산의 우공(愚公)이라는 사람은 이미 90세에 가까운 노인으로 이 두 산 가까이에 살고 있었는데, 산이 북을 막고 있어서 다니기가 몹시 불편했다. 그래서 집안 사람들을 모아 놓고 이런 의논을 했다.

"나는 너희들과 힘을 합쳐서 험준한 산을 평평하게 하여 예주(豫州) 남쪽 끝까지 길을 내고, 또 한수(漢水)남쪽까지 길을 내려 하는데, 어떠냐?"

이 말에 모두들 찬성을 했는데, 오직 그의 아내만이 의심스러워 하며,

"당신의 힘으로 조그만 언덕 하나도 옮길 수 없을 터인데 태행이나 왕옥 같은 큰 산을 어떻게 옮긴단 말씀이오? 또 그 산을 깎아 낸 흙과 돌은 어디다 두려고 하시오?"

하고 말했다. 그러나 다른 사람들은 '그 흙과 돌은 발해(渤海)가에나 은토(隱土) 위에 버리면 될 거요' 라며 서로를 격려했다. 우공은 세 아들과 손자들을 데리고 흙을 파서 발해 바닷가까지 운반하기 시작했다. 우공의 이웃에 사는 경성씨(京城氏)의 미망인에게 7, 8세 되는 사내아이가 있었는데, 그 아이도 즐겨 일을 거들어 흙을 운반한 지 1년 후에야 발해까지 다녀왔다.

황하 근처에 사는 지수라는 사람은 이들을 보고 웃으며 우공에게 충고를 했다.

"그대의 어리석음은 대단하오. 늙어 살 날이 얼마 남지도 않은 사람이 그 약한 힘으로 산 한 귀퉁이도 파내기도 어려울 텐데, 이렇게 큰 산의 흙과 돌을 어떻게 하겠다는 거요?"

그러자 우공은 오히려 지수를 가엾어 하며,

"당신 같은 좁은 마음으로는 도저히 짐작도 안 될 것이요. 당신의 지혜는 저 과부의 어린 아들만도 못하오. 자, 들어 보시오. 내가 이 일을 끝내지 못하고 죽는다면, 내 아들이 있고 아들은 아이를 낳아 손자가 생길 것이요, 그 아이가 커서 또 아이를 낳아 자자손손(子子孫孫) 끊임없을 것이 아니요. 하지만 산은 불어나지 않는 거요. 그러니 언젠가는 평평하게 될 날이 있을 것 아니오?"

지수도 이 말에는 더 대꾸하지 못하였다.

한편, 두 산의 주인인 사신(蛇神)은 산을 무너뜨리는 일이 계속 되어서는 큰일이라 하여 천제(天帝)에게 아뢰었는데, 천제는 우공의 한결 같은 심정에 감복하여 기운 센 신(神)인 과아씨의 두 아들에게 명령하여 태행, 왕옥 두 산을 짊어지고 하나는 삭동(朔東) 땅에, 하나는 옹남(雍南) 땅에 옮겨다 놓게 했다. 그래서 그때부터 기주와 한수 남쪽은 언덕 하나 없는 평지가 되었다고 한다.

-〈열자〉 '탕문편(湯問篇)'

정저지와(井底之蛙)

우물 안 개구리

전한이 망하여 왕망이 신(新)이라는 나라를 세우고, 뒤이어 후한이 일어날 즈음 마원(馬援)이라는 인재가 있었다. 마원의 선조는 전한의 무제 때부터 관리였다. 그에게는 형이 셋 있었는데, 모두 재능이 있어서 관리가 되었으나 마원만은 큰 뜻을 품고 한동안 관계(官界)에 나가지 않고 조상의 무덤을 지키고 있었다.

뒷날 그는 군장(郡長)이 되어 죄인을 서울로 호송하다가 그 죄수가 너무나 가여워 호송 도중에 놓아 보내고 자기도 죄를 두려워 하여 북방(北方)으로 망명했다. 후에 용서받아 농사와 목축에 종사하였는데, 오래지 않아 큰 부자가 되어 많은 식객을 거느리게 되었을 뿐만 아니라, 마원의 집안 일을 돌보아 주는 것으로 생계를 이어가는 집들이 수백에 이르렀다. 마원은 말하기를 '마땅히 부자란 재물을 남에게 나누어 주는 사람이다. 그렇지 못하면 다만 수전노에 지나지 않는다' 고 하며 재산을 모두 가난한 사람들에게 나누어 주고 자기는 험한 옷을 입고 일하기에 바빴다.

왕망의 신나라가 망하고 후한이 일어나자 마원은 형인 원(員)과 함께 서울에 올라가서 관리가 되었다. 그런데 농서 감숙(甘肅)의 제후 외호는 마원의 인물됨에 반하여 그를 장군에 앉히고 무슨 일이든 그에게 의논했다.

그 즈음 공손술은 촉나라 땅에서 제(帝)라 일컫고 있었다. 외호는 공손술이란 사람이 대체 어떤 인물인가 궁금하여 마원으로 하여금 가서 보고 오게 했다. 마원은 공손술과는 같은 고향 친구였으므로 찾아가기만 하면 달려 와서 손을 잡고 반가워 해 주리라 생각하고 즐거운 마음으로 촉으로 갔다. 그러나 공손술은 계단 아래에 무장한 군인들을 줄지어 세워 놓고 뽐내는 태도로 마원을 맞이했다. 그리고는,

"옛날에 친분을 생각해서 너를 장군으로 써 줄 테니 여기 있으라."
하고 거만하게 말했다.

마원은 속으로 생각했다.

'천하의 자웅(雌雄)은 아직 결정이 되지도 않았는데, 공손술은 예의로써 천하의 국사(國士)와 현자(賢者)들을 맞이하려 하지 않고 거만한 태도로 위엄을 보이려 하니, 이런 자에게 이 세상 일이 알아질 리가 없다.'
하고 부랴부랴 그 곳을 떠나 되돌아왔다. 그리고는 외호에게 아뢰었다.

"그 사나이는 정녕 우물 안 개구리(井底之蛙)입니다. 조그만 촉나라 땅에서 뽐내는 것밖에 알지 못하는 놈이옵니다. 상대하지 않는 것이 옳을까 하옵니다."

이 말을 듣고 외호도 공손술과 친히 지낼 생각을 버렸다. 뒤에 마원은 외호의 명령으로 서울에 올라가 광무제를 만났다. 광무제는 마원에게,

"경은 2세(世) 사이를 갔다 왔다 한 모양인데, 무슨 까닭인가?"
하고 물었다.

마원은 공손히 대답했다.

"지금 세상은 임금이 신하를 골라 쓸 뿐 아니라 신하도 임금을 골라서 섬기옵니다. 공손술은 무장한 병사를 옆에 거느리고 저를 만나 주었습니다. 그러하오나 폐하께서는 지금 제가 자객인지도 모르실 텐데 호위도 없이 저를 만나 주셨습니다. 거기에 대해서 이루 말할 수 없이 즐거웠습니다."

광무제는 빙긋이 웃으며 말했다.

"보면 알 수 있는 것이오. 경은 자객이 아니라 세객(說客)이요, 천하의 국사요. 그런 경을 그렇게 대해서는 실례가 될 것 아니오."

〈장자〉의 '추수편(秋水篇)' 에 또 이런 이야기가 실려 있다.

북해의 해신이 말했다.

"우물안 개구리가 바다를 이야기할 수 없다는 것은 자기가 살고 있는 곳만 알기 때문이다. 여름 벌레가 얼음을 이야기하지 못한다는 것은 여름밖에

모르기 때문이다. 한쪽만 알고 다른 쪽을 모르는 사람과 도(道)에 대해서 이야기하지 못하는 것은 자기가 배운 것에만 속박되어 있기 때문이다."

있는 그대로의 자연과 천지와 더불어 있는 것을 존귀하게 생각한 장자에게 있어서는 인(仁)이나 예(禮), 의(義)에 구속되는 유교의 무리는 더불어 이야기할 수 없는 자들이었을 것이다.

-〈후한서〉 '마원전(馬援傳)'

우선 외(隗)로 부터 시작하라.

전국시대 연나라가 제나라의 공격을 받아 영토의 반 이상이 제나라의 지배하에 있을 때, 연나라의 소왕(昭王)은 즉위하자 국위선양(國威宣揚)과 잃은 땅을 찾기 위해 노력하며 특히 인재들을 구하기에 열심이었다.

어느 날 소왕이 재상 곽외(郭隗)에게 나라를 흥하게 할 좋은 인재는 어떻게 구할 수 있겠는가 물었다. 곽외는,

"옛날 어느 군주가 천금(千金)을 가지고 천리마를 구하려 하였사오나, 삼년이 지나도 구하지 못했습니다. 그러자 궁중에서 잡무를 맡아 하는 사람이 '제게 명령해 주십시오' 하고 나서니 현금을 주어 천리마 있는 곳을 알아 보라고 했습니다. 그 사나이는 석달 동안에 천리마가 있는 곳을 알아 내었는데, 아깝게도 그 사나이가 도착하기 전에 말은 죽어 버렸습니다. 이때 그 사나이는 무엇을 생각했는지 죽은 말의 뼈를 오백금을 주고 사 가지고 돌아왔습니다. 임금이 크게 노하여 '내가 가지려고 한 말은 살아있는 말인데 죽은 말을 오백금이나 주고 사오라고 했단 말이냐' 하고 꾸짖으니, 그 사나이는 '잠깐 기다려 주십시오. 천리마라면 죽은 말이라도 오백금을 주고 사는데 살아있는 말이라면 더 비싼 값으로 살 것이라 세상 사람들은 생각할 것입니다. 오래잖아 반드시 원하시는 말이 오게 될 것입니다' 라고 대답했습니다. 과연 일년이 못 되어 천리마를 가져온 사람이 셋이나 되었다는 것입니다. 지금 진실로 현재(賢才)를 구하신다면 우선 저에게 스승의 예를 취해 주십시오. 우선 외로부터 시작하십시오. 외까지도 임금님을 섬길 수 있다면 저보다 더 어진 사람이 어찌 천리를 멀다 하겠습니까?"

소왕도 그 말이 옳다고 생각하여 외를 위하여 황금대(黃金臺)라는 궁전을 짓고 그를 스승으로 모셨다. 이 일이 사방에 알려지자 천하의 현자들이 앞

다투어 연나라로 모여 들었다.

조나라의 명장 악의(樂毅)가 왔고, 음양설의 시조 추연(鄒衍)이 왔으며, 대정치가 극신(劇辛)이 와서 소왕은 얼마 후 드디어 여러 나라와 함께 제를 쳐서 오랜 원한을 풀 수가 있었다.

-〈전국책〉 '연 · 소왕(燕 · 昭王)'

운용(運用)의 묘(妙)는 일심(一心)에 있다

한민족(漢民族)은 예로부터 북방민족과 싸워왔다. 그러나 송나라 때에는 북방으로부터 쳐들어오는 물결이 중국 전토를 휩쓸게 되었다. 거란의 요(遼)에 이어 송화강 근방에서 일어난 여진족의 나라 금(金)이 차츰 강대해져 가고 있었다. 1127년 금의 대군이 남쪽으로 내려와서 송의 수도 변경을 쳐 함락시켰다. 휘종(徽宗), 흠종(欽宗) 두 황제는 물론 황후와 대관들도 포로가 되어 북방으로 끌려갔다. 남은 세력은 간신히 휘종의 동생을 세워 고종(高宗)이라 하고 남쪽으로 도읍을 옮기기로 했다.

이때 변경에 남아서 금군과 제일선에서 버틴 이가 종택(宗澤)이다. 이 종택 아래 악비(岳飛)라는 젊은 장교가 있었다. 악비는 비천한 농민의 아들이었으나 삼백 근의 활을 능히 쏘았고, 과감한 행동으로 나라에 공을 세운 사람이었다. 종택은 악비의 힘을 더 굳세게 해 주어야겠다고 생각하고,

"너의 용기와 재능은 옛날의 명장도 따르지 못할 정도다. 그러나 한 가지 주의해야 할 것이 있다. 너는 즐겨 야전(野戰)을 하지만, 그것만으로는 만전(萬戰)의 계책이라 할 수 없다. 이것을 보라."

하고 악비에게 보여 준 것은 군진(軍陣)을 치는 방식을 알게 하는 진도(陣圖)였다.

악비는 거침없이,

"진을 치고 싸우는 것은 전술의 기본이오. 그러나 운용의 묘는 마음에 있다고 생각합니다."

라고 말했다.

전술은 방식이다. 그러나 방식만으로는 소용이 없다. 이를 활용하는가 못하는가는 그 사람 마음 하나에 달려있는 것이다. 활용하지 못하면 방식은 아

무 가치가 없다.

악비는 차츰 두각을 나타내어 남송의 명장이 되어 금의 세력을 눌렀다. 이 사람이 바로 금과의 화의(和議)를 주장하는 진회(秦檜) 때문에 모살(謀殺)되었으며, 그의 죽음을 애석해 하는 사람들에 의해 신으로 모심을 받는 유명한 악비이다.

원교근공(遠交近攻)

먼 나라와 친교를 맺고 이웃 나라를 공격하다.

위나라의 책사(策士) 범수는 다른 나라와 내통하고 있다는 참언에 의해 목숨을 잃을 뻔하였으나, 정안평(鄭安平)의 덕택으로 은신하여 진나라의 사자 왕계(王稽)를 따라 진나라의 서울 함양으로 갔다. 그러나 진왕은 그의 '진왕의 나라는 누란(累卵)보다도 위태롭다'는 솔직한 말을 못마땅하게 여겨 한동안은 그의 득의(得意)의 변설을 휘두를 기회도 없었다.

소양왕 36년, 기다리고 기다리던 기회가 왔다. 당시 진나라에서는 소양왕의 어머니 선태후(宣太后)의 아우 양후(穰侯)가 재상의 지위를 점령하고 절대한 세력을 가지고 있었다. 그는 자기의 세력을 이용하여 제나라를 침공하여 영토를 확장하려고 했다. 이를 알아 챈 범수는 왕계를 통해 왕에게 문서를 올려 배알을 청했다.

"임금은 사랑하는 바를 상 주고 미워하는 바를 벌하옵니다. 그러나 밝은 임금은 이와는 달리 상은 반드시 공을 세운 자에게 주고 벌은 반드시 죄를 범한 자에게 내리는 것입니다."

이렇게 시작된 그 글은 다행히도 왕의 뜻에 맞아 추천한 왕계까지 칭찬을 듣게 되었다.

"한, 위의 두 나라를 지나 저 강력한 제나라를 치는 것은 좋은 계책이 못 됩니다. 적은 병력으로서는 제나라는 꿈쩍도 않을 것이요, 그렇다고 해서 대병을 출동시켰다가는 진을 위해 좋지 않을 것이옵니다. 되도록 내 나라 병력을 아껴서 한, 위의 병력을 전면적으로 동원시킬 것을 임금께서는 바라고 있겠사오나, 동맹국을 사용할 수 없음을 알면서 남의 나라를 통과하여 침공하는 것이 어찌 옳은 일이겠습니까? 제의 민왕이 악의에게 패한 큰 원인은 멀리 떨어져 있는 초를 쳤기 때문에 동맹국의 부담이 무거워져서 이반했기 때문입니다. 그래서 천하 사람의 웃음거리가 된 것이옵니다. 이득을 본 것은 한과 위요, 이를 테면 적군에게 군사를 빌려 주고 도둑에게 식량을 준 셈입니다. 지금 임금께서 취해야 할 방법으로는 먼 나라와 교분을 맺고 가까운 나라를 치는 다시 말하면 '원교근공(遠交近攻)' 의 책이 가장 좋을 줄 아옵니다. 한 치 한 자의 땅을 얻어도 곧 임금의 땅이 되지 않습니까. 이해득실이 이처럼 명백한데 먼 나라를 치는 것은 그릇된 일이 아니겠습니까?"

이로부터 범수는 진의 객경(客卿-타국에서 와서 재상이 된 사람)이 되어, 다시 위나라 응후(應侯)에 봉해져 군사 관계의 일을 도맡아 보게 되었다. 그리하여 이로부터 '원교근공' 의 책(策)은 진의 국시(國是)가 되어 드디어 천하통일을 가져 오는 지도원리(指導原理)의 소임을 하게 된 것이다.

-〈전국책〉 '진, 하, 소양왕(秦, 下昭襄王)'

원한(怨恨)이 골수(骨髓)에 철(徹)함

주의 천하가 어지러워지고 세상은 춘추시대가 되었다. 그 춘추의 다섯 패자 중 한 사람이 된 진의 목공(穆公)은 명신 백리해(百里奚), 건숙(蹇叔) 등의 의견에 따라 착착 국력을 충실히 하고 있었다.

목공은 진(秦)을 도와서 이웃인 정나라를 치려 했으나, 두 사람의 신하가 한사코 그런 무모한 짓을 못하게 말렸으므로, 우선은 그 충성스런 말을 들어 주었다. 그러나 아무리 해도 단념을 하지 못한 목공은 몇 해 후에 기어이 두 신하의 말을 듣지 않고 군사를 일으켰다. 진(秦)나라 병사들은 동쪽으로 나아가 진(晋)의 땅을 거쳐 주의 북문에 이르렀다.

마침 정나라의 장사꾼 현고(弦高)라는 사나이가 소 열 두 마리를 팔려고 주나라에 와 있었는데, 진군의 뜻을 알자 그 소를 진군에 바치고 말했다.

"정나라 임금님은 대국인 진(秦)이 우리 나라를 치려 하고 있다는 걸 아시고 진의 장사(將士)들을 위로하려고 열두 마리의 소를 진군에 보내라 명령하셨습니다. 아무쪼록 받아 주십시오."

이 말을 들은 세 사람의 진군 대장은 이마를 맞대고 의논을 했다.

"정나라는 꽤 멋을 부리고 있지 않은가? 우리의 작전을 눈치 채고 있는 바에는 정을 치는 것보다는 진(晉)의 일부인 활(滑)을 치는 게 좋지 않겠는가?"

하고 드디어 활을 향해 군사를 진군시켰다. 그 당시 진(晉)에서는 오패(五覇)의 한 사람인 문공이 죽어 아직 매장하지도 않았을 때였으므로, 황태자 이오(夷吾-襄公)는 크게 노하여,

"진(秦)나라 놈들, 내가 아버지를 여의어 슬퍼하고 있는 틈을 타서 진(晉)의 영토를 침략하다니!"

하고 곧 용장(勇壯)을 보내어 진(秦)군을 쳐부숴 버렸다. 진(秦)군은 크게 패

하여 살아 돌아가지 못하고 거의 전사했고, 남은 군사는 거의 포로가 되었다. 세 사람의 대장들도 붙들려서 양공 앞에 끌려 나왔다. 그런데 문공의 부인, 즉 양공의 어머니는 진(秦)나라 목공의 딸이었으므로, 곧 양공에게 가서 그들 세 사람을 살려 주라고 청했다.

"너는 저 세 사람을 죽여서는 안 된다. 목공의 이 세 사람에 대한 원한은 골수에 맺혀 있을 것이니, 세 사람을 진(秦)으로 보내어 목공이 하고 싶은 대로 처형하도록 하여라."

양공도 그 말이 옳다 생각하고 세 장수를 진(秦)으로 돌려 보냈다.

그런데 목공은 성 밖에까지 나와서 세 장수를 맞이하고는 울음을 터뜨리며 말했다.

"내가 정을 쳐서는 안 된다는 두 명신의 말을 듣지 않았기 때문에 이런 꼴이 된 것이다. 너희들 세 사람에게 무슨 죄가 있겠느냐?"

그리고는 세 장수를 처벌하지 않고 더욱 중히 썼다.

이 '골수(骨髓)에 맺힌다'에서 '원한이 골수에 철(徹)한다'는 말이 생겼다. 또 하나의 이야기.

같은 춘추전국시대의 일이다. 오와 월은 숙명의 원수로 싸우고 있었다. 그 몇 번째의 싸움에서 부친을 잃은 오왕 부차는 이를 갈며 분해했다.

"월왕 구천아, 두고 보자. 아버지를 해친 원한은 10년 동안 얼굴을 씻지 않고 목욕을 하지 않는다 해도 골수에 철해 잊지 않을 것이다. 각오하고 있거라. 반드시 원수를 갚고야 말리라."

이리하여 부차의 '와신(臥薪)'이 시작된 것이었다.

-〈사기〉 '진본기(秦本記)'

월하빙인(月下氷人)

당대(唐代)에 위고(韋固)라는 젊은이가 있었다. 아직 독신의 홀가분한 기분으로 여러 곳을 여행하고 다니다가 송성(宋城)이라는 곳에 왔을 때 일이다.

푸르게 흘러내리는 듯한 밝은 달빛이 줄지어 있는 집들의 지붕을 비추고 있었다. 이미 밤도 깊어 거리에는 지나다니는 사람의 그림자도 줄어들었다. 그는 어느 골목 모퉁이에 멈추어 섰다. 이상스런 노인이 땅바닥에 앉아 옆에 놓은 보퉁이에 몸을 기대고 무슨 책인지 펴 보고 있었던 것이다. 노인의 허연 수염에도 그가 넘기는 책장에도 푸른 달빛이 흐르고 있었다. 위고는 그 옆으로 다가갔다.

"무얼 하고 계시는지요?"

위고의 묻는 말에 노인은 조용히 고개를 들었다.

"나 말인가? 지금 이 세상의 결혼에 대해서 조사하는 중이야."

"그 보퉁이는 무얼 싼 것입니까?"

노인은 보퉁이를 헤쳐 보이며 말했다.

"이런 붉은 밧줄들이 들어 있지. 이게 부부를 이어 주는 밧줄이야. 사람들을 이걸로 서로 붙들어 매어 놓으면, 그 두 사람은 아무리 먼 곳에 있어도 아무리 원수의 사이라도 반드시 서로 부부가 되는 거야."

위고는 홀아비였으므로,

"제 아내 될 사람은 어디에 있습니까?"

하고 물어 보았다.

"자네 부인 말인가? 이 송성에 있지. 저 북쪽에서 채소를 팔고 있는 진(陳)이라는 노파가 있는데, 그이가 안고 있는 아이가 바로 자네 아내 될 사람이라네."

반갑지 않은 이야기였고, 또 그런 말을 믿을 생각도 없어 위고는 그냥 그 자리를 떠났다.

그로부터 14년의 세월이 흘러 위고는 상주(相州)에서 관리가 되어 있었는데, 군(郡)의 태수(太守)의 딸과 결혼을 하게 되었다. 신부는 16, 7세의 아름다운 처녀였다. 위고는 행복했다.

그러고 보면 그 노인의 예언은 역시 거짓말이었던가. 어느 날 밤, 위고는 신부에게 어린 시절을 물어 보았다.

신부는 이렇게 대답했다.

"저는 사실 군주의 양딸이었어요. 친아버지는 송성에서 관리로 있다가 세상을 떠났습니다. 그때 저는 아직도 어린 아기였는데, 인정 많은 유모가 있어서 채소장사를 하며 저를 길러 주셨답니다. 진 노파의 가게를 지금도 기억할 수 있어요. 당신은 송성이란 곳을 아셔요? 그 동네 북쪽에 그 유모가 살고 있었는데요……."

또 이런 이야기도 있다.

진나라 때 색탐(索耽)이라는 점쟁이의 명인이 있었다. 어느 날 호책(狐策)이라는 사람이 와서 해몽을 청했다.

"나는 얼음 위에 서 있었습니다. 얼음 아래에 누군지 사람이 있어서 그 사람과 이야기를 하는 꿈이었습니다."

이 말을 들은 색탐은 이렇게 대답했다.

"얼음 위는 곧 양(陽)이요, 아래는 음(陰)이다. 양과 음이 이야기를 한다는 것은 자네가 결혼 중매를 해서 잘 성립이 될 징조야. 혼인이 성립될 시기는 얼음이 녹았을 때가 되겠지."

그 말대로 얼마 후 태수가 호책에게 중매를 부탁해 왔다. 자기 아들과 장씨(張氏)를 결혼시키고 싶으니, 중매를 서 달라는 것이었다. 이 혼사는 순조롭게 성립이 되었고, 식을 올린 것은 얼음이 녹아 시내에 봄물이 넘쳐 흐르는 때였다.

이 월하로(月下老)와 빙상인(氷上人)이라는 말을 묶어서 중매를 서는 사람을 '월하빙인' 이라 하게 되었다.

-〈진서〉 '예술전(藝術傳)'

위태롭기 누란(累卵) 같다

위태롭기가 쌓아 놓은 계란 같다.

때는 바야흐로 전국시대. 한 가지 재주나 기능이 뛰어난 사람은 누구나 실력으로 출세하려고 필사의 노력을 하고 있었다. 그 중에도 제후들을 찾아다니며 연설을 하는 종횡가의 지위는 놀랄 만큼 높았다.

위나라의 가난한 집의 아들로 태어난 범수도 종횡가를 뜻하는 사람 중의 하나였다. 그러나 아무리 실력주의의 세상이라 할지라도 이름없는 사나이가 출세의 길에 나서기는 쉬운 일이 아니다. 그는 우선 고향에 있는 중대부(中大夫) 수가(須賈)의 부하로 들어가 제나라에 사자로 따라갔다. 그런데 거기서 범수의 인기가 좋자 수가는 기분을 상했다. 귀국 후 수가는 위의 재상 위제(魏齊)에게 범수를 모함하고는,

"너는 제나라와 내통하고 있는 놈이다."

라고 하고는 관리를 시켜 심한 매를 때렸을 뿐 아니라, 멍석에 말아 뒷간 똥통에 집어 넣는 등 혹독한 벌을 받아야 했다.

범수는 기회를 보아 탈출, 간신히 그를 동정하는 정안평(鄭安平)에게 피신하여 이름을 장녹(張祿)이라 고쳤다. 언제든지 틈만 있으면 진나라로 피해 가려고 벼르던 중에, 마침 왕계(王稽)라는 사람이 진나라 소왕의 사자로 와 있어 정안평은 곧 그의 숙소로 찾아가서 범수를 소개했다.

"당신께 추천하고 싶은 훌륭한 인물이 있습니다. 다만 그 사람에게는 원한을 가진 사람이 있어 대낮에 데리고 올 수는 없습니다만……"

밤이 되어 찾아온 장녹을 본 사신은 여러 가지로 궁리하여 정안평과 함께 본국으로 데리고 가서 왕에게 아뢰었다.

"위나라의 장녹 선생은 천하의 뛰어난 외교관이옵니다. 진의 정치를 비판하여 말하기를, '진왕의 나라는 누란(累卵)보다도 더 위태롭다' 하였습니

다. 그러나 '저를 써 주시면 나라는 평안해질 것이나, 불행히 서신을 올릴 기회가 없다' 고 하옵니다. 신이 선생을 모셔 온 까닭이 여기에 있사옵니다."

진왕은 이 불손한 손님을 후히 대접하지는 않았다. 그러나 전국의 왕답게 처벌하는 일 없이 낮은 자리에 끼워 주었다. 범수가 진정 그의 재능을 발휘한 것은 얼마 후부터의 일이다.

또 다음과 같은 이야기도 있다.

춘추시대, 조(曹)라는 작은 나라가 진나라와 초나라의 틈바구니에 끼여 간신히 독립을 유지하고 있었다. 진나라에 내분이 일어 공자(公子) 중이(重耳)가 망명길에 올랐는데, 도중에 조나라를 지나게 되었다. 그런데 그때 조공(曹公)의 태도가 몹시 좋질 않았다. 일찍이 중이의 갈비뼈는 하나로 붙어 있어 마치 한 장의 넓은 뼈와 같다는 소문이 돌고 있었는데, 조공은 중이 공자를 발가벗겨 일부러 갈비뼈를 보았다. 다만 조의 대신 이부기(釐負羈)라는 자만이 남몰래 밤중에 사람을 보내어 항금을 선사했다. 이는 그의 아내가,

"제가 보기에는 진의 공자는 임금 될 훌륭한 얼굴을 하고 있습니다. 다음에 다시 우리 나라에 오게 되는 날에는 반드시 조나라의 무례함을 책할 것이옵니다. 지금 공자에게 뜻을 통하여 놓는 것이 앞날을 위해 좋지 않겠습니까?"

하는 말을 옳다고 생각했기 때문이었다.

그 후 10년, 중이는 다시 조국으로 돌아와 춘추 오패의 한 사람인 진문공(晉文公)이 되었다. 다시 3년 후, 문공은 군사를 일으켜 조를 쳤다. 이부기가 화를 면했음은 말할 것도 없다.

강대한 진(晋)과 초(楚) 사이에 끼여 있어 위태롭기가 누란과 같은 조나라는 스스로 제 무덤을 판 것이나 다름없는 일이었다.

-〈한비자〉 '십과(十過)'

은감불원(殷鑑不遠)

멸망의 선례는 가까운 곳에 있다.

역사는 되풀이 한다고 하지만, '삼대' 라고 알려진 중국 고대의 세 왕조-하, 은, 주의 흥망의 역사 또한 그 되풀이의 한 예가 될 것이다.

하의 왕조는 어진 덕을 베푼 건국 시조 우왕(禹王)으로부터 4백 년, 17대째의 후계자인 걸왕에 와서 멸망했다. 걸왕도 원래는 지력(知力)과 무용(武勇)이 뛰어나서 왕자다운 인물이었으나, 이내 그를 망하게 한 것은 그가 유시씨(有施氏)의 나라를 정벌했을 때 공물로 보내 온 매희(妹喜)라는 희대의 미녀였다.

걸왕은 그 여자의 환심을 사기 위해 온갖 수단을 다 써서 아끼워하지 않았다. 사치를 할 대로 하고 음락(淫樂)의 나날을 보내는 동안에 국력은 피폐해지고, 백성들의 원한의 소리는 높아만 갔다. 백성들은 걸왕을 태양에 비겨,

이 태양이 망할 날은 언제인고
우리들 너와 함께 망하고지고!

이렇게까지 저주의 말을 했다. 이런 민심의 움직임을 살펴 본 이는 여태까지 하왕조에 얽매여 지내면서도 차츰 국력을 충실히 해 가고 있던 은의 탕왕(湯王)이었다. 현신 이윤(伊尹)의 권유에 따라 드디어 뜻을 정한 탕왕은,

"오라, 너희들 모조리! 다 같이 내 말을 들으라. 나는 감히 난을 꾸밈이 아니요, 하의 왕이 죄 많기에 하늘이 명하여 이를 치게 함이로다."

라고 선언을 하고 걸왕을 치기 시작했다. 이리하여 중국 사상 최초의 '혁명'이 일어난 것이다.

탕왕을 시조로 하는 은왕조는 그로부터 6백여 년, 27대째의 후계자인 주

왕(紂王)에 이르러 망했다. 주왕도 또한 비범한 지력과 무용을 가진 인물이었지만, 그에게서 이성을 잃게 하여 황음(荒淫)의 생활에 빠지게 한 것은 그가 유소씨의 나라를 정복했을 때 공물로 보내온 달기라는 희대의 독부(毒婦)였다. 주왕도 이 여자의 환심을 사기 위하여 있는 힘을 다했다. '주지육림(酒池肉林)' 의 놀이가 벌어지고, 그 음락에 반대하는 사람들에게는 포락(炮烙)의 형(刑), 즉 불에 달군 쇠기둥을 맨발로 건너게 하는 형벌을 내렸다. 왕의 포학을 비판한 보좌역의 삼공 가운데서 구후(九侯), 악후(侯) 두 사람은 참살당했고, 서백(西伯-뒷날 주의 문왕)은 옥에 갇히게 되었다. 이 서백이 주왕에게 간언을 했을 때의 말로 시경에 실려 있는 '대아(大雅)·탕(蕩)의 시(詩)' 에 보면, '은감(殷鑑) 멀지 않으니 하후(夏后)의 세(世)에 있도다' 라는 구절이 있다. 즉, 은의 왕자가 거울로 삼을 선례는 먼 곳에서 찾지 않아도 하의 후와 걸 때의 일임을 상기할 것이라는 뜻이다.

그러나 주색에 빠져 이성을 잃은 주왕의 마음에는 걸왕의 비극을 돌이켜 볼 여유가 없었다. 삼공(三公)에 뒤이어 미자(微子), 기자(箕子), 비간(比干) 등의 충신도 간언을 올렸지만 들어 주지 않았다. 그리고 미자는 망명을 해야 했고, 기자는 갇힌 몸이 되었으며, 비간은 죽임을 당했다.

이제야말로 주왕의 난행(亂行), 음락은 극도에 달하여 백성들의 원성은 높을 대로 높아졌고, 신하로 있는 제후들의 마음도 이미 왕에게서 떠났다. 이러한 천하의 형세를 간파한 것이 서백의 아들, 즉 주의 무왕(武王)이었다. 그리하여 제2의 '혁명' 이 되풀이 되었던 것이다.

그러면 주는 또 어떠했던가. 무왕에서 10대째의 여왕에 이르러 또 포학이 눈에 띄기 시작했다. 측근의 사람들이 간했다. 앞에 든 문왕의 말이라는 것도 정확히 말하면 이때 측근들이 선조 문왕의 말이라 하여, 은근히 여왕을 풍자한 노래였다.

여왕의 말년은 그의 포학에 불만을 폭발시킨 사람들의 무력 혁명에 의하여 중국 사상 최초의 공화제를 만들었을 뿐 왕조 멸망의 위기는 모면했다. 그러나 여왕의 손자 유왕(幽王)은 보사라는 여인에게 반해 우행(愚行)을 거듭하였으며, 결국은 통일왕조로서의 주, 즉 서주의 운명에 종지부를 찍어 또 한 번 '역사의 되풀이'를 증명하게 되었다.

-〈서경(書經)〉 '탕서(湯誓)'

의심은 암귀(暗鬼)를 낳는다

'의심은 암귀를 낳는다' 라는 말은 선입견은 곧잘 판단의 중심을 잃게 한다는 뜻이다. 그 한 예로, 열자는 '설부편(說符篇)' 에 다음과 같은 우화를 써 놓았다.

어떤 사람이 도끼를 잃어 버렸다. 누가 훔쳐갔다고 생각하니 아무래도 이웃집 아들이 의심스러웠다. 자기를 만났을 때의 태도도 슬슬 피하려는 모습이요, 안색과 말투도 불안해 하는 것 같아 도끼를 훔친 사람은 필시 그놈이라고 생각되었다. 그런데 잃어 버렸다는 그 도끼는 자기가 산골짜기에다 두고 온 것으로, 뒷날 산에 갔다가 발견이 되었다. 집에 돌아오는 길에 이웃집 아들을 만났는데, 이번에는 그의 거동이 조금도 수상쩍어 보이지 않았다.

결국 자기의 선입주견(先入主見) 때문에 괜한 사람까지 의심스런 눈으로 보였다는 것이다. 그러므로 속담에도 '의심이 암귀를 낳는다' 고 하고, '만사분착(萬事紛錯)' , 즉 모두 마음에서 생긴다고 하는 것이다.

'설부편' 에 또 하나 이야기가 있다.

어떤 사람이 뜰에 심어 놓은 오동나무가 말라 죽으려 했다. 그러자 이웃 노인이,

"마른 오동은 재수없는 것이라오."

하며 일러 주므로 그 사람은 곧 그 나무를 베려고 했다. 그러자 이웃 노인이 장작으로 쓸 테니 자기에게 주지 않겠느냐고 했다. 이에 오동나무 주인은 화가 나서,

"장작이 갖고 싶어서 나를 속여 오동을 베게 했구려. 이웃에 살면서 그런 음흉한 짓이 어디 있소?"

하고 공박을 주었다는 이야기다.

그러나 이웃 노인이 음흉한 마음으로 한 말이라면 간단하지만, 만일 그렇지 않다면 친절한 충고가 상대의 의심에 의해서 엉뚱한 혐의의 원인이 된 셈이다.

또 〈한비자〉의 '설난편(說難篇)' 에 적혀 있는 이야기가 있다.

송나라에 부자가 있었다. 장마비에 집의 토담이 무너졌을 때 아들이 그걸 보고,

"빨리 담을 쌓지 않으면 도둑이 들겠습니다."

하고 말했고, 이웃집의 노인도 그런 말을 했다. 그런데 그 날 밤, 과연 도둑이 들어 재물을 훔쳐갔다. 부잣집에서는 자기 아들에게는 선견지명(先見之明)이 있다고 하고, 이웃집 노인에게는 아무래도 수상하다고 의심을 했다는 것이다. 즉, 똑같은 충고를 했는데도 듣는 사람의 선입주견으로 해서 선견지명도 되고 도둑의 혐의도 받는 것이다.

-〈열자〉 '설부편(說符篇)', 〈한비자〉 '설난편(說難篇)'

이하부정관(李下不整冠)

오얏나무 아래서 관을 고쳐 쓰지 않는다.

전국시대, 주나라 열왕(列王) 6년, 제나라는 위왕(威王)이 즉위한 지 9년이 되었는데도 나라 안은 도무지 잘 다스려지지를 않고, 국정은 못된 신하 주파호(周破胡)가 마음대로 휘두르게 되었다. 주파호는 어질고 유능한 사람을 시기했다. 그리하여 현사로 이름난 즉묵(卽墨)의 대부(大夫)를 비방하고, 못난 아대부(阿大夫)를 오히려 칭찬하는 터였다.

위왕의 후궁 중에는 우희(虞姬)라는 미녀가 있었는데, 그녀는 주파호의 하는 짓이 알미워서 왕에게 호소했다.

"주파호는 배짱이 검은 사람이옵니다. 등용하지 않으심이 좋은 줄로 아뢰옵니다. 제나라에는 북곽(北郭) 선생이라는 현명하고 덕망이 있는 분이 계시오니 그런 분을 쓰심이 좋지 않겠나이까?"

그런데 이런 말이 어떻게 해서인지 주파호의 귀에 들어갔다. 주파호는 우희를 눈엣가시처럼 생각하고 그녀를 함정에 빠뜨릴 계획을 세웠다. 그리고는 왕에게 우희가 북곽과 심상치 않은 관계에 있다고 모함을 했다. 이 말을 들은 왕은 9층 높은 다락에 우희를 감금해 놓고 관리로 하여금 심문을 하게 했다. 주파호는 이미 그 관리까지 매수해서 있는 일 없는 일 나쁘게만 꾸며 왕에게 보고하여 우희에게 죄를 씌우려 했다. 그러나 왕은 그 관리의 취조가 이상하다 여겨 우희를 불러 스스로 조사를 해 보았다.

"저는 십여 년 동안 한 마음으로 임금님을 위해 드리려 해 왔습니다만, 이 꼴이 되었나이다. 저의 결백함은 새삼 말씀드리지 않겠사오나 소첩에게 죄가 있다면, 그것은 '외밭에서 신발을 고쳐 신지 않고, 오얏나무 밑을 지나갈 때 관을 바로 하지 않는다' 는 의심 받을 짓을 미리 피하지 않은 것과, 9층 다락 방에 감금되어 있어도 누구 한 사람 저의 무죄를 변명해 주는 사람이 없었다는 것 뿐인 줄 아옵니다. 이제 소첩에게 죽음을 내리신대도 더 변명은 하지 않겠사오나, 오직 임금니께 한 말씀 들어 주십사 하는 것은, 지금 여러 신하가 모두 나쁜 짓을 하고 있사오나 그 중에도 주파호가 가장 심하옵니다. 임금님은 국정을 주파호에게 맡기고 계시오나 이래서는 나라의 앞날이 심히 위태로울 것이옵니다."

우희가 진심으로 아뢰는 말을 듣고 위왕은 갑자기 꿈에서 깨어나는 듯함을 느꼈다. 그래서 즉묵의 대부를 만호(萬戶)로 올리고, 간신 아대부와 주파호를 삶아 죽인 후 정사를 바로잡아 드디어 제나라는 크게 잘 다스려졌다.

이 이야기에 나오는 '외밭에서 신발을 고쳐 신지 않고' 라는 말은 외가 익은 밭에서 신발을 고쳐 신고 있으면 마치 외를 따는 것 같이 보이고, 오얏이 익어 있는 나무 아래서 관을 고쳐 쓰려고 하면 마치 오얏을 따는 것처럼 보이니 그런 남의 의심을 살 짓을 하지 않아야 한다는 뜻이다.

〈문선〉의 '악부(樂府)' 에,

"군자는 미리 방지하여 혐의 받을 염려가 되는 곳에 있지 말 것이며, 외밭에서 신을 고치지 않고 오얏나무 아래서 관을 고쳐 쓰지 않으며, 형제의 아내와 남편의 형제는 너무 친히 하지 않고 어른과 아이는 어깨를 겨누지 않으며, 공로가 있으면서도 겸양함도 정도가 있고, 내공을 자랑하여 그 능함을 빛내서는 안 되는 것이다……."

라고 나와 있다.

-〈열녀전(烈女傳)〉

인간만사 새옹지마(人間萬事 塞翁之馬)

옛날 한민족들은 중국 북방 이민족을 '호(胡)'라 하며 크게 두려워 하였다. 이 이야기는 그 호의 땅과 접경해 있는 성새(城塞) 근처에서 있던 이야기이다.

이 땅에 점술을 잘 하는 노인이 있었는데, 어느 날 그 노인의 말이 호지(胡地)로 달아나 버렸다. 이 일을 딱하게 생각한 이웃 사람들이 위로의 인사를 하러 왔다. 그런데 노인은 태연한 얼굴로 이렇게 말했다.

"이런 일이 복이 될지 누가 아오?"

과연 몇 달이 지나자 잃었던 말이 호지의 훌륭한 말을 데리고 돌아왔다. 이웃 사람들이 찾아와 축하의 인사를 하니 노인은,

"이게 화(禍)가 될지 누가 아오?"

하며 조금도 좋아하는 빛을 보이지 않았다.

그 후 노인의 집안엔 좋은 말이 늘어나게 되었는데, 말타기를 좋아하는 그의 아들이 말을 타다가 떨어져 발목 뼈를 부러뜨렸다. 절름발이가 된 아들을 가엾게 생각한 사람들이 위로의 인사를 했을 때,

"아뇨, 괜찮소이다. 이런 일이 복이 될지 누가 아오?"

하고 노인은 태연히 대답했다. 일 년 후 호인들이 성새에 밀물같이 쳐 들어왔다. 마을의 젊은이들은 활을 쏘며 싸웠는데, 십중 팔구가 전사했다. 그러나 노인의 아들은 다리를 다쳐 무사했다고 한다.

또 다른 이야기가 있다.

옛날 송나라에서 적선(積善)을 많이 한 사람의 집에 검은 소가 흰 송아지를 낳은 길상사(吉祥事)가 두 번이나 있었다. 그러나 그때마다 아버지와 아들이 차례로 장님이 되는 불행을 당하고 말았다. 그런데 그 뒤에 초나라가 쳐

들어와 다른 사람들은 큰 환란을 당했지만, 이 아버지와 아들은 장님이었기 때문에 생명을 보존했을 뿐만 아니라 전쟁이 끝나자 눈이 도로 밝아졌다고 한다.

어느 이야기나 '화와 복은 서로 꼬인 새끼와 같다' 고 하는 말의 좋은 예가 되는 것으로, '인간만사 새옹지마' 는 앞의 이야기에서 나와 '인간의 길흉(吉凶), 화복(禍福)은 정하기 어려운 것' 을 의미하고 있다. 원(元)나라의 승려 희회기(熙晦機)의 시에 '인간만사 새옹지마, 추침헌(推枕軒 - 회기의 침실) 안에서 빗소리를 들으며 자노라' 라고 한 것이 있는데, 이 말을 맨처음 쓴 것이 아닐까 한다.

-〈회남자〉 '인간훈(人間訓)'

일단사 일표음(一簞食 一瓢飮)

한 덩이 밥과 한 표주박의 물

공자의 제자는 3천, 그 중에서도 고재(高第)는 77인, 세상에서 흔히 이를 '칠십자(七十子)' 라고 하지만, 이 칠십자 중에서도 공자가 '현(賢)', '인(仁)' 이라 하여 그의 완벽한 인격을 갖춘 인물로서 가장 신뢰하고 있는 것이 안회(顔回)이다.

"공자가 말하기를 회와 더불어 하루 종일 이야기해도 나의 생각과 맞지 않는 말을 하지 않으므로 어리석은 자 같아 보인다. 그러나 내 앞에서 물러난 후에 혼자 하는 짓을 보면 계발(啓發)되는 것이 있다. 한회는 결코 어리석은 자가 아니다. (子曰, 吾與回言終日, 不違如愚. 退而省其私, 亦足以發. 回也不愚.)"

라고 공자를 찬탄케 하고 있다.

제자들 중에서 총명하기로 이름이 난 단목사(端木賜-자공)도,

"나 같은 것이 어찌 감히 안회와 어깨를 겨눌 것을 바라오. 안회는 하나를 들으면 열을 아는 사람인 것을.(賜也何敢望回. 回也聞一以知十)"

하고 스스로를 위로했다.

공자는 떳떳하지 못한 출생관계 때문에 평생을 '하늘이 인정해 주시는 인간' 이 되려고 타고 난 대로의 자기 자신을 부정하기에 고투(苦鬪)를 계속했지만, 정상적인 부부 관계로 태어난 안회는 태어난 그대로의 자신에 안주하며, 그 자아를 하늘이 주신 공정한 것으로 믿고 있는 그대로 육성하면 된다고 생각했다. 아마도 공자는 그러한 안정된 자연스러움을 가장 사랑하고 동경하기도 했을 것이다.

"공자가 말하기를 현인이로다, 회는. 도시락의 한 덩이 밥, 한 표주박의 물, 그것으로 누추한 집에 산다. 회는 태연히 도를 닦는 즐거움을 바꾸려 하

지 않으니 현인이로다, 안회여! (子曰, 賢哉回也. 一簞食, 一瓢飮. 在陋巷. 人不堪其憂. 回也不改其樂. 賢哉回也)"

명리(名利)와 세욕(世欲)에 붙잡히지 않고 자기 자신을 '하늘'에 맡겨 버리고 하늘의 가르침 속에 귀일(歸一)하는 것을 지상의 즐거움으로 알며, 자신의 존재에 대해서는 아무런 회의도 저항도 없다. 그 의젓한 모습이야말로 공자에게 있어서는 둘도 없는 존귀한 것이었던 모양이다.

'일단사, 일표음' 이란 말은 여기서 나왔으며, 청빈한 생활을 말할 때 쓰이게 되었다.

-〈논어〉 '위정편(爲政篇)', '공치장편(公冶長篇)', '옹야편(雍也篇)'

일망타진(一網打盡)

한 번의 그물질로 모두 잡다.

송나라 4대 왕은 인종황제(仁宗皇帝)였다. 그때 북에는 거란이 버티고 있고, 남으로는 오랫동안 중국의 일부였던 안남이 독립했으며, 송나라 건국 이래의 외국 정벌은 번번이 실패하여 인종황제의 대외정책도 오로지 그런 나라를 회유(懷柔)하는 연약한 외교로 일관했지만, 내치(內治)에 있어서는 선정을 베풀기도 했다.

인종황제는 성질이 온순하고 겸소하여 백성을 사랑하고 현재(賢才)를 등용하여 학술을 장려했으므로 군비(軍備)는 갖추지 못했으나, 현사들이 많아 나라는 잘 다스려졌다. 그는 한의 문제와 아울러 어진 임금으로 대표적인 사람이었다.

당시의 명신으로는 한기(韓琦), 범중엄(范仲淹), 구양수(歐陽修), 사마광(司馬光), 주돈이(周敦頤), 장재(張載), 정이(程頤) 등 지금까지 이름을 남기고 있는 훌륭한 사람들이 인종을 보좌했다. 이를 '경력(慶曆)의 치(治)'라고 한다.

그러나 한편으로는 조정의 회의에서 명론(名論) 탁설(卓說)이 너무 많이 나와 무슨 일이든 결정이 쉽지 않았고, 그런 나머지 신하들이 당파를 지어 대항하여 양당이 서로 교체해서 정권을 잡는, 오늘의 정당정치의 본보기를 만들었다. 20년 동안에 내각이 17회나 갈렸다고 하니 어지간하다. 세상에서 이를 '경력의 당의(黨議)'라 하여 놀라운 일로 보고 있다.

인종은 부지런하여 매일 아침 반드시 '세상은 잘 다스려지고 있는가' 하고 물은 후에 자기의 장서고(藏書庫)를 열고 대신들을 불렀다. 이들 중에는 학자로 이름 높은 중엄 같은 이들도 은근히 혀를 내두를 지경이었다.

얼마 후, 두연(杜衍)이 수상이 되었다. 그 당시 관습으로는 황제가 대신들에게 상의하지 않고 자기 뜻대로 은조(恩詔)를 내리는 일이 많았다. 이를 내강(內降)이라 한다. 그런데 수상이 된 두연은 이런 습관이 옳은 정치의 길을 막는 것이라 하여 못마땅히 생각하여 내강이 있어도 자기가 깔고 앉아서 내보내지 않다가 그냥 임금에게로 되돌려 보냈다. 임금은 어느 날 구양수에게 말했다.

"짐이 대신들과 의논하지 않고 은조를 내려도 수상 연이 쥐고 내보내지 않는 것을 다들 알고 있는가. 내게 은조를 내려 줍소사 하고 원하는 사람이 많지만, 결국 내 보았자 연이 쥐고 내려 보내지 않아 하는 수 없이 단념하고 있다."

두연의 이런 행동은 궁정 안팎에서 비난을 받았다.

그런데 공교롭게도 두연의 사위인 소순흠(蘇舜欽)이 관리가 되어 공금을 유용하여 신에게 제사를 지내고 손님을 접대했다. 평소부터 두연의 하는 짓에 불만을 품고 있던 어사(御使 – 관리의 죄를 조사하는 사람) 장관(長官) 왕공진(王拱辰)은 '마침 잘 됐다' 생각하고 이 일을 꼬투리로 잡아 두연을 함정에 빠뜨릴 생각을 했다. 그리하여 소순흠 등을 옥에 가두고 준엄한 조사를 하여 몇 사람을 벌 주었다. 왕공진은 연루자를 옭아 놓고 흔쾌히 말했다.

"나 일망타진 했노라."

이 사건으로 해서 두연은 겨우 70일로서 수상의 자리를 물러나야 했다.

–〈종사(宗史)〉 '인종기(仁宗紀)', 〈십팔사략〉

일자천금(一字千金)

전국시대의 끝 무렵, 천하를 노리는 열국(列國)의 제후들은 서로 다투어 일예일능(一藝一能)에 뛰어난 사람들을 모으기에 전력을 기울였다. 이렇게 모인 사람이 곧 식객(食客)이다. 그 중에서도 제나라의 맹상군(孟嘗軍), 초나라의 춘신군(春臣君), 조나라의 평원군(平原君), 위나라의 신능군(信陵君) 등은 수천의 식객 수를 자랑했다.

더욱이 이 식객들은 예사 식객들과 달리 재능있는 인재들이었기 때문에 제후들도 그들을 자신의 밑에 두려고 여러 가지 애를 썼다. 가산을 다 털어서까지 식객을 많이 둔 맹상군 같은 사람은 신분의 귀천을 가리지 않고 모든 식객을 자신과 동등하게 대우하였고, 그들과 이야기 할 때에는 병풍 뒤에 서사(書士)를 두어 그들의 이야기에서 그들 친척의 이름과 주소를 알아 적어 두었다가 선물을 보낸 일도 있다고 한다.

또 조나라 평원군이 식객을 외교 사절로 하여 초나라 춘신군에게 보낼 때에는 이런 일이 있었다. 평원군의 식객은 자기가 조나라에서 얼마나 우대받고 있는가 자랑하기 위해서 일부러 대모(玳瑁-거북의 한 종류의 껍데기)로 만든 장식품으로 몸을 장식하고 칼집에는 주옥을 박아 치장하여 호화스런 모습으로 춘신군의 식객과 대면했다. 그런데 맞아 준 춘신군의 식객을 보고 얼굴이 붉어졌다. 그들은 신발에까지 주옥을 박아 번쩍거렸기 때문이었다.

일개 장사아치에서 출세한 여불위(呂不韋)는 강국 진나라의 상국(총리대신)이 되어 뒷날 시황제(始皇帝) 때 위세를 떨쳤는데, 여러 제후들이 식객을 모아들여 그 수효를 자랑하자,

"강대한 우리 진국이 이런 일로 얕보여서야 될 말인가!"

하고 아낌없이 투자하여 식객을 청하니 그 수가 수천에 달했다.

그 즈음, 여러 나라에서 현자들이 많은 책을 내고 특히 제나라와 초나라에서 벼슬을 한 유학자 순경(荀卿) 같은 이는 어지러운 세상을 한탄하여 수만 언(言)의 책을 냈다. 이에 질세라 여불위도 식객들에게 명령하여 2십여만 언(言)으로 된 대작(大作)을 저술케 한 후 직접 편집하여 〈여씨춘추〉라 이름했다. 재미있는 일은 이 〈여씨춘추〉를 수도 함양 성문 앞에 진열해 놓고 그 위에 천금의 돈을 달아 '능히, 한 자라도 가감할 자가 있으면 이 천금을 주리라' 라는 팻말을 세웠다 하니 그의 자신만만함을 알 수 있다.

자포자기(自暴自棄)

'자포자기(自暴自棄)' 란 몸가짐이나 행동을 함부로 함을 이르는 말이다.

'자포' – 스스로 그르치는 사람과는 함께 이야기할 수 없고, '자기' 의 사람과는 행동을 같이 할 수 없다. 입을 열면 늘 도덕을 무시하는 것을 '자포' 라 한다.

한편, 도덕의 가치는 인정하면서도 인(仁)과 예(禮) 같은 것은 자기에게는 도저히 손에 닿지 않는 것이라 생각하는 것은 '자기' 이다. 사람의 본성은 본래 선하다. 그러므로 사람에 따라 도덕의 근본 이념인 '인' 은 평온한 집과 같은 것이요, 바른 도리인 '의(義)' 는 사람에게 있어서 바른 길이다. 그 바른 길을 걸으려 하지 않고 버리려 하는 것은 실로 한탄할 일이다.

–〈맹자〉 '이루상편(離婁上篇)'

잔 속의 뱀그림자

진나라에 악광(樂廣)이라는 사람이 있었다. 악광이 여덟 살 때 길에서 놀고 있다가 위나라의 장군 하후현(夏候玄)을 만났다. 하후현은 악광의 영민함을 알아보고 학문을 권하였는데, 후에 수재로 뽑혀 관리로 나가게 되었다. 그의 이야기를 들은 여러 명사들은 그가 하는 말을 평하여 '마치 수경(水鏡)같이 또렷하고, 구름이 걷힌 푸른 하늘을 보는 것 같다' 고 감탄했다고 한다.

악광이 하남의 장관이 되었을 때의 일이다. 언제나 잘 찾아오는 친구가 있었는데, 한동안 오지 않아 이상히 여겨 알아 보니,

"지난 번에 찾아가서 술을 마시려 하니 잔 속에 뱀이 보였으나 내색하지 않고 그냥 마셨더니 그 후로 몸이 아프기 시작했소."

라고 하는 것이었다.

이상한 일이라고 생각한 악광은 전날 술마시던 때를 돌아보았다. 전날 그와 술을 마신 곳은 관청의 한 방이었다. 그 방 벽엔 활이 걸려 있었다. 그렇지, 활에는 뱀의 무늬가 그려져 있었으니…….

악광은 그 친구를 불러 전에 같이 술을 마신 자리에서 술을 마시기로 했다. 악광은 친구의 잔에 술을 따라 주고 물었다.

"잔 속에 또 그것이 보이오?"

"아, 지난 번과 똑같구려."

"하하하, 그것은 뱀이 아니라 저기 걸린 활의 그림자요."

친구는 놀라며 그때서야 사실을 알았는데, 그때부터 병이 씻은 듯이 나았다고 한다. 한 번 의심을 하면 아무것도 아닌 일에 신경을 쓰고 괴로워하게 되는 경우에 이 말이 쓰이게 되었다.

-〈진서〉 '악광전(樂廣傳)'

장검이여 돌아 갈 거나

전국시대 맹상군은 인재를 두기 좋아하여 천하의 재사가 모여들었는데, 그 중에는 죄 지은 자, 도망해 있는 자들도 있었다. 어느 날, 맹상군을 찾아온 풍관이란 자가 있었는데, 짚신에 다 해진 옷차림이었다.

맹상군은 그를 전사라고 하는 삼등 숙사에 있게 했는데, 열흘 후 어떻게 지내는지 숙사 사감에게 물어 보았다. 풍관은 요즈음 그의 단 한 가지 소지품인 장검자루를 두드리며 '돌아 갈 거나, 장검이여. 이 곳의 밥상에는 생선이 없네' 라고 노래를 부른다는 것이었다.

이 말을 들은 맹상군은 풍관을 한 단계 높은 행사라는 숙소로 옮겨 주었다. 이 곳의 밥상에는 생선이 올라 여기서는 만족해 하는가 했더니, 닷새가 지나자 풍관은 또 장검의 손잡이를 두드리며 '돌아 갈 거나, 장검이여. 출입을 하려 해도 수레가 없네' 며 노래했다.

맹상군은 풍관을 가장 좋은 대사라는 숙소로 옮겨 주었다. 이번에야말로 만족하려니 했는데, 또 닷새 후에 장검을 두드리며 '돌아 갈 거나, 장검이여. 처자도 없고 내 집도 없으니' 하고 노래를 부른다는 보고였다. 식객의 처지로서 이건 너무 사치스런 주문이 아닐 수 없어 불쾌한 얼굴을 하며 그냥 내버려 두었다. 이 이야기를 '거어의 탄(車魚의 嘆)' 이라고 한다.

맹상군은 식객 삼천여 명을 거느리기 위해 매우 고심하여 백성들에게 돈을 꾸어 주고 그 이자로 비용을 충당했는데, 일년이 지나도 이자는 잘 돌아오지 않았다. 이에 풍관이 수금을 하러 가게 되었는데, 긁어모은 이자 십만전으로 빚을 진 사람들을 전부 초대하여 술과 고기를 푸짐하게 대접하였다. 술기운이 거나해졌을 때 한 사람 한 사람에게 차용증서를 내 놓고 이자 낼 날짜와 방법을 의논했다. 의논 결과 간단히 약속이 되는 사람도 있었지만, 그 중에는 전혀 갚을 길이 없는 사람도 많았다. 풍관은 이자를 낼 수 있는 사람과는 기일을 정하고 도저히 갚을 길이 없는 사람들에 대해서는 차용증서를 화롯불에 던져 불살라 버렸다. 좌중의 사람들이 놀라자 풍관은,

"맹상군께서 여러분에게 돈을 빌려 주신 것은 생업의 밑천이 되게 하여 생활을 안정되게 하기 위함이요, 또 이자를 받아들이는 것은 식객들을 먹여 살리기 위한 비용에 쓰기 위함이었소. 지금 여유있는 사람과는 갚을 기일을 약속했고, 정말 가난한 사람들에 대해서는 그 증서를 불살라 버렸소. 이것은 우리 군주의 본뜻에 맞는 해결이라 생각하는 것이니, 이제부터는 생업에 더욱 힘써 주시오."

라고 했다.

그러나 맹상군은 풍관의 행동에 크게 화를 내어 그를 불러 놓고 꾸짖었다. 그러자 풍관은 이렇게 말했다.

"받을 수 없는 자로부터는 십 년을 기다려도 한푼 받지 못하는 것이 아닙니까? 저는 그런 가치 없는 증서는 불태워 버리고 돈 대신 군주의 뜻 하신 바를 백성들의 마음에 새겨 넣어서 군주의 명예를 높게 하고 돌아왔을 뿐입니다. 이것이 어찌 잘못된 일입니까?"

이 말을 들은 맹상군은 마음을 풀고 풍관에게 감사하다는 예를 올렸다고 한다. 뒤에 재상의 자리에서 쫓겨난 맹상군이 실의의 마음을 안고 돌아왔을 때, 백성들은 멀리까지 나와 그를 마중했고, 맹상군을 위로했다고 한다. 삼천 명이나 되는 그의 식객들은 모두 떠났지만, 풍관만은 마지막까지 남아 제왕에게 간청하여 맹상군이 다시 재상의 자리에 돌아 올 수 있게 힘을 썼다고 한다.

-〈전국책〉, 〈사기〉 '상군전(嘗君傳)'

장수하면 욕이 많다

장자는 전국시대에 가장 특이한 사상가 중 한 사람이다. 공자를 따르는 유가의 사람들이 강조하는 인(仁)의 도덕을 잔재주를 부리는 인간의 작위(作爲)라 하여 배척하고, 있는 그대로의 인간—자연을 사랑하고 그 무엇에도 얽매이지 않는 정신적 자유의 경지인 '도(道)'의 세계를 동경했다. 더구나 그는 자기의 사상을 그의 장기인 풍자와 우화로써 표현했다.

그가 지은 〈장자〉 중의 '천지편(天地篇)'에 있는 다음의 이야기도 우화의 하나이다.

옛날 성군으로 이름 높았던 요임금이 화지방을 순행했을 때의 일이다. 그곳의 관문지기가 공손히 인사를 드렸다.

"성인이시여, 삼가 성인님의 앞날을 축복하옵니다. 무엇보다도 성인님의 수명이 끝없기를 비옵니다."

"아니다, 아니다."

요임금은 미소를 띄우며 대답했다.

"나는 수명을 길게 하고 싶지 않다."

"그러시다면 부(富)가 날로 커지기를 바라시온지요?"

"아니다. 나는 부를 늘리고 싶다는 생각은 꿈에도 하지 않는다."

"그렇다면 아드님이 많아지기를 비옵니까?"

"아니다. 나는 그런 것도 바라지 않는다."

"그러시다면……."

관문지기는 이상한 듯이 임금의 얼굴을 살피며 다시 물었다.

"수명과 부와 아들을 많이 두는 것은 누구나 바라는 것인데, 임금께서 원하지 않으시는 것은 무슨 까닭이옵니까?"

"아들을 많이 두면 그 중에는 못된 인물도 있어서 걱정거리가 될 것이고, 부자가 되면 그 만큼 번잡한 일이 많아질 것이며, 수명이 길면 욕된 일도 많아질 것이니, 이 세 가지 일이 모두 내 몸의 덕을 기르는 데에는 무용지물이라 아니 할 수 없기 때문이다."

이 말을 들은 관문지기의 눈에는 실망과 경멸의 빛이 역력히 드러나며 임금이 들으란 듯이 중얼거렸다.

"흥, 공연한 소리! 요는 성인이라고 들었는데, 지금 이야기를 들으니 군자의 가치밖에 없는 사람이다. 아들이 많으면 많은 대로 제각기 분에 맞는 일을 맡겨 주면 아무 걱정이 없을 것이요, 부가 많아지면 남에게 나눠 주면 무슨 걱정이람. 진짜 성인이란 메추라기처럼 자리를 가리지 않고, 새의 새끼처럼 무심히 먹으며, 새가 날아가 흔적 없듯이 자유자재해야지. 세상이 바로 되면 뭇사람과 더불어 번영을 즐기고, 세상이 바르지 못하면 내 몸의 덕을 닦아서 은둔함도 좋고, 천년장수를 해서 세상이 싫어지면 신선이 되어 흰 구름을 타고 옥황상제의 나라에 가서 노는 것도 좋을 텐데. 병과 늙음과 죽음의 우환의 괴로워함이 없이 몸에 항상 재앙이 없다면 장수해서 무슨 욕이 많단 말인가."

요임금은 퍼뜩 정신을 차리고 문지기를 쫓아가며,

"거기 기다려 주게. 자네 이야기를 좀더 듣고 싶네."

하고 소리 쳤으나 문지기는 뒤도 돌아보지 않고 사라져 버렸다.

장자는 이 우화를 통해 유가적 성인인 요와 대비시키면서 도의 세계에 사는 자유로운 사람, 도가적인 성인의 모습을 시사하려고 한 것이다.

-〈장자〉 '천지편(天地篇)'

재앙이 연못 속 고기에까지 미친다

춘추시대 송나라 사마(司馬 - 군사를 맡아 보던 벼슬)에 환(桓)이라는 사람이 있었는데, 그에게는 굉장히 좋은 구슬이 있었다. 헌데 어떤 일로 죄를 짓게 되자 그는 구슬을 가지고 도망쳐 버렸다. 그런데 구슬 이야기를 들은 왕은 구슬을 손에 넣고 싶어 사람을 보내 환을 찾아 구슬을 얻고자 했지만, 환은 도망쳐 나올 때 연못 속에 던져 버렸다고 했다. 이 말을 들은 왕은 연못을 뒤지게 하였다. 많은 사람들이 동원되어 물을 퍼 내니 연못 속에 살던 물고기들이 모두 죽고 말았다.

또 이런 이야기도 있다.

춘추전국시대, 초나라 궁중에서 기르던 원숭이가 숲으로 도망가자 이를 잡으려고 숲의 나무를 모조리 베었다고 한다. 이 두 이야기들은 재앙이 엉뚱한 곳에 미치어 화를 당하는 것을 의미한다.

-〈여씨춘추(呂氏春秋)〉 '심기편(心己篇)'

전전긍긍(戰戰兢兢)

'전전'은 무서워 벌벌 떠는 모습이요, '긍긍'은 두려워 삼가는 것을 뜻한다. 〈시경〉의 '소아(小雅)'의 '소민(小旻)'이라는 시에서 나왔다. 이 시는 서주 말기에 신하 하나가 국정을 좌지우지함을 한탄하는 시로, 전전긍긍은 마지막 한 절에 있다.

감히 호랑이를 손으로 잡지 못하며,
강물을 걸어서 건너지 못함을
사람들은 다 알고 있건만
나머지를 모르네.
전전 긍긍하라.
깊은 못에 이른 듯이,
살얼음을 밟는 듯이.

옛법을 무시하고 있는 사람들도 손으로 범을 잡거나 강물을 걸어서 건너는 위험이 환히 보이는 정치는 하지 않지만, 양식있는 사람은 이런 정치가 결국은 파탄을 가져 올 것을 알고 깊은 못에 이르듯 엷은 얼음을 밟는 듯 두려워 하고 있다는 뜻이다.

서주 말기에는 주나라를 유지하던 씨족제 봉건사회가 내부적 모순으로 무너져 가고, 왕권이 쇠하여 옛제도로는 천하를 통치하기 어렵게 되었다. 이에 새로운 제도를 제정하였지만, 이 또한 제후의 권력을 억제하는 것을 목적으로 한 것인 만큼 필연적으로 천자와 제후의 대립관계는 날카로워질 수밖에 없었다.

평화시대에는 '도의' 에 의해서 나라가 다스려지는 것처럼 보이지만, 위기에는 '도의' 의 뒤에 숨어 있어 눈에 띄지 않았던 '힘과 힘' 이라는 관계가 노출되는 것이다. '힘이 정의' 인 것보다 '정의가 힘' 이기를 바라는 것이 권력을 갖지 못한 사람들의 윤리 감정이기 때문이다.

이 '소민' 이란 시도 이러한 윤리감정에 의해서 읊어진 것이다.

여기서 포호빙하(捕虎憑河 - 맨손으로 범을 때려잡고 맨몸으로 강을 건넘)란 말도 널리 쓰이게 되었고, '심연(深淵)에 임한다', '박빙(薄氷)을 밟는다' 는 말도 위기감을 표현하는 데 쓰인다.

-〈시경〉 '소아(小雅)'

절함(折檻)

부러진 난간

전한 제9대 효성제(孝成帝) 무렵에는 환관과 외척세력이 득세했다. 효성제 때의 외척은 왕씨(王氏)로서 정치를 그들 마음 대로 휘두르고 있었다. 이에 분개한 강서성(江西省)의 장관 매복(梅福)은 황제에게 상소문을 올렸다.

"지금 외척의 권력이 날로 강해져 왕실의 위엄은 땅에 떨어지고, 제왕의 명령조차 전혀 행해지지 않습니다. 선제(先帝) 이래 충신 석현(石顯)을 추방하신 뒤로 일식과 지진이 잦고 수해는 말할 것 없이 많았사옵니다. 천하가 어지러웠던 춘추시대에도 없었던 심한 천재지변이 일어나는 것은 정치가 바로 행해지지 않는 증거이옵니다."

그러나 황제는 듣지 않고 점점 더 외척에게 기대게 되었는데, 황제의 스승 장우(張禹)까지도 정치에 참여하게 되었다. 마침내 관리와 백성들은 왕의 그릇됨을 상소하는 글을 올리자 그제서야 당황한 왕이 상소문을 장우에게 보이니, 왕씨 일족을 두려워한 장우는,

"황송하오나 춘추시대의 일식과 지진은 제후들이 서로 죽이며 외적이 침입한 까닭이 아닌가 생각하오나, 어쨌든 천재지변의 뜻은 깊은 것이어서 짐작하기 어려운 것이옵니다. 그러기에 성인 공자도 말하지 않았사옵고, 천도(天道)에 대해서는 제자 자공에게도 가르쳐 주지 못했던 것입니다. 그런 것을 학문도 제대로 알지 못하는 소인배들이 이러쿵 저러쿵 말하여 세상 사람들을 현혹하는 것이옵니다. 그런 자들의 말에는 일체 귀를 기울이지 마시기 바랍니다."

라며 안심시켰다.

이에 주운(朱雲)이란 사나이가 왕에게 나아가,

"원컨대 폐하의 장 속에 있는 예리한 검(劍)을 얻어 악인의 목을 잘라 만

인에게 악을 응징하는 본보기로 하고자 하오니 아무쪼록 허락하시옵소서."
하고 청했다. 그러자 왕이 물었다.

"그 악인이란 대체 누구인가?"

"안창(安昌)의 제후 장우이옵니다."

왕은 그 말에 벌컥 화를 내며 소리쳤다.

"닥쳐라 무례한 놈! 비천한 몸으로 짐의 스승을 어찌 모욕하느냐. 이 놈을 끌어내어 목을 베어라."

군사가 주운을 끌어내려 하자 주운은 층계의 난간을 꽉 붙잡고,

"폐하, 잠시 신의 말을 들어 주소서."
라고 말하며 부러진 난간과 함께 바닥으로 떨어졌다.

그러고도 주운은,

"소신의 몸은 어떻게 되어도 좋사옵니다. 다만 폐하의 일이 걱정되기 때문이오니 제발 밝게 살피옵소서."
하며 피눈물을 흘렸다.

이 광경을 본 장군 신경기(辛慶忌)가 감동하여 땅바닥에 머리를 찧어 피를 흘리며 왕에게 호소하여 간하니 격노했던 왕도 두 사람의 충정을 알고,

"짐이 잘못했노라. 아까운 충신을 잃을 뻔했구나. 앞으로도 그런 마음으로 간을 해 달라."
하며 용서해 주었다.

그 후 신하가 부러진 난간을 고치려 하자 왕은,

"고치지 말라. 그것은 나에게 간해 준 충신의 기념이다. 저 부러진 난간을 볼 때마다 그 때의 일을 생각하고 바른 정치를 하리라."
하며 재위 중에는 난간을 그대로 두었다고 한다.

그러나 왕이 죽은 후 결국 국운이 다하여 역신(逆臣) 왕망에게 제위를 빼앗겨 전한은 망하게 된다.

-〈한서〉 '주운전(朱雲傳)', 〈십팔사략〉

조강지처(糟糠之妻)

술재강과 쌀겨를 함께 먹은 아내

후한의 세조(世祖)가 된 광무제의 아래에는 그의 천하통일 후 소위 '철중(鐵中)의 쟁쟁(錚錚-쇠붙이 소리, 강직하고 아첨하지 않는 사람들을 뜻함)' 이라고 불리운 인물이 많았다고 하는데, 이 이야기도 그들 중 한 인물의 이야기이다.

광무제는 자기 누이요, 미망인이었던 호양공주가 대사공(大司公)의 직에 있던 송홍(宋弘)에게 마음을 두고 있음을 알고 있었다. 그러나 아무리 광무제라도 누이를 얻어 달라고 말하기는 어려웠다. 그러다가 옆방에 호양공주를 불러다 놓고 송홍을 부른 광무제는,

"부(富)해져서는 벗을 바꾸고 귀(貴)해져서는 아내를 바꾼다는 말이 있는데 그대는 어떻게 생각하시오?"

하고 물으니 무슨 말인가 짐작한 송홍은 분명히 대답했다.

"아니올시다. 저는 빈천할 때 사귄 친구는 잊지 말며, 조강지처는 내쫓지 못한다는 것이 옳은 줄 아옵니다."

송홍이 물러가자 한 수 졌다고 생각한 광무제는 호양공주에게,

"허! 저렇게 되면 가망이 없구려."

하며 타이르니 아무리 공주라지만 단념해야 했다.

조강은 술지게미와 겨를 말하는 것으로 지극히 험한 음식을 일컫는 것이며, 가난하여 쌀겨나 술재강 같은 것을 먹으며 고생한 아내는 뒷날 부귀를 누리게 되었을 때에도 이를 버리거나 천대하지 못한다는 뜻이다.

-〈후한서〉 '종홍전(宗弘傳)'

조삼모사(朝三暮四)

아침에 셋, 저녁에 넷

송나라에 저공(狙公)이라는 사람이 있었다. 저(狙)라는 것은 곧 원숭이니, 그 이름처럼 저공은 많은 원숭이를 기르고 있었는데, 집안 식구들의 양식을 줄여서까지 원숭이를 먹이는 호원가(好猿家)였다.

저공은 원숭이들의 마음을 알 수 있었고, 원숭이들에게도 저공의 마음이 통하였다고 한다. 아무튼 많은 원숭이를 기르게 되니 그 먹이도 여간 드는 게 아니었다. 저공은 점점 살림이 곤란해져서 원숭이의 양식을 줄이지 않을 수 없게 되었는데, 그 때문에 자기를 좋아하는 원숭이의 기분을 상하게 해서는 안 되겠다고 생각하고 우선 원숭이에게 이렇게 말했다.

"너희들에게 줄 도토리를 이제부터는 아침에는 세 개, 저녁에는 네 개로 하려고 하는데 어떻겠는가?"

이 말에 원숭이들은 모두 화를 냈다. 아침에 세 개로는 배가 고프겠다는 원숭이들의 마음을 알 수 있었다. 저공은 속으로 딱하게 생각하면서 이렇게 고쳐 말했다.

"그럼 아침엔 네 개, 저녁엔 세 개로 하지. 그러면 좋겠느냐?"

원숭이들은 모두 좋아했다.

〈열자〉에서는 이 우화를 예로 들며,

"조삼모사(朝三暮四)나 조사모삼(朝四暮三)이나 실제는 같으나, 원숭이들은 조삼을 싫어하고 조사를 좋아했다. 지자(知者)가 우자(愚子)를 농락하고 성인(聖人)이 중인(衆人)을 농락하는 것도 저공이 지(知)로 원숭이들을 농락한 것과 같다."

고 결론짓고 있다.

〈장자〉에서는 이와는 다르게,

"신명을 다하여 하나로 하고도 그 같음을 모르는 것, 이를 조삼이라 한다."

고 하고, 그 다음에 이 조삼모사의 고사를 들어 시비선악(是非善惡)에 집착하는 자가 달관하면 모두가 하나임을 알지 못하고 부질없이 마음을 괴롭혀 편견을 만드는 일에 비유하고 있다. 그러나 현재 쓰이고 있는 '조삼모사'라는 말은 저공이 원숭이를 농락했다는 것에서 '남을 농락하여 꾀에 빠지게 하는 일'이라든가 '사술(詐術)로써 남을 속이는 일' 등의 뜻으로 쓰이고 있다.

-〈열자〉 '황제편(黃帝篇)', 〈장자〉 '제물편(齊物論)'

조장(助長)

도와 주어 생장케 하다.

공손축(公孫丑)은 제나라를 찾아온 맹자의 제자로 들어가서는, 우선 제나라의 명재상이었던 관중(管仲)과 안자(晏子)의 뛰어난 업적에 대해서 질문을 했다. 왕도정치를 설명하는 맹자는 그들의 패업을 멸시하면서 백성들이 학정(虐政)에 시달리고 있는 지금 제나라는 어진 정치를 해야 할 가장 좋은 기회라고 말했다. 공손축이 다시 물었다.

"선생이 만약 제의 경상(卿相)이 되어 정치적 성공을 거두게 되는 경우에도 선생은 마음이 움직이지 않으시겠습니까?"

"나는 40이 지나고서부터는 이미 마음을 움직이지 않는다. 유혹에도 지지 않지."

여기서 맹자는 부동심(不動心)에 대해서 설명했다.

"선생님의 부동심은 어떤 점에서 좋은 것입니까?"

"말을 아는 일과 호연지기(浩然之氣)를 기르는 점이다."

맹자는 '호연지기'에 대해서 설명하고, 그 기(氣)를 기르는 방법에 대해서 명쾌하게 대답했다. 실로 물 흐르듯한 일문일답이었다. 맹자는 계속해 말했다.

"호연지기를 기름에 있어서는 그 행하는 바가 모두 도의에 맞는 것이 필요하거니와 기(氣)를 정(正)으로 하는 일, 즉 '기'만을 목적으로 길러서는 안 된다. 그렇다고 기를 기르는 일을 전혀 잊어 버리는 것은 더구나 좋지 않다. 송나라 사람처럼 조급하여 무리하게 조장(助長)하려 하는 것도 좋지 않다. (마음 속 도의의 자람에 따라 서서히 길러가야 한다)"

맹자는 여기서 다음과 같은 이야기를 들어 자기의 논리를 설명했다.

송나라의 한 농부가 모종을 하였는데, 이 모가 좀체 자라지를 않았다. 어떻게 하면 빨리 자라게 될까 하고 혼자 궁리하다가 손으로 잡아 당겨 늘어나게 해 주면 되겠지, 생각했다. 그래서 밭에 나가서 모를 하나하나 뽑아 손으로 잡아 늘였다. 온 밭의 모를 남김없이 뽑아 잡아 늘이자니 힘이 들었다. 그 일을 끝내고 집에 돌아온 농부는,

"아, 오늘은 꽤 고단하다. 모가 너무 안 자라기에 그것들이 자라는 것을 도와 주고 왔지."

이 말을 들은 아들이 놀라 밭에 나가 보니 모는 이미 다 시들어 죽었더라는 것이다.

"바보 같은 이야기지만, 세상에는 모를 조장하는, 즉 모를 도와서 자라게 함과 같은 쓸데없는 짓을 하는 사람이 적지 않다. 더구나 처음부터 기(氣)를 기르는 것은 쓸데없는 일이라고 버려 두는 사람도 있지만, 이것은 모를 심으면서 풀도 매지 않고 내버려 두는 자로, 모는 충분히 자라지 못할 것이다. 그렇다고 해서 기를 기른다 하고 생장을 조장하는 것은 모를 늘어나게 잡아 당기는 것이나 다름없다. 조금도 이로움이 없을 뿐 아니라 그 물건을 근본에서부터 해치는 것이다."

내버려 두어도 안 되고, 조장해도 안 된다고 맹자는 말한다. 곧 보편적인 경계(戒)를 말한 것이었다. '조장' 은 도와 주어서 생장케 한다는 뜻이지만, 급히 크게 하려고 무리하게 힘을 가하여 도리어 해롭게 한다는 뜻도 가지고 있다.

-〈맹자〉 '공손축 상편(公孫丑 上篇)'

양약고구(良藥苦口)

좋은 약은 입에 쓰다

시황제가 죽자 진나라는 흔들리기 시작했다. 진나라를 치려고 초나라의 항우와 경쟁해 온 유방은 다행히도 먼저 공을 세워 당당히 진나라 서울 함양에 입성을 했다. 유방은 진의 왕궁으로 들어갔다. 화려하게 늘어선 대궐의 집, 수없이 많은 개와 말, 산같이 쌓인 보물, 엄청나게 많은 아름다운 궁녀, 이런 것들에 마음이 쏠린 유방은 그냥 그 왕궁에 머물고 싶어했다. 이러한 왕의 마음을 알아 챈 강직한 번쾌가 왕에게 간했다.

"아직 천하가 통일된 것도 아닙니다. 이제부터가 더 중요합니다. 한시 바삐 이곳을 떠나 적당한 자리에 진을 치시옵소서."

그러나 유방은 그 말을 듣지 않았다. 이때 현명하기로 이름난 장양이 말했다.

"대저 진이 무도한 학정을 하였기에 천하의 원한을 사서 그대와 같은, 말하자면 일개의 서민이 이렇게 왕궁에 들어올 수 있었던 것입니다. 이제 그대의 임무는 천하를 위하여 남은 적인 진을 멸망시키고 천하의 민심을 편케 함에 있습니다. 그러기 위해서는 상복을 입고 오늘까지 진 때문에 고통을 겪어 온 민중을 조위(弔慰)함이 옳은 것이어늘, 겨우 진에 들어온 이 마당에 보물과 미녀에게 눈이 쏠려 벌써 포학한 진왕의 음락을 따르신다면, 악한 왕의 대표라 할 하의 걸왕의 손발이 되어 더욱 포학을 행하는 것과 다를 바 없습니다. 본래 충언(忠言)은 귀에 거슬리나 몸에는 좋은 것이며, 좋은 약은 입에는 쓰나 병에는 듣는 것이옵니다. 모쪼록 번쾌의 충언에 따르시옵소서."

이 간언을 듣고 유방은 홀연히 깨달아 왕궁을 떠나 패상에 진을 쳤다. 그리하여 유명한 홍문의 회견이 열리게 되는 것이다.

〈공자가어〉에는 '공자 가라사대, 양약은 입에 쓰나 병에는 이롭고, 충언은 귀에는 거슬리나 행(行)에는 이롭느니라.(良藥은 苦口나 利於病이요, 忠言은 逆耳나 利於行이라)' 고 되어 있다. '좋은 약은 입에 쓰다' 는 말은 이런 데서 나온 말일 것이다.

-〈사기〉 '유후세가(留侯世家)'

좌단(左袒)

왼쪽 어깨 소매를 벗다.

한나라의 고조 유방이 죽은 뒤에 황후였던 여태후(呂太后)가 천하의 권세를 가지고 여(呂)씨 일족을 궁정 요직에 앉히고, 잇달아 왕후에 봉했으므로 드디어 여씨가 유(劉)씨를 능가하여 전성시대를 이루게 되었다. 이러한 상황을 유씨 일족과 주발(周勃), 진평(陳平), 관영(灌嬰) 등 고조의 유신(遺臣)들이 못마땅하게 생각하고 있었지만, 어떻게 할 방도가 없었다.

그런데 여태후가 병이 들어 7월에는 운신을 못할 상태가 되었다. 그녀는 사경에서 일족의 장래를 걱정하여 조왕(趙王)의 여녹(呂祿)과 여왕(呂王)의 여산(呂産)을 상장군(上將軍)에 임명하고, 북군(北軍)을 여녹에게, 남군을 여산에게 맡겼다. 그리고 두 사람을 머리맡에 불러 놓고,

"고조가 천하를 평정하셨을 때 그 중신들과 '유씨가 아니면서 왕이 되거든 천하가 함께 이를 치라' 고 맹약하셨소. 그러나 지금 그대들이 그러하듯이 여씨는 제각기 황후가 되어 있소. 유씨 일족과 고조의 유신들은 이것이 불만인 것이오. 내가 죽으면 그들은 틀림없이 사변을 일으킬 것이나, 그대들은 반드시 병권을 장악하고 궁중을 지키는 일에 전념하시오. 그러기 위해서는 내 장례식에 나오지 않아도 좋소."

라고 엄중히 타이르고 태후는 죽었다.

태후가 죽자 그때까지 주색에 빠져 있었던 우승상(右丞相) 진평(陳平)은 곧 본래의 자세로 돌아와 태위(太尉) 주발과 더불어 여씨 타도의 책략을 세웠다. 마침 곡주후(曲周侯) 역상의 아들 역기가 여녹과 친한 것을 알고 두 사람은 역기로 하여금 여녹을 설복시키게 했다.

"지금 여태후가 돌아가셨는데도 황제는 아직 어립니다. 지금은 여러 왕이 각기 자기의 영토를 잘 통치하여 황실의 방어자로서의 책임을 다하는 것이

급선무입니다. 물론 현명하신 당신께서는 조나라로 돌아가야 한다고 생각하겠지만, 북군의 상장군으로서의 임무도 아울러 생각하게 되어 주저하고 있을 줄 압니다. 황제는 태위 주발에게 북군을 맡기고, 당신께서 조나라로 가는 것을 희망하고 있습니다. 그러니 안심하고 귀국하는 것이 어떻겠습니까?"

여녹은 이 말을 듣고 상장군의 인수(印綬)를 도로 바치고 북군을 주발에게 넘겨 주었다.

주발은 북군의 병사들을 모아 놓고 말했다.

"한실은 원래 유씨를 종(宗)으로 하고 있다. 그런데도 뻔뻔스럽게도 여씨는 유씨를 눌러 실권을 장악하였다. 이는 한실의 불행이요, 또 천하의 통한사(痛恨事)이다. 이제 상장군은 유씨에게 충성을 바쳐 천하를 정상으로 돌이키려 한다. 장병 제군! 여씨를 섬기려는 자는 우단(右袒 - 오른쪽 어깨를 벗음)하라. 그리고 상장군과 함께 유씨를 섬기려는 자는 좌단(左袒)하라."

이 말을 듣고 전군 모두가 좌단하여 유씨를 위해 싸울 것을 맹세했다. 한편, 여산도 주허후(朱虛侯) 장(章)에게 죽고, 천하는 다시금 유씨의 세상이 된 것이다. 이 고사에서 '좌단'은 한편이 되는 것, 동의하는 것을 뜻하게 되었다.

-〈사기〉 '여후본기(呂后本紀)'

주지육림(酒池肉林)

술의 연못과 고기의 숲

고대 중국에 있어서 폭군 음주(淫主)로서 전형적인 인물은 하나라의 걸왕과 은나라의 주왕이다. 그들은 다 같이 뛰어난 재지(才知)와 무용을 갖춘 인물이었지만, 그들의 최후는 매희와 달기라는, 세상에 드문 요염한 독부에게 얼이 빠져 이성을 잃고 주색의 향락에 탐닉해서 몸을 망치고 나라를 멸망으로 이끌어 갔다.

그들은 총애하는 여자의 환심을 사기 위하여 제왕으로서 가진 모든 권력과 부를 기울여 사치와 음탕한 짓을 일삼았다. 주지육림의 놀이도 이 제왕의 절대한 권력과 부의 배경없이는 도저히 생각할 수도 없는 엄청난 사치의 놀이였을 것이다.

하의 걸왕은 자기가 정벌한 유시씨의 나라로부터 공물로 받은 매희라는 여자에게 마음을 빼앗겼다. 그는 매희를 위하여 보석과 상아를 박은 호화로운 궁전을 짓고, 그 속 깊은 방에 옥으로 만든 침대를 두어 밤마다 음락에 빠졌다. 뿐만 아니라 매희가 하자는 대로 나라 안에서 3천 명의 미소녀(美少女)들을 모아 이들에게 오색으로 수 놓은 옷을 입혀 일대 무악(舞樂)의 놀이를 시키기도 했다. 그러나 화려한 춤과 노래에도 싫증이 나자, 이보다 더한 자극을 하게 하고 극한 사치를 해야만 했다. 매희의 제안으로 왕은 궁전 한쪽에 큰 연못을 파게 하여 못바닥에는 하얀 돌을 깔고 거기에다 향기로운 술을 가득 부어 술의 못을 이루게 했다. 못 가장자리에는 고기로 산을 만들고 나무 대신 포육(脯肉-저며서 양념하여 말린 고기)의 숲을 만들었다.

왕은 매희와 함께 이 작은 배를 타고 술못에 떠 있으면 3천 명의 미소녀들이 못가에서 음악에 맞추어 춤을 춘다. 그러다가 신호의 북소리가 울리면 못에 달려가 술을 마시고 포육을 먹는다. 이런 광경을 바라보며 왕은 매희와 음탕한 짓을 즐기는 것이다. 이러한 사치의 생활이 계속되매 국고는 비고 민심은 돌아서서 하왕조의 멸망을 가져오게 된 것이다.

은의 주왕도 하의 걸왕에 못지 않은 주지육림의 생활에 빠지고 있었다. 걸왕의 매희와 마찬가지로 주왕의 마음을 뺏은 것은 유소씨의 나라에서 헌상한 절세의 미인이요, 음분(淫奔)한 여성인 독부(毒婦) 달기였다. 이 여자의 끝없는 욕망을 채워 주기 위하여 주왕은 우선 가혹한 세금을 걷어들이고 무리하게 백성들의 재물을 빼앗아들였다.

이리하여 백성들에게서 빼앗은 물자는 산같이 쌓이고, 국내의 진귀한 짐승과 물건들은 속속 궁중으로 모였으며, 또 막대한 물자와 인력을 소모하여 호화찬란한 궁전을 짓고 동산과 못을 만들었다. 못은 역시 술로 채우고 술지게미로 언덕을 만들었으며, 고기를 매달아 숲으로 삼았다. 악사(樂士)에게 명령하여 새로이 만든 북리(北里)의 춤, 미미(靡靡)의 악(樂) 등 몸도 마음도 함께 녹아내리게 하는 음탕한 음악에 맞추어 실 한 오라기도 걸치지 않은 발가숭이의 남녀 한 무리가 못 둘레를 서로 쫓고 쫓기며 미친 듯이 춤춘다. 이 광경을 바라보는 사람들은 황홀경에 빠지면서 연못의 술을 들이키고 숲의 고기를 뜯어 먹는다.

이런 미친 짓을 보면서 거리낌없이 주왕의 무릎에 몸을 맡기고 있는 달기는 그제야 두 볼에 음탕한 만족의 빛이 떠오는 것이다. 이 미치광이의 연회는 120일이나 주야로 계속되어 이를 장야(長夜)의 음(飮)이라 불렀다고 한다.

마음 있는 신하들이 간해도 듣지 않았을 뿐 아니라, 오히려 그런 말은 제왕의 행동을 비방하는 것이라 하여 잔인한 형벌 – 포락의 형을 내렸다. 불에 달군 쇠기둥을 맨발로 건너게 하여 불 속에 떨어져 타 죽는 희생자의 모습까지가 잔인한 달기의 음욕을 돋우는 재료가 되는 형편이었다.

이리하여 폭군 음주(淫主)의 이름을 한껏 누린 주왕도 드디어 걸왕의 전례에 벗어나지 않고 주나라 무왕의 혁명으로 멸망의 운명을 걷게 된 것이다.

–〈십팔사략〉

죽마고우(竹馬故友)

죽마를 타고 놀면서 자란 친구

진나라 사람 은호(殷浩)는 견식과 도량이 넓어 젊을 때부터 소문이 높았다. 숙부인 융(融)과 함께 노자와 주역을 즐겨 했는데, 입으로 주고 받으면 호가 이기고, 글을 쓰게 되면 융이 이기니 풍류를 아는 사람이라면 이 두 사람을 첫째로 꼽았다.

어떤 사람이 은호에게 물었다.

"관직에 있을 때 꿈에 관(棺)을 보고, 재물을 얻게 될 때 더러운 것을 꿈에 보는 것은 무슨 까닭일까요?"

"관리란 본래 썩어서 냄새가 나는 것이지요. 그래서 관리가 되려는 사람은 꿈에 죽은 시체를 보게 되는 것이오. 또, 돈이란 본래 추한 것이니 꿈에 더러운 것을 볼 수밖에 없지요."

하고 대답했다.

세상 사람들은 이 말을 명언(名言)이라고 했다. 은호는 누가 뭐라고 권해도 관리가 되려 하지 않고 10년이란 세월을 선조 대대의 무덤을 지키고 지냈는데, 공신들을 계속해서 잃은 간문제(簡文帝)의 간절한 청을 물리치기 어려워 드디어 양주자사(楊州刺史)가 되었다. 이는 그 당시 촉나라를 평정하고 돌아와 그 세력이 대단한 환온(桓溫)을 견제하기 위한 것이었다.

이 때문에 두 사람은 서로 의심하게 되었고, 왕희지(王羲之)가 이 두 사람을 화해시키려 노력했지만 은호는 이에 응하지 않았다. 그 즈음, 후조의 왕 석계룡(石季龍)이 죽어 호족(胡族)들 사이에 소란이 일어났으므로 진나라에서는 그 기회를 놓치지 않고 일거에 중원을 회복하려고 은호를 중군장군도독(中軍將軍都督)에 임명하였다.

은호는 중원을 평정하는 것이 자기의 임무라 생각하고 싸움터에 나갔으나, 출발할 때 말에서 떨어져 남들이 모두 나쁜 조짐이라고 말했다. 은호는 결국 요양(姚襄)에게 참패를 당하고 돌아왔다. 이렇게 된 것을 다행으로 생각한 것은 환온이었다. 환온은 곧 왕에게 상소하여 드디어 은호를 서인(庶人)으로 떨어뜨려 동양의 신안현으로 귀양을 보냈다.

은호가 귀양간 뒤에 환온은 사람들에게 이렇게 말했다.

"나는 어릴 적에 은호와 같이 죽마를 타며 놀았는데, 내가 죽마를 가지고 놀다가 버리면 반드시 은호가 주워 가졌다. 그러고 보면 그는 내 아래 있음이 당연하다."

죽마는 대나무로 만든 말이니, 곧 아이들의 장난감이다. '죽마의 벗' 이라 함은 어릴 적의 친구를 뜻하는 말이다.

배소(配所)에 있는 은호는 누구도 원망하지 않고 지극히 조용히 나날을 보내며 귀양살이란 느낌은 전혀 없었다. 그러나 항상 하늘을 우러러 '돌돌괴사(怪事-이 무슨 괴이한 일인고!)' 하고 손가락으로 쓰는 버릇이 생겼다 한다.

그 후 환온이 은호에게 상서령(尙書令)의 벼슬을 주겠다는 편지를 보내자, 은호는 즐겨 승낙하고 답장을 써서 봉투에 넣었다가 틀림없게 하려고 꺼내어 다시 보고는 넣고, 넣었다가는 꺼내 보고 하다가 그만 넣는 것을 잊고 빈 봉투를 보내어 환온을 크게 노하게 했다.

그리하여 다시는 찾지 않았다. 그리고 은호는 귀양살이 중에 죽었다.

죽은 공명(孔明)이 산 중달(仲達)을 쫓다

건흥(建興) 12년의 일이었다. 제갈공명은 여섯 차례 기산(祁山)에 나가 사마중달(司馬仲達)이 이끄는 위군과 대항해 싸웠다. 꾀 많은 중달은 촉군의 보급로가 먼 것을 생각하고 지구전으로 끌고 가려 했다. 여기에는 공명도 배겨 낼 수 없어 어떻게든 위군에게 경거망동을 일으키게 하여 기회를 보아 공격을 하려 했다.

이미 공명은 위수(渭水)의 남쪽 오장원(五丈原)에 진지를 옮겨 공격할 기회를 노리고 있었다. 그래서 중달에게 사자를 보내어 여자의 머리 장식품과 의복을 전했다. 이렇게 한 것은 중달의 하는 짓이 사내답지 못하다고 비난하는 뜻이어서 중달을 격분시켜 싸움을 시작하게 하려 함이었다. 그러나 중달은 그런 것에는 조금도 관여치 않고 공명에 대해서만 물었다. 사자는 중달이 묻는 대로 대답했다.

"공께서는 아침 일찍부터 밤 늦게까지 쉬지 않고 지내십니다. 부하의 상벌에는 공평하시며 손수 정하십니다. 그리고 식사는 아주 조금씩밖에 못하신답니다."

중달은 이 말을 듣고 옆에 있는 자들에게,

"그렇게 격무에 시달린다면 아무래도 오래 살지는 못할 것이다. 이제 곧 결전의 때가 오겠군."

이라고 말했다.

그 해, 가을도 깊어 갈 때 마침 커다란 붉은 별이 꼬리를 길게 끌며 촉군 위로 떨어지는 것이 보였다. 중달은 공명이 병으로 죽은 것이 아닌가 하고 갑자기 공격을 개시하려 했다.

한편, 죽을 때가 가까워진 것을 깨달은 공명은 수척해진 몸을 애써 일으켜 자기가 살아 있음을 위군에게 알려 주려고 했다. 그는 등신대(等身大)를 만들어 수레에 싣고 마치 자기가 진두지휘를 하는 것처럼 보이게 하면서 전군을 퇴각하도록 하고는 숨을 거두었다.

중달은 촉의 진지가 평온함을 보고 일단 공격을 중지했으나, 비밀리에 척후(斥候)를 보내어 적정을 살피게 했다. 공명을 잃은 촉군은 바야흐로 후퇴 준비에 바빴다. 농민 가운데서 이 일을 중달에게 알려 준 사람이 있었다. 때가 왔다고 생각한 중달은 오장원으로 총공격을 개시했다. 그러나 촉의 진지에 이르렀을 때에는 이미 적군은 그림자도 없었다. 중달은 그제야 놓칠 새라 선두에 서서 촉군을 뒤쫓았다. 그런데 얼핏 앞쪽 산 그늘에서 촉군의 깃발이 보이면서 기세 좋은 북소리가 울려왔다. 게다가 수레 위에서 지휘를 하고 있는 것은 뜻밖에도 공명이 아닌가.

바야흐로 위군을 향해 물밀듯 달려오는 듯한 기세에 중달은 바로 도망을 쳤다. 그러나 공명의 부하인 강유(姜維)가 죽은 공명을 산 것처럼 보이기 위해 한 일이었지만, 중달은 공명의 계략에 걸려 든 것이라고만 생각했던 것이다. 이를 본 백성들은 '죽은 제갈공명이 산 중달을 쫓는다' 는 속담을 만들었으며, 공명을 찬양하고 겁많은 중달을 비웃었다.

중달은 자기의 실패에 대해 변명하기를,

"산 공명의 계책은 알고 있지만, 죽은 공명의 것은 어떻게 알겠느냐?"

고 했다.

또 중달은 공명이 만든 오장원의 진지를 보고 그 교묘함에 감탄했다고도 전한다. 공명이 죽은 후, 촉은 드디어 위에 의해 패망했다.

-〈통감강목(通鑑綱目)〉, 〈십팔사략〉

준조절충(樽俎折衝)

공식적인 연회자리에서 적의 창 끝을 꺾어 막는다.

춘추시대, 제나라 장공(莊公)이 가신 최저에게 죽임을 당한 일이 있었다. 장공이 무도하여 최저의 아내를 간통했으므로 의(義)를 바로잡기 위해 죽였다는 것이다. 사실 여부는 잘 모르지만, 장공이 죽은 것만은 사실이었다. 그래서 그의 아우가 뒤를 이어 경공(景公)이 되었다. 그러나 그때에는 이미 최저와 그의 동료인 경봉(慶封)을 좌상(左相)으로 하여 이 두 사람에게 반대하는 자는 죽이리라 맹세하게 되었다. 여러 신하들도 그 세력에 끌려 차례로 그런 맹세를 했다.

그런데 꼭 한 사람 맹세를 하지 않은 사람이 있으니, 안영이었다. 영공(靈公) 장공(莊公) 2대에 걸쳐 섬겨왔고, 인망도 있었다. 그는 하늘을 우러러 이렇게 탄식하기만 했다.

"임금에게 충성되고 나라에 이로운 것에라면 따르겠소만……."

경봉은 괘씸히 여겨 그를 죽이려 했으나 최저가 이를 말렸다.

제나라의 내분은 여전히 계속되고 있었다. 그러다 먼저 최저가 살해되고 오래잖아 경봉은 오나라로 피해 달아났다. 이때 안영은 제나라의 재상이 되어 나라 정치를 맡아 하게 되었다. 이 사람이 춘추시대에 이름 높은 재상 안상국(晏相國)이다.

춘추 때에는 큰 나라만 해도 열둘이나 되었다. 작은 나라를 세려면 백도 넘는다. 안영은 국내에서는 복잡한 파벌 싸움을 진압하고, 외교정책은 이렇듯 소란한 정세 속에서 제의 지위를 튼튼히 하려고 노력했던 것이다. 그의 사람됨은 온건하고 생활은 검소했다. 여우 털가죽으로 만든 옷 하나를 30년이나 입고 지냈다고도 한다.

경공이 그에게 넓은 땅을 주려고 했을 때 그는,

"욕심을 충족시키면 망하는 날이 가까워지는 것이옵니다."
하고 사양했다.

안영은 자주 다른 나라에 가서 회담하는 일이 있었다. 또 제후의 사자가 오면 이를 잘 맞이하여 빈틈없는 외교의 수완을 보였다.

그가 경공을 따라 강대한 진나라에 갔을 때의 일이다. 여흥으로 투호(投壺)를 하게 되었다. 투호란 화살을 던져 항아리에 넣는 놀이다. 진의 가신이 나와서,

"만일 우리 임금께서 항아리에 화살을 넣으실 수 있으면 이는 제후의 스승이 될 표시오."
하고 말했다.

진의 평공(平公)은 화살을 던져 맞혔다. 와아, 하고 갈채를 보내는 신하들 앞에 안영이 나와서,

"만일 우리 임금께서 맞힐 수 있다면 제나라는 진나라 대신 흥하게 될 것이오."
라고 말했다. 경공은 화살을 던져 맞혔다. 진의 평공은 크게 노했고, 가신들도 벌떡 일어섰다. 그러나 안영은,

"투호는 오락이요, 찬사는 농담이지 맹세는 아니오."
하고 경공과 함께 조용히 자리를 떴다. 이것은 안영의 외교를 칭찬하기 위해 만든 이야기인지도 모른다. 안영이 외교에 힘을 쏟은 것은 훨씬 더 복잡하고 대규모적인 힘의 관계를 조정하는 데 있었을 것이다. 그러나 아무튼 안영은 제나라의 키를 굳게 잡고 얼키고 설킨 난마 같은 길을 서서히 전진해갔던 것이다. 〈안자춘추〉에는 이렇게 씌여 있다.

"준조(樽俎)의 방에서 나아가지 않고서도 천리 밖 일을 절충한다 함은 곧 안자를 이름이니라."

술 담은 통과 고기를 괴어 놓은 도마가 있는 연회 자리에서 웃으며 이야기하는 가운데 적의 공격을 피하며 유리하게 결정을 지어 버리는 일, 말하자면

천리 밖에서 적의 공격을 분쇄해 버린다 함은 바로 안자를 일컬음이라…….

술자리에서 평화스런 외교 교섭을 하여 유리하게 일을 처리하는 것을 '준조절충' 이라 함은 여기서 나온 말이다. 좀더 변하여 담판이나 국제적 회견 등을 나타내게도 되었다.

찡그린 얼굴을 흉내내다

춘추시대도 말기에 가까운 오 월 두 나라의 다툼이 끊이지 않을 때, 월왕 구천이 오왕 부차의 방심을 꾀하기 위해 바친 미녀 50명 중에서 가장 뛰어난 절세의 미녀로 서시(西施)라는 여자가 있었다.

이 이야기는 그 서시에 관련한 이야기지만, 이야기를 한 사람이 우언(愚言)의 명수인 장자이고 보면, 실제로는 서시가 아니라 해도 좋을 것이다.

서시가 어느 때 심한 속앓이로 고향에 돌아갔는데, 하도 아파서 양미간을 찡그리고 한 손으로 가슴을 누르며 걷고 있었다. 그 찡그린 얼굴을 보고 사람들은 모두 그 아름다움에 넋이 빠질 지경이었다. 과연 절세 미인이라 아파 괴로워 하는 모습까지도 예쁘고 귀여웠던 것이다.

그런데 그 동네에 못 생기고 소문이 높은 추녀가 있었는데, 서시의 찡그린 얼굴을 보고는 자기도 일부러 가슴에 한 손을 대고 얼굴을 찡그리고 다녔다. 그러나 동네 사람들이 서시를 보듯 좋아할 리가 없다. 그 여자가 거리에 나타나면 그 흉한 얼굴을 찡그려서 차마 볼 수 없는 흉물이 되었으므로 모두 얼굴을 돌리고, 어떤 집에서는 대문까지 닫아 거는 것이었다.

이 이야기는 장자가 공자의 제자 안연(顔淵)과 도가적(道家的) 인물인 사금(師金)과의 대화 가운데서 비유의 예로 한 말이다. 즉, 춘추의 난세(亂世)에 노나라나 위나라에다 그 옛날 꽃 피었던 주왕조(周王朝)의 이상 정치를 다시 이루어 보려고 하는 것은 터무니 없는 짓이요, 마치 서시의 찡그린 얼굴을 흉내내 보려는 못 생긴 여자 같은 것이라 남들이 상대해 줄 리가 없다고 한 뜻이었다.

-〈장자〉 '천운편(天運篇)'

창업(創業)은 쉬우나, 수성(守成)은 어렵다

당나라 초기의 성세(盛世)를 일컬어 '당초(唐初) 3대의 치(治)' 라고들 한다. 즉, 정관(貞觀)의 치(治- 태종의 627 ~ 649년), 영휘(永徽)의 치(高宗의 627 ~ 649), 개원(開元)의 치(현종의 713년 ~ 734년)를 일컫는 것이다. 이들의 시대에는 황제가 사치를 삼가고 현신을 잘 써서 천하가 크게 잘 다스려졌다.

특히 태종의 정관의 치는 후세 사람들에게 치세의 거울이 되었고, 백성들은 길에 떨어진 물건을 주워 가지 않고, 도둑이 없으므로 상인이나 나그네는 마음 놓고 야숙(野宿)을 했을 정도로 태평한 세상이었다. (태종이 여러 신하와 정사를 논한 말들을 모은 〈정관정요〉는 유명하다.)

정관의 치가 있게 된 원인의 하나는 앞에서도 말한 바와 같이 태종이 사치를 삼가고 많은 현신을 얻었기 때문이었다. 정관 초에 결단력이 뛰어난 두여회(杜如晦)와 계책을 세우는 데 능한 방현령(房玄齡)이 좌우 대신을 맡고, 강직한 위징(魏徵)이 비서감장(秘書監長)을 지내며, 청렴한 왕규(王珪)가 시중(侍中)이 되어 태종의 정치를 잘 보좌했다.

어느 날 태종이 왕규에게,

"그대는 현령 이하의 사람들과 비교해서 어떠한가?"

하고 물었을 때 왕규는 이렇게 대답했다.

"부지런히 나라 일에 몸바치며, 아는 일에 대해서 소신껏 말한다는 점에서 저는 방현령에 미치지 못하옵니다. 재주가 문(文)과 무(武)를 겸하고, 들어가서는 재상이요, 나와서는 대장인 점에서 저는 이정(李靖)을 따르지 못하옵니다. 군주가 요순과 같지 못함을 부끄러이 생각하여 임금님께 간하기를 자기의 임무로 하는 점에서는 저는 위징을 따르지 못하옵니다."

또 태종은 일찍이 근신(近臣)들에게 이런 질문을 한 일이 있었다.

"창업(創業)과 수성(守成)은 어느 쪽이 어려운가?"

방현령은 이렇게 대답했다.

"초매(草昧 - 천지가 시작되던 어두운 세상)의 처음에는 군웅(群雄)이 서로 다투어 일어나 쳐부수고 항복받으며 싸워 이기는 것이므로, 그런 점에서 볼 때 창업이 더 어려운 줄 아옵니다."

그러나 위징은 이렇게 대답했다.

"예로부터 제왕은 그 자리를 온갖 고난 속에서 얻어 이를 안일 속에서 잃은 것이옵니다. 그런 점에서 볼 때 수성 편이 어려운 줄 아옵니다."

그러자 태종이 입을 열었다.

"현령은 짐과 함께 천하를 얻고 백사(百死)에 일생을 얻었다. 그러므로 창업의 어려움을 알고 있다. 징은 짐과 더불어 천하를 안정케 하고 항상 교만과 사치는 부귀에서 생기고 화란(禍亂)은 소홀히 함에서 생김을 두려워하고 있다. 그러므로 수성의 어려움을 알고 있는 것이다. 그러나 창업의 어려움은 이미 지났으니 이제 수성의 어려움을 더불어 조심하자."

창업은 〈맹자〉에 나와 있는 말로 업(業)을 시작한다는 뜻이요, 수성은 성업(成業)을 보수한다는 뜻이다.

〈정관정요(貞觀政要)〉의 주(註)에 '예로부터 업(業)을 창시하여 이를 잃은 자는 적으나, 성(成)한 것을 지키다 이를 잃는 자는 많다' 고 했다.

태종은 신하들이 자신을 두려워 하는 것을 알고 항상 온화한 얼굴로 신하들을 대했으며, 간하는 사람에게 상을 주었다. 그러나 말년에는 동정(東征)을 간해도 듣지 않았고, 차츰 사치스러운 생활을 몸에 익혀갔다. 여기서도 창업은 쉬우나, 수성의 어려움을 알 수 있다.

-〈당서(唐書)〉 '방서현령전(房書玄齡傳)'

채미가(采薇歌)

백이와 숙제는 지금의 하북성 땅의 고죽(孤竹)의 임금의 아들이었다. 고죽 임금은 막내 아들 숙제에게 자리를 물려 주려고 했었다. 그러나 아버지가 죽은 뒤에 숙제는 자기가 아버지의 뒤를 잇는다는 것은 예를 벗어난 일이라 하여 백이에게 맡기려 했다. 그러나 형 백이는 아버지의 유지(遺志)에 어긋나는 일을 함은 자식으로서 그릇된 짓이라 하여 이를 받지 않았다.

결국 백이는 자기만 없으면 되려니 하고 남 몰래 나라를 떠났다. 그러나 숙제도 곧 형의 뒤를 이어 나라를 떠나 버렸으므로, 나라 사람들은 형제 중에서 다른 사람을 세워 임금으로 모셨다. 이렇게 하여 백이와 숙제는 일찍부터 인덕높은 사람인 서백을 존경하여 서쪽에 있는 주나라로 갔다. 그러나 두 사람이 주에 닿았을 때는 서백은 이미 죽고 없었다. 정세도 많이 변해 있었다.

이 즈음까지 중국 북부를 제압하고 있던 은왕조의 기초는 크게 흔들리고 있었다. 서백의 뒤를 이은 태자 발(發)은 스스로 무왕이라 칭하고 널리 제후의 군사를 모아 은의 주왕을 치려 하고 있었다. 무왕은 군중의 수레에 아버지의 위패를 싣고 있었다. 백이와 숙제는 이를 보고 있을 수가 없었다. 주의 군사가 진격을 시작하려 할 때 두 형제는 왕이 타는 말을 좌우에서 붙들고 무왕에게 말했다.

"임금이시여, 부왕께서 돌아가신 지 얼마 되지도 않은 이제 그 제사도 지내지 않고 전장에 나가시는 것은 효자의 도리가 아닌 줄 아옵니다. 또 주왕은 임금님의 주군이 아니옵니까? 신하의 몸으로 주군을 죽인다는 것은 인(仁)이라 할 수 없지 않습니까?"

그러나 무왕은 두 사람의 간언을 듣지 않았다. 대군(大軍)은 기어이 진군하여 이윽고 목야(牧野)의 싸움에서 은나라 군사를 쳐부수고 은을 차지하고 말았다. 역사의 수레바퀴는 크게 돌아서 각지의 제후들도 다투어 주를 종주국으로 받드는 세상이 되었지만, 백이와 숙제는 그런 세상에 항거했다. 포(暴)로서 갚는 무왕의 방법에 그들은 한푼어치의 도(道)도 인정할 수 없었고, 그러한 주왕실에 따르는 것은 수치스런 일이라 했다.

신의를 지켜 주의 좁쌀을 먹지 않으리라 생각한 두 사람은 멀리 속세를 떠나 수양산(首陽山)에 숨어 고사리를 뜯어 먹고 목숨을 이었다. 그들은 주려 죽게 되었을 때 이런 노래를 지었다.

저 서산(西山)에 올라 그 고사리를 뜯는다.
포(暴)로서 포(暴)와 바꾸어 그 그릇됨을 모르니,
신농(神農) 우(虞) 하(夏) 홀연히 사라지다.
나는 어디로 가야 할까.
아, 가리라, 목숨 이제 다했거니.

이리하여 이 '채미가(采薇歌)'로 세상을 근심하고 원망의 뜻을 남기며, 그 옛날의 성왕인 신농, 순, 우의 세상을 그리워하면서 그들은 드디어 굶어 죽었다고 한다. 영웅 호걸도 아니요, 대학자도 아닌 사람이 세상을 싫어하여 굶어 죽은, 말하자면 괴상한 두 노인. 사마천은 그들의 이야기를 열전의 첫머리에 놓았다. 그것은 그들의 도피를 비웃는 것도 아니요, 행위를 무조건 찬양한 것도 아닐 것이다. 다만 백이 숙제의 성인다운 행동을 말해 주고 싶었기 때문일 것이다. 그리고 사마천은 계속하여 '천(天)은 항상 선인(善人) 시(是)냐, 비(非)냐' 하는 근원적인 물음을 한다. 그리고 이를 제1로 하여 인간 세상의 만화경(萬華鏡)이라고도 하는 〈사기열전(史記列傳)〉의 세계를 전개해 나아간 것이다.

-〈사기〉 '백이열전(伯夷列傳)'

천고마비(天高馬肥)

하늘은 높고 말은 살찐다.

옛날 중국은 흉노족이라는 북방민족에게 변경을 침략당했고, 때로는 본토까지 침범당하였으므로 역대의 왕조는 이를 방어하기에 고심해왔다. 이 흉노는 몽고민족, 혹은 터키족이라 하며, 은의 초엽(BC1700년) 무렵에 일어나 진의 초엽(350년)에 망한 것으로 추측된다. 아무튼 이들은 주에서 진, 한 6조와 약 2천 년에 걸쳐 중국의 골칫거리가 된 사나운 민족이었다.

진의 시황제는 이들을 멀리 쫓고 침입을 막기 위하여 만리장성을 쌓았고, 한나라는 미인을 그들의 수령에게 주어 회유하기도 했다. 흉노는 말타기와 말에서 활쏘기에 능했고, 항상 무리를 지어 바람같이 쳐들어와서 화살을 비처럼 쏟아 사람과 말을 살상하고 재물을 약탈한 다음엔 다시 바람같이 달아나는 것이 예사였다.

그들이 사는 곳은 중국 본토의 북쪽에 있는 넓디 넓은 초원이다. 방목과 수렵이 그들의 일이었다. 끝없이 넓은 초원에서는 교통기관이라고는 오직 말뿐이다. 여자나 어린아이나 말을 자기 발처럼 알고 타고 다닌다. 봄에서 여름에 걸쳐 풀밭에서 배부르게 풀을 뜯어 먹은 말은 가을이 되면 통통히 살이 찐다. 이윽고 풀이 마르고 초원에 혹독한 추위의 겨울이 온다. 벌써 10월만 되어도 대낮에 영도를 넘는 추위, 이미 방목은 불가능한 때다.

흉노들은 먹이를 찾아헤매는 이리와 여우들을 쫓아 바람 찬 초원을 돌아다닌다. 영하 몇 십도의 혹한과 무서운 눈과 바람에 몇 달을 참고 견뎌야 하는 것이다. 살쪘던 말들도 이 겨울에는 제 몸을 먹으며 견디어 내야 한다. 그렇기 때문에 봄이 올 무렵에는 말도 바짝 말라 있다. 봄, 여름 동안의 축적이 없이는 말은 주림과 추위에 견뎌 내지 못한다.

겨울 먹이를 구해 흉노들은 찬 바람을 타고 따스한 남쪽 중국 본토로 습격해 갔다. 살찐 말을 타고 잘 갖추어진 활과 살을 가지고 흉노는 달려왔다가는 달려간다. 그래서 가을이 되면 북방에 사는 중국 사람들은 항상 두려움에 떨었다.

〈한서〉 '흉노전(匈奴傳)' 에 '가을이 되니 말은 살찌고 힘이 세지니 흉노가 새(塞)에 든다' 고 했다. 두보의 조부인 두심언(杜審言)은 흉노를 막으러 변경으로 가는 친구 소미도(蘇味道)에게 한 편의 시를 보냈다.

구름 맑은데 요성(妖星)은 떨어져 가을은 깊고
새마(塞馬)는 살쪘도다

여기서 말한 새마란 한군(漢軍)의 군마를 일컫는 것이다.

일반적으로 '천고마비' 란 말은 가을이 되어 입맛이 나서 살찐다는 의미로 쓰이고 있지만, 원래 뜻은 앞에서 말한 것과 같다.

천리안(千里眼)

북위(北魏)에 양일(陽逸)이라는 청년이 광주(光州)의 장관으로 부임해 왔다. 명문 양가 출신으로 아직 29세의 젊은 나이였다. 그는 젊은이다운 순직한 정신으로 고을의 정치에 마음을 기울였다. 고을 사람들은,

"양 장관은 낮에는 먹는 것도 잊고, 밤에는 잠자는 것도 잊으며 일해 주신다."

고 칭찬하고 있었다.

병사가 먼 길을 떠날 때면 양일은 비나 눈 속에서도 배웅하기를 잊지 않았다. 법은 어김없이 지키면서 인정으로써 다스렸다. 한 번은 전쟁에다 기근이 덮쳐왔다. 굶어 죽는 사람이 각 처에서 쏟아져 나왔다. 이때 양일은 식량을 보관해 둔 창고를 열어 굶는 사람들에게 나눠 주려고 했다. 부하 관리가 상부의 뜻을 걱정하자 양일은 이렇게 말했다.

"나라의 근본이 되는 것은 사람이다. 그 사람의 목숨을 잇게 하는 것이 양식이다. 백성들을 굶게 해서야 되겠는가. 광을 열라. 이것이 죄라고 한다면 내가 달게 받겠다."

이리하여 양곡을 방출하여 노인과 병자들에게는 밥을 지어 나눠 주었다. 이 양일은 천리안을 가지고 있다는 사람이었다.

양일이 처음 부임해 왔을 때부터 광주의 시골사람들이 이상하게 생각하는 일이 있었다. 전에는 상부의 관리나 군인이 오면 반드시 잔치가 있게 마련이었고, 뇌물도 요구받았다. 그런데 양일이 부임하고는 그런 일이 전연 없었다. 그 뿐이 아니었다. 관리들은 도시락을 가지고 나왔다. 남 모르게 슬그머니 음식을 대접해도 응하지 않았다. 왜 그러느냐고 까닭을 물어 보면 그들은 이렇게 대답했다.

"양 장관이 천리안을 가지고 있어서 천리 밖의 것도 환히 보니 어찌 속일 수 있겠는가?"

양일은 서민이야말로 가장 소중하다고 생각하고 있었다. 그리고 관(官)이라고 으시대고 호걸처럼 덤비는 일은 어떻게 해서라도 못하게 해야겠다고 생각했던 것이다. 그는 고을 안에 널리 사람을 풀어 놓고 관리와 군인들의 행동을 조사 보고하게 했다. 그러니 그들이 떨지 않을 수 없었다. 이것이 '천리안' 이란 말의 출처이다. 그리고 밀정으로 하여금 조사케 한다는 뜻은 이미 들어 있지 않게 되었다.

양일은 군벌의 다툼에 휩쓸려 광주에서 죽음을 당했는데, 그때 나이 32세. 그의 밑에 있던 관리보다 더 백성들이 그의 죽음을 가슴 아프게 슬퍼했다. 거리와 마을에서는 그를 위해 제사를 드리고 무덤에는 오랫동안 공물이 끊이지 않았다고 한다.

-〈위서(魏書)〉 '양일전(楊逸傳)'

천의무봉(天衣無縫)

하늘의 옷에는 꿰맨 자국이 없다.

몹시 더운 여름 날이었다. 곽한(郭翰)이라는 사나이가 하도 더워 뜰에 나와 그늘에 누워 있노라니, 하늘 저편에서 무엇인지 가물가물 내려오는 것이 보였다.

"저게 무얼까?"

점점 다가오는 그것은 눈부시게 아름다운 여자였다. 곽한은 정신을 잃고 바라보다가,

"당신은 대체 누구시며, 어떻게 공중으로 날아 오십니까?"

하고 물으니, 그 아름다운 여자는 웃는 얼굴로,

"저는 하늘 나라에서 내려온 직녀이옵니다."

하고 대답했다.

곽한이 가까이 가서 살펴 보니, 엷고 가벼운 직녀의 옷은 아름답기만 한 것이 아니라 도무지 바늘로 꿰맨 자리가 한 군데도 없었다. 꿰맨 자리가 없는 옷이라 하면, 가위로 마름질을 하지 않고 바느질도 할 것 없이 옷감이 곧 옷이라는 얘기가 된다. 즉, 옷감을 옷처럼 짠 것이라 할 수밖에 없다.

곽한이 이상해 하며 옷에 꿰맨 자리가 없는 까닭을 물었다. 그러자 직녀는 이상할 것 없다는 듯이,

"우리들 천상의 옷은 본래 바늘이나 실을 쓰지 않는답니다."

라고 대답했다.

이 천녀(天女)의 옷에 꿰맨 자리가 없다는 이야기에서 시문이나 서화에 잔 재주나 잔손질 없이 저절로 훌륭하고 미끈하게 된 것을 가리켜 '천의무봉'이라 하게 되었다.

-〈영괴록(靈怪錄)〉

철면피(鐵面皮)

왕광원(王光遠)이라는 사람은 학문과 재능이 있어 진사(進士)급제까지 했다. 그러나 그는 출세욕이 대단하여 권세있는 사람들이나 찾아다니며 아첨을 했다. 남이 보든 안 보든 굽신거려 사람들의 눈쌀을 찌푸리게 하였다

한 번은 술취한 상대가 채찍을 들고,

"자네를 때리겠는데 그래도 좋은가?"

하니,

"공의 채찍이라면 달게 받겠소이다."

하며 등을 내밀었다. 주정꾼은 정말로 왕광을 때렸으나 성내지 않고 여전히 굽실거렸다. 같이 있던 친구가,

"자네는 수치를 모르는가? 여러 사람이 있는 데서 그런 봉변을 당하고도 가만히 있으니 그게 무슨 꼴인가?"

하고 말했으나 광원은 예사롭게,

"하지만 그 사람에게 환심을 사 두어야 할 것이 아닌가?"

하고 당연한 일인 듯이 대답했다. 사람들은 왕광원을 가리켜 '광원의 얼굴 두껍기가 열겹 철갑과 같다' 고 하니 철면피란 말은 여기에서 나온 말이다.

-〈북몽쇄언〉

철부(轍鮒)의 급(急)

이 말은 죽느냐 사느냐 하는 위급한 때에 조그마한 구원이라도 갈망하는 사람의 심정을 길에 파인 수레바퀴 자국에 고인 물에 떨어져 있는 붕어의 위급에 비유한 이야기이다.

장자가 몹시 곤궁하여 대관(代官)인 친구에게 양식 살 돈을 꾸려고 부탁하자, 거절하기 곤란한 친구는 궁리 끝에,

"지금은 가진 것이 없으나 23일만 지나면 영지(領地)에서 세금이 들어올 테니 그때 삼백금을 융통해 주겠네."

하며 핑계를 댔다. 장자는 눈앞에 닥친 굶주림 해결에 필요한 몇 푼의 돈을 꾸기 위해 부끄러움을 무릅쓰고 찾아온 것인데, 이런 방법으로 거절당하자 화가 나기도 하고 기가 막혀 이렇게 비꼬아 주었다.

"그럴 것까지는 없네. 그런데, 아까 여기 오는 길에 나를 부르는 놈이 있지 않겠나. 누군가 하니 한길 바닥에 난 수레바퀴 자국에 물이 조금 고여 있는데, 거기 붕어 한 마리가 '이런 곳에 떨어져 오도 가도 못하니 죽을 지경이니 물 몇 바가지만 가져다가 절 살려 주십시오' 하니 좀 귀찮은 생각에 '아, 구해 주어야지 내가 23일 후에 남쪽에 있는 오와 월나라로 유세를 가게 되었으니 거기 가면 서강(西江)의 물을 가득 운반해 올 테니 그때까지 기다리고 있게' 라고 말하니 붕어란 놈이 화를 내며 '지금 꼭 있어야 할 물이 없어 몇 잔의 물만 있으면 될 것을……. 허면 뒷날 건어물 가게에 와서 제 명복이나 빌어 주세요' 라고 말하지 않겠나. 그럼 난 이만 가보겠네."

라며 돌아왔다고 한다.

이 '철부의 급' 은 절박한 곤란과 결핍을 의미하는 것으로 쓰이고 있다.

-〈장자〉 '외물편(外物篇)'

철주(掣肘)

팔꿈치를 당기다.

공자의 제자에 복자천(宓子賤)이라는 사람이 있었다. 노나라 애공(哀公)을 섬겨 단부(亶父)라는 땅을 다스리기로 되었다. 그러나 복자천은 애공이 못된 자들의 참언에 끌려 자신이 생각하는 정치를 이루지 못할까 걱정이 되어 노공의 측근에 있는 관리 두 사람을 데리고 단부에 부임했다.

임지에 도착하자 관리들이 모두 인사를 드리러 왔는데, 복자천은 애공에게서 데려온 두 관리에게 서류를 쓰게 했다. 두 사람이 붓을 들어 글을 쓰기 시작하자 복자천은 그 곁에서 두 사람의 팔꿈치를 슬쩍슬쩍 당기기도 하고 밀기도 했다. 다 써놓은 서류의 글씨는 말할 것도 없이 비뚤비뚤하거나 떨린 글씨였다. 그런데 그 서류를 받아 든 복자천은 글씨가 좋지 않다고 두 사람을 꾸짖었다. 이에 크게 화가 난 두 사람은 곧 복자천에게 사임을 표명하였다.

"그대들의 글씨는 도무지 되지 않았다. 이래 가지고서야 무슨 일을 하겠는가? 돌아가겠다면 곧 돌아가도록 하라."

단부를 떠나 돌아온 두 사람은 그 길로 애공을 뵙고 이렇게 보고를 했다.

"복자천을 위해 일할 수는 없었습니다. 글씨 하나도 제대로 쓸 수가 없습니다."

애공이 이상히 여겨 그 이유를 물으니,

"복자천은 저희들에게 서류를 만들라 해 놓고는 글씨 쓰는 손의 팔꿈치를 밀기도 하고 잡아당기기도 하여 붓을 마음대로 움직일 수가 없습니다. 그런데도 '너희들의 글씨는 형편없어 못 쓰겠다' 고 나무라시는 것입니다. 그 자리에 있는 관리들도 우리를 비웃었습니다. 어찌 그런 데서 일을 할 수 있겠습니까? 그래 되돌아 온 것입니다."

라고 대답했다.

이 말은 들은 애공은 크게 탄식하며 말했다.

"그거야말로 복자천이 나의 밝지 못함을 간하려고 한 것이리라. 아마도 나는 복자천의 정치하는 일을 간섭하여 그가 생각한 대로 해 나아가지 못한 일이 많았을 것이다. 그걸 깨닫지 못했더라면 내가 큰 실수를 할 뻔했구나."

이렇게 말한 애공은 자기가 믿는 측근자를 단부로 보내어 복자천에게 이렇게 전하게 했다.

"이제부터 단부의 땅은 내 소유가 아니오, 그대의 땅이라. 단부에서 할 일은 그대 뜻대로 해 주기 바라오. 5년이 지나서 그 보고를 듣겠소."

복자천은 삼가 그 말을 듣기로 하고 자기가 생각하는 바에 따라 그 땅을 다스려 나갔다.

그 후 3년이 지나 무마기(巫馬旗)라는 사람이 농부의 차림을 하고 단부에 가서 복자천의 정치상황을 살펴 보았는데, 밤에 고기를 잡는 어부가 그물에 걸린 고기를 도로 강물에 놓아 보내는 장면을 목격하였다.

"고기를 잡는 사람이 잡힌 고기를 도로 놓아 보내는 것은 무슨 까닭이오?"

"예, 복자천님이 어린 고기를 잡으면 다른 사람들에게 좋지 않다고 하셨기 때문이오. 그래서 어린 고기가 걸리면 놓아 보내지요."

이런 대답을 들은 무마기는 그 곳의 다스림이 훌륭함에 감탄해 마지 않았다. 철주(掣肘)란 이 이야기에서 보듯이 남의 팔꿈치를 마음대로 쓰지 못하게 하여 남의 자유를 제한하는 일, 남의 일에 방해를 하는 일을 뜻한다.

-〈공자가어(孔子家語)〉, 〈여씨춘추〉 '심응편(審應篇)'

청담(淸談)

청신하고 놀라운 이야기

세상에서 죽림 칠현이라고 부르는 현인(賢人)이란 위진(魏晉)시대에 살면서 그 기이하고 활달한 말과 행동으로 평판이 높았던 한 무리의 명사들, 즉 산도(山濤), 완적(阮籍), 완함(阮咸), 유령(劉伶), 향수(向秀), 왕융(王戎)의 일곱 사람을 말한다.

그들은 그 시대의 어지러운 정치, 사회의 변천을 목도하면서 정치적 권력자와 그들을 추종하는 세속적인 관료들의 더럽고 아니꼬운 생활태도를 싫어하였고, 기만적인 유교적 도덕과 예절의 속박을 혐오했다. 그리하여 남다른 언동을 거침없이 하며, 술에 취하고 세속을 떠난 노장사상에 이끌려 몸을 거기 맡겼던 것이다. '죽림 칠현' 이라 불리는 것은 그들이 어지러운 세상을 떠나 서로 더불어 대숲에서 어울리며, 술에 취해서는 '청담(淸談)' 을 즐겼기 때문이라 한다.

여기서 '청담' 이란 곧 청신하고 놀라운 이야기, 즉 세속의 명리(名利)나 희비를 초월한 고매한 정신의 자유로운 세계를 주제로 한 노장의 철학을 논했을 것이다. 특히 이들에게서 떼놓을 수 없었던 것이 술이다. 칠현으로 하여금 그 이름을 높게 한 것도 그 술에 의한 도취요, 그것으로 해서 더러운 정치세계에서 자기 몸을 지키며 유교 도덕에 저항할 수 있었던 것이다. 뒤집어 쓰듯이 술을 마시고는 보잘 것 없는 속물의 방문객을 백안시한 완적, 돼지와 함께 큰 항아리의 술을 마구 마신 완함, 술냄새를 풍기며 알몸뚱이로 집안에 드러 누워서 찾아온 사람에게,

"내게는 하늘과 땅이 내 집이다. 이 조그마한 집 같은 건 내 베고장이에 지나지 않는다. 자네는 어찌 남의 베고장이 속에까지 기어들어 오는가?"
라고 한 유영 같은 이는 그 전형적 인물이다.

초인(楚人)이 잃은 활을 초인이 줍는다

공자가 태어날 때 쯤의 중국은 진을 맹주로 한 북방의 제후동맹과, 초를 맹주로 한 남방의 제후동맹의 2대 세력으로 나뉘어 서로 대치하고 있었는데, 이만큼 초를 강하게 만든 것은 춘추 오패의 한 사람인 장왕(莊王)에 의한 것이었다. 이 영특한 장왕의 뒤를 이어 그의 아들 공왕심(共王審)이 왕이 되었다. 어느 날 공왕은 사냥을 나갔다가 사냥터에 활을 두고 오게 되었다. 신하가,

"가서 활을 찾아 오겠습니다."

고 하니 공왕은 손을 저으며,

"그냥 두라. 초나라 사람이 잃은 활을 초나라 사람이 주워 가질 것이니, 일부러 찾으로 갈 게 있는가."

라고 말했다.

이 일화는 국왕에 어울리는 넓은 마음을 보여 주는 것으로, 뒷날까지 전해 오는 것이다.

공왕이 죽은 후 8년 뒤에 난 공자는 이 얘기를 듣고 탄식하며 이렇게 말했다고 한다.

"그 무슨 좁은 마음일까. 사람이 잃은 활을 사람이 줍는 것이라 했으면 좋을 것을, 어찌 초나라 사람에 국한했단 말인가."

국가 권력이란 것을 갖지 않고 살아간 공자로서는 국가를 초월하여 인간으로서 모든 사람을 대하는 자유스럽고 활달한 심경을 가질 수 있었을 것이다.

-〈설원(說苑)〉

추풍선(秋風扇)

가을바람에 부채

한나라 성제(成帝)의 홍가(鴻嘉) 3년, 어느 날 후궁 증성사(增成舍)는 여느 때와 달리 부산했다. 이곳의 주인 반첩여가 허황후(許皇后)와 공모하여 후궁의 총애를 받고 있는 사람들을 저주하고 황제에 대해 나쁘게 말했다는 혐의로 붙들려 가게 된 것이었다.

소문에 의하면 조비연(趙飛燕) 자매가 이 두 사람을 황제에게 거짓으로 고해 바쳤다고 했다. 조비연 자매는 바로 얼마 전에 궁녀가 된 여자인데, 그들의 미모가 황제의 눈에 들어 대번에 언니는 첩여, 동생은 소의(昭儀)의 직위를 얻고 둘 다 후궁의 총애를 독차지하여 가히 일찍이 없던 일이라는 말을 듣는 터였다.

재판을 받은 결과 혐의는 풀렸으나, 허황후는 일찍이 사치스런 행동을 한 것이 화가 되어 폐위 명령을 받고 미인(美人)이라는 지위로 내려 가야 했다. 그러나 반첩여는,

"죽고 삶은 명에 있고, 부귀는 하늘이 정한 바라 듣고 있사옵니다. 행실을 바르게 해도 복을 받기 어려운데 그릇된 짓을 한 몸이 어찌 좋게 되기를 바라오리까? 신께서 이 신하로서 있을 수 없는 소원을 아셨다 해도 들어 주시지 않으실 것이요, 알지 못 하셨다면 더구나 애원해도 소용이 없는 일인 줄 아옵니다."

라고 아뢰었다.

황제는 반첩여의 성실함에 감동하여 그녀를 용서했을 뿐 아니라 백근의 금을 내려 주었다. 이리하여 증성사로 되돌아올 수는 있었으나, 총애를 잃은 몸이라 오직 고적할 뿐이었다. 게다가 여자로서의 질투가 불같이 일었다. 다행히 처형되지는 않았지만, 자기를 무고한 조 남매를 그냥 둘 수가 없었다.

고조황제의 애첩 척희(戚姬)는 황제의 비(妃) 여태후(呂太后) 때문에 두 눈알을 뽑히고 벙어리가 된 데다 손발까지 잘리지 않았던가. 무서운 것은 여자의 질투라 하겠다.

어질고 정숙한 반첩여도 질투심에는 어찌할 바를 몰랐다. 그래서 차라리 투기의 소용돌이인 후궁에서 빠져나가야겠다는 생각을 했다. 그리고 장신궁(長信宮)에 계신 황태후 왕씨에게 청원을 해서 자리를 옮겨 달라고 해 볼 결심을 하게 되었다. 황태후는 반이 첩여가 될 때 그녀의 겸손한 태도를 칭찬해 주었고, 그 후로도 늘 보살펴 주는 터였다.

그리하여 반첩여는 장신궁에서 태후를 모시고 있게 해 달라고 청을 드렸다. 소원은 이루어졌다. 반첩여는 장신궁에 들어가서 평온한 나날을 보낼 수 있었다. 황태후의 이야기 상대가 되어 주는 일 이외에는 방에 들어앉아 시서를 읽고 거문고를 타며 즐기기도 했다. 그러나 때때로 날아가는 새의 그림자가 수면에 비치듯, 증성사에서 지내던 옛추억이 가슴 아프게 떠오르는 것이었다.

새로이 끊은 제나라 비단은
깨끗하기 서리와 눈 같아라.
말라 만든 즐거움의 부채
둥근 모양이 달과 같구나.
그리운 임의 품에 드나들어
몸 흔들며 일으키는 조용한 바람.
그러나 두려운 가을이 와서
서늘한 바람에 더위 가시면,
농 속에 간직하는 몸이 되고
은정(恩情)도 끊어져 버리는 것을.

그 옛날 반첩여를 위해 베풀어지던 소유궁(宵遊宮)의 놀이는 얼마나 즐거웠던가. 흰 비단옷에 달린 금과 은 장식들이 촛불이 휘황찬란한 가운데서 황제의 웃음 띈 눈길을 바로 온 몸에 받지 않았던가.

그 즈음 반첩여는 요(堯)임금의 딸 아황(娥皇)과 여영(女英)이나, 주나라 문왕의 어머니 태임(太任), 무왕의 어머니 태사 같은 부덕(婦德) 높은 사람이 되리라고 결심하고 있었다. 그러나 슬프게도 그가 낳은 두 아들은 모두 젖먹이 때 죽었다. 천명이라 어쩔 도리 없는 일이기는 해도 이것이 황제에서 떨어져 나오게 된 원인이 되지 않았을까?

황제는 그의 사랑을 위(衛)첩여에게로, 그리고 조비연 자매에게로 옮아갔다. 섬돌에는 이끼가 돋아났고 황제의 모습은 뵈올 길도 없어졌다. 참으로 사랑처럼 옮아가기 잘 하는 것도 없는 것 같다. 장신궁에서의 세월은 흘러 성제가 죽고, 얼마 지나지 않아 반첩여도 40남짓한 나이로 세상을 하직했다.

'추풍선' 이라는 말이 남자의 사랑을 잃은 여자를 비유하게 되고, 가을 부채처럼 버림받는다는 뜻으로 쓰이게 된 것은 바로 위의 시 원가행(怨歌行)에서 나온 것이다. 반첩여의 전기는 〈한서〉에 상세히 나와 있고, 〈자상부(自傷賦)〉도 이를 싣고 있다. '원가행' 은 〈문선〉과 〈옥태신영집(玉台新詠集)〉에 보이며, 이 고사는 강엄(江淹), 유효작(劉孝綽), 왕창령(王昌齡) 등 여러 사람에 의해 읊어지고 있다.

축록(逐鹿)

사슴을 쫓다.

한나라 고조 11년, 조나라의 재상이었던 진희가 대현에서 반란을 일으켰다. 고조가 몸소 이를 토벌하러 나간 사이에 일찍이 진희와 짜고 있던 한신이 서울에서 군사를 일으키려 했다. 그러나 일은 사전에 탄로가 나서 한신은 도리어 여후(呂后)와 소하(蕭何)에 의해 장악궁(長樂宮)에서 목숨을 잃었다.

이윽고 고조는 진희를 쳐부수고 돌아왔으나 한신의 죽음을 듣고는 감개가 무량했다. 자기에게 미칠 화가 없어진 것은 다행으로 생각되었지만, 그와 동시에 지난 날에 이룩한 한신의 공적을 잊을 수가 없었던 것이다. 고조는 여후에게 물었다.

"한신은 죽을 때 무슨 말을 하던고?"

"괴통의 계책을 듣지 않은 것이 원통하다고 누차 말했습니다."

괴통은 제나라의 언론가로서, 고조가 아직 항우와 천하를 다투고 있을 때 제왕이었던 한신에게 독립을 권한 사나이다.

"그렇겠다. 그 괴통을 잡아들이라."

얼마 후 괴통은 제나라에서 붙들려 고조 앞에 끌려 나왔다.

"너는 회음후 한신에게 반란을 일으키라고 권한 일이 있었지?"

"예, 확실히 그러했습니다. 그러나 그 못난이는 저의 책략을 쓰지 않았습니다. 그래서 그런 최후를 마치게 된 것이옵니다. 만일 그 때 제가 시키는 대로 했더라면 폐하라 할지라도 쉽게 그를 치지 못했을 것이옵니다."

괴통은 거침없이 대답했다. 고조는 크게 화가 났다.

"이놈을 끓는 물에 넣어 삶으라."

무서운 형벌의 명령이 내려졌다.

"아니, 그건 당치 않은 말씀입니다. 이런 걸 원죄(怨罪)라 하옵니다. 저는 조금도 죄를 지은 일이 없습니다."

"무슨 소리! 너는 한신에게 모반을 권하지 않았느냐. 이보다 큰 죄가 또 있을까?"

"아니올시다. 제 말을 들으십시오. 진의 기강이 허물어져 천하가 난마와 같아지고 영웅호걸이 각 처에서 일어났습니다. 말하자면 진이 그 사슴(鹿)을 잃어 버렸기로, 천하는 모두가 그 사슴을 쫓는(逐) 것입니다. 그 가운데서 폐하는 가장 위대하셨기에 그 사슴을 쏘아 잡으신 것이 아닙니까. 바로 그것입니다. 저 악당인 도척의 개가 요나라에 대고 짖었다 해서 그것이 반드시 요가 나빴기 때문은 아닙니다. 개란 것은 주인 이외의 사람에게는 짖는 것이니까요. 그 당시 저는 오직 한신만을 알고 폐하를 미처 알지 못했습니다. 그랬기에 한신 편에 서서 폐하에게 짖어댔던 것입니다. 천하가 어지러워지면 이를 통일하여 제위에 앉으려는 호걸은 얼마든지 있습니다. 즉, 폐하께서 하신 것과 같은 일을 해 보려는 사람은 적지 않지만, 힘이 모자라 성공하지 못했을 뿐입니다. 그런 일을 해 내신 오늘, 전날 천하를 원했다 해서 모조리 가마에 넣어 삶아야 하겠습니까? 도저히 그러시지는 못하실 것입니다. 저에게는 죄가 없는 것입니다."

고조는 결국 괴통을 용서해 주었다.

'사슴을 쫓는다'는 말의 본문은 '진이 사람을 잃으매 천하가 모두 이를 쫓다'로 되어 있다. 즉 제위를 사슴에 비유한 것이다. '축록(逐鹿)'이란 말은 큰 이익에 뜻을 둔다는 뜻으로 쓰인다. 〈회남자〉에 보면,

"사슴을 쫓는 자는 토끼를 보지 않으며, 천금(千金)의 화(貨)를 결(決)하는 자는 수량(銖兩)의 값을 다투지 않는다."

고 했다.

-〈사기〉 '회음후열전'

춘면(春眠) 새벽을 모른다

당조(唐朝)는 시(詩)의 시대라 한다. 그 중에도 현종이 즉위한 개원(開元) · 천보(天寶)의 성당(盛唐)이라 일컫는 시기에는 당조의 충실한 힘이 스스로 밖으로 넘쳐 나와 내용이 풍부한 역량있는 시인들이 많이 나왔다. 특히 많은 시인들이 제각기 강한 개성과 서로 다른 성격 및 감수성을 지녀서 갖가지 꽃이 불타오르듯 찬란하게 피는 한 모습을 보여 주었다.

그 중에서도 이백은 독특한 개성을 가져 때로는 화려한 모란꽃처럼, 때로는 들가에 핀 달개비처럼 가련하게도 피었다. 또 두보는 눈덮인 절벽의 소나무 같고, 때로는 서리내린 맑은 개울가의 갈대꽃같기도 했다. 잠삼(岑參)과 고적(高適)은 호방한 시인들이었다. 이에 반해, '춘면(春眠)은 새벽을 모른다' 라는 명구절을 쓴 맹호연(孟浩然)은 유정파(幽靜派)였다. 이 유정파의 으뜸은 왕유(王維)인데, 왕유는 맹호연에게 인정받은 시인이었다. 그러나 꾸미지 않는 성격과 욕심이 없는 탓으로 좋은 지위에 오르지 못하고 52세의 나이로 빈한하게 살다 병으로 죽었다.

유정파의 시의 경향은 '정(靜), 유(幽), 청(淸), 담(淡)' 이라는 말로 표현할 수 있을 것이다. 그 대상은 작고 깊고 조용한 것이었다. 즉, 섬세한 감각으로 자연의 미묘함을 관조하여 그려낸 세계가 그들의 시였다.

봄잠은 새벽을 모르며
곳곳에 새소리를 듣는다.
밤새 비바람 소리,
어느만치 꽃이 떨어졌으리
春眠不覺曉

處處聞啼鳥
夜來風雨聲
花落知多小

이 '춘면' 이라는 시도 평범해 보이는 광경을 조용한 관조의 눈으로 그리고 있다. 밤비에 꽃이 꽤 떨어졌겠구나 하고 잠결에 생각하는 봄밤의 잠자리는 현대인에게도 한없이 즐거운 것이다.

꽃잎이 떨어질까 안쓰러워 하는 마음은 삭막한 우리들에게 아름다움을 전해 주고 있다.

치아(齒牙)에 걸린 것이 못 된다

진나라 2대 황제 원년에 대택향에서 진승과 오광 등이 농민군을 이끌고 반기를 들었다. 이 소식을 들은 황제는 대신들과 대책을 의논하니 진승 등을 반역자라 하여 토벌할 것을 주장하니 황제는 농민들의 반란을 불쾌히 생각하고 자존심이 상했다.

이때 황제의 자문 역할을 하고 있던 숙손통(叔孫通)이,

"대신들의 말은 옳지 않습니다. 이제 천하는 통일되고 군현(郡縣)은 모두 폐지하였습니다. 더구나 황제께서 영명하시어 백성들은 진에 기울어지고 있습니다. 그들은 한낱 '쥐와 개를 훔친 도둑의 무리' 일 뿐 어찌 치아 사이에 두겠습니까. 곧 군(郡)에서 군사를 풀어 처단할 것이니 걱정하실 것은 없습니다."

하니 황제는 그의 말에 만족하여 비단을 상으로 내리고 진승 등을 반역자라고 한 대신들을 처단했다. 그러나 농민군은 명백한 진의 반란군이었으니, 자신의 고향인 설(薛)로 무사히 돌아가고자 한 숙손통의 계책이었다.

얼마 뒤에 설로 도망한 숙손통은 초나라를 굴복시킨 항양을 섬기게 되었다. 그 후 항양의 조카 항우가 유방과 천하를 다투다가 항우보다 먼저 초의 서울에 입성한 유방에게 항복함으로써 한나라의 여러 제도의 제정에 힘썼다.

이 '치아 사이에 둘 것이 못 된다' 는 말은 말할 만한 일이 못 된다는 뜻이다.

-〈사기〉 '숙손통전(叔孫通傳)'

콩 삶는 데 콩깍지를 태우다

삼국시대의 영걸 조조는 문학을 좋아하여 소위 건안(建安)문학의 융성을 이루었다. 그의 아들 조식은 글재주가 뛰어나고 무예를 잘 했다. 조조는 그의 재주를 사랑하여 큰아들 조비(曹丕)를 대신하여 태자로 세우려 했으나 이루지 못했다. 그 후 조조가 죽자 조비는 후한의 헌제(獻帝)를 폐하고 위(魏)의 문제(文帝)라 칭하고 뒤를 이었다. 이 조비와 조식은 어릴 때부터 사이가 좋지 않아 조비는 형의 미움을 받게 되었다.

어느 날 조비는 동아왕(東阿王)에 봉해 있던 조식을 불러,

"내가 네 앞을 일곱 발자국 걷는 동안에 시를 짓지 못 한다면 중죄에 처하겠다."

고 하여 시를 핑계삼아 동생을 골탕먹이려 했다. 조식은 곧 시를 지어 읊었다.

"콩을 삶아 죽을 쑤고 된장을 걸러 국물을 만든다. 콩깍지는 가마솥 아래서 타고 콩은 솥 속에서 우는구나. 본시 한 뿌리에서 난 사이인데, 서로 삶이 어찌 이리도 다른고.(煮豆燃豆萁 豆在釜中泣 本是同根生 相煮河太極)"

이것은 한 부모 아래서 자란 형제이면서 서로 돕고 살아야 하거늘, 어찌 동생인 나를 괴롭히려 하느냐 하는 뜻을 가진 시이다.

이 시를 흔히 '칠보(七寶)의 시(詩)' 즉, 일곱 발자국 걷는 동안에 쓴 시라고 일러 온다. 이 시를 들은 문제는 동생의 뜻을 짐작하고 크게 부끄러워 했다고 한다.

–〈세설신화〉, '조자건(曹子建) 칠보시'

타산지석(他山之石)

'타산(他山)의 돌로써 옥을 간다' 는 말은 다른 산에서 나는 예사 돌이라도 이 산에서 나는 옥을 갈 수 있다는 뜻으로, 돌을 소인(小人)에 비유하고 옥을 군자에 비유해서 군자도 소인에 의해서 수양을 쌓고 학문과 덕을 쌓아갈 수 있음을 말한 것이다.

학은 깊은 못에서 울어 그 소리 들에 퍼지고
고기들은 못 속에 또는 물가에 논다.
저 동산을 즐기려 하면 거기 단(檀)나무 있어
그 아래 수북히 낙엽이로다.
타산의 돌로 숫돌을 하리로다.
…
타산의 돌로 옥을 갈리로다.

이 시의 뜻은 학이 깊은 못에서 울어도 그 소리는 사방 들판이나 하늘에 들리는 것처럼 몸에 성실함이 배어 있으면, 눈에 보이지 않더라도 자연히 나타나는 것이다. 고기가 연못에 숨고 물가에 돌아다니는 것은 자연의 습성이지만, 이치라는 것도 고기가 때에 따라 뜨고 깊이 숨고 하는 것과 같아 일정한 것은 아니다. 동산에 향기로운 단나무가 있어 거기 놀려 하면, 그 밑에 썩은 낙엽이 가득하여 자리할 수가 없다. 쓸모없어 보이는 돌이라 하더라도 옥을 갈기 위한 숯돌이 되므로 옥은 그것으로써 광채를 내고 좋은 물건이 되듯이 소인이라 할지라도 군자의 수양에 도움이 되는 것이니, 결코 이를 버릴 것이 아니라는 것이다.

'다른 산의 돌로 옥을 간다' 는 말은 '절차탁마(切磋琢磨 - 옥석을 쪼고 갈음)' 등과 같이 예로부터 수양을 위한 명구로 흔히 쓰여오고 있다.

-〈시경〉 '학명편(鶴鳴篇)'

태산북두(泰山北斗)

이백, 두보, 백거이와 나란히 하여 당대의 4대시인이라 일컫는 한유는 두 살 때 고아가 되었으나, 당 9대의 덕정(德宗) 때 스물 다섯 살의 나이로 진사가 되고 점점 출세하여 동부의 대신이 되었다.

그 동안 자주 황제에게 간언을 하여 좌천되기도 했는데, 가장 유명한 것은 10대 헌종(憲宗)의 원화(元和) 14년, 제나라가 불골(佛骨)을 맞이하여 궁중에서 3일간 머물게 한 후 여러 절로 보낸 일을 좋지 않게 여겨,

"불교는 사교요, 불골 같은 것은 물이나 불에 던질 것이다."

라고 비난한 탓으로 불교에 신앙심이 두터운 왕의 역린(逆鱗)을 건드린 것이 되어 멀리 광동주(廣東州)의 조주자사(潮州刺史)로 좌천된 일이다. 이때 지은 것이 지금도 유명한 '좌천되어 남관(藍關)에 이르러 질손(姪孫) 상(湘)에게 보인다' 라는 시다.

구름은 진령(秦嶺)에 걸리고 집은 어디메뇨.
눈은 남관을 싸안아 말이 나아가지 않는도다…….

그 후 12대 목종(穆宗) 때 다시 부름을 받아 국자제주(國子祭酒)에 임명되었다가 병부시랑(兵部侍郎), 이부(吏部) 시랑을 역임하고 물러나 얼마 후에 57세로 사망했다.

한유는 글의 모범을 선진(先秦)에서 구하여 육조(六朝)시대의 악습에서 벗어났기 때문에 그의 문장은 맹자에 육박할 정도라고까지 했다. 당대 3백년 동안의 제1인자인 것은 물론이요, 중국 고금을 통해서도 손꼽히는 명문장가라 하는데, 이 한유에 대해서 쓴 〈당서〉 '한유전' 에는,

"당이 일어난 이래 한유는 육경의 글로써 모든 학자의 스승이 되었다. 한유가 죽은 후에는 그 학문도 점점 성해져서 학자들은 한유를 태산북두를 우러러 보듯 존경했다."

고 씌여 있다.

태산은 중국 오악(五岳)의 하나로, 산동성에 있으며, 예로부터 명산으로 사람들이 높이 보는 산이다. '태산암암(泰山岩岩)' 〈시경〉, '태산은 토양을 양보치 않는다' 〈전국책〉, '태산이 무너져도 얼굴빛을 바꾸지 않는다' 〈소순문〉 등 모두 태산의 위용을 비유하여 말한 것들이다.

한편, 북두는 곧 북극성의 뜻인데, 이 별은 다른 모든 별들의 중심으로서 높거나 훌륭한 인물을 말할 때 비유해 쓰고 있다.

-〈당서〉 '한유전(韓愈傳)'

퇴고(推敲)

나귀 등에 앉은 사람이 뭔가를 혼자 중얼거리며 묘한 손짓을 하며 간다. 지나가는 사람들이 의아한 눈으로 바라보아도 그는 정신없이 중얼거리며 나귀가 어디로 가는지도 모르는 것처럼 보였다. 이 사나이 가도(賈島)는 나귀를 타고 가면서 시 한 수를 생각해 냈던 것이다. '이응(李凝)의 유거(幽居)에 제함' 이란 것으로,

한가한 집이라 이웃이 드물고,
풀섶길은 거칠은 동산으로 드네.
새는 연못가 나무에 잠들었는데…

여기까지는 술술 잘 지어졌는데, 그 다음 '중은 달 아래서 문을 두들기네' 로 할까 아니면 '두들기네(敲)' 를 '미네(推)' 로 할까 망설이게 되었던 것이다. 두들기느냐 미느냐로 얼른 결정을 짓지 못한 가도는 두 가지 글자를 입으로 외어도 보고, 실제 두들기는 시늉과 미는 시늉을 해 보기도 하고 있었던 것이다. 시에 정신이 팔린 가도는 앞쪽에서 오는 고관 일행을 미처 보지 못하고 가다가 그 고관 일행의 행렬 속에 들어서고 말았다.

"무례한 놈, 웬놈이냐?",

"비켜나지 못할까! 경윤(京尹) 한유님을 어떻게 보았느냐?"

부하들이 소리치며 가도를 끌어다 한유 앞에 내세웠다. 가도는 놀라 자기가 시를 생각하다가 실례를 하게 되었음을 말하고 사과를 했다. 한유는 말을 세우고 잠시 무언지 생각하다가 말했다.

"그건 아마 '두드리네(敲)' 로 하는 것이 좋겠네."

이것이 인연이 되어 한유는 가도의 둘도 없는 시의 벗이 되고 비호자가 되었다.

이 이야기에 의해 시나 글의 자구(字句)를 다듬는 것을 퇴고라 하게 된 것이다. 가도의 시는 문자 그대로 퇴고를 거듭한 것이어서 자구의 표현에 기울어져 뜻이 잘 통하지 않는 것이 있다는 비난도 있다.

-〈상소잡기〉

파죽지세(破竹之勢)

대나무가 쪼개지는 기세

대를 쪼개는 소리는 특이한 쾌감을 일으킨다. 그것은 그 소리와 함께 한 마디 두 마디 거침없이 갈라지는 품이 명쾌하기 그지없어 대를 쪼개는 듯한 기성(氣性)에 대해 흔히 파죽지세(破竹之勢)란 말이 쓰인다.

진나라 무제의 감녕(感寧) 5년에, 진나라의 대군은 남으로 진격하여 오나라에 닿아가고 있었다. 진남대장군 두여(杜予)는 중앙군을 이끌고 양양(襄陽)에서 강릉(江陵)으로 쳐들어가고, 왕준(王濬)의 수군(水軍)이 양자강을 쳐내려왔으며, 또 왕혼(王渾)의 군사는 동쪽으로 쳐들어가고 있었다. 그 즈음 삼국 중에 촉한은 이미 멸망하여 천하는 위의 뒤를 이은 진과 남방의 오가 대립하고 있었다. 진은 오와 그 최후의 결전을 벌이게 된 것이었다.

이듬해 태강(太康) 원년 2월, 두여는 왕준의 군사와 힘을 합쳐 무창(武昌)을 뺏고 여기서 여러 장수를 모아 작전을 의논했다. 한 장수가 말했다.

"지금은 봄도 이미 반이 넘었습니다. 강물이 불어 오는 것은 벌써 눈앞에 닥친 일이므로 이 무창 땅에 오래 머물러 있기는 불가능한 일이겠습니다. 우선 군사를 이끌고 돌아갔다가 오는 겨울에 다시 쳐들어오는 것이 좋은 줄 압니다."

이때 두여가 명백히 대답했다.

"아니다. 그렇지 않다. 지금 우리 군사의 세력은 말하자면 대를 쪼갤 때와 같다. 두 마디 세 마디를 쪼개 나가면 칼날이 감에 따라 저절로 쪼개져서 힘들이지 않아도 되는 것과 같다. 이런 기회를 놓쳐서는 안 된다."

이렇게 말한 그는 곧 공격의 준비를 갖추었다. 이윽고 3월이 되자 두여의 군사는 한 달음에 오의 서울 건업에 쇄도하여 기어이 이를 함락시켰다. 오나라 왕 손호(孫皓)는 두 팔을 뒤로 묶어 얼굴만 내놓은 채 수레에 관을 실어 사죄의 뜻을 보이며 항복했다. 진의 통일은 이렇게 해서 이룩되었다. 바야흐로 파죽(破竹)의 기세였다고 할 만했다.

두여는 그 공으로 당양후(當陽侯)에 봉해졌지만, 조정이 측근의 신하들로 채워져 있었기 때문에 오히려 불우했다. 그는 그 뒤에도 강릉에 있으면서 수로를 복구하여 농토 관개의 편리를 도모하는 등 지방 개발에 힘썼다. 그는 넓은 지식을 가지고 새로운 기구를 발명하기도 했고, 또 상평창(常平倉)을 두어 흉년에 대비하여 곡가의 안정을 도모하는 등 정치에 대한 눈이 밝았다.

그러나 무엇보다도 그는 놀랄 만큼 박학했다. 원정을 할 때에도 책을 항상 가까이했다고 한다. 〈춘추좌전집해(春秋左傳集解)〉를 저술하여 후세에 남을 주석을 붙인 것도 바로 두여였다.

-〈진서〉 '두여전(杜予傳)'

패장(敗將)은 병(兵)을 말하지 않는다

한신이 배수의 진을 쳐서 조군(趙軍)을 격파한 때의 일이다. 위에서 조로 향한 한신의 걱정거리는 정경의 좁은 길이었다. 너무도 좁은 그 험한 길을 어떻게든지 뚫고 나아가야 하는데 아무래도 대 부대의 행진에는 불편하기 이루 말할 수 없었다.

대열이 길어져서 병력의 분산된 것을 조군이 알고 공격해 오는 날이면, 한신의 지략으로도 막을 길이 없는 형편이었다. 더구나 조나라에는 광무군(廣武君) 이좌거(李左車)라는 우수한 병략가가 있었다. 그가 이 좁은 길을 염두에 두지 않을 리 없었다.

사실 광무군은 한신의 부대가 이 협도(陜道)에 들어섰을 때 단번에 격멸시키도록 성안군(成安君) 진여(陳余)에게 말했었다. 그런데 유학을 즐겨 정의의 싸움을 한다는 성안군은 광무군의 건의를 듣지 않았다.

이리하여 무사히 정경의 좁은 길을 돌파한 한신은 쉽게 조군을 격파할 수 있게 되었지만, 이 싸움에서 한신은 광무군을 죽이지 않고 사로잡도록 전군에 명령했다. 싸움이 끝나고 광무군이 앞에 끌려 나왔을 때 한신은 그를 후히 대우하며 말했다.

"이제부터 북방의 연을 치고 동방의 제를 치려고 하는데, 어떻게 하면 성공하겠소?"

"예, '패군(敗軍)의 장(將)은 용(勇)을 말하지 못하며 망국(亡國)의 대부(大夫)는 국가의 존(存)을 기도치 못한다' 고 들었습니다. 이제 나는 싸움에 져서 당신의 포로가 되었는데 어찌 대사를 계획할 자격이 있겠습니까?"

"아니오, 그건 겸손에서 하는 말이오. 나는 저 백리계(百里奚)라는 현인이 우(虞)에 있었으나, 우는 망하고 진에 갔을 때 진은 제후에게 패(覇)를 일컬었다고 듣고 있소. 백리계가 우에 있을 때는 어리석고, 진에 갔을 때 지자(智者)가 된 것은 아닐 것이오. 우는 그를 등용하지 않았고, 진은 그의 지략을 써 주었다는 것이 다를 뿐이오. 성안군이 만일 그대의 계획을 받아들였더라면 지금쯤 나는 그대의 포로가 되어 있을지도 모르는 일이오. 행인지 불행인지 그대의 계략이 실현되지 않았기에 나에게는 그대의 지략을 바라는 기회가 생긴 것이오. 나는 마음으로 당신의 가르침에 따를 각오를 가지고 있으니 사양 말고 고견을 들려 주시오."

한신의 열의는 드디어 광무군을 움직이게 했다. 광무군은 정성껏 연과 제의 토벌책을 설명했다. 그 술책에 따라 이윽고 한신은 연, 제를 멸망시킨 것이다.

-〈사기〉 '회음후열전'

포락(炮烙)의 형(刑)

은의 주왕은 어느 해 유소씨의 나라를 정벌했는데, 그때 유소씨는 달기라는 아름다운 여자를 바쳤다. 달기는 요염한 미인이며 보기 드문 독부였다고 전해온다.

아무튼 그 여자의 요염한 아름다움은 곧 주왕의 마음을 사로잡아 그 여자의 말은 그냥 그대로 주왕의 정령(政令)이 되었다. 정치는 달기의 마음을 만족시키기 위한 도구가 되어 버린 것이다. 주왕은 달기와 음락을 유지하기 위하여 새로운 세법을 제정하여 왕의 창고에는 거두어 들인 쌀과 좁쌀로 가득 차고 훌륭한 개와 말, 진귀한 보물들이 끊임없이 궁중에 모여들었다.

그렇지 않아도 넓고 큰 이궁(離宮)을 점점 확장하여 많은 새들을 그 안에 놓아 기르며 주지육림의 음락이 되풀이 되었다. 무거운 세금에 허덕이는 백성들로부터 원성이 높아갔다. 그 원성 속에서 반기를 들고 일어나는 제후도 있었다.

그렇게 되자 주왕은 형벌을 더 무겁게 하여 '포락의 형벌'을 새로 만들었다. 이궁 뜰에 구리기둥을 준비해 놓고 주왕의 음락을 비방한 사람들이 그 앞에 끌려와서 그 기둥 위로 걸어 가라고 명령을 받는다. 그 기둥에는 미리 기름칠을 해 놓아서 미끄러워 건널 재간이 없는 것이다. 애써 간신히 몇 걸음 가다가는 미끄러져 떨어지고 만다. 그런데 그 기둥으로 된 외나무다리 아래에는 벌건 숯불이 산더미처럼 이글이글 피어 있다. 기둥에서 미끄러져 떨어진 사람은 그 숯불에서 타 죽게 된다. 뜨거워 버둥거리며 타 죽는 모습을 바라보며 주왕과 달기는 크게 웃고 즐겼다고 한다.

한 번은 서백이 주왕에게 간언을 하다가 노여움을 사서 옥에 갇힌 일이 있었다. 그러나 서백의 신하들이 미녀와 기이한 보물이며 좋은 말들을 푸짐히

헌상하여 주왕의 마음을 달래어 간신히 형벌을 면할 수 있었다. 밝은 세상을 보게 된 서백은 그가 가진 낙서(洛西)의 땅을 주왕에게 바쳐고 제발 포락의 형만은 폐지하라고 간원했다. 낙서 땅의 매력으로 주왕은 그 말을 듣기로 하여 이 잔혹한 형벌은 겨우 없어졌다고 한다.

-〈사기〉 '은본기(殷本紀)'

풍마우(風馬牛)

제나라 환공은 부인 채희(蔡姬)와 같이 연못에 배를 띄우고 놀고 있었다. 부인은 물가에서 자랐기 때문에 뱃놀이에 익숙했으므로 배를 흔들어 환공과 희롱을 했다. 그러자 환공은 헤엄을 전혀 칠 줄 몰랐던지 크게 두려워하여,

"아서, 아서, 그러지 마오."

하고 말렸다. 그러나 부인은 점점 더 재미있어 하며 좀체 그치려 하지 않았다. 이 일은 결국 제와 채(蔡)나라 사이가 벌어지게 되는 원인이 되었다.

주 혜왕(惠王) 21년, 두 사람의 사랑은 엉뚱하게도 제나라의 채나라 토벌로 나타나 채나라는 별도리 없이 패하고 말았다. 제의 환공은 승리자로서 군사를 거느리고 다시 발길을 돌려 초나라를 치기로 했다.

그런데 초나라에서는 사자를 보내어 그 토벌의 원인이 무엇인지를 물었다.

"임금은 북해에 있고 나는 남해에 있어 다만 암내낸 말이나 소도 서로 미치지 못하는 바인데(風馬牛不相及), 그대 내 땅에 오려함은 무슨 연고이뇨?"

이에 대해서 관중(管中)이 대답했다.

"옛날 주의 소강공(召康公)이 우리 선군 태공망(太公望)에게 명하시기를 천하 제후 중에서 죄 있는 자는 이를 토벌하여 주의 왕실을 돕게 하였소. 그런데 이제 초는 공물로서 포모(털가시가 있는 띠)를 바치지 않으므로 왕의 제사에 쓸 술을 거를 때 띠로 재강을 걸러 낼 수가 없소. 그러므로 우리는 초의 공물을 구하러 온 것이오. 또 주의 소왕이 남방으로 사냥나왔을 때 한수(漢水)에서 익사하셨는데, 그 사정도 자세히 알아야겠기에 온 것이오."

초의 사자는 요령있게 말했다.

"과연 공물을 바치지 못한 것은 이쪽의 잘못이나 앞으로는 어찌 바치지 않는 일이 있으리오. 다만 소왕이 돌아가시지 못한 것은 아무쪼록 물가에서 물어 보심이 좋을 것이오."

이리하여 제군은 더 앞으로 나아가 진지를 쌓았다.

그 해 여름, 초나라 대부 굴완(屈完)은 제나라 진영에 와서 화평을 교섭했다. 제나라 군사는 일단 소릉(召陵)까지 물러났다. 그리고 환공은 제후의 병사들을 정렬시키고 굴완과 함께 수레를 타고 열병(閱兵)을 했다. 그리고는 말했다.

"제후의 군사가 이렇게 초에 침입한 것은 나를 위해서 한 것이 아니오. 선군 때의 우호를 이어가기 위해서이니 어떠한가. 우리와 우호를 맺는 것이?"

굴완으로서는 바라던 말이었다.

"우리 초의 임금을 벗으로 삼아 주신다면 이보다 더 좋은 일은 없겠소."

환공은 이번에는 위협해 보았다.

"이런 대군으로 쳐들어가면 어떤 나라 어떤 성도 막아내지 못할 것이오."

굴완도 지지 않았다.

"임금의 은덕에는 따르려니와 무력에 대해서는 초에는 요해(要害) 견고한 자연이 있소이다."

이리하여 굴완은 제후와 동맹을 맺는 데 성공했다.

'풍마우'란 암내를 낸 말이나 소도 멀리 떨어져 있어서는 어쩌는 도리가 없다는 뜻으로, 멀리 떨어져 있어 관계없는 일에 비유해서 하는 말이다.

-〈좌전〉 '희공(僖公) 4년'

필부(匹夫)의 용맹

"선생님 이웃나라와의 국교는 어떻게 하는 것이 좋다고 생각하십니까?"

양의 혜왕은 맹자에게 이렇게 물었다.

때는 전국 양육강식의 세상이라 잠깐 마음을 놓고 있으면 다른 나라의 침범을 받게 되는 판국이었다. 그래 혜왕은 이 고명한 학자의 의견을 듣고자 한 것이다.

"큰 나라는 작은 나라를 섬기는 마음으로 겸허하게 사귀지 않으면 안 됩니다. 이는 인자(仁者)라야 비로소 할 수 있는 어려운 일이오나 은의 탕왕이나 주의 문왕은 그렇게 했던 것입니다. 또 작은 나라는 큰 나라를 섬기지 않으면 안 됩니다. 이것도 쉬운 일이 아니요, 지자(智者)라야 비로소 할 수 있는 일입니다. 그러나 문왕의 조부 대왕은 이를 실행했기에 주나라는 크게 될 수 있었고 월왕 구천은 최후에 숙적인 오나라를 이길 수 있었습니다. 작은 편이 큰 것을 섬기는 일은 하늘의 도리여서 당연한 일입니다. 그것을 알고 있으면서도 큰 나라가 작은 나라를 섬긴다는 것은 하늘을 즐기는 일이라고 할 수 있을 것입니다. 또 이 하늘의 도리에 어긋나지 않도록 큰 나라를 섬기는 것은 작은 나라가 하늘을 두려워하는 일입니다. 하늘을 즐기는 자는 천하를 보전할 수 있고, 하늘을 두려워하는 자는 나라를 보전할 수 있는 것입니다. 그러므로 시경에도 하늘의 위엄을 두려워하여 때로 이를 보전한다고 한 말이 있습니다."

"참으로 좋은 말씀이오."

맹자의 이야기를 들은 혜왕이 감탄하여 말했다.

그러나 자기의 일에서 생각해 볼 때에는 그 말대로 하려면 어느 나라나 다 섬겨야 하는 것이라 배겨낼 수 없는 일이었다. 혜왕에게는 그것이 너무나 위세없는 일이라 참을 수 없을 것 같았다.

혜왕은 다시 말했다.

"훌륭한 말씀임에는 틀림없습니다마는, 저에게는 좋지 못한 일인지는 몰라도 용맹을 즐기는 성질이 있어서……."

맹자는 대답했다.

"왕이시여, 작은 용맹을 즐겨해서는 안 됩니다. 칼을 어루만지고 눈을 성내어 너 따위는 나의 적이 되지도 못한다는 듯한 필부(匹夫-하찮은 남자)의 용기로는 기껏 한 사람의 인간을 상대할 수 있을 뿐입니다. 왕이시여, 제발 훨씬 큰 용기를 가지십시오."

〈사기〉의 '회음후열전'에는 한신이 항우를 평하여 한 말이 적혀 있는데, 그건 다음과 같다.

"항왕(項王)이 큰소리로 호령하면 천 사람이 모두 놀랍니다. 그러나 그는 현명한 장수에게 일을 맡겨 놓지를 못합니다. 즉, 이는 필부의 용맹에 지나지 않는 것입니다."

-〈맹자〉 '양혜왕 하편'

하늘이 알고 땅이 알고 네가 알고 내가 안다

후한시대는 환관들이 많아 관료도 부패한 시대였지만, 그 중에는 고결한 관리도 없지 않았다. 제6대의 안제(安帝) 때의 양진(楊震)도 그러한 사람 중의 하나이다.

양진은 대단히 박학하고 청렴결백한 인물이었으므로 그 당시 사람들로부터 '관서의 공자' 라는 소리를 들었다.

양진이 동래군(東萊郡)의 태수로 임명되었을 때의 일이다. 부임 도중 창읍이라는 곳에서 자게 되었는데, 밤늦게 창읍현의 현령 왕밀(王密)이 남모르게 찾아왔다.

"태수님 참 반갑습니다. 형주에서 많은 도움을 받은 왕밀이올시다."

"아, 참 오랜만일세."

양진은 왕밀을 기억하고 있었다. 일찍이 형주의 자사를 지내고 있을 무렵, 그 학식을 알아 보고 관리 시험에 수재로 합격시켜 준 사나이였다. 두 사람은 지난 날을 이야기하고 있었는데, 왕밀이 품에서 금 10근을 꺼내 놓았다. 양진에게 주려는 것이었다. 그러나 양진은 부드럽게, 그러나 단호히 받기를 거절했다.

"나는 전부터 그대의 학식이나 인물을 잘 알고 있네. 그런데 그대는 내가 어떤 인물인지를 잊어 버렸는가?"

"아닙니다, 태수님. 태수님이 얼마나 고결한 분인가는 마음 속에 뚜렷이 새겨져 있습니다. 그렇지만 이것은 무슨 뇌물이 아닙니다. 다만 전에 은혜를 입은 데 대한 감사의 뜻으로 드리는 것입니다."

"자네는 내가 미리 짐작한 대로 훌륭히 성장을 하여 현령이 되었네. 앞으로 더 영전을 해서 세상을 위해 일해 줄줄 믿네. 나에 대한 은혜는 그 걸로 갚아진 셈이 아닌가."

"아니올시다, 태수님. 그렇게 딱딱하게 생각할 것이 아닙니다. 그리고 지금은 깊은 밤입니다. 또 여기에는 저와 태수님 뿐이라 아무도 모르는 것이니……."

양진은 조용한 눈으로 왕밀을 바라보고 있다가 말했다.

"아무도 모른다고 할 수는 없겠지. 우선 하늘이 알고, 땅이 알고 있네. 게다가 자네도 알고 나도 알고 있지 않은가?"

이 말에 왕밀은 얼굴을 붉히고 돌아갔는데, 그 후 양진의 고결함은 날로 더 빛이 나서 드디어 태위(병사의 최고관리)가 되었다.

-〈후한서〉 '양진전(楊震傳)', 〈십팔사략〉 '동양, 효안황제'

한단지몽(邯鄲之夢)

당나라 현종의 개원 연간의 일이다.

여옹(呂翁)이라는 도사(道士)가 한단(邯鄲)의 여사에서 쉬고 있는데, 누추한 옷차림의 한 젊은이가 와서 여옹에게 말을 걸고는 악착같이 일하지 않으면 안 되는 자신의 괴로운 신세를 한탄하며 불평을 늘어 놓았다. 그 젊은이의 이름은 노생(盧生)이라고 했다.

이윽고 노생은 졸음이 와서 여옹의 베개를 빌려 베고 잠이 들었다. 도기(陶器)로 되어 있는 그 베개는 양쪽 끝에 구멍이 뚫려 있었다. 자고 있는 동안에 그 구멍이 커지므로 노생이 그 구멍으로 기어들어가 보니 거기에는 화려한 집이 있었다.

노생은 그 집에서 당대의 이름있는 집안인 청하(淸河)의 최씨 딸을 아내로 삼아 살며, 진사시험에 합격하여 관리가 되었고, 쉽게 경조윤(수도의 장관)이 되었으며, 또 나아가서는 오랑캐를 쳐서 훈공을 세워 벼슬이 어사대부겸 이부시랑에 이르렀다. 그런데 한 재상의 시기를 사서 단주(端州)의 자사(주의 장관)로 좌천되었다.

그 곳에서 지내기를 삼 년, 다시 부름을 받아 호부상서가 된 노생은 얼마 되지 않아 재상이 되고 그로부터 십 년 동안 임금을 잘 모시어 착한 정치를 하였으므로 어진 재상이라고 떠받들렸다. 그러나 최고의 지위에까지 올라갔을 때 갑자기 그는 역적이란 누명을 쓰고 체포되었다. 변경의 장수와 결탁하여 모반을 꾀했다는 억울한 모함에 의한 것이었다. 그는 결박을 당하면서 탄식하듯 처자에게 말했다.

"내 고향 산동에는 얼마 되지 않아도 기름진 논밭이 있었다. 농사를 짓고 있기만 했더라면 그것으로 기한(飢寒)은 당하지 않고 살았을 것을, 어찌 애써 녹(祿)을 구하는 어리석은 짓을 했던고. 그 때문에 지금 이 꼴이 되었으니 그 옛날 누추한 옷을 입고 한단의 거리를 자유로이 돌아다니던 일이 그립구나. 아, 이제는 어쩌지도 못하는 이 신세……."

노생은 칼을 들어 스스로 목숨을 끊으려 했으나 아내가 말려 그러지도 못했다. 그러나 같이 붙잡힌 사람들이 모두 죽임을 당했는데도 노생만은 환관의 주선으로 죽음만은 면하여 기주(驥州)로 귀양을 갔다.

몇 해 후에 왕은 그의 죄가 억울한 것임을 알고 노생을 도로 불러 중서령(中書令)으로 삼아 연한공(燕韓公)에 봉했으며, 특히 사랑을 받는 몸이 되었다. 다섯 명의 아들은 제각기 높은 벼슬을 했으며, 천하에 이름 있는 집안에 장가 들어 여나무 명의 손자까지 보고 행복한 여생을 즐기게 되었으나, 세월이 감에 따라 노병을 얻어 건강이 좋지 않았다.

병석에 눕게 되자 환관들이 끊임없이 문병을 왔고, 왕은 귀한 약과 용한 의원을 보내왔다. 그러나 나이를 먹은 사람은 도로 젊어지지 못하는 것이어서 그는 드디어 세상을 떠났다. 이때 하품을 하며 잠이 깬 노생은 그대로 한단의 여사에 누워 있었다.

옆에는 여옹이 앉아 있었다. 여관 주인은 그가 잠들기 전부터 좁쌀을 삶고 있었는데, 그 좁쌀도 미처 다 익지 않은 것이었다. 모든 것이 잠들기 전과 조금도 변함 없었다.

"아! 꿈이었구나."

이렇게 혼자 말하는 노생에게 여옹이 웃으며 말했다.

"인생이란 모두 그런 거야."

노생은 잠시 넋잃은 사람처럼 앉아 있다가 이윽고 여옹에게 감사의 인사를 드렸다.

"영욕(榮辱)도 부귀도 생사도 모두 다 경험해 보았습니다. 이게 모두 선생님이 저의 욕심을 막아 주신 것으로 생각합니다. 이젠 잘 알았습니다."

이렇게 말하고 노생은 한단의 거리를 걸어갔다.

이 설화에서 영고성쇠(榮枯盛衰)의 극히 덧없는 것을 비유하여 '한단의 꿈' 이라고도 하고, '일취(一炊)의 꿈', '좁쌀의 꿈' 이라고도 하는 말이 생겨났다. 혹은 '한단의 베개' 라거나 '한단몽(邯鄲夢)의 베개' 라고도 한다.

-〈침중기(枕中記)〉

한 무늬를 보고 표범의 전체를 안다

진의 회계군(會稽郡)의 명문인 왕희지(王羲之)에게는 많은 아들이 있었는데, 그 아들들 가운데서도 휘지(徽之), 조지(操之), 헌지(獻之) 이 셋이 유명했다.

특히 헌지는 아버지와 함께 고금에 없는 서가(書家)로서 이 두 사람을 함께 하여 이왕(二王)이라 불린다. 그리고 헌지는 골력(骨力)은 아버지를 따르지 못하나 극히 미취(媚趣)가 있다고 한다. 다시 말하면 부드러운 아름다움이 있다는 것이다.

왕헌지가 어릴 때 이야기다. 어느 날 서생 식객들이 모두 뜰 아래 나무 그늘에 자리를 잡고 앉아 놀음을 하고 있었다. 헌지는 그들을 보고 있다가,

"남풍불경(南風不競 - 남쪽 나라의 세력이 쇠약하여 떨치지 못한다)아저씨 기운 내셔요. 몹시 불리한데요."

했다.

그러자 지고 있던 식객이 가만히 있지 않고 대꾸했다.

"이 도련님 역시 관중규표(管中窺豹)로군. 무늬 하나밖에 못 보는군."

즉, 관 구멍으로 표범을 들여다 보아서는 얼룩무늬 하나가 보일 뿐, 표범의 전체는 볼 수 없는 것으로, 어린 도령이 어떻게 나의 승부를 알 수 있을 것인가 하는 뜻이다.

이 말에 소년 헌지는 화가 나서,

"멀리는 순봉정(荀奉倩)에 부끄러워하고 가까이는 유진장(劉眞長)께 부끄러워 해요."

했다. 그리고는,

"아버지의 친구인 유진장님은 놀음으로써 환온의 악역을 알아냈는 걸

요."

하고 들어가 버렸다.

'관중규표' 에서 '한 무늬를 보고 표범 전체를 안다' 는 말이 나왔으며, 시야가 좁음을 말한다.

-〈진서〉 '왕헌지전(王獻之傳)'

한 장수 공을 세움에 만 사람이 백골(白骨)된다

대당(大唐)이라 일컫고, 그 문화를 활짝 핀 모란에 비하던 당나라도 드디어 내리막길을 줄달음질치기 시작했다. 조정의 사치는 극도에 달하고 세금은 비쌀 대로 비싸져서 각 처에서 반란이 일어났다. 반란을 누르기 위한 비용 때문에 세금은 자꾸 높아만 가고, 지방의 정치는 문란해서 살 길을 잃은 백성들은 이곳저곳으로 유랑하다가 산속에 숨어서는 도둑이 되었다.

나라 형편이 이쯤 되고 보니 반란은 희종(僖宗)황제대에 와서 드디어 당의 토대를 뒤엎는 사나운 물결이 되어 들이닥쳤다. 하북에서 일어난 왕선지는 산동에 침입하여 정부군을 차례차례 격파했다. 황소가 이에 응해서 산동을 들이쳤다. 굶주림에 시달린 민중이 이 반란에 참가하여 반란군은 날로 불어나 잠시 동안에 수만 명이 되었다.

얼마 후에 왕선지는 쓰러졌으나 별군(別軍)인 황소는 끈질긴 힘을 가지고 있었다. 산동 하남에서 호북으로 향한 그 군사는 왕선지의 남은 군사를 합쳐서 다시 서쪽 광동을 치고 그리고는 방향을 바꾸어 북상을 시작했다.

때로는 관군에게 지기도 했지만, 그 군대는 땅에서 솟아나오듯 되살아 나서 드디어 양자강을 건너 당의 서울 장안을 치려는 기세를 보이게 되었다. 바야흐로 천하는 전화(戰禍) 속에 든 듯했다.

각지의 장군과 절도사들은 제각기 궁리대로 움직이기 시작했다. 그들은 이때야말로 '영웅의 공명을 세워 부귀를 잡을 기회'라 생각한 것이다. 황소군에서 배반하고 나와 뒷날 당실을 멸망시킨 주전충(朱全忠)과 뒤에 진왕(晉王)이 된 이극용(李克用)도 그 중의 인물들이었다.

싸우고 배반하고……. 혼란스런 정세가 계속되었다. 그리고 이름없는 민중들은 농토를 버리고 정처없이 방랑하거나 군대에 끌려 나가서 백골이 되곤 했다.

이 즈음 희종 건부(乾符) 6년 기해년에 노시인(老詩人) 조송(曹松)은 이렇게 읊었다.

택국(澤國 - 못과 늪이 많은 나라)의 강산이 싸움터가 되니
백성이 무슨 수로 초어(樵漁 - 나무베기와 고기잡이)를 즐기리오.
그대에게 당부하노니 봉후(封侯)를 말하지 말라.
한 장수 공(功)을 이룸에 만(萬) 군사가 백골로 썩는도다.

양자강과 회수(淮水)의 산도 강도 지금은 전화 속에 휩쓸려 있었다. 나무를 베고 고기를 잡는 백성들의 평화로운 생활이 어찌 이루어지겠는가. 그대여, 제후의 자리에 앉는 이야기를 내게 하지 말아다오. 장군이 공을 세워 제후가 되는 일에는 백골이 되어 썩어 없어지는 이름없는 몇만의 사람이 있는 것이니, 여기서 '한 장수 공(功)을 세움에' 라는 말이 널리 쓰이게 된 것이다. 멀리 협서(陜西) 저편에서 흉노와 싸우는 변경 사람들의 일을 진도(陳陶)는 이렇게 노래하고 있다.

맹세코 흉노를 치려 하여 목숨을 돌보지 않고,
5천의 군사 호지(胡地)의 먼지 속에 쓰러지다.
가련할손, 무정하(無定河) 강변의 백골,
지금도 봄밤 그리운 처자(妻子)의 꿈을 꿀까.

무훈(武勳)에 빛나는 장군 뒤에 또는 활짝 핀 문화와 정치 뒤에 이와 같이 시들고 죽어 없어지는 만 사람의 뼈가 있는 것이다. 비단 군사에 한한 일만은 아니요, 위세를 떨치는 대관(大官)이나 부호(富豪) 뒤에도 괴로움과 아픔에 신음하는 인간들의 그림자는 따르기 마련이다.

합종연형(合縱連衡)

소진(蘇秦)과 장의(張儀)는 함께 전국시대 중엽의 중국 전토를 세 치의 혀와 두 다리로써 휩쓴 책사(策士)요, 또 대단한 사기꾼이다. 세 치의 혀란 뛰어난 말솜씨, 두 다리라는 것은 돌아다닌 나라가 그 당시의 소위 일곱 나라－연, 제, 조, 한, 위, 초, 진－에 이르렀기 때문이다. 이 두 사람은 귀곡(鬼谷) 선생(온갖 지식을 두루 가지고 점도 잘 치며 〈귀곡자(鬼谷子)〉라는 저서를 남기고 있는 수수께끼의 인물)을 스승으로 한 동문(同門)이었다.

귀곡 선생이 살고 있는 곳은 낙양에서 150리쯤 동남으로 떨어진 귀곡이라는 산속이었다. 소진은 여기서 오랫동안 수업을 쌓고 산을 나왔다. 여기서 무엇을 배우고 나와서 어디로 갔으며 무슨 일을 했는지 후세 사람들은 알 길이 없지만, 아무튼 소진은 여러 곳을 방랑한 다음 어느 날 홀연 낙양에 있는 자기 집으로 돌아왔다.

거지꼴을 한 그가 문간에 와 섰을 때 그의 아내는 짜고 있던 베틀에서 내려오지 않았고, 형수는 밥상도 차려 주지 않았다. 그리고 팔리지도 않는 요설(饒舌)만 하고 돌아다니니까 고생을 하는 것이라 하여 상대도 해 주지 않았다.

그러나 집에 머물러 있기를 1년, 소진은 다시 집을 나와 주나라 임금을 찾아갔지만, 거기서도 상대해 주지를 않았다. 다음으로 진나라에 갔으나 역시 마찬가지였다. 조나라에서도 역시 그러했다.

그는 멀리 제일 북쪽 끝인 연나라로 가서 변설을 휘둘렀다. 거기서 비로소 그의 변설이 효과를 나타내어 거마(車馬)와 금백(金帛－금과 비단)의 선물을 받았다. 소진이 연왕에게 진언한 정책을 '합종(合縱)'이라 한다. 세로(縱)로 맞춘다는 뜻으로, 연나라와 조, 제, 위, 한, 초나라들이 세로, 즉 남북으로 손잡고 강국인 진에 대항하자는 것이다.

이들 여섯 나라는 그 당시 급격히 강대해지는 진나라를 극도로 두려워하였다. 소진은 그러한 심리를 이용하여, 만일 이참에 여섯 나라가 손을 잡지 않고 서로 고립해 있으면 각기 모두 진에게 멸망을 당하고 말 것이니, 꼭 합종하여 공동 방어하지 않으면 안 된다고 했다. 그리고는 그 일의 조직을 자기가 맡아 하겠노라고 말하고 나선 것이다.

연왕으로부터 합종의 성취를 부탁받자 다음엔 조나라로 가서 이번엔 더 큰 성공을 거두었다. 즉, 백의 거마와 백벽(白璧－흰 보옥)과 황금과 비단 등을 합종의 준비 비용으로 받은 것이다. 한, 위, 제, 초의 순서로 돌아다닌 소진은 보기 좋게 왕들을 설득시켜 여섯 나라의 재상이 되어 합종의 맹주(盟主)로 떠받들리게 되었다.

남쪽 초에서 조나라로 돌아가는 도중 소진은 낙양을 지나게 되었다. 그때 그의 행렬은 왕후의 그것에 다름이 없고, 낙양을 서울로 한 주왕도 사신을 보내어 마중을 하는 형편이었다.

이제는 그의 형제도 아내도 형수도 그를 바로 대하지 못했다. 음식을 나를 때에도 고개를 숙이고 날랐다. 소진이 형수에게 물었다.

"예전에 내가 집에 돌아왔을 때는 밥도 내오지 않았는데 지금은 아주 달라졌으니 이건 무슨 까닭입니까?"

그러자 형수는 이마를 땅에 닿도록 엎드려,

"당신의 지위가 이토록 높아지고 또 부자가 된 것을 보면, 그 누구나 자연히 이럴 수밖에 없을 겁니다."

라고 대답했다.

소진은 만약 자기에게 얼마간의 논밭이라도 있었더라면 평생 그것으로 만족하며 오늘과 같은 부귀를 얻지 못했을 것이라 탄식하고는, 친족과 벗들에게 천금을 나누어 주었다고 한다.

소진이 조나라에 머물러 있을 때 장의가 소문없이 찾아왔다. 소진이 재상이 된 것을 알고 한자리 얻고 싶었던 것이다. 그런데 소진은 이 장의에게 엿새만에야 면회를 허락했을 뿐만 아니라, 자기는 높은 곳에 장의는 뜰 아래 앉게 하고 종들에게 주는 것과 같은 험한 음식을 주고는 내쫓아 버렸다.

장의는 이를 갈며 분해했다. 그리고는 어디 두고 보란 듯이 그 길로 신나라로 갔다. 그런데 그가 여행하는 길에 늘 따라다니며 시중을 들어 주는 사람이 있었다. 여관의 숙박비는 물론이요, 진나라에 가서 벼슬을 하기 위해서는 의복도 필요하고 수레나 말도 필요하다 하며 진나라까지 따라 와 준 사람이었다.

그 당시에는 장래가 유망한 사람이라고 생각하면 친절을 베풀어 장래에 덕을 보려고 하는 장사아치들이 더러 있었으므로 필시 그런 사람이려니 하고 장의는 생각했었다. 그 장사아치는 장의가 진나라 서울에 도착하여 객경(客卿)의 자리에 앉는 것을 보고 하직인사를 하러 왔다. 장의는 자기에게서 아무 것도 요구하지 않는 그 사람을 이상히 생각하고 그 까닭을 물었다. 그러자 그 상인은,

"이건 모두 소진님의 계획에 의한 것입니다. 당신에게 용기를 주어 진나라로 향하게 하고 무사히 진에서 벼슬을 하도록 하신 것입니다. 진나라는 소진님의 합종책에는 방해자입니다. 그 방해자의 손발을 묶어 놓게 하는 일을 당신께서 해 주시기 바랍니다."

그러자 장의는 말했다.

"나는 소진님의 술수 속에 있으면서도 그걸 깨닫지 못한 어리석은 자요. 이런 어리석은 자가 어찌 소진님의 방해가 될 수야 있겠소? 소진님에게 전해 주시오. 그분이 살아있는 동안 이 장의가 어찌 큰 소리를 할 수 있겠느냐고……."

그 후 장의는 진나라에 있으면서 재주와 능력을 인정받아 객경에서 재상으로 출세를 했다. 그는 연형(連衡)의 책을 썼다. 즉, 여섯 나라 중 그 어느 한 나라와 동맹을 맺어 합종을 깨뜨리고, 여섯 나라를 모두 고립시킴으로써 하

나하나 격파하거나 위협해서 진나라에 대해 신하의 예를 취하게 한 후 다시 병탄(倂呑)하는 책략이다. 여섯 나라가 서로 '합종' 하는 것에 대해, 진이 그 여섯 나라 중 어느 한 나라와 동맹을 맺는 것은 '옆으로(衡-동서)연하는' 형식이 되므로, 합종에 대해 연형이라고 하는 것이다. 장의는 뒷날 소진이 성취해 놓은 합종을 완전히 깨뜨려 버렸다.

-〈사기〉 '소진전(蘇秦傳)', '장의전(張儀傳)'

해골을 빌다(乞骸骨)

한나라 왕 유방이 천하를 통일하기에는 많은 고난을 맛보지 않으면 안 되었다. 초의 항우는 강적이요, 번번이 궁지에 빠져들기도 했던 것이다.

한의 3년 때 일이다. 유방은 영양(滎陽)에 진을 치고 항우에 대항하고 있었다. 그 전 해에 북상하는 초군을 이곳에서 막아 한왕은 지구전을 꾀하고 있었다. 그러기 위해서는 식량을 확보하지 않으면 안 되었다. 그래서 수송로를 만드는 일에 정성을 기울여 우선 도로 양쪽에 담을 쌓아 에워싸고, 그 길을 황하에 이어지게 하여 영양 서북에 있는 하반(河畔)의 미창(米倉)에서 운반해 오도록 했다.

그러나 이 수송로는 항우의 공격 목표가 되어 한의 3년에는 몇 차례나 습격과 강탈을 당했다. 한군은 식량이 모자라게 되어 중대한 위기에 봉착했고, 하는 수 없이 강화를 청하여 영양에서 서쪽 땅을 한나라 땅으로 인정해 주기를 원했다.

항우도 이쯤에서 화평하는 것이 좋겠다 생각하여 그 일을 범증에게 의논했다. 그러나 범증은 반대였다.

"그것은 안 됩니다. 지금이야말로 한은 다루기 좋은 때인데, 이 참에 치지 않으면 반드시 후회하게 될 것입니다."

이 반대에 항우도 그렇게 하기를 결심하고 곧 영양을 포위했다. 당황한 것은 한왕이었다. 그런데 마침 진평이라는 인물이 있어, 한 가지 책략을 쓰게 되었다.

진평은 일찍이 항우의 신하였으나 뒤에 유방에게로 달려 온 자인데, 지략에 능했다. 그는 항우의 급한 성미와 단순한 기질을 잘 알고 있었으므로 항우와 범증의 사이를 갈라 놓으면 된다고 생각했다. 그래서 우선 부하를 보내어

초군 속에,

"범증은 논공행상이 없음을 불쾌히 여기고 항우 몰래 한과 내통하고 있다."

는 소문을 퍼뜨렸다.

단순하기만 한 항우는 그것만으로도 이미 마음이 동요되어 이번에는 범증 몰래 강화의 사자를 한왕에게 보냈다.

진평은 장양 등 한의 수뇌들과 함께 정중하게 사자를 맞이했다. 소를 비롯하여 돼지와 양을 잡아 그 고기를 넣은 특별한 고급 요리를 내어 후히 대접했다. 그리고 천연덕스럽게,

"범증께서는 안녕하신지요."

하고 물었다.

사자는 먼저 범증의 안부를 묻는 바람에 적이 화가 나서,

"저는 항우왕의 사자로서 온 것이오."

하고 대답했다. 그러자 진평은 일부러 놀란 체하며,

"뭐라고? 항우왕의 사자인가? 나는 범증의 사자인 줄 알았군!"

그러면서 나와 있는 음식들을 도로 들여 가고 맛없는 음식으로 바꿔 놓게 한 다음 밖으로 나가 버렸다. 이런 이야기를 전해 들은 항우는 화가 머리 끝까지 나서 우선 첫 불을 범증에게 터뜨렸다. 그는 범증이 한과 내통하고 있는 것이 틀림없다고 생각하고 그에게 주었던 권력을 도로 빼앗아 버렸다. 범증은 크게 노했다.

"천하 대세는 이미 정해진 거나 다름 없으니 왕께서 몸소 하십시오. 나는 해골을 빌어 초야에 묻히기로 하리다."

항우는 즉시 그의 뜻대로 해 주고 어리석게도 진평의 책략에 걸려 유일한 지장(智將)을 잃었다. 범증은 초나라 서울 팽성으로 돌아가는 길에 병으로 죽었다. 그의 나이 75세였다.

원문은 '해골을 하사받아 졸오(卒伍-平民)에 돌아가리' 로 되어 있다. 빈

다는 걸(乞)의 글자가 보이는 것은 〈안씨춘추〉와 〈사기〉의 '평진후전(平津侯傳)' 등이다. '해골을 빌다'는 것은 자신의 한 몸을 주군에게 바친 것이라 그 해골을 다시 자기에게 내려 달라는 뜻으로, 결국 '노신(老臣)이 사직을 하고자 하는 일 - 관리가 사직을 원하는 일'을 의미한다.

-〈사기〉

해는 저물고 길은 멀다(日暮道遠)

오나라 왕 요(僚)의 5년, 초나라에서 오자서(伍子胥)가 망명해 와서 오왕 요와 공자 광(光)에게 인사를 드렸다. 오자서의 부친 오사(伍奢)는 초나라 평왕의 태자인 건(建)의 태부였다. 평왕 2년, 비무기(費無忌)는 태자를 위해 진에서 데려 온 여자를 평왕에게 바치고 왕에게 아첨하여 왕의 신임을 얻었으나, 태자의 보복을 두려워하여 항상 태자에 대해 왕에게 참언의 말을 했다.

왕은 진의 여자에 홀려 비무기의 참언을 믿고 태자에게 초의 동북쪽 국경에 있는 성부(城父)의 수비를 맡게 했다. 비무기는 태자를 변경으로 내쫓긴 했으나 그래도 역시 안심이 되지 않아 드디어 왕에게 태자가 제후들과 공모하여 왕에게 반기를 들고 있다고 말했다.

왕은 그 말을 믿고 태부 오사를 불러 엄하게 꾸짖었으나 오사는 도리어 왕이 참언을 하는 간사한 적의 말을 믿고 골육인 태자를 멀리 한다고 간했다. 이 일로 오사는 옥에 갇히게 되었고, 태자는 송나라로 피해 갔다.

비무기는 그러고도 오사의 두 아들, 오상과 오자서의 보복이 두려워 태자의 음모는 오사의 두 아들이 부추겨서 이루어진 것이라고 왕에게 참언했다.

왕은 오사의 두 아들을 잡기 위하여,

"오면 너희 아비를 용서할 것이요, 오지 않으면 네 아비를 죽일 것이다."

라고 했다.

이때 형 오상은 아버지와 함께 죽고자 붙잡히고 아우 오자서는 아버지의 원수를 갚기 위해 도망친 것이다. 평왕 7년 때의 일이다. 오상은 아버지와 함께 죽었고, 도망하여 송나라로 간 오자서는 태자 건과 함께 정나라를 거쳐 오나라에 온 것이다.

오나라 왕 요와 그의 아들 광에게 인사드린 오자서는 광이 은밀히 왕위를 뺏기 위해 자객을 구하고 있음을 알고 전제(專諸)라는 자객을 찾아 이를 광에게 소개해 주고 자기는 들에 나가 밭을 갈며 광이 소망을 이룰 때를 기다렸다.

12년 초나라 평왕이 죽고 비무기가 평왕에게 바친 진나라 여자의 아들 진(軫-昭王)이 즉위했다. 물론 비무기는 마음대로 날뛰었지만, 1년이 못 가서 내분이 일어나 비무기는 죽임을 당했다. 오자서는 그가 노리던 원수 둘을 함께 잃은 셈이다.

그러나 초나라에 쳐들어가서 아비와 형의 원수를 갚으려는 소원은 조금도 변하지 않았다. 비무기가 죽은 해에 오왕 요는 초나라의 내분을 틈타 한 번에 이를 쳐부수려고 대군을 초나라로 진격시켰다. 그 틈에 공자 광(光)은 전제로 하여금 왕을 찌르게 하고 스스로 왕위에 올랐다. 오왕 합려(闔廬)가 곧 그 사람이다.

그로부터 오자서는 손무와 함께 합려를 도와 가끔 초나라를 쳤고, 드디어 합려 9년에 초의 서울을 함락시켰다. 오자서는 아버지의 원수를 갚기 위해 소왕을 찾았으나 이미 도망쳐서 뜻을 이루지 못했다. 그는 평왕의 무덤을 파헤치고 시체에 매질하기를 3백 번, 겨우 복수의 불길을 눌러 앉혔다고 한다.

오자서가 초나라에 있을 때 친분이 있던 신포서(申包胥)라는 사람은 이때 산속에 숨어 있었는데, 오자서의 보복이 너무 심함을 꾸짖고 그 행위는 하늘의 이치에 어긋나는 것이라 했다. 이에 대해 오자서가 한 말이 바로 '해 저물고 길은 멀다' 라는 것이다.

"나, 해 저물고 길은 멀다. 그러므로 도행역시(倒行逆施)할 따름이다."

즉, 자기는 나이 늙었으나 할 일은 너무나 많다. 그러므로 이치에 맞춰 행할 겨를이 없어 차례를 바꿔 하는 것이다. '해 저물고 길은 멀다' 는 말은 할 일은 많은데 일은 순조롭게 되지 않는다는 뜻이다.

-〈사기〉 '오자서전(伍子胥傳)'

해로동혈(偕老同穴)

함께 늙고 같은 무덤에 묻히다.

'해로동혈(偕老同穴)이란 부부의 사이가 좋아, 살아서는 같이 늙고 죽어서는 구멍을 같이 하여 묻히려고 맹세하는 것을 두고 하는 말이다. 또 해면동물(海綿動物)의 한 종류에 이런 이름의 동물이 있다. 모양은 수세미오이 비슷하고, 넓은 위강(胃腔)을 가졌으며, 아래쪽 끄트머리는 긴 근모(根毛)를 이루고 심해 바닥에 서 있는 동물이다. 위강 속에 자웅 한쌍의 두 마리 새우가 들어 있다. 자웅이 같이 들어 있다 해서 처음에는 이 새우를 가리켜 해로동혈이라 했다.

누가 맨 먼저 이 동물에게 해로동혈이라 이름을 붙였는지는 몰라도 원래는 부부의 화합을 표현하는 말이요, 출전은 〈시경〉의 '패풍 · 격고(擊鼓)', '용풍 · 군자해로(君子偕老)', '위풍(衛風) · 맹(氓)', '왕풍(王風) · 대차(大車)' 등의 장(章)이다. 모두 하남성 황하 유역에 있던 나라들의 민요이다.

'격고(擊鼓)' 는 출정한 병사가 고향에 돌아갈 날짜도 모르고 애마와도 죽음의 이별을 한 후 전장에서 방황하며 고향에 있는 여인을 생각하며 부르는 노래로, 제4장에,

죽어도 살아도 함께 하자고 너와 함께 맹세하였지.
너의 손을 꼭 쥐고
백발 머리 될 때까지라도 하고 서로 맹세하였지.

이 노래는 '아, 그것도 바로 그대였거니!' 하고 끝맺고 있다. 슬픈 병사의 노래다. '군자해로' 의 시는 좀 색다른 노래로 귀부인을 비꼬는 내용이다. 그

제1장에,

그대와 함께라면 백년 같이 살겠다면서
머리에는 옥비녀,
부드러운 자태로 산과 같이 물과 같이
화려한 의복도 보기 좋다만,
그대 하는 짓이 좋지 못하면 그때 나는 어이나 할꼬.

입으로는 해로동혈을 원하고 남편에게 정순(貞順)과 애정을 보이면서도 실제 행실이 흔들린다면 어찌할 것인가 하는 노래다. 맹(氓)은 해마다 찾아오는 실장수의 꾀임에 빠져 실장수의 아내가 된 여자의 슬픈 이야기를 노래한 것.

사나이는 여자가 시집 올 때까지는 상냥한 태도로 속삭이다가 한 번 시집오자 한결 같은 여자의 마음을 짓밟고 난폭한 행동을 예사로이 하며, 다른 여자와의 사랑을 꿈꾼다. 아내로서 집안일에 몸을 바쳐 일하는 것은 어렵지 않으나 사나이의 그 마음만은 슬프다. 그리하여, '그대와 함께 늙으려 했는데 늙어서는 나로 하여금 원망케 하네' 하고 여심(女心)의 애처러움을 노래한다. 이 노래는 지치고 상처난 마음을 토로해 마을 처녀들에게 주의하라는 노래였다고 전한다.

'대차' 에는 다음과 같은 전설이 있다.

춘추시대가 시작됐을 무렵, 기원전 680년에 초나라가 식국(息國-하남성에 있었음)을 격파했을 때다. 식국의 군주는 포로가 되고, 부인은 초왕으로부터 아내가 될 것을 명령받고 궁정에 들게 되었다.

마침 초왕이 출타한 때를 틈타 부인은 포로로 잡혀 있는 남편을 만나,

"사람은 어차피 한 번은 죽는 것, 싫은 생각을 하며 살아도 결국은 죽을 것이오. 저는 한시도 당신을 잊을 수 없고 무슨 일이 있어도 이 몸을 다른 사람

에게 바칠 수는 없어요. 살아서 당신을 생각하고 혼이 지상을 떠나 지내느니 죽어서 지하에 돌아가는 것이 얼마나 좋은지 모르겠어요."

하고 대차(大車)의 시를 지어 놓고, 남편이 만류해도 듣지 않고 자살했다. 남편도 그녀의 뒤를 따라 자살했다고 한다. 그 시에 이르기를,

살아서 곧 방을 달리 해도
죽어서는 곧 무덤을 같이 하리.
이 몸을 믿을 수 없다시면
교일(日 - 밝은 태양)과 같음 있으리라.

여기서 '교일과 같음 있으리라' 한 것은 자기 마음은 하늘에 빛나는 태양과 같이 밝고 거짓없음을 맹세하는 말이다.

앞의 세 가지 시에서 '해로'를 취하고 마지막 시에서 '동혈(同穴)'을 가져온 것이지만, 이 해로동혈이 얼마나 어렵고 실행하기 쉽지 않은지를 한탄한 노래이다.

-〈시경〉

형설지공(螢雪之功)

반딧불 빛과 눈(雪)빛에 의지해 글을 읽다.

중국 동진(東晋)시대, 지금으로부터 약 천 오백 년 전의 일이다. 차윤(車胤)이라는 사람은 부지런하고 상냥하며 지식이 많은 사람이었다. 그러나 집이 가난하여 밤에 책을 읽으려 해도 등잔을 밝힐 기름이 없었다. 그래서 차윤은 여름에는 엷은 명주로 주머니를 만들어, 그 안에 반딧불을 수십 마리 잡아넣어 등불 대신 책을 비쳐 독서를 할 수 있었다. 이렇게 열심히 공부하여 상서랑(尙書郎)이라는 벼슬을 했다.

또 같은 시대의 사람 손강(孫康)은 마음씨가 착하고 세상의 나쁜 풍습에 물들지 않는 깨끗한 사람이었다. 손강 역시 집안이 가난하여 밤이면 책을 읽을 수 없어서 겨울이면 창가에 쌓인 눈의 흰빛에 비쳐 독서를 했다. 그리하여 뒤에 어사대부(御使大夫)란 벼슬에 오르게 되었다.

이 이야기는 명나라 때, 어린이들을 위해 만들어진 교훈적인 고사집인 〈일기고사(日記故事)〉에 실린 글이지만, 원래는 〈진서(晋書)〉에 있는 이야기를 유학(儒學)의 장려를 위해 인용한 것이다.

'형설의 공' 이란 고학한 보람을, '형창설안(螢窓雪案)' 은 고생하며 공부하는 것을 뜻하게 되었다.

-〈일기고사(日記故事)〉

호가호위(狐假虎威)

호랑이의 위세를 빌어온 여우

전국시대 초나라의 선왕(宣王)이 여러 신하에게,

"북방의 나라들은 왜 우리 재상(宰相) 소계휼(昭奚恤)을 두려워 하는가?"

하고 물었을 때, 강을(江乙)이란 신하가 나서며 이렇게 대답했다.

"임금님, 아니옵니다. 북쪽의 나라들이 어찌 일개 재상인 소계휼을 두려워 하겠습니까? 원래 호랑이는 백수의 왕으로 모든 동물들이 두려워 합니다. 어느 날 여우를 잡아 먹으려 하자 여우가 '하나님께서는 나를 뭇 짐승의 어른으로 정해 주셨는데, 그대가 그것을 모른다면 나를 따라다니며 나를 보고 도망치는 짐승들을 보라. 그걸 보면 내가 짐승의 어른인 것을 알 수 있을 것이다' 고 했습니다. 호랑이가 그렇다면 확인해 보자고 하여 여우가 앞에 서고 호랑이가 뒤에 서서 가는데, 과연 여우 앞에 나타난 짐승들이 걸음아 날 살려라 하고 도망치는 것이었습니다. 이리하여 호랑이는 여우를 잡아 먹을 수 없었다는 이야기가 있습니다. 그러나 짐승들이 도망친 것은 여우가 무서워서가 아니요, 뒤에 있는 호랑이가 무서웠기 때문입니다. 이와 같이 북방 오랑캐는 소계휼 따위를 두려워 하는 것이 아니라 그 뒤에 있는 초의 군사의 힘, 즉 임금님의 강한 병사입니다."

이를 '여우가 호랑이의 위세를 빈다' 고 하거나 '호랑이의 위세를 빌은 여우' 라는 말이 생겨났다.

강을은 원래 위나라의 사신으로 초나라에 눌러 앉아 벼슬을 하게 되었다. 그러나 왕의 측근이 된 뒤에도 위나라와 내통했는데, 그에게 방해가 된 인물이 소계휼이었다. 소계휼은 초나라 왕족 출신으로, 강을이 비밀리에 위나라와 내통하고 있음을 눈치채고 있었다.

이를 알게 된 강을은 소계휼을 눈엣가시로 여기고 있다가 '호랑이의 위세를 빌어 잘난 체 하는 여우' 라고 한 것이다. 강을은 '소계휼이 위나라로부터 뇌물을 받았다' 라고 모함하기도 하고, '자신을 내쫓으려 한다' 며 선왕에게 소계휼을 헐뜯었다.

이처럼 전국시대는 한 가죽을 벗기면 온순한 양의 가죽 속에 여우가 있고, 이리나 호랑이가 있는 일도 흔한 시대였다.

-〈전국책〉 '초선왕(楚宣王)'

호연지기(浩然之氣)

맹자가 제나라에 갔을 때, 공손축(公孫丑)이라는 사람이 제자로 들어왔다. 공손축은 스승이 제나라의 국정에 참여하여 관중과 안자처럼 제나라를 강국으로 이끌어 줄 것을 기대했다. 그러나 맹자는 관중, 안자 등의 힘의 정치를 배격하고 덕에 의한 왕도정치야말로 이 난세에 있어서 대(大)를 이루는 길임을 역설하니 공손축은 크게 감명받았다.

공손축은 맹자에게,

"선생님이 제나라의 대신이 되시어 도를 행하신다면 제는 천하의 주인이 되었을 것입니다. 그런 것을 생각하면 선생님도 역시 마음이 움직이시겠지요?"

하고 물으니,

"아니다. 나는 사십을 넘어서부터는 마음이 움직이는 일이 없었다."

하니 공손축이 경탄했다. 이런 대업과 대임을 앞에 두고 마음이 조용할 수 있다면 옛날의 용자(勇者)로 이름이 높았던 맹분(孟賁) 이상이 아닌가. 그러나 맹자는 태연하게,

"마음을 움직이지 않는 것은 어렵지 않다. 저 고자(告子-맹자의 論敵으로 맹자의 性善說에 대해서 사람의 본성은 선도 악도 아니라고 했다.)조차도 나보다 먼저 마음을 움직이지 않게 되었다."

스승의 뜻밖의 말에 공손축은 다시 물었다.

"마음을 움직이지 않는 방법이란 것이 있사옵니까?"

"있다."

맹자는 이렇게 말하고, 마음을 움직이지 않는 용(勇)을 기르는 여러 가지 방법을 예로 들어가며 이야기했다.

용자(勇者) 북궁유(北宮)는 무엇이나 튕겨 버리는 기개로써 용기를 길렀다. 또 같은 용자로 이름난 맹시사(孟施舍)는 두려워 하지 않는 것을 제일로 쳤다. 또한 공자의 제자 증자(曾子)는 스승에게서 들은 '스스로 돌아 보아 바르다면 천만인이라 할지라도 내가 가리라' 하는 말을 늘 명심하고 있었다. 자기 마음에 거리낌이 없다면 그 무엇도 겁내지 않는다는 것은 진실로 큰 용기요, 마음을 움직이지 않는 최상의 수단이다.

"그렇다면 고자의 부동심(不動心)과 선생님의 부동심의 차이를 말씀해 주십시오."

"나는 말을 알고 있다(知言). 게다가 나는 호연지기를 기르고 있다."

'지언' 이라 함은 한 편에 치우친 말, 음란한 말, 사악한 말, 꾸며서 하는 말 등을 알아 보는 밝음을 가지는 일이다. 그리고 '호연지기' 란 평온하고 여유 있는 기(氣)를 말하는 것이지만, 맹자 자신도 정확히 설명하기 어렵다고 할 만큼 극히 광대하고 강건하며 바르고 소박한 것이다. 만약 이를 해치지 않고 기른다면 우주와 합일 하는 경지로, 그 기는 의(義)와 도(道)에 일치되어 길러지고 이를 결(缺)하면 잃어 버린다.

이것은 자기 자신 가운데 있는 올바름을 쌓아가서 생기는 것이요, 밖에서 얻을 수 없는 것이다. 또 자기가 만족할 수 있는 행실을 하지 않으면 이 기는 시들어 버리게 된다. 기를 기르는 마음가짐을 지니지 않으면 안 되지만, 턱없이 무리를 해도 안 된다.

우리는 예사로 호연지기를 기른다고 하지만, 그것은 좀처럼 쉽게 기를 수는 없는 것으로 공손축도 맹자에게,

"그럼 선생님은 이미 성인(聖人)이십니까?"

하고 물어 맹자도 조심하게 했던 것이다.

-〈맹자〉 '공손축편(公孫丑篇)'

홍일점(紅一點)

송나라 신종(神宗) 때, 왕안석(王安石)은 소위 왕안석의 신법(新法)으로 부국강병을 꾀하려 했으나, 사마광(司馬光), 구양수(歐陽修), 정이천(程伊川), 소식(蘇軾) 등 유명한 학자들의 맹렬한 반대로 중도에 좌절, 68세로 죽었다. 그의 문장은 당송 팔대가의 글들 중에서도 비할 데 없었다고 하는데, 그의 시 '석류(石榴)' 에 다음과 같은 구절이 있다.

만록총중(萬綠叢中)에
홍일점(紅一點)
사람을 움직이는 춘색(春色)은
모름지기 많을 것이 아니로다.

모든 초록 가운데 핀 한 송이 붉은 석류꽃의 아름다움을 춘색 중 제일이라 칭찬한 것이다. 또 〈임제시화(壬齊詩話)〉에서는 청주(青州)의 추관(推官) 유부가 일찍이 이런 말을 했다.

"시를 생각하는데 그 자리에 만일 일점홍(一點紅)이 있으면 작은 그릇이라도 천(千)의 쇠북과 같이 두드러져 보일 것이다."

〈사후문집(事後文集)〉 '왕직방시화(王直方詩話)' 에 말하기를 형공(荊公)이 정원을 산책하는데 석류나무 한 그루가 있었다. 가지는 무성했는데 꽃은 겨우 몇 송이 달려 있었다. 홍이 난 형공은 그 자리에서,

"농록만지(濃綠萬枝)에 '홍일점 사람을 움직이게 하는 춘색은 모름지기 많을 것이 아니로다' 라고 한 모양이나 나는 불행히도 아직 그 글의 전문을 읽지 못했다."

고 씌여 있다.

이와 같이 홍일점의 출처에 대해서는 '만록총중', '만록지두(萬綠枝頭)', '농록만지' 의 세 가지가 있다. 처음에는 식물을 말한 '홍일점' 이 오늘날에는 남성들 속에 있는 여성이라는 뜻으로 사용되고 있다.

화룡점정(畵龍點睛)

용 그림 속에 눈을 점찍다.

남북조시대, 남조의 양나라에 장승요(張僧繇)라는 사람이 있었다. 그는 관리로서도 이름이 높았지만, 산수와 불화(佛畵)를 비롯하여 한 자루의 붓으로 온갖 것을 살아있는 듯 그렸다는 대화가(大畵家)였다.

그가 금릉(金陵) 안락사(安樂寺)에서 용을 그려 달라는 부탁을 받고 그 절의 벽에 그림을 그리게 되었는데, 당장이라도 살아날 것처럼 생생하여 모두들 감탄했다.

다만 이상한 일이 하나 있었다. 그 이상한 일이란, 용의 눈동자가 그려져 있지 않아 눈이 퀭하게 되어 있었던 것이다. 아무리 생각해도 이상한 일이다. 따지기 잘 하는 사람들이 그걸 보고 가만히 있지 않았다. 장승요가 귀찮을 만큼 질문을 받은 것도 당연한 일이었다. 그럴 때면 승요는 한결같이 말했다고 한다.

"아냐, 눈동자(睛)는 그릴 수 없는 거야. 그걸 그려 넣으면 용은 벽을 박차고 하늘로 올라가 버릴 테니까……."

거짓말이다. 그럴 리가 없다. 괜히 잘 그린다니까 저런 소리를 하는 거겠지, 이렇게 수군거리는 사람들은 그의 말을 믿지 않았다. 그리고는 눈동자를 그려 넣어 보라고 조르기도 했다.

결국 장승요는 드디어 그 쌍룡의 한 마리에 눈동자를 그려 넣기로 했다. 그는 붓에 먹을 찍어 용의 눈에 살짝 댔다. 그러자 갑자기 벽 속에서 번개가 번쩍이고 우뢰 소리가 진동했다. 그와 동시에 비늘을 번쩍이며 용이 벽에서 뛰쳐나와 사람들 뒤로 저 멀리 하늘 저편으로 날아가 버렸다. 간신히 정신을 차린 사람들이 다시 벽을 바라보니 쌍용 한 마리는 이미 없고 눈동자를 그려 넣지 않은 용만이 남아 있었다고 한다.

이런 일로 해서 '화룡점정' 이라 하면 어떤 일의 가장 중요한 부분을 완성시키는 일을 뜻하게 되었다. 또 '화룡점정을 결(缺)한다' 고 하면 전체로서는 잘 되어 있으나, 중요한 한 가지가 빠졌다는 의미가 된다.

-〈수형기(水衡記)〉

화서(華胥)의 꿈

태고 때 성왕으로 알려진 황제가 꿈속에 화서의 나라에서 놀았다는 고사에서 길몽 또는 낮잠을 '화서의 꿈' 이라 하며, 혹은 꿈을 꾸는 것을 '화서국에 논다' 라고 한다.

황제가 임금이 된 지 15년이 지났다. 세상 사람들이 자기를 임금으로 높이 받드는 것을 보고 이제는 안심을 해도 좋으려니 생각했다. 그래서 이제부터는 몸을 보양하리라 결심하고 즐거움을 찾아 거기에만 몰두했다. 그러나 피부는 검어지고 야위었으며, 희노애락의 오욕에 눈이 어두워져서 번민이 더했다.

그렇게 되자 천하가 잘 다스려지지 않음이 걱정이 되어 다음 15년은 애써 총명을 다하고 지력을 기울여 백성들을 위해 일했다. 그랬더니 점점 더 피부는 검어지고 오정(五情)에 눈이 어두워 이러지도 저러지도 못하게 되었다. 이에 황제는 깊은 탄식을 했다.

"아, 내 사는 법이 잘못되어 있었나 보구나. 일신의 보양을 위해 힘써도 백성을 위해 일해도 이렇게 마음이 상쾌해지지 않으니 웬일일고!"

궁리를 한 끝에 황제는 이번에는 정사에서는 아주 떠나기로 하고 대궐 침전에서도 물러나와 신하들도 멀리 하며 악기로 쓰는 종도 떼어 버리고, 맛난 음식도 양을 줄여 대궐 별실에 들어 앉아 오로지 석달 동안 신심을 닦는 수양에만 전념했다.

그러던 어느 날 황제는 낮잠을 자다가 꿈에 화서씨 나라에서 놀았다. 그 나라는 중국으로부터 몇천 리 떨어져 있는지 모르는 곳으로, 배나 수레나 도보로 갈 수 없는, 오직 마음만이 갈 수 있는 곳이다. 그런데 이 화서씨 나라에는 군주니, 수령이니 하는 것이 없고 백성들에게도 무엇을 즐겨 좋아하는 마음이 없다. 모든 것이 자연 그대로요, 사람들도 생을 즐기는 일도 죽음을 싫어하는 일이 없었으므로 젊어서 죽는 자가 없고, 나를 위하고 남을 업신여기는 마음이 없으므로 애정의 생각도 없으며, 마음에 무엇을 취사 선택하는 일이 없으므로 이해득실의 마음도 없었다.

사랑과 미움이 없고 불에 들어가도 데는 일이 없으며 물에 들어가도 죽지 않는다. 칼질을 해도 매질을 해도 상처가 나지 않으며, 긁어도 꼬집어도 아픔이나 가려움을 느끼지 않는다. 아무 것도 없는 곳도 물건 위를 밟는 것 같이 걸을 수 있고, 허공에 누워도 침대에 눕는 듯 편하며, 구름이나 안개도 사람의 시야를 가리지 않고 우뢰소리도 귀를 아프게 하지 않으며, 물체의 곱고 흉함도 마음을 움직이게 하지 않는다. 험준한 산속도 걷는데 어렵지 않으며, 오직 형체를 초월한 정신의 자유에 가득 차 있는 것이다.

황제는 이윽고 꿈에서 깨어 퍼뜩 깨달음을 얻었다. 그는 세 사람의 신하를 가까이 불러 꿈에 본 일을 이야기하며 이렇게 말했다.

"나는 이 석달 동안 조용히 들어 앉아 오로지 심신을 수양하고 육신을 보양하며 다스리는 일을 연구했으나 아무런 깨달음을 얻지 못했는데, 피로하여 잠든 사이에 꾼 꿈이 이러했다. 과연 도의 극치란 것은 아무리 영리한 체하며 연구를 한다 해도 구할 수 없는 것이다. 나는 무심히 꿈을 꾸다가 비로소 그 도라는 것을 깨달은 것 같은데, 그것을 그대들에게 말로 다 전할 수 없는 것이 안타까울 뿐이로다."

그로부터 38년 무심한 가운데서 도의 극치를 터득한 황제의 나라는 크게 잘 다스려져서 마치 꿈속의 화서씨 나라처럼 되었다고 한다.

-〈열자〉 '황제편'

출전해제

〈공자가어(孔子家語)〉
공자의 언행, 제자와 문답한 이야기를 모아 만든 책으로, 지은이는 미상이며, 전 10권으로 되어 있다.

〈노자(老子)〉
춘추시대 노자가 지은 도가사상의 도덕경. 2권.

〈논어(論語)〉
공자와 그 제자와의 언행을 그 제자들이 기록한 것으로, 4서의 1이며 전 20권.

〈당서(唐書)〉
신구(新舊) 두 가지가 있는데, 구당서는 후진(後晉)의 유구가 편찬하였고, 신당서는 송의 구양수(歐陽修), 송기(宋祁)가 편찬한 것으로, 당대(唐代)의 정사(正史).

〈당시선(唐詩選)〉
당대 시인 127인의 시선집. 이반룡(李攀龍)이 편찬하였다 하나 미상.

대학(大學)
예기(禮記) 중의 1편. 송나라 이후 4서의 하나로 증참(曾參)이 지음. 전 1권.

〈맹자(孟子)〉
맹자의 제자들이 맹자의 언행을 모아 기록한 책으로, 7서의 1.

〈문선(文選)〉
양의 소통(蕭統 – 소명태자)이 진(秦) · 한(漢) 이후 양대(梁代)까지의 훌륭한 시문을 모은 책으로, 전 30권.

〈북몽쇄언〉
송나라 손광헌(孫光憲)이 지음. 정사(正史)에서 빠진 당말(唐末) 오대(五代)의 사실(史實)을 기록했다. 전 20권.

〈사기(史記)〉
전한(前漢) 무제(武帝) 때 사관 사마천(司馬遷)이 지은 태고 때부터 무제 때까지의 역사를 쓴 중국 최초의 통사(通史). 24사의 1.

〈삼국지(三國志)〉
진(晉)의 진도(陳壽)가 지은 삼국시대 역사책으로 24사의 1이며, 전 65권.

〈서경(書經)〉
요순(堯舜) 때부터 주대(周代)까지의 정교(政敎)에 관한 것을 공자가 수집 편찬한 중국 최고의 경전으로, 오경(五經)이며, 20권으로 되어 있음.

〈설원(說苑)〉
후한의 유향(劉向)이 지은 춘추시대부터 한초까지의 제가의 전기, 인사 등을 모은 것으로 20권.

〈세설신화(世說新話)〉
남송의 유의경(劉義慶)이 지은 후한에서 동진까지의 귀족 문인들의 언행, 일화집으로 3권으로 되어 있음.

〈손자(孫子)〉
주의 손무(孫武)가 지은 병서.

〈송사(宋史)〉
원의 구양현(歐陽玄) 등이 칙명에 의하여 편찬한 송조사(宋朝史). 24사(史)의 하나이며 496권.

〈수서(隋書)〉
당의 위징이 태종의 칙명에 의하여 지은 수(隨)의 정사로 24사. 85권.

〈수신기(搜神記)〉
진의 간보(干寶)가 지은 괴담이사(怪談異事)를 수록한 단편소설집. 20권.

〈순자(荀子)〉
전국시대 유학자 순황(荀況)이 성악설을 전개시킨 책으로 20권으로 되어 있음.

〈습유기(拾遺記)〉
전진(前秦)의 방사(方士) 왕가(王嘉)가 쓴 책으로, 삼황(三皇)부터 오호(五胡) 16국까지의 역사책인데, 1권으로 된 황당무계한 내용이다.

〈시경(詩經)〉
주조(周朝)의 시집. 편찬한 자는 미상으로 오경의 하나.

〈십팔사략(十八史略)〉
원의 증선지(曾先之)가 17사에 송사를 첨가하여 만든 초학자용(初學者用)의 사서.

〈안씨가훈(顏氏家訓)〉
북제(北齊)의 안지추(顏之推)가 지은 책으로 2권으로 된 책인데, 입신치가(立身治家)의 법을 말하고 시속(時俗)의 잘못을 지적하여 자손을 훈계한 내용.

〈안씨춘추(晏氏春秋)〉
춘추시대 말기 제의 대부 안영의 유사를 쓴 8권으로 된 책인데, 편찬자는 미상.

〈양서(梁書)〉
당의 요사렴(姚思廉)이 지은 남북조 시대 양나라의 사서.

〈여씨춘추(呂氏春秋)〉
진(秦)의 여불위(呂不韋)가 학자들을 시켜 편찬한 선진(先秦)시대의 사상을 망라한 일종의백과전서 26권.

〈열녀전(烈女傳)〉
전한의 유향(劉向)이 편찬한 당(唐) 우(虞)이래의 열녀전기를 기록한 책.

〈열자(列子)〉
주의 열어구(列禦寇)가 지은 〈노자〉, 〈장자〉와 함께 도가 전적(典籍)의 하나로 8권.

〈영괴록(靈怪錄)〉
당의 우교(牛嶠)가 지은 괴기 단편소설집.

〈예기(禮記)〉

주대의 예에 관한 경서. 오경의 하나. 한대(漢代)의 유자(儒者)가 편찬하였음.

〈오대사(五代史)〉
구 오대사는 150권. 송의 태종 때 설거정(薛居正)이 편찬한 양, 당, 신, 한, 주 각대의 역사이며, 신 오대사는 75권. 송의 인종 때 구양수가 편찬하였음. 24사의 하나.

〈위료자(尉繚子)〉
위료의 편찬인 5권으로 된 병법. 칠서(七書)의 하나.

〈장자(莊子)〉
전국시대 장주(莊周)가 편찬한 〈노자〉, 〈열자〉 등의 도가 사상을 전파한 대표서적.

〈전국책(戰國策)〉
후한의 유향이 지은 책으로 33권. 주의 원왕부터 진시황까지의 전국시대의 유사(遊士)가 제국을 유세한 책략을 나라별로 쓴 책.

〈중용(中庸)〉
공자의 손자 자사(子思)가 지은 책으로 유교의 종합적 해설서. 사서의 하나. 1권.

〈진서(陳書)〉
당의 요사렴(姚思廉)이 지은 남북조 시대의 진의 사서.

〈진서(晋書)〉
당(唐)의 방교(房喬) 등이 칙명에 의하여 편찬한 진사(陳史). 24사의 하나.

〈초사(楚辭)〉
전국시대에서 전한 때까지의 초나라 사람들의 작품을 중심으로 한 시집인데, 초나라 굴원의 작품이 대부분임. 한의 유향이 편찬하였음.

〈춘추(春秋)〉
오경의 하나. 노나라의 사관이 지은 것을 가필한 역사책.

〈춘추좌씨전(春秋左氏傳)〉
노나라의 사관이 지은 춘추를 좌구명(左丘明)이 주해한 책.

〈통감강목(通鑑綱目)〉
송나라 주희(朱熹)가 지은 중국의 역사책. 사마광의 〈자치통감(資治通鑑)〉을 '강(綱)'과 '목(目)'으로 나누어 주해한 것으로 전 59권.

〈포박자(抱朴子)〉
진(晋)의 갈홍(葛洪)이 지음. 신선의 법, 도덕, 정치를 논한 책. 8권.

〈한비자(韓非子)〉
전국시대 한비가 지은 당대(當代)의 법가의 학문을 대표할 만한 책으로 20권으로 되어 있음.

〈한서(漢書)〉
후한의 유향이 지은 전한사(前漢史)로 24사의 하나이며, 120권.

〈한씨외전(韓氏外傳)〉
한의 한영이 지은 시경의 주해서. 10권

〈회남자(淮南子)〉
한고조의 손자 회남왕 유안(劉安)이 편찬한 도가사상을 중심으로 한 수필 · 우화집으로 21권.

〈후한서(後漢書)〉
남조 송의 범엽(范曄)이 지은 후한사로 24사의 하나이며, 120권임.

■ 편저 권 순 우 ■

- (분야별로 엮어 영문과 한글을 같이 읽는) 세계 명언으로의 여행
- (중국 대표 사상가들에의해 쓰여진) 중국 사상으로의 여행
- (고대 · 중세 · 근세 · 근대 4세대로 구분된) 서양 고사성어로의 여행
- 손자병법

(중국의 문화를 한권으로 알 수 있는)

중국 고사성어로의 여행

초판 1쇄 인쇄 2021년 4월 05일
초판 1쇄 발행 2021년 4월 10일

편 저 권순우
발행인 김현호
발행처 법문북스
공급처 법률미디어

주소 서울 구로구 경인로 54길4(구로동 636-62)
전화 02)2636-2911~2, 팩스 02)2636-3012
홈페이지 www.lawb.co.kr

등록일자 1979년 8월 27일
등록번호 제5-22호

ISBN 978-89-7535-934-7(03820)

정가 24,000원

- 역자와의 협약으로 인지는 생략합니다.
- 파본은 교환해 드립니다.
- 이 책의 내용을 무단으로 전재 또는 복제할 경우 저작권법 제136조에 의해 5년 이하의 징역 또는 5,000만원 이하의 벌금에 처하거나 이를 병과할 수 있습니다.

이 도서의 국립중앙도서관 출판예정도서목록(CIP)은 서지정보유통지원시스템 홈페이지(http://seoji.nl.go.kr)와 국가자료종합목록 구축시스템(http://kolis-net.nl.go.kr)에서 이용하실 수 있습니다.

법률서적 명리학서적 외국어서적 서예·한방서적 등

최고의 인터넷 서점으로

각종 명품서적만을 제공합니다

각종 명품서적과 신간서적도 보시고

법률 · 한방 · 서예 등 정보도

얻으실 수 있는

핵심법률서적 종합 사이트

www.lawb.co.kr

(모든 신간서적 특별공급)

대표전화 (02) 2636 - 2911